Jonathan Santlofer

Jonathan Santlofer, né en 1946 à New York, est un artiste-peintre et écrivain américain spécialisé dans le roman policier. Diplômé en beaux-arts de l'université de Boston et de l'Institut Pratt de Brooklyn, il signe son premier roman, *Scènes de crimes* (Flammarion), en 2003, lançant ainsi une série autour du personnage de Kate McKinnon, une ancienne policière devenue docteure en histoire de l'art. En 2007, il commence un nouveau cycle littéraire avec *Anatomy of Fear*, mettant en scène Nate Rodriguez, un dessinateur de la police de New York, couronné par le Prix Nero en 2008. Ses nouvelles paraissent dans des collections et magazines prestigieux, comme le *Ellery Queen's Mystery Magazine*. En 2023, Jonathan Santlofer entame une nouvelle saga au cherche midi avec *L'Héritage Monna Lisa*, premier roman centré sur Luke Perrone. La suite, *La Conspiration Van Gogh*, a paru en 2024 chez le même éditeur.
Jonathan Santlofer vit à New York.

L'HÉRITAGE MONNA LISA

JONATHAN SANTLOFER

L'HÉRITAGE MONNA LISA

Les enquêtes de Luke Perrone

THRILLER

Traduit de l'anglais (États-Unis)
par Laurent Barucq

le cherche midi

Titre original :
THE LAST MONA LISA

Éditeur original : Sourcebooks

ISBN 978-2-266-34387-9
Dépôt légal : octobre 2024

À Joy, qui a aimé ce livre dès le début et qui,
à mon grand regret, n'est plus là pour le voir terminé.

Inspiré d'une histoire vraie.

L'imitation est une espèce de mort,
puisqu'elle dépouille [l'original et la copie]
de [leur] existence naturelle.

Mme de Staël

Rien n'est original.

Jim Jarmusch

PARIS, FRANCE
21 août 1911

Il a passé la nuit recroquevillé dans le noir, l'esprit embrasé par des scènes infernales à la Bosch, des monstres hideux, des gens se tordant de douleur dans les flammes. Il fixe l'obscurité, conscient qu'il va passer le reste de ses jours dans les ténèbres.

Nous perdons les choses que nous ne chérissons pas assez : sa seule pensée, son unique pensée, tandis qu'il enfile sa tunique de travail, la boutonne par-dessus ses vêtements de ville et ouvre la porte du placard.

Le musée n'est pas éclairé, mais il traverse sans aucun mal le long couloir. Il connaît le plan comme sa poche, ses intentions nourries par la culpabilité. La *Victoire de Samothrace* projette une ombre prédatrice qui le fait frissonner malgré la chaleur étouffante.

Le visage de la statue apparaît comme un spectre, ses belles lèvres craquelées, sa chair teintée de gris. Quelque part, un bébé pleure. Les cris s'amplifient en un hurlement affreux. Il se bouche les oreilles et laisse échapper un sanglot, se tordant d'un côté puis de l'autre, cherchant son amour perdu et son enfant dans l'obscurité, murmurant leur nom, les murs se referment sur lui, la pièce tangue, le sentiment de vide dans ses tripes grandit jusqu'à ce qu'il ne soit plus rien d'autre que ça : un homme creux. À présent, il comprend que le vide qu'il ressent depuis si longtemps était un présage, un aperçu du reste de sa vie, et qu'il s'est entraîné à devenir un homme mort.

Des pas ?

Mais il est trop tôt, et on est lundi, le musée est fermé aux visiteurs.

Il s'arrête et jette un œil dans le couloir sombre mais ne voit rien. Il a dû rêver, plus trop certain de ce qui est réel et ce qui ne l'est pas. La main gantée autour de son oreille, il écoute, mais tout est calme, on n'entend que le son de sa propre respiration difficile et le battement de son cœur.

Quelques pas de plus, sous l'arche, jusque dans la galerie de la cour Visconti, la salle à haut plafond suffisamment grande pour abriter des tableaux gigantesques. Dans l'obscurité, les tableaux ressemblent à des rectangles noirs, mais il arrive à les discerner : un paysage de Corot, une célèbre scène de bataille de Delacroix, le *Sacre de Napoléon* de Jacques-Louis David, le dictateur drapé d'atours outrageux, d'une cape en peau d'animal, couronné de lauriers, une expression suffisante et victorieuse sur le visage.

C'est là, en se représentant Napoléon, que son cerveau enfiévré trouve l'explication qu'il invoquerait plus tard, celle retenue par les journaux : *J'ai volé le tableau pour le retourner à sa juste place.*

Il deviendrait un patriote, un héros, et non plus un immigré, un homme sans foyer.

À présent calmé, il emprunte un autre couloir plus étroit, l'esprit concentré et plein de détermination. Il leur montrerait qu'il était quelqu'un.

Dans le Salon carré, plus petit, il arrive à peine à discerner les formes des tableaux, le Titien et le Corrège, et le joyau qui brille entre les deux – la dame des rochers, la vampire qui ne dort jamais, la femme la plus célèbre du monde : *Monna Lisa*.

Le cœur battant, des fourmis dans les extrémités, le cerveau assailli par des dizaines de pensées, il desserre les vis du petit panneau de bois. Un homme possédé, aveugle à l'ombre de son visage qui se reflète, distordue, sur la vitre qu'il a lui-même installée la semaine précédente.

Cela prend cinq minutes.

Puis il repart, étreignant le tableau contre son torse, une silhouette sombre filant d'une porte à l'autre, au bout d'un couloir et par un escalier dans lequel il s'arrête pour enlever le lourd cadre et la plaque de verre du tableau afin de les abandonner. Il se remet en mouvement, emprunte un étroit corridor bordé de statues de marbre, il accélère à présent, haletant, en sueur, il coupe sous une arcade jusqu'à ce qu'il atteigne la porte latérale, la porte des Arts, exactement comme prévu, comme dans un rêve parfait. Mais la poignée ne tourne pas.

Il la tire et la secoue dans tous les sens, mais elle ne bouge pas, rien ne bouge à part son esprit qui tournoie.

Une grande inspiration, puis une autre, jusqu'à ce que ça lui vienne : *Le tournevis, bien sûr !* L'outil qu'il vient d'utiliser pour dévisser lui sert à présent à démonter la poignée qui finit par lui tomber dans la main. Il la cache dans la poche de sa tunique de travail, qu'il enlève, roule et glisse à l'arrière de sa ceinture.

Il passe le tableau sous sa chemise. La toile ancienne lui râpe la peau tandis qu'il boutonne sa veste par-dessus, le cœur battant contre la mystérieuse beauté vieille de quatre cents ans qui a plus d'une fois assisté à son propre enlèvement, observé de nombreuses réunions secrètes accrochée au mur de la chambre de Napoléon, enduré les regards des millions de personnes bouche bée, et qui, à présent épuisée et lasse du monde, aspire à se reposer – pourtant, son histoire est loin d'être terminée.

1

FLORENCE, ITALIE
Décembre 2019

Carlo Bianchi tamponna son mouchoir contre son nez qui coulait. Dans sa petite boutique exiguë, située sur la Via Stracciatella, non loin du Ponte Vecchio, il y avait des livres sur les étagères, sur son bureau, éparpillés par terre en piles comme des villages mayas miniatures, le tout couvert de poussière, l'endroit empestant la moisissure et l'humidité.

Bianchi cherchait un ouvrage sur l'art des jardins rococo, qu'il savait présent quelque part. Il finit par le trouver tout en bas d'une haute pile. Couché sur le flanc, la barbe dans la poussière, il s'apprêtait à l'en extraire délicatement lorsqu'il remarqua les baskets à semelles épaisses de l'homme.

Le libraire tourna le cou pour le regarder d'en bas. « *Posso aiutarla ?* »

L'homme baissait les yeux vers lui.

« Vous parlez anglais ?

— Oui », dit Bianchi. Il se releva et épousseta sa veste et son pantalon. « On apprend de nombreuses langues quand on passe sa vie avec les livres.

— Je cherche un carnet, un journal que vous avez acheté récemment à un marchand de livres français du nom de Pelletier.

— Pelletier ? Voyons voir. Je dois avoir une liste des achats récents. »

Bianchi fit semblant de parcourir un tas de reçus sur son bureau. Il avait très bien en tête tous les livres qu'il achetait ou vendait, y compris auprès du marchand français, Pelletier, mais il ne révélait jamais les informations personnelles d'un client.

« Ce journal a été écrit il y a plus de cent ans », dit l'homme. Pelletier avait juré lui avoir vendu, et les gens mentent rarement lorsqu'ils viennent de perdre un doigt et qu'ils sont sous la menace d'en perdre un autre. « Vous devez sûrement vous rappeler avoir acheté un tel ouvrage. » Il posa sa main sur celle de Bianchi et l'appuya contre le comptoir de bois.

« *Sì, Sì*, je me souviens, dit celui-ci. Il était écrit en italien ! »

L'homme relâcha son étreinte et Bianchi retira sa main. Il recula, s'inclinant presque.

« Je suis navré… mais… le journal… Je l'ai déjà vendu.

— À qui ?

— À un vieil homme qui collectionne ce genre de chose, personne d'important.

— Son nom ?

— Je ne me sou… »

L'homme attrapa Bianchi par la veste et le souleva. « Son nom. *Tout de suite.* »

Battant des bras, les jambes à quelques centimètres au-dessus du sol, le libraire laissa échapper le nom d'une voix haletante : « G… Guggliermo ! »

L'homme lâcha prise, Bianchi retomba en titubant et renversa une pile de livres.

« Et où puis-je trouver ce Guggliermo ?

— C'est… c'est un… (il essayait de reprendre son souffle) un *professore*, à l'université, à Florence, mais… mais je crois qu'il a pris sa retraite. »

Il jeta un regard par la fenêtre pour voir s'il n'y avait pas quelqu'un dehors, un passant qu'il pourrait appeler à l'aide, mais l'homme se tourna pour lui bloquer la vue.

« Son adresse.

— Je… je suis sûr que si vous contactez l'université… »

L'homme le fixa d'un œil vide, et Bianchi se mit à feuilleter rapidement son Rolodex, les doigts tremblants. Il trouva la carte et commença à la lire, mais l'homme la lui arracha des mains.

« Et vous, vous l'avez lu, ce journal ?

— Moi ? Non, non. »

Bianchi secoua la tête de droite à gauche.

« Et pourtant vous savez qu'il a été écrit en italien.

— Pelletier a dû… me le dire… ou… j'ai peut-être parcouru une page, mais c'est tout.

— Je vois », dit l'homme.

Il retroussa les lèvres, laissant apparaître des dents jaunies par le tabac. Il glissa la carte dans sa poche.

« Et vous ne parlerez pas de ma visite à Guggliermo, ni à personne d'autre.

— Non, *signore*. Non. Pas même à Pelletier. Je ne dirai pas un mot.

— Évidemment. »

Bianchi essayait encore de retrouver son souffle et son équilibre lorsque l'homme lui envoya son poing dans la poitrine. Il chancela en arrière, agitant les bras, et renversa une autre pile de livres avant de tomber au sol.

L'homme le souleva, les mains autour de son cou, et resserra son étreinte.

Bianchi essaya de parler, de supplier, mais il ne laissa échapper que quelques plaintes étouffées, la pièce de plus en plus floue autour de lui.

« Non. Pas un mot », dit l'homme en sentant céder le larynx du libraire.

2

Deux mois plus tard

Le courriel était arrivé il y avait moins de quinze jours, et j'étais incapable de penser à autre chose, prêt à plaquer tout le reste de ma vie sur un coup de tête, une éventualité.

J'essayai de contenir mon enthousiasme, m'arrêtai pour étirer tout mon corps courbaturé, puis je traînai ma valise à travers les longs couloirs, dans un mélange d'épuisement et d'adrénaline après un vol de huit heures en provenance de New York, durant lequel j'avais été trop surexcité pour dormir.

L'aéroport Léonard-de-Vinci ressemblait à beaucoup d'autres : impersonnel, bondé, violemment éclairé. Le fait qu'il porte le nom de Léonard me semblait prophétique, même s'ils ne lui avaient pas donné ce nom pour me faire plaisir. Je regardai l'heure : six heures du matin. Je cherchai ensuite le train de l'aéroport et je finis par le trouver, pas peu fier de moi, avant de m'effondrer sur un siège et de fermer les yeux, des dizaines de pensées bourdonnant dans mon cerveau comme des moucherons.

Trente-deux minutes plus tard, je me trouvais à Rome-Termini, l'énorme gare ferroviaire, noire de monde, un véritable nid de voyageurs, mais pourvue d'un charme romantique ; tous ces trains flottant juste derrière les guichets, crachant une fumée blanche dans l'air hivernal.

Je me frayai un chemin à travers les nuées de gens – « *Scusami, scusami* » –, reconnaissant envers mes parents de m'avoir parlé dans leur langue maternelle depuis ma plus tendre enfance, passant d'un train à un autre, agrippé à mon billet, les yeux rivés sur le grand tableau en quête du nom FLORENCE tandis que s'écoulaient les minutes. Je faillis manquer mon train, uniquement indiqué par son terminus, Venise, un endroit que j'aurais adoré visiter, mais ce n'était pas le moment car j'avais une mission.

Le train pour Florence était propre, neuf d'aspect, et les sièges confortables. Je plaçai ma valise sur le porte-bagages au-dessus de ma tête, enlevai mon sac à dos, et m'assoupis par deux fois en visualisant des pages qui s'envolaient dans les airs sans que je puisse les rattraper.

Je bus un Coca pour me maintenir éveillé et regardai par la vitre le paysage, d'abord plat puis ponctué de collines, puis de lointaines villes médiévales perchées au sommet de collines plus hautes encore ; le tout semblait quelque peu irréel, comme si j'étais dans un film et non pas en chemin pour aller enfin découvrir – je l'espérais – la réponse à un mystère vieux de cent ans et à vingt années passées à la recherche du criminel le plus célèbre de ma famille.

Une heure et demie plus tard, je me trouvais devant la gare ferroviaire de Florence, la très animée Santa Maria Novella, au centre de la ville, à traîner ma valise dans les rues pavées. Le soleil vaporeux allait et venait derrière les nuages bas, dans l'air frais et vif. Je rejouais dans ma tête les événements des deux dernières semaines : réception du courriel, achat d'un aller sans retour, visite au consulat italien où je baratinai une jeune femme afin qu'elle me remette un *permesso* culturel et une lettre stipulant que j'étais professeur d'art à l'université, ce qui me donnait accès aux institutions culturelles italiennes, puis appel téléphonique à mon cousin de Santa Fe – un sculpteur cherchant perpétuellement à conquérir la scène artistique new-yorkaise –, plus que ravi de sous-louer mon loft sur la Bowery. Une semaine plus tard, j'avais emballé mes tableaux dans du papier bulle, confié mes cours universitaires à mon assistant et décollé huit jours avant l'intersemestre ; une décision téméraire pour un professeur auxiliaire désireux d'obtenir sa titularisation.

Je traversai l'avenue devant la gare avant d'emprunter un dédale d'autres rues plus petites en essayant de suivre le GPS de mon portable qui changeait constamment d'itinéraire. Je dus revenir sur mes pas deux fois, mais au bout de dix minutes, j'arrivai sur une grande place rectangulaire surplombée d'une chapelle couleur terre de Sienne avec un dôme de brique rouge, la Piazza di Madonna. C'est là que j'aperçus l'hôtel, son nom inscrit sur une vieille enseigne lumineuse : le PALAZZO SPLENDOUR.

Le hall faisait la taille d'une petite cuisine de Manhattan, les murs avaient cruellement besoin d'un coup de peinture, les sols de marbre blanc étaient salement fissurés, et il n'y avait pour seule décoration qu'une photo en noir et blanc ternie du *David* de Michel-Ange.

« Luke Perrone, dis-je à l'homme derrière le comptoir (jeune, les bras fins couverts de tatouages mal faits, beau comme un camé, tirant sur une cigarette, le portable coincé entre l'épaule et l'oreille).

— *Passaporto* », répondit-il sans lever la tête. Lorsque je lui demandai dans mon plus bel italien si je pouvais laisser ma valise et revenir plus tard, il leva un doigt en l'air comme si je le dérangeais pendant son appel ; un appel clairement personnel, à moins qu'il ne nomme tous les clients de l'hôtel « *il mio amore* ». Je n'attendis pas sa réponse, abandonnai ma valise et sortis.

Google Maps indiquait San Lorenzo à cinq minutes à pied, ce qui me parut faisable, mais je marchai dans la mauvaise direction avant de me rendre compte que je lisais le plan à l'envers. Je revins sur mes pas, contournai une nouvelle fois la chapelle de la Piazza di Madonna et suivis l'itinéraire qui me fit longer une série de structures ocre empilées, puis passer devant un grand pan de mur en pierre irrégulier avec un escalier menant à des baies aveugles, qui s'arrêtait à l'angle. La Piazza San Lorenzo était dégagée, presque vide à l'exception de quelques touristes et de deux moines en long froc marron.

J'essayai de m'en imprégner, comprenant que les endroits que j'avais dépassés et celui où je me trouvais faisaient partie d'un seul vaste ensemble.

Droit devant, la basilique couleur sable avait un aspect biscornu et semblait inachevée, avec ses trois entrées en forme d'arches pourvues de lourdes portes en bois, toutes closes. À gauche de l'église se trouvaient une arche plus petite et une ruelle sombre qui me mena dans le célèbre cloître de San Lorenzo, un endroit que je n'avais vu qu'en photo.

Je fis à peine quelques pas à l'intérieur et j'eus l'impression de pénétrer dans un rêve : un jardin carré orné de haies hexagonales et d'une loggia à deux étages, classique et harmonieux, le tout conçu par Brunelleschi, mon architecte de la Renaissance préféré. L'espace d'un instant, j'essayai de m'imaginer en artiste de la Haute Renaissance, et non plus en peintre new-yorkais en galère qui enseignait l'histoire de l'art pour payer les factures.

Je soupirai et mon souffle se changea en brume dans le froid de la fin de matinée ; toute la cour était recouverte d'une couche de givre argenté. Trois moines en long sarrau de laine enveloppaient des plantes dans de la toile de jute tandis que je frissonnais dans ma fine veste en cuir. Je n'avais pas pensé qu'il ferait aussi froid à Florence. Pour être franc, je n'avais pas pensé à grand-chose après avoir reçu le courriel.

Cher monsieur Perrone,

L'une des dernières volontés du professeur Antonio Guggliermo était que je prenne contact avec vous au sujet de ce qui semblerait être le journal de votre arrière-grand-père. Le professeur avait prévu de rédiger une publication à propos du journal, qui d'après lui aurait été une « révélation ».

Malheureusement, son soudain décès l'a empêché de l'écrire.

Le carnet ainsi que tous les livres et les documents du professeur ont été légués à la bibliothèque Laurentienne de Florence, en Italie. C'est moi qui ai catalogué ses travaux et placé le journal dans un carton étiqueté « Maîtres de la Haute Renaissance ».

Pour consulter les documents du professeur Guggliermo, il vous faudra obtenir un *permesso* culturel, ce qui ne devrait pas être trop difficile.

Si vous en faites la demande, je vous suggère de ne pas mentionner le journal, et je préférerais que mon nom ne figure pas sur le formulaire.

Cordialement,

Luigi Quattrocchi
Quattrocchi@italia.university.org

J'avais immédiatement contacté Quattrocchi, et il m'avait répondu par un courriel qui semblait sérieux et sensé, m'assurant de l'existence du carnet, même s'il ne pouvait me garantir son authenticité.

Pendant des années, j'avais écrit des lettres et des courriels à la recherche de la moindre information concernant mon arrière-grand-père. La plupart ne reçurent aucune réponse. Ceux qui répondaient me demandaient toujours de l'argent, mais sans aucun résultat. Cette fois, l'information était venue à moi gratuitement et sans arrière-pensée – du moins pas à première vue.

« *Scusi, signore*, dit l'un des moines, jeune, la barbe rousse et les yeux d'un bleu surprenant. Vous attendez l'ouverture de la bibliothèque ?

— Oui ! » Je lui sautai presque au cou et m'en excusai. « Vous parlez anglais ?

— Un petit peu », dit le moine.

Je lui répondis que je parlais italien. « *Il bibliotecario è spesso in ritardo* », dit-il. Le bibliothécaire est souvent en retard.

Je regardai ma montre. Il était dix heures tapantes ; la bibliothèque était censée être ouverte.

Le moine me demanda d'où je venais et je répondis : « New York, mais mes ancêtres sont originaires de Raguse. » Je n'avais jamais mis les pieds dans cette ville de Sicile et je ne savais pas pourquoi je lui racontais d'où venait ma famille ; en fait, je ne savais pas ce que je voulais dire.

Le moine me tendit la main.

« Frère Francesco.

— Luke Perrone. »

Je jetai un œil à la porte qui menait à la bibliothèque.

« Elle va ouvrir bientôt, dit-il. *Pazienza.* »

Patience, patience. Ça n'avait jamais été mon fort, et encore moins maintenant que j'avais fui mon quotidien sur un simple pressentiment.

Je regardai frère Francesco rejoindre les autres dans le jardin et le vis chuchoter, puis les trois moines se tournèrent dans ma direction, les yeux plissés sous la froide lumière de l'hiver. Je me déplaçai dans l'ombre des arcades pour éviter leur regard, m'adossai à une colonne, puis je me mis à penser à mon loft de la Bowery et à la collection chaotique que j'avais commencée dans ma chambre d'enfant à Bayonne, dans le New Jersey. Elle remplissait à présent un coin entier de mon atelier : des photocopies d'articles de journaux de plus de cent ans, un plan du musée avec le chemin emprunté par mon aïeul lors de sa fuite noté au marqueur rouge, un classeur métallique bourré d'articles racontant en détail le vol et les nombreuses théories autour, un tiroir dédié aux lettres et aux courriels que j'avais commencé à écrire quand j'étais adolescent à quiconque serait susceptible de savoir quoi que ce soit sur le crime ou sur mon arrière-grand-père – et à leurs réponses, très peu nombreuses et rarement édifiantes.

Un vent froid passa dans le cloître et je frissonnai. On me tapa sur l'épaule et je sursautai.

C'était le jeune moine. « *Mi scusi, ma la biblioteca è aperta.* »

Je hochai la tête à son intention puis me dirigeai sous les arcades jusqu'à la porte en bois, à présent ouverte.

3

SIÈGE D'INTERPOL
LYON, FRANCE

John Washington Smith relut les courriels. Comme tous les employés du département des vols d'objets d'art d'Interpol, il se devait de surveiller les principaux communiqués et sites Internet – antiquaires, galeries d'art, quiconque serait suspecté de faire du trafic ou de la vente d'œuvres ou d'artefacts volés –, le tout rafraîchi en permanence sur l'un de ses trois écrans d'ordinateur. Il était particulièrement intéressé – c'en était même devenu, au fil des années, une obsession – par le vol en 1911 du tableau le plus célèbre de Léonard, par ce qui avait bien pu se passer durant les deux ans où le tableau avait disparu, et par la théorie que *La Joconde* qui se trouvait aujourd'hui au musée du Louvre ne serait pas l'originale. Pendant des années, il avait entendu la rumeur selon laquelle le voleur, Vincenzo Peruggia, avait tenu un journal en prison, mais cela n'avait jamais été avéré. Et voilà qu'à présent l'arrière-petit-fils du voleur, Luke Perrone, artiste et historien de l'art américain – quelqu'un dont il surveillait les communications depuis des années –, échangeait des courriels avec un professeur italien au sujet dudit journal.

Smith retira ses lunettes et se pinça l'arête du nez, pris d'une migraine ; résultat de trop nombreuses heures passées à fixer la lumière clignotante des écrans disposés en arc de cercle qui prenaient la majeure partie de son bureau, un bloc de formica posé sur de fins pieds métalliques, articulés d'une manière qui lui évoquait E.T. La souris et le clavier sans fil étaient également blancs, tout comme les classeurs cubiques qui soutenaient l'autre bout du meuble. Plafond blanc. Murs blancs. Au sol, carreaux gris pâle à l'aspect grumeleux pour donner l'impression d'un tapis. On rebondissait légèrement en marchant dessus, et Smith se demandait souvent si c'était pour le bien-être des pieds du personnel d'Interpol ou bien pour créer un espace presque dépourvu de son, même si ça n'avait que peu d'importance puisque tous les enquêteurs portaient des baskets ou des chaussures de marche. Smith avait des Nike blanches à semelle épaisse, qu'il maintenait propres avec une brosse à dents et du savon.

Smith lut le courriel une nouvelle fois, contenant son excitation en réfléchissant à ses options. Il pouvait avertir les autorités locales et leur demander de surveiller Perrone et le professeur italien, ou bien diffuser une des huit notices de couleur possibles dont Interpol se servait pour indiquer le degré d'importance d'un potentiel délit – rouge étant le plus haut –, mais il n'y avait aucune preuve d'un délit, ni même d'une simple faute, du moins pas encore. Il n'arriverait pas à obtenir une telle notice de la part du secrétariat général.

Smith jeta un œil sur l'écran à sa gauche dédié aux données sur les objets d'art internationaux volés ou disparus et la date de leur disparition. La contrefaçon et le vol d'œuvres représentaient un grave délit, et les personnes impliquées – collectionneurs, voleurs et intermédiaires – étaient sans scrupule et souvent dangereuses. D'après les statistiques d'Interpol, le vol d'objets d'art occupait tour à tour la troisième et la quatrième place dans les priorités de l'agence, juste derrière le trafic de drogue, le trafic d'armes et le blanchiment d'argent. Smith prenait la chose très au sérieux, comme tout ce qu'il faisait, notamment ses exercices de gymnastique et de musculation quotidiens, qui avaient apporté une belle masse musculaire à son mètre quatre-vingts. Cet enfant noir issu des Baruch Houses, logements sociaux de Manhattan, avait depuis longtemps compris qu'il ne pouvait pas se permettre d'être faible ni de passer pour tel. Smith n'avait jamais connu son père, mais il avait pris le nom de famille de celui-ci comme second prénom ; un moyen de rendre mémorable un nom ordinaire.

Il regarda l'heure : midi approchait. En plus de la migraine, son dos commençait à lui faire mal au bout de quatre heures passées sur sa chaise. Avant cela, il avait pris la voiture depuis son deux pièces en banlieue lyonnaise et affronté la circulation pour atteindre le monolithe de verre et d'acier qu'était le siège international d'Interpol, trajet qu'il faisait tous les jours, deux fois par jour.

Il avait besoin d'une pause, de temps pour réfléchir et d'une cigarette.

L'ascenseur cylindrique l'amena jusqu'à la cour octogonale au centre du bâtiment. Il y avait quelques personnes présentes, mais l'espace minimaliste et froid leur conférait un aspect irréel, comme des androïdes. Smith se demanda s'il avait l'air d'un robot, lui aussi, même s'il pensait bien que les robots ne fumaient pas de Marlboro Lights. Il tira une grande bouffée en pesant le pour et le contre de ce qu'il envisageait de faire, sachant très bien que cela allait à l'encontre de la politique d'Interpol.

Un coup d'œil en l'air sur l'enceinte de la cour lui fit penser aux murs des Baruch Houses – deux sortes de prisons différentes –, même si les premiers étaient dépourvus de graffitis et que personne ne traînait dans l'ombre pour vendre de l'herbe, de la méth ou de l'héro. Quelle ironie, se dit-il, d'avoir troqué une prison pour une autre, même s'il s'était imaginé que celle-ci lui offrirait non seulement une porte de sortie, mais aussi le succès et la gloire. Était-il trop tard pour ça ? Il tira une nouvelle bouffée, et une pensée prit forme comme si la fumée écrivait dans ses poumons ou son cerveau : *Si jamais tu veux réussir, te faire un nom, il faut que tu le fasses.* Smith dévisagea les gens dans la cour et se demanda s'ils pouvaient lire dans ses pensées. Il avait fait des choses dans sa vie dont il n'était pas fier, dont certaines qu'il n'avait jamais dites à personne. Mais serait-il capable de faire ça ?

Il se posait encore la question au moment de finir sa cigarette, continua de tergiverser dans l'ascenseur, et réfléchissait toujours à tous les enjeux en traversant le silencieux étage des analystes. Il passa devant des enquêteurs dans leurs box ouverts, d'autres dans ce qui ressemblait à de petites cellules capitonnées, avec trois murs recouverts de tissu gris tufté pour assourdir le son des conversations, utilisées lorsque deux agents devaient parler en privé. Il ralentit devant une salle de conférences vitrée où se tenait une réunion d'analystes à laquelle il n'avait pas été convié. Il hâta le pas, les poings serrés le long du corps, les muscles du cou gonflés, traversa l'espace et s'enfonça dans le fauteuil ergonomique derrière son bureau.

Âgé de quarante-sept ans, il était encore analyste en renseignement criminel, l'un des nombreux au sein de la division des vols d'objets d'art d'Interpol. Chaque année, il voyait d'autres analystes moins consciencieux que lui gravir les échelons et rejoindre l'Assemblée générale, instance dirigeante d'Interpol, tandis qu'on le snobait. Vingt ans de recherche et d'enregistrement de données, vingt ans depuis l'obtention de son diplôme de science des données et cryptographie au John Jay College of Criminal Justice de New York, et pour quel résultat ? Être assis dans un fauteuil devant un ordinateur dix heures par jour.

Smith laissa échapper un soupir, recula sur son siège et fixa les longs tubes de lumière chaude incandescente. Il fallait qu'il fasse quelque chose, quelque chose de grand, quelque chose d'unique, quelque chose dont tout le monde parlerait, pour montrer aux hommes et aux femmes du sommet qu'il était quelqu'un de spécial.

Il se pencha en avant et relut l'échange de courriels entre les deux hommes, puis les transféra, ainsi que tous leurs appels et leurs textos, vers son adresse électronique et son téléphone personnels. Personne ne s'interrogerait sur ce geste, car personne ne s'en apercevrait.

Il fit défiler son curseur le long d'une colonne de documents et de fichiers qu'il compilait depuis des années, tous concernant le célèbre vol de tableau, et ouvrit un dossier intitulé PERRONE. Son écran central afficha toutes les données connues à propos de cet homme : la correspondance sur près de vingt ans que Luke Perrone avait entretenue avec diverses personnes au sujet de son arrière-grand-père, ses expositions et ses emplois d'enseignant, ses suspensions au lycée (au nombre de quatre : une pour avoir fumé dans les toilettes des garçons, deux pour des bagarres en classe, une autre pour avoir fait partie d'un gang), une liste des femmes avec lesquelles il était sorti plus de six mois – il y en avait beaucoup – et des sous-dossiers sur chacune d'entre elles, une amende pour conduite en état d'ivresse à seize ans, une arrestation pour effraction censée avoir été effacée de son casier parce que Perrone était mineur à l'époque. Comme Smith travaillait à Interpol, il n'avait eu aucun mal à accéder aux archives de la police de Bayonne et à en obtenir une copie, ainsi que des documents sur les parents et les proches de Perrone.

Smith ajouta les récents courriels au dossier. Il chercha le numéro du Comando Provinciale Carabinieri de Florence afin de tenir au courant la police italienne locale, comme le voulait la procédure, comme on le faisait à Interpol. Il commença à le composer sur son téléphone mais s'arrêta – un court instant, le temps de réfléchir aux conséquences –, puis il appela l'aéroport de Lyon et réserva un vol pour Florence.

4

FLORENCE, ITALIE

Au bout du cloître, je passai la porte ouverte et empruntai un escalier encastré jusqu'à l'étage supérieur de la loggia, poussé en avant par une énergie refoulée. En haut, une fresque ternie représentant l'Annonciation attira mon attention, mais je ne m'arrêtai pas. Une agente de sécurité en civil, assise à l'entrée de la bibliothèque, fouilla mon sac à dos et me fit signe d'avancer.

Le célèbre vestibule de la bibliothèque Laurentienne, vieux de cinq cents ans, était bien plus petit que je ne l'avais imaginé, mais cela m'importait peu : je ne voyais plus rien d'autre que le grand escalier de Michel-Ange, qui emplissait la pièce tel un organisme vivant. Je me représentai la pierre sous forme de liquide en train de se répandre en vagues de lave avant de se rigidifier et de prendre la forme de l'escalier, enfermant le mouvement à l'intérieur.

L'escalier central était barré, donc j'en empruntai un autre à côté, plus petit. Je gravis lentement les marches une à une comme si je remontais aussi le temps.

La bibliothèque s'étendait sous mes yeux, longue et rectangulaire, impressionnante de révérence. Je fis bien attention de rester sur le tapis qui protégeait la délicate mosaïque au sol tandis que je parcourais l'allée. Je jetai un œil vers le plafond à caissons puis vers les vitraux qui laissaient pénétrer dans la pièce une chaude lumière naturelle, éclaboussant les bancs de bois. Un souvenir d'enfance : coincé sur un banc d'église entre mon père et ma mère, l'odeur de bière que mon père buvait au petit déjeuner, son haleine chargée tandis qu'il lisait attentivement, et moi qui rêvais de sortir.

Je me rendis alors compte que les bancs étaient fermés par des cordons et que j'étais seul, pas le moindre visiteur ni chercheur dans la pièce. Un moment de confusion, suivi d'un moment de panique : le carnet serait-il vraiment ici, dans ce mausolée ? Y avait-il des gens qui lisaient, ici ? Quattrocchi avait-il tout inventé ?

Je revins sur mes pas et m'arrêtai devant une jeune femme sise à un petit bureau caché près de l'entrée, et je me penchai vers elle.

« *Scusami*... » Les mots résonnèrent dans la pièce. « Comment faire pour... demander des livres... des documents ?

— Ici ? » Son visage se contorsionna. « Ce n'est pas possible. C'est un monument, qui ne sert plus de bibliothèque.

— Quoi ? Depuis quand ?

— Ça fait longtemps. Ma mère a étudié ici, mais c'était il y a trente ans.

— Non, c'est impossible. J'ai fait tout ce chemin... » J'essayai de réfléchir, posai mon sac à dos par terre, trouvai le *permesso* et la lettre. « Mais... J'ai ceci. »

La jeune femme étudia les documents.

« C'est bon.

— C'est vrai ? Comment ça ? Si la bibliothèque est fermée… »

— *Devi calmati, signore.* Calmez-vous. » Elle tendit la main pour me tapoter le bras. « Vous cherchez la bibliothèque de recherche. C'est la porte à côté. Juste dehors. Demandez au garde, devant. »

Je pris une grande inspiration pour enregistrer ce qu'elle venait de dire, puis je la remerciai et me dirigeai vers le grand escalier de Michel-Ange presque en courant, cette fois.

Le garde parcourut ma lettre et pointa du doigt une lourde porte de bois décorée de gros clous semblables à des balles, à côté de laquelle se trouvait une plaque de métal abîmée MEDICEA LAURENZIANA STUDIOS, ainsi qu'une grosse boîte futuriste avec des boutons pour taper un code et une sonnette. Je pressai fortement celle-ci.

La femme qui répondit portait une joyeuse robe à fleurs, mais elle-même n'avait rien de gai : la quarantaine, les cheveux courts, fermée comme une huître, une paire de lunettes pendue à une chaîne autour de son cou, qu'elle porta à son nez pour lire ma lettre. Elle me la rendit sans un mot. À l'intérieur, elle prit mon sac à dos et me fit passer dans un scanner corporel.

L'alarme retentit, et je vidai mes poches : je déposai mes clés et ma monnaie dans sa main tendue. Puis je repassai dans la machine. Lorsque l'alarme sonna une nouvelle fois, elle me fit signe d'attendre, disparut et revint accompagnée d'un homme à la barbe grise vêtu d'un ample gilet de laine qui me palpa le torse, le flanc, les jambes et l'intérieur des cuisses et s'arrêta juste avant l'entrejambe, le tout sans me regarder dans les yeux.

La femme taciturne sortit mon téléphone de mon sac, le tint en l'air et indiqua un panneau sur le mur : NIENTE TELEFONO. NIENTE FOTOS. « Je vous le garde, dit-elle. Je vous le rends quand vous partez. » Elle déposa l'appareil dans un panier en maillage métallique sur son bureau, puis continua de fouiller mon sac à dos et en retira une petite boîte de bonbons qu'elle inspecta comme s'il s'agissait d'une bombe.

« *Caramella*, dis-je. Vous savez, des bonbons.

— *È vietato mangiare nella biblioteca !* » aboya-t-elle.

Je lui promis de ne pas manger et fis un signe de croix, vieux tic qui me restait de mon éducation catholique stricte. Elle me regarda en plissant les yeux. Je plaquai mes cheveux derrière les oreilles, regrettant de ne pas être allé chez le coiffeur et de n'avoir pas pris le temps de me raser. J'avais l'impression d'attendre que le proviseur m'annonce que j'étais renvoyé du lycée.

Elle sortit mon ordinateur du sac, le mit de côté, puis elle trouva le petit sachet de bonbons durs aux fruits. Elle répéta : « *Mangiare vietato !* », et le jeta dans le panier en métal. Elle rangea l'ordinateur dans le sac à dos, me le rendit, et me regarda encore un moment en discutant en italien avec l'homme qui m'avait fouillé presque tout le corps, comme si je ne comprenais pas. Elle lui dit ceci : « Montre-lui la salle de recherche mais garde un œil sur lui. »

L'homme à la barbe grise me conduisit dans une petite pièce arborant un mur de boîtes contenant les fiches de tout le catalogue, une table de bois et de verre chargée de livres et un grand radiateur qui sifflait. Puis il me mena dans la véritable salle de recherche, de taille moyenne et vivement éclairée, avec trois murs recouverts de livres et une longue table qui s'étendait d'un bout à l'autre. Deux bibliothécaires, deux femmes, assises derrière des petits bureaux, levèrent les yeux quand j'entrai dans la pièce. Le barbu, qui se présenta sous le nom de Riccardo, s'avéra être bibliothécaire lui aussi ; il était bien plus sympathique une fois éloigné de la caporale qui gardait l'entrée. D'une voix feutrée, il m'indiqua que la table du fond était destinée aux chercheurs comme moi, et que je pourrais demander n'importe quel livre ou document à la bibliothécaire en chef à l'entrée de la pièce, qu'il me présenta.

Elle leva ses lunettes de lecture et pencha la tête d'un air à la fois timide et aguicheur avant de me tendre une main aux ongles vernis de fuchsia. La cinquantaine, attirante et voluptueuse dans son pull moulant, elle me demanda d'où je venais en un murmure guttural. Je répondis New York, et elle me dit qu'elle n'y était jamais allée mais qu'elle adorerait. Dans mon meilleur italien, je lui répondis que je serais ravi de lui faire visiter la ville si elle venait. Elle sourit, puis elle jeta un œil vers le bureau extérieur et me soupira qu'elle était désolée si « Mussolini » m'avait fait passer un sale quart d'heure. Elle me dit qu'elle s'appelait Chiara et qu'elle était là pour m'assister de quelque façon que ce soit, et elle pointa du menton le bureau près du sien : « Beatrice, *il mio assistente.* » La jeune femme – la vingtaine, épaisses lunettes et pull ample – leva les yeux, afficha un sourire crispé et se remit vite au travail.

Chiara me tendit un formulaire de demande, que je remplis exactement comme Quattrocchi me l'avait indiqué : *Guggliermo, Maîtres de la Haute Renaissance*. Elle l'étudia un moment puis le tendit à Riccardo, qui se saisit d'un chariot à livres métallique près du bureau et disparut dans une pièce à l'arrière tandis que Chiara me posait des questions : étais-je déjà venu en Italie ? Est-ce que j'avais des amis ou de la famille, ici ? Combien de temps comptais-je rester ? Puis elle me dit d'aller m'asseoir à la grande table – là où je voulais – et m'observa alors que je choisissais une place face à elle, mais la plus éloignée. Je ne savais pas pourquoi, mais je voulais être le plus discret possible.

J'essayais de me mettre à l'aise, mais je n'arrivais pas à me détendre, impatient de savoir si le livre existait vraiment.

Deux hommes entrèrent et s'assirent à l'autre bout de la table ; la trentaine, lunettes sur le nez, l'un à la barbe bien taillée, l'autre arborant une moustache, un bouc et une queue-de-cheval.

En attendant, je sortis mon ordinateur et branchai le chargeur à l'une des prises sur le dessus de la table. Je m'assis au fond du siège et tapotai des ongles sur le bois, mais je m'arrêtai immédiatement car le son résonnait et tout le monde me regardait. Je leur offris un sourire confus et pensai à l'autel dans mon atelier de la Bowery, les années de données accumulées concernant le vol de mon grand-père, toutes les théories sans conclusion, toutes les questions sans réponses.

J'entendis les roues métalliques du chariot de livres et j'ouvris les yeux pour découvrir le long carton blanc et plat que Riccardo apportait dans ma direction. Il le plaça sur le bureau et s'éloigna avec le chariot.

Je fixai le carton un moment. Je le touchai pour m'assurer qu'il était bien réel. Puis je soulevai le couvercle.

À l'intérieur, une pile de dossiers, tous étiquetés d'une belle écriture manuscrite : LA HAUTE RENAISSANCE À FLORENCE, PREMIÈRE RENAISSANCE À SIENNE, NOTES SUR LE MANIÉRISME. Visiblement, Guggliermo était un homme très bien organisé. J'en sortis un, puis deux, puis trois, et quatre, la pile ne faisant qu'augmenter jusqu'à ce que je l'aperçoive : un carnet bleu emballé et lié d'une ficelle grossière.

Je pris une inspiration et jetai un œil vers le bureau principal : Chiara feuilletait des documents, Beatrice triait des fiches ; puis vers les deux hommes : livres ouverts, ils tapaient tous deux sur leur ordinateur.

Je posai le couvercle sur l'un des supports à livres mis à disposition par la bibliothèque, comme une sorte de bouclier, et plaçai quelques piles de dossiers pour former un petit fort, mais je fis en sorte que ça ne semble pas intentionnel. Ensuite, je sortis le carnet de son carton et défis la ficelle. La couverture paraissait usée, et je l'ouvris avec précaution. Les pages étaient dépourvues de lignes et quelque peu jaunies.

Au bas de la première page, une signature, au crayon, petite et impeccable : *Vincenzo Peruggia*.

J'attrapai mon sac pour en extraire la photocopie que j'avais faite du verso de la photo d'identité judiciaire.

Je la tins à côté de la page du carnet et comparai les écritures : elles étaient identiques.

Sous la signature de Peruggia, toujours dans les mêmes petits caractères, se trouvait une autre ligne : *La mia storia*.

5

PRISON DES MURATE, FLORENCE, ITALIE
21 décembre 1914

Non ho dormito in molte notti…

Je n'ai pas dormi depuis de nombreuses nuits.

Le matelas est fin. Chaque fois que je me retourne, je sens le sol en pierre dessous. La cellule est glaciale. Les murs de plâtre humides. La prison non chauffée. Ma couverture est élimée et elle me gratte. Je fais les cent pas pour rester au chaud. Je compte les pas. Un pied devant l'autre. Six pas d'un côté. Neuf de l'autre.

Il n'y a pas de lavabo. Pas de toilettes. Une fois par semaine on a le droit à une douche froide. La seule fenêtre est barrée. Mais ce n'est pas vraiment une fenêtre. Elle donne sur un étroit couloir d'où les gardes nous observent. Notre seul réconfort vient des exercices quotidiens dans la cour. Un endroit où le soleil n'ose briller.

Je pense à mon procès et j'ai honte. J'ai plaidé auprès du juge, du procureur et de mon propre avocat.

J'ai joué le fou. La victime. Le soi-disant patriote. Mais je ne suis pas patriote.

Ma sentence est juste. Un an et trois mois. Je méritais pire.

Chaque jour, je reçois des cadeaux. Des cigarettes. Du vin. De la nourriture. Des lettres de femmes qui disent qu'elles m'aiment ! Mais le seul cadeau de valeur, c'est le carnet et les crayons qu'un garde qui a eu pitié de moi m'a donnés. Si Simone me voyait maintenant, penserait-elle que je suis un imbécile ? En prison alors que ces deux crapules sont libres. Je pense à eux nuit et jour. À ce qui m'est dû. À prendre ma revanche.

J'essaye de ne pas trembler en écrivant. De tenir fermement le crayon.

Je ferme les yeux et j'imagine notre appartement rue Ramponeau. Je me vois en train de monter les vieilles marches de bois et ouvrir la porte d'entrée. Simone m'accueille. Je ressens une telle tristesse et une telle envie que mes yeux s'emplissent de larmes.

Mais j'ai besoin de réfléchir au commencement. Un moyen d'expliquer comment toute ma vie a déraillé.

Je dirais que tout a commencé par une bonne nouvelle.

6

PARIS

Décembre 1910

« Oh, Vincent, Vincent, je suis si heureuse. » Simone tournait autour du lit, un matelas par terre avec deux couvertures de laine en lambeaux sur lesquelles trônaient trois oreillers brodés qu'elle avait marchandés au marché tentaculaire des Halles. Et elle avait bien fait, l'œil aiguisé, toujours à l'affût de moyens peu onéreux d'égayer leur morne appartement. Son épaisse chevelure blonde virevoltait autour de son visage ovale parfait, les yeux brillants.

Vincent la regarda tournoyer et sentit quelque chose s'ouvrir en lui, toujours surpris que cette beauté délicate et intelligente se soit contentée de lui alors qu'elle aurait pu avoir n'importe quel homme de Paris. Sa robe à smocks noire, seule concession à son état actuel, ondulait et laissait apparaître quelques centimètres de jupon blanc ainsi que des bottines bien serrées ; elles avaient trois ans, mais sur Simone tout paraissait à la mode. Au-dessus, les collants qu'elle portait aussi bien dehors qu'à l'intérieur tant il faisait froid dans leur appartement du sixième sans ascenseur. Le mois de décembre à Paris était aussi gris et lugubre qu'un avant-poste sibérien.

Simone tira malicieusement sur la veste de Vincent. « J'insiste pour que tu sois heureux ! » dit-elle. Elle tournoya une nouvelle fois et s'arrêta pour reprendre son souffle.

Vincent passa un bras autour de sa taille, mais elle posa sa main sur son torse et recula d'un pas comme pour dire : *Pas besoin de me tenir, je ne vais pas m'écrouler.* Il laissa sa main en place.

« Je vais bien, dit-elle.

— Repose-toi, ma chérie, s'il te plaît.

— Non, répondit-elle, faisant la moue avec ses lèvres naturellement rouges. Je vais bien. » Puis elle afficha à nouveau un sourire et dit : « Cette exposition, c'est ce que tu as toujours voulu, ce dont tu as toujours rêvé.

— Oui », dit-il.

Il essayait de ressentir de l'excitation, mais il avait un nœud dans la poitrine à la place du soulagement espéré.

« Le Salon de la Nationale ! » La voix de Simone était pleine de fierté. « Le vingtième anniversaire, plus grand et plus important que jamais, le meilleur de l'art parisien ! J'ai entendu dire que Rodin allait exposer. Imagine, Vincent, tes tableaux à côté des bronzes magistraux de Rodin ! » Il hocha la tête et s'autorisa une touche de fierté. « Oh, Vincent, c'est formidable, dit-elle, le souffle encore un peu court.

— Assieds-toi, Simone, s'il te plaît.

— J'avais juste envie de virevolter. Je vais très bien. »

Vincent garda un œil sur elle tout en ouvrant une boîte de La Paz. Il fit tomber un peu de tabac dans une feuille et la roula entre son pouce et son index pour former un fin cylindre. La vue de cette cigarette lui rappela les mots de Paul Cézanne sur le fait de retrouver dans la nature le cône, la sphère et le cylindre ; mots que Picasso, Braque, et même son vieil ami Max Jacob avaient pris très à cœur. Vincent fronça les sourcils et porta la cigarette à sa bouche.

« Les cubistes…, dit-il d'un ton sec.

— Oh, s'il te plaît, Vincent, pas maintenant. » Simone lui lança un regard sévère. « Il faut que tu sois heureux. J'insiste ! »

Il soupira, faisant de son mieux pour assimiler le fait que deux de ses tableaux feraient partie d'une des plus grosses expositions de la saison parisienne. « Le feu s'est éteint ? » demanda-t-il pour changer de sujet. Il se dirigea vers l'autre pièce, que Simone avait transformée en un monde nouveau en peignant du lierre et des feuilles de vigne verts du sol au plafond à la manière des rouleaux calligraphiques chinois. Mlle Stein avait trouvé ça très amusant quand elle était venue boire le thé, mais elle avait pensé qu'il s'agissait d'une œuvre de Vincent ; elle ne parlait que rarement à Simone, qui, durant leur dernière visite au salon de Mlle Stein, 27, rue de Fleurus, s'était vue contrainte de discuter avec sa terrifiante compagne au nez crochu, Mlle Toklas, celle qui parlait toujours aux *épouses*. Cette visite remontait à près d'un an. Leurs habituelles sorties dans des galeries et des ateliers étaient devenues de moins en moins fréquentes au fur et à mesure que Vincent devenait de plus en plus taciturne, amer, même, mais Simone espérait que cette exposition changerait tout ça.

Elle empêcha Vincent d'ajouter une nouvelle bûche dans le poêle. « Ne gaspille pas le bois, dit-elle. Sortons. Il faut qu'on fête ça ! » Elle se jeta à son cou et l'embrassa sur la joue.

Il avait envie de répondre : *Et avec quel argent ?* Il avait dépensé son maigre salaire en livres et en fournitures artistiques, et gardé de côté pour le bébé le peu qui restait.

Simone tapa du pied.

« On va fêter ça, un point c'est tout ! Tu ne pourras rien trouver à redire aujourd'hui, monsieur Peruggia !

— Je n'ai rien à redire », dit-il.

Comment aurait-il pu ? Simone ne se plaignait jamais, ni du froid, ni de la salle de bains commune sur le palier, ni du manque d'argent. Il ne lui avait pas apporté grand-chose. Comment pouvait-il la priver d'une petite célébration ?

Il observa son charmant visage, plus rond que d'ordinaire à cause de la grossesse, et réussit à sourire. Il allait devenir père, chose qu'il n'aurait jamais imaginée. Mais il n'en demeurait pas moins inquiet. Simone avait des antécédents de maladies qui lui attaquaient les poumons, des toux et des rhumes en permanence et un accès de pneumonie l'hiver précédent. Pourtant, à cet instant précis, elle rayonnait.

« Très bien, dit-il en titubant entre les piles de livres dont les pages étaient écornées et annotées, symboles de sa quête pour pallier son manque d'éducation classique. Il faut que je te raconte pourquoi j'étais au Louvre aujourd'hui.

— Dis-moi.

— Pas maintenant, répondit-il pour faire monter le suspense. Au dîner. »

En un rien de temps, Simone avait attaché ses cheveux sous un chapeau cloche et enfilé un gros pull, la laine moulant sa silhouette nouvellement élargie.

« Viens », dit-elle en tendant sa main délicate.

Dehors, Vincent passa son bras autour des épaules de Simone et elle se colla contre lui. Il se sentait fier. Et un peu optimiste. Cette exposition lui apporterait peut-être les ventes dont ils avaient tant besoin. *Oui*, se dit-il, *les choses vont s'améliorer*. Il regarda Simone glisser ses mains sous son pull et les poser sur son ventre gonflé. Il n'arrivait pas à se rendre compte qu'ils allaient avoir un enfant.

Ils traversèrent le canal Saint-Martin. « Construit par Napoléon », dit-il, la tête pleine des nombreuses anecdotes qu'il avait pu lire. Puis ils gravirent la rue de Belleville où ils s'arrêtèrent pour regarder la ville en contrebas, le mélange des lampes à gaz et des nouveaux réverbères électriques semblables à des lucioles incandescentes.

« C'est toujours si beau », dit Simone, laissant échapper des nuages blancs de sa bouche.

Vincent ne répondit rien ; Paris n'était ni sa ville ni son foyer. Il ne s'était jamais senti le bienvenu ici, toujours étranger, sauf auprès de Simone.

Une fois qu'ils eurent quitté leur pauvre quartier bohème, l'odeur du lait de chèvre légèrement caillé et des poubelles laissa place à un air pur et froid, teinté de l'arôme des marrons vendus au coin des rues dans des petits sacs en papier ; Vincent en rapportait parfois à la maison, il les faisait descendre avec du vin blanc frais et s'en contentait comme dîner.

Lorsque Simone en eut assez, ils prirent l'un des nouveaux autobus motorisés en direction de la place des Vosges, avec ses belles demeures et ses hôtels particuliers. Vincent fit remarquer qu'autrefois y habitaient le cardinal Richelieu, Victor Hugo, des courtisans et des reines. Un jour, se disait-il, il leur achèterait une grande maison comme celles-là. Simone, qu'il aimait plus que tout, le méritait.

La rue de Rivoli était encombrée – les nouvelles voitures motorisées et les taxis dépassaient les calèches tirées par des chevaux. Ils descendirent de l'autobus et marchèrent le long du fleuve, plus au calme. Les arbres étaient nus, les troncs gris, les branches étiolées. Un remorqueur traînait une barge sur l'eau, survolé par une nuée de mouettes qui braillaient. Le vent se leva, vint faire ébouriffer l'épaisse barbe de Vincent et soulever la grande jupe de Simone, qu'elle eut du mal à maintenir baissée.

« Tu as assez chaud, ma chérie ? demanda Vincent, toujours inquiet pour sa santé fragile.

— Oui, répondit-elle. Je suis bien ! »

Simone remit sa jupe en place et lui sourit.

Il savait qu'elle n'admettrait jamais avoir froid pour ne pas gâcher leur sortie. Il lui offrit l'un de ses rares sourires et lui embrassa le front.

Ils continuèrent de marcher en débattant de l'endroit où ils allaient manger : Simone suggérait un café, Vincent en proposait un autre, moins cher. Puis soudain, il dit :

« Nous allons dîner à La Pêche miraculeuse !

— *Quoi ?* » Simone s'arrêta et se tourna vers lui. « Suis-je vraiment en compagnie de Vincenzo Peruggia, l'homme qui se plaint de n'avoir pas d'argent dès l'instant où il se lève jusqu'au moment où il s'endort ?

— Je ne dors jamais, dit-il. » Ce qui était vrai, mais il rit, et Simone aussi. « C'est la fête, alors faisons une folie ! »

Vincent serra le bras plus fort autour d'elle, et ils passèrent devant la statue d'Henri IV dans le petit parc au bord de l'eau, là où l'île de la Cité formait une pointe effilée. Juste derrière, un remorqueur laissait échapper des nuages de fumée dans le ciel, tout était gris, noir et blanc comme dans une toile d'Édouard Manet, que Simone avait appris à admirer et qu'elle imitait même dans ses tableaux.

Juste derrière le parc se trouvait le restaurant, avec vue sur la Seine.

À l'intérieur, le vacarme des couverts et des conversations, l'odeur des fruits de mer mêlée à celle des cigarettes.

« Des huîtres ! s'exclama Vincent dès qu'ils furent assis à une table près de la fenêtre, pour laquelle il avait insisté auprès du serveur. Et une bouteille de votre meilleur muscadet. »

Le serveur leva un sourcil.

« Il y a un problème ? » demanda Vincent. Il regarda le serveur de travers et lissa sa veste élimée.

« Non, monsieur, répondit celui-ci avant de détaler.

— Tu as vu la façon dont il m'a regardé ? Comme si je n'étais pas à ma place ici, comme si j'étais un étranger, un criminel !

— Chut, dit Simone. Ne gâche pas tout. Ce n'était rien.

— *Rien* ? Il m'a regardé comme si j'étais un mendiant venu cambrioler son bel établissement.

— Vincent, je t'en prie, pas maintenant. »

Il baissa la tête avec humilité. Simone lui releva le menton de sa main délicate.

« Je suis en compagnie de l'homme le plus beau et le plus intelligent de la pièce.

— Le plus intelligent ?

— Qui peut se targuer de lire et d'étudier plus que toi ? demanda-t-elle. Mais je vois que tu ne remets pas en question le fait que tu es le plus beau ! Et bientôt le plus florissant ! »

Vincent ne put s'empêcher de sourire.

Quand les huîtres arrivèrent, Vincent et Simone pressèrent du jus de citron dessus et les dégustèrent lentement, avalant l'eau salée des coquilles. Ils finirent la bouteille de vin, et Vincent, probablement un peu soûl, en commanda une seconde avec des pommes de terre à l'huile accompagnées de pain chaud et croustillant.

« Qu'est-ce que tu voulais me raconter au sujet de ton travail, aujourd'hui ? demanda Simone.

— Eh bien, tu connais Gaston Ticolat, le salaud qui gère le département de la conservation comme un tyran, qui m'appelle toujours "l'immigré", qui me donne des ordres, qui me dit de faire ci et ça… » Il prit une grande inspiration. « Peu importe. Ce que je voulais te raconter, c'est la tâche qu'il m'a confiée : recouvrir les tableaux de verre.

— Du verre sur les tableaux ? Mais on ne pourra plus bien les voir, à cause des reflets…

— Peut-être, mais le musée a décidé de protéger ses chefs-d'œuvre. Mais une fois encore, ce n'est pas la question. Ce qui importe, c'est de savoir quels tableaux seront équipés de verre, et surtout sur quel tableau j'ai travaillé aujourd'hui. »

Simone se pencha sur la table. La lueur de la bougie se reflétait dans ses yeux, les rendant dorés. « Lequel ? »

Vincent laissa durer l'instant. Il adorait l'expression d'impatience sur le visage de sa chère et tendre.

« Devine, dit-il avec un large sourire, fait si rare que Simone se prêta au jeu et tapota sa lèvre du doigt.

— *L'Atelier du peintre* de Courbet.

— Non, non, ce tableau est bien trop grand pour n'importe quel panneau de verre, et tu le sais très bien. »

Son sourire avait disparu, il fronça les sourcils et son œil paresseux sembla encore plus petit.

« Oh, ne me regarde pas comme ça », dit Simone.

Il se sentait mal de n'avoir aucune patience face à cette femme extraordinaire, mais il voulait que son histoire soit à la hauteur du frisson qu'il avait ressenti, et il voulait l'impressionner.

« Je te laisse une chance.

— L'affreux Titien du Salon carré.

— Non, mais tu chauffes.

— Dis-moi ! »

Simone tendit la main de l'autre côté de la table et lui donna une tape amicale sur le bras.

« Nulle autre que la dame de Léonard. »

Simone écarquilla les yeux.

« Non ! Ce n'est pas possible !

— Si ! Je l'ai tenue dans mes mains.

— La *Monna Lisa* ? Tu mens !

— Elle était à *ça* de mon visage. » Vincent écarta ses doigts de quelques centimètres. « J'ai vu tous les détails

– les montagnes et les chemins, les délicats coups de pinceau de ses cheveux, même les fêlures de la surface vernie. »

Les yeux de Simone s'écarquillèrent davantage. « C'était comment, Vincent ? Qu'est-ce que tu as ressenti ? »

La question le prit de court. Qu'avait-il ressenti ? Un frisson ? Oui. De l'excitation ? Certainement. Quelques mois plus tard, il se dirait qu'à ce moment-là il avait surtout ressenti de la jalousie – car Léonard avait créé quelque chose qu'il ne pourrait jamais faire, une œuvre parfaite en tout point – et qu'il avait eu envie de la faire disparaître de la surface du monde à tout jamais.

« Je pourrai la voir ? demanda Simone.

— Bien sûr. Tu peux venir dans ce maudit cimetière de l'art n'importe quel jour et fixer le tableau bouche bée, comme tout le monde.

— Oh, Vincent, pourquoi dire une chose pareille ? Un jour, tes œuvres, et peut-être même les miennes, seront exposées dans un tel "cimetière". Je voulais dire : la prochaine fois que tu travailles sur le tableau, est-ce que je pourrai venir le voir dans tes mains ?

— Ticolat ne le permettrait jamais.

— Eh bien, j'ai une meilleure idée, dit-elle. Apporte-le-moi à la maison, et je l'accrocherai au-dessus de notre lit ! »

Simone éclata de rire et Vincent rit aussi, mais il se dit qu'il apporterait bien le tableau chez eux s'il le pouvait, car il ferait n'importe quoi pour elle.

Une fois le repas terminé, tandis qu'ils sirotaient des cafés crème, Simone dit : « Oh, Vincent. C'était parfait », et il était bien d'accord, mais malgré la nourriture et la boisson, il sentait un vide en lui.

Après le dîner, ils traversèrent les Tuileries et passèrent devant une fontaine, dont l'arrivée d'eau avait été coupée, et des parterres de fleurs où rien ne fleurissait. Vincent gardait son bras autour de Simone, et elle faisait semblant d'avoir chaud, et il faisait semblant d'être repu et content, mais il se sentait toujours vide.

Il vit que Simone grelottait, et il insista pour acheter des tickets d'autobus. Plus tard, après avoir fait l'amour, il resta allongé sur le matelas, la main posée sur le ventre en expansion de Simone, il la regarda dormir et tira la couverture en laine jusqu'à son menton : même là, alors qu'il s'émerveillait de la grande beauté de la femme qui était sienne, il se sentait vide. Et plus tard encore, alors qu'il ne dormait pas et dut se lever pour faire les cent pas dans la pièce que Simone avait peinte de lierre et de plantes grimpantes, et qu'il regarda par la fenêtre le dôme du Sacré-Cœur à moitié construit illuminé au clair de lune, il se sentait toujours vide.

Sur une pile de livres, il attrapa *Les Fleurs du mal* de Baudelaire et lut une strophe sur la mort et le déclin. Les mains tremblantes, il reposa vite le livre, mais les mots du poète résonnèrent et s'éternisèrent dans sa tête.

Le lendemain matin, Simone souffrait d'un rhume et ne se sentait pas suffisamment bien pour aller travailler au magasin d'étoffes. Vincent prépara une théière et mit suffisamment de bois dans le poêle pour qu'elle reste au chaud tandis qu'il travaillerait au musée. Avant de partir, il l'embrassa et ressentit à nouveau, cette fois plus fort qu'avant, même s'il n'arrivait pas vraiment à l'identifier, la sensation de vide.

Il lui faudrait des mois avant de comprendre de quoi il s'agissait, mais il serait trop tard.

7

BIBLIOTHÈQUE LAURENTIENNE
FLORENCE, ITALIE

Le bruit des pas me déconcentra : une blonde chaussée de bottes à talons hauts qui faisaient clac-clac sur le parquet en bois massif. Je l'observai se diriger vers le bureau de Chiara et enlever ses longs gants de cuir de façon dramatique, comme si elle jouait dans une pièce. Nos yeux se croisèrent, et elle sembla me regarder, ou regarder à travers moi, ou peut-être pas du tout, puis elle tourna la tête et se pencha pour remplir un formulaire de requête, le dos tourné à la pièce pendant qu'elle attendait ses livres, tenant ses gants d'une main et les faisant claquer dans l'autre paume d'un geste hypnotique. Son manteau en agneau était de couleur ocre, comme bon nombre de bâtiments que j'avais vus à Florence, et je me demandai si elle l'avait acheté pour se fondre dans la ville, mais il avait l'air onéreux, le genre de manteau qui attire l'attention.

Riccardo revint avec ses livres, et quand elle lui fit un grand sourire, il rougit. Puis elle ouvrit les livres et les porta contre sa poitrine comme une collégienne avant de se diriger vers la table. Je remarquai que les autres hommes s'étaient eux aussi arrêtés de travailler et l'observaient en train de choisir une place à l'autre bout de la table, loin de tout le monde. Elle prit son temps pour s'installer, quitta son manteau et le déposa sur le dossier de la chaise, et prit plus de temps encore à étudier un livre, puis un autre, tout en jouant avec une mèche de cheveux blonds qui dépassait de sa chevelure mal coiffée. Je faisais semblant de lire, mais je n'arrivais pas à m'arrêter de la fixer, ni elle ni la longue courbe de son cou. Elle jeta un coup d'œil vers moi, et je baissai la tête sur le carnet en essayant de me rappeler pourquoi j'étais là et en repensant à ce que je venais de lire.

Au fil des années passées à réunir des informations sur mon arrière-grand-père, je n'avais jamais rien lu au sujet de sa sélection parmi les artistes du Salon de la Nationale, et je me demandai si quelque chose lui avait valu d'être rayé de l'exposition. En fait, je n'avais jamais su qu'il était lui-même artiste. C'était quelque peu rassurant et logique en un sens – mes parents n'avaient pas la fibre artistique, pas plus que mes grands-parents, de ce que j'en savais – qu'au moins l'un de mes ancêtres ait été artiste. J'essayais d'imaginer quel genre de tableaux mon arrière-grand-père avait peints, et j'espérais pouvoir le découvrir. Je pris note d'en chercher davantage sur l'exposition du Salon, puis je regardai ma montre. Je fus surpris de voir que je lisais depuis longtemps et qu'il était presque treize heures. J'aurais voulu continuer, mais la bibliothèque fermait pour le déjeuner, et j'avais rendez-vous avec Luigi Quattrocchi, l'homme dont le courriel m'avait fait venir jusqu'ici.

Je rangeai le carnet dans le carton, en faisant bien attention à le recouvrir avec les dossiers du professeur Guggliermo avant de le rapporter à l'accueil. Je sentais déjà qu'il m'appartenait un peu – comme si le journal m'avait attendu, moi et moi seul, depuis toutes ces années.

J'aurais pu contourner le bout de la table où j'étais installé, ce qui aurait été plus court, mais je passai par le long côté, où la blonde était assise. Elle leva les yeux sur mon passage et nous échangeâmes encore un regard. Elle était encore plus jolie que je ne l'avais pensé, son visage comme éclairé de l'intérieur, sa posture suggérant une bonne éducation. *Trop bien pour moi*, me dis-je, ce qui ne m'empêcha pas de lancer un autre regard, nos yeux se rencontrèrent à nouveau, mais elle baissa rapidement la tête et la plongea dans un livre, comme si je l'avais surprise en train de faire quelque chose de mal.

À l'accueil extérieur, « Mussolini » prit mon sac à dos, le fouilla et me le rendit avec mon téléphone. Je lui demandai mes bonbons, et elle les extirpa du panier en métal du bout des doigts comme s'il s'agissait d'un poison qu'elle ne voulait pas toucher, puis elle m'invita à passer dans le scanner corporel en me poussant avec peu de délicatesse.

Dehors, je pris un moment pour admirer le jardin en contrebas, ses contours hexagonaux plus facilement visibles du dessus, puis je levai les yeux de l'autre côté, vers le cloître supérieur, où je crus voir quelque chose ou quelqu'un bouger, pas un moine, un homme en civil, mais je n'en étais pas sûr, l'arcade étant plongée dans l'obscurité.

8

Les murs couleur crème du restaurant étaient ornés de clichés tirés de vieux films du cinéma italien en noir et blanc. La clientèle était jeune, des étudiants, d'après moi. Ils se ressemblaient partout dans le monde – même s'ils avaient plus de style ici, les garçons avec leur écharpe autour du cou, les filles en pull à col V et jean slim. Un homme robuste, de trente ou quarante ans de plus que moi, me fit signe d'approcher. Je me faufilai à travers les tables bondées ; un morceau de techno pop venait ajouter une pulsation électrique au brouhaha ambiant, tout le monde parlait en fumant des cigarettes, et mes yeux me piquaient déjà.

Quattrocchi hocha la tête quand j'arrivai devant lui et je lui serrai la main, douce et chaude.

« Comment m'avez-vous reconnu ?

— Je vous ai cherché sur Google, répondit-il. Et il y avait des photos. Si je peux me permettre, vous êtes bien mieux en vrai. Excusez-moi si je vous embête. Vous venez d'arriver. Vous devez être fatigué.

— En fait, je me sens très bien », dis-je, et c'était vrai, malgré le décalage horaire et les heures passées sur le carnet, je ne m'étais pas senti aussi énergique depuis plusieurs années.

Quattrocchi ressemblait à un gentilhomme édouardien dans son veston brocart et son foulard à motif cachemire, sortant du lot au milieu des étudiants, dont certains le saluaient d'un sourire ou d'un signe de tête amical en passant devant notre table.

« Il est clair qu'ils vous apprécient, dis-je.

— Et c'est réciproque – même si l'enseignement peut être un véritable enfer, parfois.

— Je suis bien d'accord. Mais vous êtes anglais ? Pas italien ?

— Non, je ne suis pas anglais, mais je suis allé à Oxford. J'ai du mal à abandonner l'accent et les expressions, même si, pour être franc, je n'ai jamais vraiment essayé, dit Quattrocchi. Je parie que vous vous attendiez à ce que je porte des lunettes.

— Pourquoi ? Oh… Votre nom. Bien sûr. Quattrocchi : "quatre-z-yeux" en italien. Je n'y avais même pas pensé.

— Ça ne vous aurait pas échappé si vous aviez dû grandir avec ! » Il attrapa une carafe. « Du vin ? »

Je lui répondis que je préférais rester à l'eau gazeuse, et il fronça les sourcils en affirmant qu'un verre de vin me ferait du bien.

« *Trop* de bien », dis-je en me rappelant les jours flous et les nuits perdues.

Quattrocchi fit signe au serveur, me demanda s'il pouvait commander pour moi, et s'exécuta : un minestrone et une bouteille de San Pellegrino.

« La spécialité de la maison et le meilleur plat de la carte. » Il se pencha en avant, les boutons de son veston sur le point d'exploser, et murmura : « Avez-vous vu le carnet ?

— Oui. Il était tout au fond du carton, enfoui sous les dossiers.

— Ah bon ? Je croyais l'avoir mis sur le dessus. Je dois me faire vieux. Enfin, je *suis* vieux. » Il passa la main dans ses cheveux clairsemés qu'il avait peignés en avant pour cacher en vain sa calvitie avancée. « J'ai dû oublier. C'était une période difficile, la mort de Tonio, et… Il est intéressant, ce carnet ? »

Il me fallut un moment pour comprendre que Tonio était le surnom d'Antonio Guggliermo, le professeur qui avait fait l'acquisition du carnet.

Je lui répondis qu'il était très intéressant et lui demandai s'il l'avait lu. Il parut choqué par la question.

« Pas un mot. Je l'aurais peut-être fait si Tonio était encore en vie, mais non… Je commence à peine à m'habituer au fait que je suis… seul. » Sa voix se brisa et il eut la larme à l'œil.

« Je suis désolé, dis-je, comprenant que Quattrocchi avait fait un peu plus que trier les papiers de Guggliermo.

— Ce n'est pas la peine, dit-il en essuyant ses larmes. J'ai eu beaucoup de chance. J'ai trouvé l'amour à un très jeune âge. Tonio était mon professeur à l'université. J'avais vingt et un ans. Il en avait quarante-deux. Nous étions comme Léonard et Salai.

— Mais vous n'aviez pas *dix* ans ! » répondis-je.

Je connaissais tout de Léonard et de son jeune amant, non pas grâce à mes années d'enseignement de l'histoire de l'art, mais à cause de mon obsession pour le peintre.

« Je n'étais pas non plus un voleur, ni un conspirateur, ni beau – même si j'avais meilleure allure à l'époque que maintenant !

— De ce que j'ai lu, Léonard était un beau jeune homme qui aimait à parader dans les rues de Florence dans des tuniques roses et des collants violets, mais il a vieilli trop vite.

— Comme nous tous. » Quattrocchi porta sa main chargée d'anneaux à ses cheveux dégarnis. « Savez-vous qu'officiellement Salai était le fils adoptif de Léonard ?

— N'a-t-il pas contrefait des tableaux de Léonard et essayé de les vendre comme des originaux ?

— Ça n'a jamais été prouvé, mais c'est possible. Cela dit, il devait vraiment tenir à Léonard : il est resté avec lui jusqu'à sa mort. » Quattrocchi détourna le regard, les yeux humides à nouveau. « Désolé. Je suis très nostalgique, ces temps-ci. Ça fait à peine un mois que Tonio est mort, la veille de son quatre-vingt-dixième anniversaire. » Il s'essuya les yeux délicatement, puis il se reprit et entama une conversation sur les artistes homosexuels qui dominèrent la Renaissance. « Michel-Ange et Donatello, notamment – même si seul le brave Léonard l'assumait, les autres étant dans le placard, ce qui était sûrement plus sage car l'homosexualité était interdite à Florence, au XVe siècle.

— Peut-être trop assumé, dis-je. Il a été arrêté pour sodomie avec un prostitué. Et vous devez sûrement connaître son traité sur l'organe masculin – *Sur le pénis* – dans lequel il affirme que le pénis agit indépendamment de la volonté de l'homme et devrait être exhibé plutôt que caché. Ça fait fureur auprès de mes étudiants.

— Votre cours d'histoire des arts doit être bien plus amusant que le mien !

— Je fais de mon mieux. » Je souris. « Vous avez dit que le professeur Guggliermo vous avait demandé de me contacter. Comment lui est venue cette idée ?

— Oh, j'imagine qu'il a découvert que vous étiez l'arrière-petit-fils de Vincenzo Peruggia, et vous n'êtes pas difficile à trouver – Facebook, Twitter, votre profil universitaire. Tonio était un chercheur aguerri, et très vif malgré son âge. »

Il demanda l'addition et insista pour la régler.

Dehors, l'air était frais, la rue large, mélange de bâtiments aux teintes vieux brun et terre de Sienne. Quattrocchi rentrait à l'université, et je l'accompagnai à pied dans l'espoir d'obtenir des réponses à mes questions.

« Savez-vous ce qu'il avait l'intention de publier à propos du carnet ?

— Non. Il n'en a pas eu l'opportunité. Sa mort a été… (il prit une grande inspiration) … un tel choc. Vous pensez sûrement qu'un décès à cet âge-là n'a rien de surprenant, mais Tonio n'était pas un nonagénaire comme les autres. Il marchait plusieurs kilomètres par jour, une vraie force de la nature. Sans l'accident, je suis sûr qu'il serait encore là à l'heure où l'on parle.

— L'accident ?

— Délit de fuite. Vous imaginez ? Laisser mourir un vieil homme dans la rue ? » Quattrocchi secoua la tête. « En plus de ça, le lendemain de la mort de Tonio, des malfrats ou des camés ont saccagé notre appartement. Il m'a fallu des semaines pour tout remettre en ordre.

— Qu'est-ce qu'ils ont pris ?

— C'est ça qui est étrange : *rien.* Peut-être qu'ils cherchaient quelque chose, mais la police pense que c'était juste une bande de gamins mal intentionnés, sinon ils auraient volé nos antiquités au lieu d'en casser certaines !

— Mais ils n'ont pas pris le carnet ?

— Non. Il était au bureau de Tonio, à l'université. »

Cette pensée me frappa comme un choc électrique : si je cherchais depuis vingt ans le carnet et la réponse à un mystère vieux de cent ans, peut-être que je n'étais pas le seul.

« Depuis combien de temps Antonio avait-il ce carnet ?

— Pas plus de quelques semaines. Mais il lui avait fait forte impression. Il m'a dit plus d'une fois qu'il lisait la chose la plus extraordinaire au monde : le journal de l'homme qui avait dérobé *La Joconde* !

— Oh. Donc vous savez ce qu'il contient ?

— Je n'en sais pas plus. »

Je lui demandai s'il avait parlé du carnet à quelqu'un d'autre, et il parut insulté.

« Non. Pourquoi aurais-je fait ça ?

— Et le professeur Guggliermo ?

— Étant donné qu'il avait prévu de publier quelque chose, j'imagine qu'il avait gardé cette découverte pour lui.

— Savez-vous comment il l'a obtenu ?

— Chez un marchand de livres rares, j'imagine. Antonio travaillait avec un certain nombre de libraires, la plupart à Florence, certains à Paris et en Allemagne.

— Avait-il une liste de ces libraires, un reçu pour l'achat du carnet, peut-être ?

— J'ai fouillé dans ses papiers, et je ne me rappelle pas en avoir trouvé. Pourtant, Tonio était un homme bien organisé. » Il marqua une pause comme s'il pensait à quelque chose. « Cela dit, je n'ai pas touché à son bureau jusque très récemment. La première semaine, je n'avais pas le courage, vous comprenez ?

— Oui, bien sûr. Avait-il un carnet d'adresses ou un agenda ?

— C'était la seule chose en mauvais état que Tonio possédait. Il l'avait depuis des années et refusait de le changer. Maintenant que j'y pense, je ne me souviens pas de l'avoir trouvé non plus.

— Et son téléphone ?

— Tonio détestait ça, il n'en avait pas. »

Quattrocchi marchait affreusement lentement. Il avait ouvert son manteau et transpirait, contrairement à moi qui grelottais dans ma veste en cuir. Les rues n'arrêtaient pas de changer – larges puis étroites, courbes puis droites – jusqu'à ce qu'on arrive à une vaste place bordée de magasins chics et ornée d'un vieux manège au centre, qui ne semblait pas fonctionner.

« La Piazza della Repubblica, qui abritait autrefois le vieux forum romain », dit Quattrocchi en pointant l'arc de triomphe sous lequel nous passâmes avant de flâner dans des rues irrégulières, bras dessus, bras dessous. Au bout de quelques minutes, il s'arrêtait pour reprendre son souffle, puis il me reprenait le bras et nous repartions dans une nouvelle rue étroite aux bâtiments ocre. À part un soupir occasionnel ou pour reprendre sa respiration, Quattrocchi était resté plutôt silencieux, mais il s'arrêta soudain et se tourna vers moi.

« Je viens de me souvenir de quelque chose : j'ai reçu un appel d'un collectionneur de documents rares. C'est comme ça qu'il s'est présenté : collectionneur de *documents rares*. Il m'a dit qu'il avait entendu parler du carnet par un vieil ami du professeur Guggliermo, mais je ne crois pas qu'il m'ait donné de nom, et s'il l'a fait, ça ne m'a rien dit du tout. Il m'a demandé si je savais où il se trouvait et m'a proposé une récompense.

— Qu'avez-vous répondu ?

— Que je ne voyais pas de quoi il voulait parler. J'avais déjà honoré le souhait de Tonio – vous contacter au sujet du carnet –, et je n'avais aucun intérêt à me faire de l'argent dessus. Entre la retraite de Tonio et mon salaire, j'ai plus qu'assez.

— Il s'est contenté de cette réponse ?

— Je crois bien. Je n'ai pas eu de nouvelles de lui, depuis. »

Le vent cingla dans la rue, et je frissonnai, moins du froid qu'à l'idée qu'un autre que moi fût à la recherche du carnet de Peruggia. Je redemandai si quelqu'un d'autre connaissait l'existence du journal, l'esprit encore obnubilé par le cambriolage et le collectionneur de documents rares.

« La seule personne à part moi, c'est ma secrétaire. Elle rédige mes cours, mes courriels et toute ma correspondance. C'est une femme de soixante-dix-huit ans qui travaille à l'université depuis près de cinquante ans, parfaitement digne de confiance.

— Ça vous dérange si je discute avec elle ? demandai-je.

— *Signore* Per-ro-ne, dit-il en prononçant chaque syllabe de mon nom. La *signora* Moretti est la discrétion incarnée. Mais si vous insistez, ce seront vos funérailles, comme vous dites en Amérique. »

9

Il a suivi les deux hommes depuis le restaurant. Il a laissé suffisamment d'espace entre eux et lui, mais il n'avait aucune chance de les perdre : le gros homme marchait si lentement qu'il dut s'arrêter, se faufiler dans les allées ou se cacher derrière les voitures garées. Non pas qu'ils le reconnaîtraient. Mais lui, il les connaît, il a vu leurs visages sur son écran : Perrone, plus grand et plus beau qu'en deux dimensions, Quattrocchi, plus gros, à présent appuyé contre une barrière à essayer de reprendre son souffle comme un poisson hors de l'eau.

Il les voit se diriger vers l'université, s'arrête près d'une rangée de vélos et de motos, s'allume une cigarette, regarde les étudiants aller et venir, parler et rire. Il ne se souvient pas de s'être déjà senti aussi insouciant.

L'ébauche d'un souvenir : son frère, qui tombe. Il frotte le dos de sa main sur ses yeux comme pour l'effacer, mais il s'éternise, ainsi qu'une image qui vient avec un sentiment dont il pensait s'être débarrassé depuis longtemps.

Il ferme les yeux très fort, et les rouvre quand il entend le gros Italien rire comme une fille. Il imagine qu'il criera aussi comme une fille. Il étudie Perrone, fort et arrogant, le genre d'homme qu'il adore mettre à terre.

10

Je retrouvai mon chemin jusqu'au Palazzo Splendour, récupérai ma clé auprès du même type à la réception, encore au téléphone ; à moins qu'il n'ait jamais raccroché. Il n'y avait pas d'ascenseur, ma chambre se trouvait au deuxième étage, et il ne me proposa pas de m'aider à porter mes bagages.

Je ne m'attendais pas à grand-chose pour cent vingt euros la semaine, et j'avais bien raison. Ma chambre comprenait une minuscule salle de bains (lavabo, toilettes, douche sans rideau) et une kitchenette (petit frigidaire, plaque, évier), une cheminée non fonctionnelle au manteau nu, un lit double avec un dessus-de-lit en chintz usé, une commode surmontée d'un miroir à cadre de bois et une armoire si étroite que les trois cintres ne tenaient qu'en biais. La seule fenêtre n'avait pas de volet, mais cela n'avait aucune importance car elle donnait sur une allée sombre.

Je défis enfin mes bagages, la valise ouverte sur le lit, et sentis s'estomper l'excitation de ma longue journée. Des pensées concernant tout ce que j'avais laissé derrière moi – mon boulot, mon loft, mes amis – m'assaillirent d'un coup, ainsi qu'une conversation que j'avais eue avec mon galeriste de Chelsea moins d'une semaine plus tôt :

« Je dois fermer la galerie, Luke. Je ne peux plus me le permettre.

— Qu'est-ce que tu vas faire ?

— Prendre une pause, voyager un peu. Le monde de l'art m'a épuisé au fil des douze dernières années.

— Moi aussi.

— Ne t'en fais pas, Luke. Tu trouveras une autre galerie. »

Je n'en étais pas si sûr. Ma dernière exposition, quatre ans plus tôt, n'avait pas eu beaucoup de succès, les collectionneurs ne se pressaient pas spécialement pour acquérir mes œuvres, et j'avais vu ce qui arrivait aux autres artistes quand leur galerie fermait et qu'ils n'avaient pas de palmarès. Ils finissaient dans des galeries coopératives bon marché où ils étaient en concurrence les uns avec les autres, même si cela n'avait aucune importance car aucun critique ou collectionneur ne venait jamais aux vernissages.

Je rangeai mes sous-vêtements et mes chaussettes dans le tiroir du haut de la commode, en essayant de ne pas penser à ma peinture, mais elle avait déjà déclenché une autre conversation, celle que j'avais eue avec mon chef de département – un historien de l'art spécialisé dans la peinture rococo française du XVIIIe siècle, dont les peintres favoris étaient Watteau et Fragonard, des artistes qui peignaient des tableaux douillets et roses représentant des filles sur des balançoires ou des couples batifolant dans des jardins.

Il va te falloir une exposition si tu veux obtenir un poste fixe.

Une exposition ? Sans galerie ? Pas évident. Mais je ne lui avais pas dit que ma galerie avait fermé.

J'arrêtai de défaire mon sac, je m'assis au bord du lit et me demandai si, en venant ici, je cherchais une chose ou bien si j'en fuyais une autre.

Épuisé, je fermai les yeux, mais pendant que mon corps se reposait, mon esprit continuait de faire des étincelles.

Le déjeuner avec Quattrocchi m'avait laissé avec plus de questions que de réponses. Ma visite à l'université s'était révélée très frustrante : la secrétaire de Quattrocchi, une vieille femme sage qui avait l'air de manger des Américains comme moi au petit déjeuner, avait admis avoir rédigé le courriel, mais lorsque je lui avais demandé si quelqu'un d'autre avait pu le lire, elle m'avait fait taire d'un regard et avait quitté la pièce sans un mot.

Je m'allongeai et fixai les ornements de plâtre au plafond, seul élément charmant de la chambre. Mais une minute plus tard, j'étais debout, trop agité pour rester immobile, à sortir les articles de journaux que j'avais apportés ainsi que la seule photo en ma possession de Vincenzo Peruggia, prise après son arrestation. Le jour où je l'avais trouvée demeurait si clair dans mon esprit qu'il aurait pu remonter à quelques heures plus tôt, et non à vingt ans auparavant.

Poussière et toiles d'araignées. Crasse et crottes de souris. Le bas plafond du grenier presque aussi oppressant que la chaleur qui cognait dessus : l'été à Bayonne, dans le New Jersey. Rien de pire, du moins pour moi, quatorze ans et pris au piège. Rattrapage du programme d'algèbre de troisième à l'école d'été. *Si X est égal à Y*... comme si j'en avais quelque chose à foutre. C'était exactement ce que j'avais dit au professeur, qui m'avait envoyé chez le proviseur, qui m'avait renvoyé chez moi. D'où la punition, une parmi tant d'autres : « Range le grenier ! » Une tâche ménagère inutile puisque personne ne s'en servait jamais.

J'avais passé la première heure assis à fumer des cigarettes et des joints, puis j'avais fureté dans la vieille malle coincée dans un coin. Je ne pensais pas y trouver grand-chose, mais lorsque je passai la main sur la surface poussiéreuse, je vis les initiales : SP. Il me fallut une minute pour comprendre qu'elle avait dû appartenir à mon grand-père, Simon Perrone, qui avait vécu en Italie et était mort avant ma naissance.

Je me servis d'un tournevis pour l'ouvrir de force. À l'intérieur, sur le dessus, se trouvait un fusil, que je sortis pour l'inspecter : bois grêlé, canon en métal, détente rouillée. Je m'imaginai en train de le montrer à mes copains, ce que je fis par la suite.

Sous le fusil, une photographie, une photo d'identité judiciaire, de face et de profil, avec marqué en dessous : *Il carcerato* 378.699.

Prisonnier. Signé au dos, d'une petite écriture parfaite : *Vincenzo Peruggia*.

Mon arrière-grand-père ?

Je n'eus alors plus rien à faire de la chaleur du grenier et des mouches qui bourdonnaient autour de ma tête. Je n'arrivais pas à détourner les yeux de la photo de cet homme, ce prisonnier !

Ce soir-là, pendant le dîner, je posai la photo sur la table et je vis mon père s'arrêter de manger en plein milieu d'une bouchée.

« C'est le père de ton père, pas vrai ? Mon arrière-grand-père Vincenzo ?

— C'est… *personne*, dit mon père, marmonnant déjà ses mots, à moitié ivre. Tu ne sais pas… de quoi tu parles. »

Je me levai et filai, je n'avais de toute façon pas envie de manger du pain de viande avec des petits pois en boîte. Mon père me cria : « Reviens ici ! » Ma mère semblait sur le point de pleurer, ce qu'elle faisait souvent – ce n'était pas sa faute, elle ne faisait pas le poids face à son mari la brute et son fils le délinquant.

Plus tard, je retrouvai mes amis au Kill Van Kull, je leur montrai le vieux fusil et nous bûmes quelques bières. Mais je ne leur montrai pas la photo d'identité judiciaire. Il était pour moi, et moi seul.

Je parlai de lui à mes parents pendant des semaines, mais c'était toujours la même chose. Ils faisaient comme s'il n'avait jamais existé, comme s'ils ne savaient pas de quoi je parlais, comme si j'étais fou. Il ne me fallut pas longtemps pour découvrir qu'ils avaient changé de nom de famille ; encore une chose qu'ils ne m'avaient jamais dite. Ce fut le début des recherches nocturnes sur Internet, des lettres et des courriels, des semaines, des mois et des années à accumuler des informations jusqu'à ce que ma quête ne soit de tout découvrir sur Vincenzo Peruggia : l'homme qui avait volé *La Joconde* !

Bordel de merde ! Je n'en revenais pas, ce type, ce criminel, était mon arrière-grand-père. Je n'arrivais pas à comprendre pourquoi mes parents en avaient honte alors que j'avais envie de le crier au monde entier. Cette histoire était si excitante et dangereuse qu'il me fallait tout savoir de lui.

Et j'avais essayé, mais même après vingt ans, cet homme demeurait un mystère. Jusqu'à aujourd'hui.

Maintenant que j'avais lu un peu le carnet, la photo prenait vie. Et j'avais raison : j'avais plus en commun avec mon arrière-grand-père qu'avec mon ennuyeux fonctionnaire de père.

Je mis la photo de côté pour étaler les articles que j'avais apportés. D'abord, une histoire du *New York Tribune* de 1911 que j'avais depuis longtemps plastifiée et que je connaissais par cœur :

TABLEAU DE LÉONARD DE VINCI
VOLÉ À PARIS

Paris, 22 août : le monde de l'art s'est vu chamboulé aujourd'hui en apprenant que la *Monna Lisa* de Léonard de Vinci, plus connue sous le nom de *La Joconde*, avait mystérieusement disparu du musée du Louvre.

Pas l'ombre d'un indice n'a été laissé par la ou les personnes qui l'ont emportée. Une fouille des moindres recoins, de fond en comble, n'a permis que de retrouver le précieux cadre et le panneau de verre qui le recouvrait, posés dans un escalier.

Mais le plus étonnant dans cette affaire, c'est que le tableau n'a pas été déclaré volé pendant près de deux jours. On croyait qu'il avait été décroché pour être photographié ou nettoyé.

Je posai l'article sur le manteau de la cheminée, puis je parcourus les autres. Peut-être qu'ici, à Florence, j'y verrais quelque chose que je n'avais pas repéré auparavant. L'un suggérait que *La Joconde* avait été volée par quelqu'un dans le but de faire chanter le gouvernement français ; un autre sous-entendait que le vol avait été fomenté par les Allemands pour nuire à la France ; un troisième, daté de deux semaines après le crime, affirmait que pas moins de trois témoins avaient vu la *Monna Lisa* dans un train en direction de la Hollande, mais la piste n'avait pas été suivie et les noms des témoins jamais révélés. Un autre affirmait qu'un riche Américain, un « Occidental », avait dérobé le tableau et l'avait embarqué sur le *Kaiser Wilhelm II*, mais quand le bateau était arrivé à New York, ni l'Occidental ni le tableau ne se trouvaient à bord ; un véritable mystère.

Il y avait trois autres articles – un qui fustigeait le Louvre pour ses lacunes en matière de sécurité, un autre qui se moquait de la police pour leur enquête ratée, et un dernier qui estimait que le vol n'était qu'une farce. Bien sûr, le Louvre avait été laxiste. Ajoutez à cela le fait que le directeur du musée était en voyage le jour où le tableau avait disparu, et que le garde supposé se trouver dans le Salon carré avec *La Joconde*, même si le musée était fermé, était resté chez lui pour s'occuper d'un enfant malade, et vous aviez de nombreuses raisons de penser qu'il s'agissait d'un coup monté ou d'une sorte de complot.

Il restait un dernier extrait de journal, à mes yeux le plus important. Il avait été publié dans un petit journal parisien, *Le Cri de Paris*, précisément un an et un mois *avant* le vol de 1911.

LA JOCONDE VENDUE À UN AMÉRICAIN

Paris, 24 juillet : des sources fiables ont affirmé que la *Monna Lisa* avait été volée discrètement dans sa galerie du Louvre une nuit de juin grâce à la complicité d'un employé du musée, et remplacée par une copie dans son cadre. L'originale aurait été cachée à New York, où elle aurait été vendue à un collectionneur américain.

Bien qu'elle n'ait jamais été prouvée, cette histoire servait de fondation à plusieurs théories qui voulaient que *La Joconde* exposée aujourd'hui au Louvre soit fausse. Cette idée, qui me hantait depuis que je l'avais lue quand j'étais adolescent, expliquait ma venue sur place : j'espérais que le journal de Peruggia m'apporterait une réponse et que j'apprendrais enfin la vérité.

Je glissai la photo dans le cadre en bois du miroir au-dessus de la commode : le prisonnier numéro 378.699 de face et de profil, veste noire, cravate rayée, col amidonné, épaisse chevelure noire à la raie au milieu bien peignée sur un front haut. Avec ses pommettes saillantes et sa lèvre inférieure charnue, et malgré un nez épais qui évoquait les rixes urbaines et les querelles de bar, il était beau garçon. J'avais passé des heures et des heures à fixer cette photo pour la raison qui m'avait fasciné au départ et qui me hantait encore : si ce n'était la moustache en guidon de vélo de Peruggia et sa paupière tombante sous son œil droit légèrement plus petit, on aurait pu être frères. Pendant des années, j'avais essayé de deviner ce qui se cachait derrière son visage fermé. À présent, après avoir lu quelques pages de son journal, je croyais percevoir ses besoins et ses désirs, sa soif de reconnaissance ; quelque chose que je ne comprenais que trop bien.

« Je ne la laisserai pas filer », dis-je, autant à la photo qu'à moi-même. J'avais réussi à m'en sortir et devenir quelqu'un, et je n'allais pas revenir en arrière. Ce garçon perdu de Bayonne allait rester perdu, et je ne comptais pas le ressusciter. « Je découvrirai la vérité », dis-je en adressant un signe de tête au cliché. Pour la première fois, j'y croyais vraiment. « Quoi qu'il en coûte ! »

11

John Smith consulta les dossiers qu'il avait transférés sur son téléphone : un sur l'Américain et l'autre sur les professeurs italiens – feu Antonio Guggliermo et son amant plus jeune, Luigi Quattrocchi – ainsi que l'échange de courriels entre Quattrocchi et Perrone. Il posa le téléphone et recula dans son siège, balayant des yeux la chambre et le petit bureau qui lui serviraient de base d'opérations temporaire. L'hôtel n'avait rien de luxueux, mais Smith n'avait jamais eu aucun attrait pour le luxe, il n'en voyait pas la nécessité et trouvait même ça futile. Il pensa à son appartement lyonnais, à peine meublé et immaculé. Quand il était enfant, il s'était imaginé une vie excitante loin des cités, et même s'il avait réussi à s'en sortir, un exploit en soi, il n'avait jamais vraiment connu l'excitation. Jusqu'à ce jour.

Fatigué mais survolté, il se laissa tomber au sol et fit une série de pompes à une main jusqu'à ce qu'il se sente réveillé, déterminé. Haletant, il se releva en vitesse. Ignorant le panneau NON-FUMEUR, il alluma une cigarette, ouvrit la fenêtre et sortit son torse musclé à l'extérieur.

Tu fais bien ton boulot, Smith, mais tu ne fais pas d'efforts supplémentaires, pas de sacrifices.

Entretien avec son arrogant superviseur danois, Andersen, à peine une semaine plus tôt. Un homme qui occupait son poste depuis moins de trois ans, qui adorait raconter à ses subordonnés et à quiconque voulait bien l'entendre que son nom venait de l'anglais Andrew, qui signifiait viril, masculin ; même si Smith n'avait jamais trouvé ça frappant.

Des sacrifices ? Apparemment, les nuits entières et les week-ends ne comptaient pas. Ce travail représentait toute sa vie ; Andersen ne le savait donc pas ?

Il tira une grosse bouffée sur sa cigarette et regarda la fumée s'estomper et disparaître.

Évidemment, il savait très bien ce que son superviseur voulait dire : il n'avait pas joué de rôle fondamental dans la résolution d'enquêtes. Contrairement aux analystes, qui avaient non seulement retrouvé la trace d'œuvres disparues, mais dont les données avaient également conduit à des arrestations et des restitutions.

Et vous ne travaillez pas bien avec les autres.

Cette réflexion l'avait vraiment touché. Smith s'imaginait en train de cogner le type et de regarder le sang couler sur la moustache blond pâle et son menton faible.

Il montrerait à son supérieur, et aux autres aussi, il leur prouverait qu'il pouvait non seulement tenir la distance, mais aussi aller beaucoup plus loin, faire ce qu'il fallait, quoi qu'il en coûte. Après vingt ans comme analyste des renseignements criminels, il avait développé un certain instinct pour les bonnes pistes, et c'était exactement cette sensation qu'il avait à ce moment précis.

Une autre longue bouffée. Il garda la fumée dans ses poumons jusqu'à ce qu'il ait mal.

Aux yeux d'Interpol, il était en arrêt maladie (opération chirurgicale bénigne, rien de sérieux, mais il lui fallait une semaine environ pour récupérer), ce qui avait surpris ses collègues car il n'avait jamais posé le moindre arrêt. *Pas de place pour l'échec*, se dit-il. Échouer à présent sonnerait la fin de sa carrière, ce qui ne pouvait pas arriver. Il avait pris sa décision, et il ne pouvait plus revenir en arrière.

Il envoya valser son mégot par la fenêtre, le regarda rougeoyer et tomber, puis il leva les yeux de l'autre côté de la Piazza di Madonna plongée dans l'obscurité, sur le bâtiment en pierre grise et son enseigne électrique, PALAZZO SPLENDOUR, qui clignotait dans la nuit comme une foutue notice rouge d'Interpol.

12

NEW YORK

Sa femme s'était déjà démaquillée et avait appliqué sur sa peau raffermie par la chirurgie une couche de crème affreusement onéreuse qui donnait à sa chair un aspect brillant et radioactif.

« Quelle belle soirée : tu as fait du bon boulot », dit-il, même si elle s'était contentée d'engager un traiteur et des serveurs, ce qui n'était pas vraiment un boulot. En plus, c'était lui qui avait payé.

Sans lever les yeux ni même répondre, elle laissa tomber son kimono de soie sur le divan Empire, d'où il glissa au sol où il forma un petit tas. Elle ne fit aucun effort pour le ramasser, se mit au lit, alluma une lampe et attrapa un livre de poche sur sa table de nuit, ses ongles rouge sang tapotant la couverture ; quelque chose avec *meurtre* dans le titre.

« Ne te fatigue pas trop avec tes lectures, dit-il.

— C'est une histoire de mafieux, répondit-elle. Ça devrait te parler. »

Il fit un pas en avant, les bras le long du corps et les mains tremblantes tandis qu'une série d'images anciennes lui traversait l'esprit : l'arrière-boutique d'un bookmaker, pleine de monde et de fumée ; les virées nocturnes avec son père où l'on ne prononçait pas un mot, ou bien les leçons qu'il n'osait interrompre ; les claques dans la gueule et pire encore, bien pire.

« Vas-y, dit sa femme en tendant la joue. Frappe-moi. Je sais que tu en meurs d'envie. »

Non, il ne lui donnerait pas la satisfaction de le voir perdre le contrôle, ni quoi que ce soit qu'elle puisse utiliser contre lui devant un tribunal ; elle qui fut autrefois la belle jeune femme qu'il vola à un homme bien plus jeune, elle dont la beauté relevait plus du souvenir que de la réalité. Il se demandait comment il pourrait la tuer, et disposer son corps en une pose artistique façon Goya ou Vélasquez. Mais il ne ferait pas une chose pareille, se salir les mains ; même s'il ne voyait pas pourquoi, à soixante-quatre ans, il n'aurait pas droit à une troisième épouse qui l'apprécierait vraiment.

« Tu comptes lire longtemps ? demanda-t-il.

— Pourquoi ? Ça te dérange depuis l'autre bout du couloir ? »

Ils n'avaient pas dormi dans la même pièce depuis des années.

Il tourna les talons, en se disant qu'il devait y avoir un moyen de se sortir de ce mariage. Un accident ? Ce ne serait pas difficile à organiser, mais il avait des choses plus importantes en tête ces temps-ci.

Il emprunta le couloir puis l'escalier en colimaçon jusqu'au premier étage de sa maison de ville. Il ne s'arrêta pas pour regarder le tableau sur le palier, un nu rose et charnu de Renoir, trop doux à son goût, choisi par la gorgone de trente-neuf ans à l'étage. L'espace d'un instant, il envisagea de le déchirer.

Un autre escalier l'amena jusqu'à son bureau dans la cave. Seules deux choses traînaient sur son bureau, deux livres : une copie usée de *Crime et châtiment* de Dostoïevski, son roman préféré – la première partie, quand le héros, Raskolnikov, commet un meurtre et se considère comme un surhomme au-dessus des lois, mais pas la seconde partie, avec ses longueurs ennuyeuses sur la culpabilité et la repentance, qu'il ne comprenait pas. Dans la vie, il fallait prendre ce qu'on voulait, message du deuxième livre sur son bureau : *Le Prince* de Machiavel.

Derrière le meuble, une grande bibliothèque en bois, quelques livres d'art, une rangée de catalogues d'enchères, le reste des étagères à nu. Il attrapa la télécommande dans le premier tiroir du bureau, appuya sur quelques boutons, et la bibliothèque glissa sur des rails pour laisser apparaître le mur derrière. Un autre code et le mur lui-même s'ouvrit. De l'autre côté, une porte en acier. Après un nouveau code tapoté en vitesse, la porte s'ouvrit et il pénétra dans la chambre forte. Il appuya une dernière fois sur la télécommande et tout se referma dans son dos – le mur et la bibliothèque reprirent leur place.

C'était toujours son moment préféré, debout dans le noir à attendre. Il le savoura jusqu'à ce qu'il n'en puisse plus, puis il actionna l'interrupteur, et la pièce s'emplit de lumière.

Dix-huit tableaux. Onze dessins. Treize gravures. Chaque œuvre éclairée par son propre spot, toutes acquises au cours des trente dernières années en commençant par un petit Picasso de la période bleue. Près du

Picasso, la seule autre acquisition légale de la chambre forte, une eau-forte de Rembrandt, estimée alors à un demi-million de dollars – une misère, comparée aux autres œuvres de la pièce. Il prêtait souvent ces deux articles à des musées pour des expositions, afin de leur prouver qu'il était réglo mais aussi généreux.

Il coupa l'alarme et vérifia le thermostat pour s'assurer qu'il affichait bien vingt degrés, puis l'humidificateur, tous deux reliés à un petit générateur, avant d'étudier sa collection. Il s'arrêta devant un paysage marin de Monet, admirant la richesse des bleus et des violets du ciel et de l'eau. De là, il passa à un petit Van Gogh représentant une congrégation quittant une église. Il prit son temps, passant parfois le doigt sur la peinture, un péché – la peau grasse contre le délicat pigment –, mais il faisait bien ce qu'il voulait, comme donner un coup de langue sur le téton d'un nu de Gauguin en imaginant le goût de la sueur et du sel, ainsi que les histoires, les vies vécues à l'intérieur du tableau, l'artiste Paul Gauguin à Tahiti et la jeune fille, belle mais sans importance, qu'il avait immortalisée.

Il frissonna. Il recula, admirant ses trésors, ses enfants, ravi à l'idée que ces œuvres n'appartiennent qu'à lui.

Égoïste ?

Il ne le croyait pas. Après tout, n'en prenait-il pas mieux soin que les galeries et les musées négligents à qui il les avait dérobées ?

C'était sa mission, mystique et divine, presque religieuse, la façon qu'il avait de voir une œuvre dans un musée ou une galerie, de ressentir une vibration palpable, et de savoir qu'il la lui fallait, qu'il devait la secourir – l'idée pénétrait son esprit comme murmurée par Dieu.

Il passa de la scène tahitienne de Gauguin à une madone de l'artiste norvégien Edvard Munch, étonnamment séduisante, les lèvres rouge sombre légèrement entrouvertes. Il lécha les siennes, puis se glissa dans le fauteuil Warren Platner plaqué or, sentit le dossier recourbé épouser la forme de son corps comme s'il flottait. Il approcha le fauteuil plus près du tableau, les pieds en métal raclant le sol en marbre, l'écho du grincement résonnant dans la pièce. Il se couvrit les oreilles, mais trop tard ; les fantômes étaient déjà là.

La chaise grinça contre le sol de béton du garage où l'homme avait été traîné depuis son lit au beau milieu de la nuit, les yeux écarquillés de peur, les suppliques étouffées à peine audibles derrière l'adhésif sur sa bouche. Le garçon l'observait, un œil sur son père, qui vissa le silencieux, puis l'enleva et demanda à son fils de le faire, perché au-dessus de lui, toussant à cause du début d'emphysème qui aurait fini par le tuer s'il avait vécu assez longtemps. Le garçon de quatorze ans s'exécuta avec brio, remit le silencieux, le dévissa d'un coup de main rapide, essayant d'ignorer les sons gutturaux qui provenaient de l'homme sur la chaise.

« Remets-lui de l'adhésif sur la bouche », dit son père.

Le garçon en arracha un morceau et l'appliqua sur la bande déjà en place. Il sentit les lèvres de l'homme bouger sous ses doigts comme des vers. Il sentit également une odeur – la chaleur, la sueur et quelque chose d'acide –, qu'il identifierait plus tard comme celle de la peur. Il baissa les yeux et vit la tache humide qui s'étalait sur le bas de pyjama de l'homme.

« Et si quelqu'un rentre à la maison ? demanda le garçon.

— Personne va rentrer. Sa femme est pas là. Ses enfants sont Dieu sait où, et on s'en fiche. Ils me racontent pas la vie du type, juste l'heure et l'endroit.

— Et si quelqu'un nous entend ?

— C'est pour ça que le flingue a un silencieux, abruti. Ça va pas étouffer tout le bruit, mais le rendre suffisamment sourd pour pas réveiller les voisins – et quand est-ce que je t'ai autorisé à poser des questions ? » Son père lui mit le pistolet dans la main. « Enfile ça, dit-il en lui tendant une paire de gants en caoutchouc tout en lui enfonçant des bouchons en mousse dans les oreilles. Vaut mieux pas que tu finisses sourd ou aveugle. À quoi tu me servirais, sinon ? » Il rit en s'étouffant. « Plus près, dit-il. On est pas au stand de tir. »

Le garçon avança d'un petit pas.

« Plus près, j'ai dit ! » Il attrapa son fils par la peau du cou et le poussa en avant.

L'homme se tortillait sur le siège, secouant la tête de part et d'autre.

« Vas-y, dit le père, orientant la main du fils tenant le pistolet vers la poitrine de l'homme. Appuie sur cette putain de détente. »

L'homme clignait des yeux rapidement, ses lèvres se contorsionnaient sous l'adhésif.

« Maintenant ! Bordel ! *Maintenant !* »

Le garçon tira, l'arme recula dans sa main au son d'un *putt* assourdi.

« Putain, tu lui as tiré dans l'épaule ! » Il saisit la main du garçon dans la sienne, visa la poitrine de l'homme et appuya sur le doigt de son fils. Un autre *putt* se fit entendre et une tache rouge apparut au centre du tee-shirt de l'homme ; elle s'agrandit et s'estompa jusqu'à ce qu'il rappuie sur le doigt du garçon et qu'une nouvelle tache rouge apparaisse.

« Ne jamais prendre de risques », dit son père.

Le garçon regarda l'homme basculer sur le côté, emportant la chaise avec lui, et s'effondrer sur le sol du garage ; toute la scène, l'instant, gravée dans son cerveau, mais quand il y repenserait plus tard, il se rendrait compte qu'il n'avait rien ressenti.

« Bon garçon », dit son père dans un rare moment d'affection en lui tapotant l'épaule.

Les lèvres grenat de la séduisante madone de Munch réapparurent nettement et il reprit son calme, puis il tourna les yeux vers le trésor, vers ses douces lèvres et son sourire énigmatique à *elle*, le seul tableau à disposer de son propre mur. Il pencha la tête d'un côté puis de l'autre, ses yeux à elle suivant son regard, et il s'approcha, effleura des doigts la peinture craquelée de sa joue, persuadé de sentir de la chair et de la chaleur là où il n'y en avait pas. Il se pencha en avant, ses lèvres à quelques centimètres des siennes, les traits peints devenus flous, étourdis par le sort qu'elle leur avait lancé. Il recula d'un pas, le souffle coincé dans la gorge.

Mais est-ce vraiment elle ?

Il lui fallait la réponse.

Il avait lancé le mouvement pour en obtenir la preuve, et il ne pouvait plus reculer.

« Quoi qu'il en coûte, il faut que je te connaisse, lui murmura-t-il. Quoi qu'il en coûte. »

13

BIBLIOTHÈQUE LAURENTIENNE
FLORENCE, ITALIE

« Comment saviez-vous que j'allais arriver ? » Je regardai le carton blanc qui attendait dans le chariot à livres de Riccardo en continuant de sourire pour ne pas paraître agressif.

« Je vous ai entendu avec le gardien, dans l'autre pièce », répondit Riccardo.

Je hochai la tête, mais je n'étais pas convaincu qu'il ait eu le temps de se rendre jusqu'à la réserve pour aller chercher le carton. Mais pourquoi se méfier ? Étais-je simplement devenu paranoïaque après avoir passé tant d'années à la recherche de ce carnet introuvable ?

Chiara se pencha vers nous.

« Quelque chose ne va pas, *signore* Perrone ?

— Appelez-moi Luke, dis-je. Non, tout va bien. » Une pensée me vint. « Je me demandais, vous avez quelque chose sur… » Je marquai une pause pour trouver un nom. « Duccio ?

— Il y a beaucoup de choses sur l'artiste siennois, *signore.* » Elle sourit. « Luke. Des livres rares et des – comment vous dites ? – des écrits universitaires.

— Puis-je les voir ?

— Il y a plusieurs cartons.

— Les écrits universitaires suffiront, répondis-je en souriant.

— *Uno momento* », dit-elle, puis elle s'adressa à Riccardo en italien tandis que je repensais au cambriolage dans l'appartement de Quattrocchi et à la requête du collectionneur de documents rares.

Chiara me redemanda s'il y avait un problème. Je lui répondis que non, que j'étais juste fatigué, et elle me dit que je travaillais trop, en me tapotant la main de ses ongles fuchsia. Riccardo revint avec un carton étiqueté DUCCIO II, je retirai ma main de sous celle de Chiara, posai le carton de Duccio sur celui des MAÎTRES DE LA HAUTE RENAISSANCE, puis traversai la pièce vers la longue table à l'extrémité de laquelle je repris la même place.

Les deux chercheurs de l'autre jour étaient encore là, au même endroit, alors que les places n'étaient pourtant pas assignées. Celui à la queue-de-cheval leva les yeux et sembla presque me regarder par-dessus ses lunettes de lecture. Je le fixai jusqu'à ce qu'il détourne le regard, puis j'ouvris le carton de Duccio, qui contenait principalement des dossiers et des feuilles volantes, et tout ce dont j'avais besoin. Je le mis de côté, pris un moment pour construire une forteresse de fortune avec les dossiers de Guggliermo avant de sortir le journal, puis je me rassis et commençai ma lecture.

14

Je ne voulais pas aller à l'atelier de Picasso. Mais Simone a insisté pour que je passe plus de temps avec d'autres artistes. Et j'avais du mal à lui dire non.

J'ai pris l'omnibus de la place de l'Odéon et je suis sorti en haut de la colline. J'ai remonté une autre rue bordée de boulangeries et de restaurants où l'air sentait les pâtisseries sucrées. Mon estomac me paraissait vide et creux. Je n'avais pas mangé depuis des heures. Rien qu'une tranche de pain avec de la confiture de fraise que Simone avait faite avec les fruits qu'elle avait cueillis au bois de Boulogne.

Je me suis roulé une cigarette. Je me servais de la fumée pour me remplir les poumons. Puis je me suis dirigé vers la rue Ravignan jusqu'à la Ruche. Un petit bâtiment de bois. Plusieurs artistes avaient leur atelier là-bas. Dont Picasso.

J'ai hésité. J'avais encore le temps de renoncer. J'avais déjà rencontré le petit Espagnol et je ne l'aimais pas. Mais les mots de Simone m'ont poussé en avant.

Picasso a ouvert la porte dans une salopette tachée de peinture. Il m'a dit de m'asseoir pendant qu'il peignait. Trop occupé pour se montrer cordial.

L'atelier puait l'huile de lin et la térébenthine. Et le chien. Un vieux machin horrible endormi aux pieds de Picasso. Il y avait des toiles partout. Toutes dans le nouveau style cubiste. Fragmentées et affreuses. J'ai regardé du coin de l'œil deux petites sculptures qui me paraissaient familières sur une étagère. Ibériques et primitives. La pointe de la mode à Paris. Il m'a fallu un moment pour me souvenir où je les avais déjà vues. À mon travail. Au musée du Louvre !

J'ai gardé un ton calme et j'ai demandé à Picasso où il les avait eues.

Quand il m'a répondu qu'il les tenait de son ami le critique d'art Guillaume Apollinaire, j'ai senti monter un accès de rage. Apollinaire avait parlé de mes tableaux dans une exposition récente. Il les avait qualifiés de vieillots et démodés. Des mots qui brûlaient encore dans mes tripes.

Picasso savait-il que les sculptures étaient volées ? Peut-être qu'il en était même responsable. Je n'en étais pas sûr. Mais j'ai bien pris note qu'elles étaient chez lui.

Picasso chantait tout en peignant. Une petite chansonnette de music-hall populaire.

Oh Manon ma jolie
Mon cœur te dit bonjour
Ma jolie ma jolie ma jolie[1]

---

1. Ce poème est en français dans le texte, de même que tous les passages suivis d'une astérisque (*N.d.T.*).

Il a chanté ce refrain idiot en boucle. Puis il m'a fait un discours sur l'art et ma responsabilité en tant qu'artiste. J'ai écouté sans faire de commentaire, mais ses mots m'ont offensé. Il m'a parlé de son ami, l'autre cubiste, Georges Braque. Il parlait d'eux comme les Wilbur et Orville Wright de la peinture. Quelle vanité ! Il continuait de discourir sur les peintres vieux jeu et de leur rapport à la beauté. Je savais que ça m'était adressé. Les mêmes mots qu'Apollinaire avait employés pour critiquer mon œuvre.

Picasso a posé ses pinceaux. Il s'est mis face à moi. Il a tourné son tableau de sorte que je puisse y jeter un coup d'œil. Il m'a expliqué en long en large et en travers comment il réinventait la forme en trois dimensions sur une surface plate.

Je n'y voyais rien d'autre qu'un fouillis fracturé. Mais je n'ai pas dit un mot.

Il m'a demandé si je comprenais ce qu'il disait. J'ai senti la rage monter en moi. Mais j'ai répondu calmement. Je lui ai dit que je comprenais parfaitement et je lui ai posé une question en retour. Pourquoi ne pas peindre le plus beau tableau possible ?

Picasso a répondu d'un ton sec. Parce que ça avait déjà été fait, mieux que lui ou moi n'aurions jamais pu le faire !

Je lui ai dit que tout ce que j'avais toujours voulu, c'était de peindre les plus beaux tableaux possibles.

Il m'a regardé comme si j'étais idiot. Il a dit que c'était une idée venue du passé.

Nous avons échangé comme ça pendant un moment. Aucun de nous deux ne voulait renoncer à son point de vue.

Picasso a fini par me proposer une tasse de café. Mais c'était trop tard. J'en avais assez de ses leçons. Assez de ses insultes.

J'ai trouvé une excuse et je suis parti.

Dehors il faisait froid. Les arbres étaient couverts de gel. Je me suis arrêté devant le café des Abbesses et j'ai jeté un œil par la vitre embuée. À l'intérieur se trouvait mon ami Max Jacob. Il dessinait des tableaux dans l'air pour une jolie jeune femme qui le regardait, l'air captivé. Je n'avais pas vu Max depuis des mois. Pas depuis qu'il avait pris le parti de Picasso, de Braque et de ce salaud d'Apollinaire.

J'avais envie de m'asseoir avec Max et la jolie fille. De boire du café. De faire partie de leur conversation animée. Mais non. J'ai tourné les talons et juré de ne jamais remettre les pieds dans cet endroit. J'étais un marginal. Et je le resterais.

J'ai descendu la colline et marché rapidement jusqu'à la place de l'Odéon. J'ai évité l'autobus. J'avais besoin de rester en mouvement. J'ai gravi la colline et je me suis mis à courir aussi vite que je pouvais. Je savais à présent que je fuyais l'avenir pour me réfugier dans le passé. Mais pendant que je courais je ne faisais que penser aux sculptures dans l'atelier de Picasso. Et à comment je pourrais les utiliser contre lui.

15

Je m'arrêtai de lire à l'endroit où Peruggia avait tracé un gros trait au bas de la page, et j'ai noté qu'il avait déjà fait ça auparavant : ajouter sa démarcation personnelle à la fin d'un passage. Je pensais à lui dans l'atelier de Picasso, à quel point il avait dû se sentir humilié et furieux, et je le comprenais bien – je connaissais la compétition entre artistes. Je me levai et m'étirai, le dos raide d'être resté assis pendant trop longtemps. Le gars à la queue-de-cheval leva les yeux et me fit un signe de tête, que je lui rendis, notant surtout que la blonde était de retour au bout de la table. J'avais été tellement absorbé par le carnet que je ne l'avais pas vue entrer.

Chiara venait de quitter son poste pour suivre Riccardo dans la réserve, et Beatrice était penchée sur son bureau, comme d'habitude. Le chercheur à la queue-de-cheval traversa la pièce pour feuilleter une pile de livres. Je profitai du moment pour faire ce que j'avais planifié plus tôt – je vidai la moitié du contenu du carton de Duccio, plaçai le carnet à l'intérieur et le recouvris de dossiers et de papiers. Si quelqu'un voulait mettre la main sur le carnet – et d'après Quattrocchi, c'était le cas d'un collectionneur de documents rares –, il ne penserait pas à le chercher là. Il y avait un risque que les bibliothécaires vérifient. Penseraient-ils que je l'avais volé ? Quattrocchi avait dit que personne ne connaissait son existence, mais les bibliothécaires avaient-ils fouillé les papiers de Guggliermo et l'avaient-ils découvert ? Je n'en savais rien, mais c'était un risque à prendre.

Je rapportai les deux cartons au bureau de Chiara. Elle me demanda si j'avais trouvé ce que je cherchais dans les papiers de Duccio, et je lui répondis que oui, mais que j'avais besoin d'en lire davantage et que je lui redemanderais les documents.

« *Certo* », dit-elle avec son habituel sourire charmeur.

Je retournai chercher mon sac à dos et mon ordinateur, en faisant une nouvelle fois le grand tour pour sourire à la blonde. Cette fois, comme elle me rendit la politesse, je m'arrêtai et, dans ce que je considérais comme l'une des techniques de drague les plus osées de mes trente-sept ans, je me penchai vers elle pour lui demander dans mon meilleur italien si elle voulait aller prendre un café.

« Mais je suis en train de lire, dit-elle.

— Vous êtes américaine, répondis-je.

— Oui. Vous aussi. J'étais sûre que vous étiez italien ou espagnol. »

J'appréciai le fait qu'elle m'ait imaginé une personnalité, aussi erronée fût-elle. Je tournai la tête pour lire le titre d'un de ses livres : *La Peinture à Florence et à Sienne après la peste noire*.

« Une vraie poilade. Je l'ai lu.

— Ce n'est pas vrai !

— Je le jure devant Dieu. » Je fis un signe de croix. « Un bon bouquin sur la peste bubonique, et je suis le plus heureux des hommes. »

Elle rit, ses lèvres charnues laissant apparaître des dents droites et blanches.

Chiara nous pointa du doigt.

« Vous allez m'attirer des ennuis, murmura la blonde.

— Désolé, murmurai-je en retour. Mais vous savez que ce livre existe en anglais et en version poche ? Pas besoin de venir jusqu'ici pour le lire.

— Oh, mais j'adore venir ici.

— Moi aussi. Je dis juste que vous pourriez découvrir les effets de la peste sur les artistes n'importe où sur la planète, fis-je en crânant un peu.

— Oh. » Elle feignit une moue. « Vous m'avez gâché la fin. »

Je ris, et Chiara nous jeta un nouveau regard noir.

« Juste un café, murmurai-je. Avant qu'elle nous mette dehors. »

Étant donné l'absence de fenêtre dans la salle de recherche, je n'avais aucune idée de la météo depuis mon arrivée le matin par un temps couvert qui annonçait la pluie. À présent, le ciel au-dessus de San Lorenzo était d'un bleu pastel orné de nuages cotonneux, mais il faisait encore frais.

« C'est de la vraie ? lui demandai-je en la regardant nouer son écharpe de fourrure autour de son cou.

— Seulement si on compte le lapin.

— Je crois que la plupart des lapins seraient de cet avis.

— Vous n'allez pas me dénoncer à PETA, quand même ? »

Je m'esclaffai alors que nous empruntions l'une des rues qui partaient de la place, étroite, anguleuse et bordée de magasins – une boutique de chaussures chics, un stand de glaces, un magasin de vêtements pour homme à la mode et même un Foot Locker. Juste derrière se trouvait un petit café, où je suggérai que l'on s'arrête.

« Mais il fait si bon, maintenant ! Marchons un peu.

— D'accord, dis-je.

— C'est facile, avec vous, dit-elle.

— J'aime à le penser. »

Je lui souris.

« Oh, vous êtes pire que les hommes italiens. Vous êtes là depuis longtemps ou vous êtes toujours comme ça ?

— Désolé, dis-je. Non, ça ne fait que quelques jours. Au fait, je m'appelle Luke Perrone.

— Donc, vous êtes bien italien.

— Italo-américain. Ça compte ? »

Elle répondit en un haussement de sourcils et un demi-sourire ; une fois de plus, j'eus l'impression qu'elle m'étudiait ou qu'elle regardait au-delà de moi.

« Et Luke, il a un petit surnom ?

— Non », répondis-je, mais je me mis à réfléchir.

Mes copains à Bayonne m'appelaient « Lucky », mais je m'en étais débarrassé le jour où j'étais parti, tout comme mon accent du New Jersey et tout ce qui avait un lien avec cet endroit.

« Luke, donc. Ça vous va bien », dit-elle. Elle tendit la main sans enlever son gant. Le cuir semblait doux et onéreux.

« Alexandra Greene. Avec un *e*.

— On peut vous appeler Alex ou Ali ?

— Ça dépend.

— De ?

— De si je vous aime bien ou pas. » Elle me regarda de haut en bas. « Je n'ai pas encore décidé. »

Nous continuâmes de marcher dans la rue plongée dans l'ombre, entre les immeubles si proches qu'ils bloquaient la majeure partie du ciel. Je lui demandai où elle avait grandi et ne fus pas surpris d'apprendre qu'elle venait de l'Upper East Side. Elle avait ce mélange de cool et de sophistication que les enfants de Manhattan portaient comme une seconde peau. J'étais sûr qu'elle était allée à l'école privée.

« À Friends », répondit-elle quand je lui posai la question.

J'aurais parié sur l'une des écoles les plus classes d'Uptown, comme Nightingale ou Brearley.

« Il y a une Friends School à Manhattan ? Je ne connais que celle de Brooklyn.

— C'est bien à Brooklyn.

— Et ça ne gênait pas vos parents de vous faire faire tout ce chemin depuis l'Upper East Side ?

— Mes parents sont divorcés, répondit-elle, comme si ça expliquait tout. Comme tout le monde, non ?

— Pas les miens. Ils ont pris perpète, pas de conditionnelle en vue.

— Ils ne sont pas heureux ?

— Je crois que ce mot ne fait pas partie de leur vocabulaire, et en plus ils n'ont pas assez d'argent pour divorcer.

— Oh », fit-elle, et, pendant un moment, on aurait dit qu'elle me regardait différemment, qu'elle m'analysait pour trouver des traces de pauvreté. Elle me demanda d'où je venais et j'avouai ma provenance du New Jersey, puis je changeai de sujet et lui demandai ce qui l'amenait à Florence. « Je finis une thèse… en… histoire médiévale.

— D'où le livre sur la peste.

— Ça, c'est juste pour le plaisir, dit-elle en souriant.

— Où étudiez-vous ?

— Barnard. Vous savez : la section féminine de Columbia. »

Je n'étais pas surpris qu'elle aille dans une école de l'Ivy League. Je n'allais certainement pas lui révéler que j'avais fait deux ans d'université publique où j'avais cravaché dur pour me constituer le portfolio qui m'avait permis d'entrer à l'école d'art.

« Donc, en plus, vous êtes intelligente.

— En plus ?

— Belle et intelligente.

— Vos racines italiennes ressortent encore.

— Désolé. Les hommes se mettent toujours dans le pétrin, quoi qu'ils disent.

— Ce n'est pas tant ce qu'ils disent que la façon dont ils le disent. Mais vous n'êtes pas dans le pétrin. Pas encore. » Elle ajouta un demi-sourire. « Au fait, je sais que ce livre sur la peste est disponible aux États-Unis. Ça fait simplement partie de mes excuses pour venir ici, même s'il n'y en a pas besoin, n'est-ce pas ? » Elle opéra un demi-tour sur le talon de ses bottes. « Je veux dire : c'est magnifique.

— C'est vrai », dis-je en la regardant tournoyer avec grâce, comme si elle avait pratiqué la danse classique, ce qui était probablement le cas.

Elle était clairement nantie, le genre de fille avec laquelle je n'aurais jamais imaginé sortir quand j'étais plus jeune, et encore moins me promener dans les rues de Florence.

« Orsanmichele, dit-elle en indiquant un bâtiment de pierre à l'aspect d'une forteresse. On entre ? »

L'intérieur ne ressemblait à aucune autre église, de forme possiblement carrée avec un autel décentré, pas de grandes fenêtres pour illuminer l'espace, très sombre. Les rares personnes qui la visitaient étaient perdues dans l'obscurité.

« Autrefois, c'était un grenier », dit Alexandra, et soudain je me rappelai mon cours : le marché aux grains devenu église. Je reconnus aussi le tabernacle orné, encore plus luxueux en vrai, comme une église gothique miniature, en marbre blanc, incrusté de lapis et d'or, construit autour d'un tableau très coloré de la Madone.

« Andrea Orcagna, dis-je. Encore un grand peintre et sculpteur de la Renaissance. » Je m'approchai pour admirer les détails tandis qu'Alexandra se promenait dans la chapelle attenante, mais elle ressortit une minute plus tard et s'accrocha à mon bras.

« On y va. »

Je lui parlai de la galerie de statues à l'étage, mais Alexandra répondit qu'on verrait une autre fois, visiblement pressée de partir.

« Qu'est-ce qui ne va pas ? demandai-je une fois dehors.

— Un type m'est rentré dedans – fort –, et je crois qu'il l'a fait exprès. » Je lui demandai à quoi il ressemblait, mais elle haussa les épaules. « Difficile à dire, il faisait si sombre, mais il était costaud, et il a murmuré *Faites attention à vous*, et pas simplement *Attention* ; plutôt comme un avertissement. »

Je me retournai vers l'église et proposai d'y revenir, mais Alexandra refusa.

« Donc il parlait anglais ? » dis-je.

Un autre haussement d'épaules, elle ne savait plus trop, puis elle me prit le bras et me conduisit dans une ruelle vers un café qu'elle connaissait.

L'intérieur était calme, avec des banquettes de cuir rouge et des appliques dorées au-dessus des tables.

Alexandra se glissa dans un box et retira son manteau. Elle portait un pull à col en V couleur crème, probablement en cachemire. Une fine chaîne en or autour de son cou, pourvue d'un pendentif ovale, reposait sur le creux entre ses clavicules. Elle commanda un *caffè americano*, et moi un double *espresso*.

Elle me demanda pourquoi je passais du temps à la bibliothèque, et je lui répondis que j'effectuais quelques recherches.

« Sur quoi ?

— Je ne sais pas trop. »

Je n'étais pas prêt à lui parler du carnet. Elle insista, mais je changeai de sujet et lui dis que j'étais artiste peintre. Je le regrettai immédiatement parce qu'elle me demanda où j'exposais, et je dus admettre que ma galerie venait de fermer.

« Vous en trouverez une autre, dit-elle.

— Comment le savez-vous ? Vous êtes une sorte de sorcière ?

— Peut-être. Je vous sens bien. »

Moi aussi, je la sentais bien.

Nous parlâmes de New York – comment la vie y était dure mais facile, le bruit constant et la crasse mais aussi l'effervescence, comme nulle part ailleurs –, de l'université, de ses études, de mes cours ; mais elle ramenait constamment la discussion à moi et semblait vraiment intéressée. Le temps passa vite et de façon agréable, comme si je la connaissais depuis longtemps. Je voulais que le moment ne s'arrête jamais, mais après les cafés, son humeur changea.

Elle se leva d'un bond et annonça qu'elle devait rentrer à son appartement, qu'elle avait à peine défait sa valise, sur un ton bien trop grave pour une tâche aussi simple. Je lui offris mon aide mais elle déclina, et quand je lui proposai de la raccompagner, elle refusa. Je n'eus comme seul prix de consolation qu'un rapide baiser sur la joue, et l'odeur persistante de son parfum tandis que je la regardais s'éloigner, le manteau en cuir d'agneau qui flottait, le son de ses talons s'estompant jusqu'à ce que la porte du café se referme derrière elle.

16

À travers la vitre, il observe l'Américain, comme il en est venu à l'appeler ; une sorte de nom de code et un moyen de rendre les choses impersonnelles. Il les regarde sourire, l'Américain et la blonde, et l'espace d'un instant il ressent quelque chose qu'il n'arrive pas à identifier, et qu'il ne cherche pas à identifier. Les sentiments ne lui avaient jamais apporté que des ennuis. Il tire une grande bouffée sur sa cigarette et réprime la sensation naissante jusqu'à ce qu'il ne ressente plus rien.

Son téléphone portable vibre. Il voit le numéro mais ne répond pas. Il s'occupera de ses employeurs plus tard. Il continue de regarder par la fenêtre et se retient d'entrer dans le café, de s'insérer entre les deux tourtereaux, de poser une main sur la cuisse de la blonde et l'autre sur la gorge de l'Américain. Mais cela ne fait pas partie du plan ; du moins pas encore. Le sang cogne dans son visage.

La blonde se lève et il l'observe, les yeux rivés sur ses jambes, sur sa démarche, comme un cheval de course ou une mannequin de défilé. Il envisage de la suivre, l'esprit chargé d'images pornographiques, et il ne voit pas que l'Américain règle l'addition, donc il doit faire volte-face rapidement lorsque celui-ci sort du café, à trente centimètres de lui.

Il attend un moment, puis il le suit et s'arrête en voyant l'Américain se diriger dans le cloître. Il sait qu'il va à la bibliothèque, et il reprend sa place habituelle dans l'allée, dehors, sur un escalier de pierre où il peut rester anonyme, s'asseoir, fumer et savourer l'idée de ce qui va arriver.

17

Èiniziato come qualsiasi altro giorno al museo.

Ça a commencé comme n'importe quel autre jour au musée.

J'étais occupé à fabriquer de nouveaux cadres et réparer les anciens. Je n'arrêtais pas de déplacer le tableau d'un bout à l'autre de ma table de travail. J'essayais d'éviter le regard insistant de la dame de Léonard. On aurait dit qu'elle m'observait. J'ai fini par la recouvrir d'un chiffon et j'ai travaillé aussi vite que j'ai pu. Il fallait que je rentre tôt à la maison. Je devais acheter du miel pour le thé de Simone et rallumer le feu dans notre appartement glacial.

Il ne me restait plus que quelques francs. À peine assez pour finir la semaine. Je savais que Simone ne me laisserait pas toucher à l'argent que nous avions mis de côté pour le bébé. J'ai ravalé ma fierté. J'ai demandé à mon patron une petite avance sur mon salaire. Il a refusé. J'avais envie de lui hurler dessus. Envie de l'étrangler. Mais je me suis retenu parce que j'avais besoin de ce travail. Maintenant plus que jamais.

À l'heure du déjeuner, je suis sorti. Il faisait froid mais j'avais besoin d'air. J'ai mangé la tartine de confiture que Simone avait préparée pour moi. Mais mon estomac me semblait encore vide.

C'est là que je l'ai remarqué. Un homme que j'avais déjà vu hier. Une créature flamboyante qui portait une cape et un chapeau. Un uomo *efféminé.*

Je lui ai tourné le dos. J'ai baissé la tête. Mais je l'ai entendu s'approcher. Sa canne d'argent résonnait sur la route. Puis son ombre s'est abattue sur moi.

J'ai levé la tête, je lui ai jeté un regard noir et fermé un œil. Une grimace dont je me servais pour éloigner les gens, ce qui fonctionnait, d'ordinaire. Mais pas cette fois.

Il s'est arrêté devant moi. Mais je n'ai pas prêté attention à lui. Il a tendu une main aux longs doigts minces. Je l'ai ignorée.

Il a commencé à parler. J'ai cru déceler un accent. Quelque chose d'élégant et doux comme du velours. J'avais l'oreille pour ces choses-là ; comme j'avais fait beaucoup d'efforts pour me débarrasser de mon propre accent italien. Il a dit qu'il venait d'Uruguay. En Amérique du Sud. Il a souri et révélé de longues dents jaunes. Des gencives déchaussées.

J'ai détourné le regard mais ça ne l'a pas arrêté.

Il m'a dit qu'il s'appelait Valfierno. Le marquis Eduardo de Valfierno. Il m'a répété son nom plusieurs fois. Puis il s'est assis près de moi. Il a ouvert un sac et en a extrait une pomme et un pain au chocolat qu'il m'a offerts en me disant qu'il n'avait pas faim.

J'ai essayé de résister, mais mon estomac grondait. Je les ai pris et j'ai mangé goulûment. Il n'a pas arrêté de parler de sa noble naissance et de ses amis. Il a dit que c'étaient les marchands d'art les plus influents du moment, et qu'il était venu à Paris pour acheter et vendre des œuvres. J'étais intéressé, mais je faisais de mon mieux pour ne pas lui montrer.

Il m'a demandé si je travaillais au musée. C'était évident. Je portais ma tunique de travail ornée de l'emblème du musée. J'ai acquiescé. Mais je ne lui ai pas dit que c'était un travail à temps partiel. Ni que j'avais peur de me faire virer.

Il m'a demandé si c'était un boulot intéressant. Je lui ai dit que ça n'était pas ses affaires. Je me suis levé et il a osé m'arrêter en posant sa main aux doigts longs sur mon bras.

Il a dit qu'il avait une proposition à me faire. Quelque chose de lucratif. Je me suis défait de son emprise. J'ai répété que je devais retourner à mon poste. Mais il a continué de parler. Il m'a demandé si on pouvait se retrouver après le travail. J'ai dit non. Je ne pensais à rien d'autre qu'à Simone dans notre appartement glacial. Aux bûches dans le poêle qu'il fallait ajouter. Je me suis éloigné en vitesse. Mais il m'a suivi. Il n'arrêtait pas de me poser des questions : combien ils me payaient au musée ? Est-ce que j'aimais travailler là-bas ?

Je n'ai pas répondu.

Il m'a crié après pour m'offrir un verre. Ou un repas. Il insistait pour que j'écoute sa proposition.

Je me suis arrêté. Je lui ai fait face.

Il m'a regardé en souriant. Il a dit qu'il pouvait me fournir plus d'argent que je n'en gagnerais jamais en une vie entière au musée.

Je l'ai fixé. Je n'ai rien dit.

Il a passé la main dans son manteau et sorti une petite boîte argentée. Il m'a tendu une carte sur fond crème. Puis il a fait volte-face et je l'ai regardé s'éloigner. Sa canne résonnait sur la route. Sa cape voletait comme un nuage d'encre noire.

J'ai étudié la carte. Son nom et son adresse étaient imprimés en une police cursive sophistiquée. J'ai envisagé de la déchirer en mille morceaux. Mais je l'ai glissée dans la poche de ma tunique. Je ne pensais pas le revoir un jour.

18

Le restaurant était encore plus bruyant et enfumé au dîner qu'au déjeuner – et Quattrocchi était en retard. Je parcourus mes courriels. Aucun message de lui. Un de l'université au sujet de réunions que j'avais manquées. J'inventai une excuse : *Je suis à Florence pour aller voir des œuvres dont je parlerai dans mes cours au prochain semestre. Je prends des notes à partir desquelles j'espère rédiger un article. Hâte de le faire lire à vos yeux d'expert.* Être un peu lèche-cul, ça ne faisait jamais de mal.

Je commandai un minestrone et repensai à ce que je venais de lire. *Valfierno*. Je connaissais bien ce nom grâce à mes années de recherche – le mystérieux arnaqueur, considéré par certains comme le cerveau derrière le vol de *La Joconde*. Je l'imaginais bien, avec ses traits fins et sa démarche boiteuse, en train de séduire mon arrière-grand-père en lui promettant une fortune. Je voulais en savoir plus sur ce qu'il prétendait lui offrir, et j'aurais continué ma lecture si la bibliothèque n'avait pas dû fermer.

Je regardai ma montre : près de huit heures et demie. Avais-je commis une erreur en posant trop de questions à Quattrocchi la dernière fois ? Je pensais que nous nous étions quittés sur une note cordiale, et c'était lui qui avait proposé qu'on se revoie.

J'ai balayé la pièce des yeux. Une fille à la table voisine, une étudiante que je reconnaissais de l'autre jour, croisa mon regard.

« *Ma scusi, stavo qui l'altro giorno e...*

— *Sì, sì.* Je me souviens, dit-elle.

— *Posso chiedere ?*

— Je parle anglais, dit-elle.

— Ah, parfait. L'homme avec qui j'étais l'autre jour…

— *Professore* Quattrocchi.

— Exact. J'étais supposé le retrouver ce soir. Vous l'avez vu ?

— Non, répondit-elle. Mais je n'ai pas cours avec lui avant demain. »

Le garçon à côté d'elle prit la parole.

« Le *professore* n'est pas venu en cours, aujourd'hui.

— Vous savez s'il est malade ? »

Le garçon haussa les épaules.

Je vérifiai à nouveau mes messages. Rien de la part de Quattrocchi.

Je finis ma soupe, commandai une tranche d'un délicieux gâteau à l'huile d'olive, pris mon temps pour le déguster, puis je sirotai un *espresso* en pensant à Alexandra Greene, au fait que nous avions bien commencé – du moins d'après moi – jusqu'à son départ soudain. Peut-être qu'elle avait vraiment besoin de défaire sa valise. Ou bien cherchait-elle une excuse pour s'éloigner parce qu'elle avait l'impression qu'on allait trop vite ? J'aimais mieux cette explication et je n'étais pas prêt à laisser tomber.

Dehors, il faisait sombre. Des tas de gens déambulaient malgré le froid, mais j'étais fatigué, prêt à aller me coucher. J'essayai d'appeler Quattrocchi pour la seconde fois et je tombai encore sur son répondeur. J'étais sur le point de ranger mon téléphone lorsque je rentrai dans un type – ou bien était-ce lui qui m'était rentré dedans ?

« Pardon », dis-je. Je vis mon reflet dans ses lunettes noires et la cigarette vissée au coin de sa bouche. Il se retourna sans un mot. « Hé, ne vous excusez pas, surtout ! » lui criai-je, mais il avait déjà disparu dans la foule, la fumée de sa cigarette se mêlant à celle des pots d'échappement qui montait dans l'air.

19

Deux longues volées de marches, puis deux plus petites : Alexandra avait insisté pour que nous montions à pied plutôt que par l'ascenseur. J'étais un peu essoufflé ; j'avais clairement délaissé ma gymnastique quotidienne. Nous atteignîmes le palier, et le deuxième étage de la galerie des Offices s'ouvrit à nous comme un coffre aux trésors – un long rectangle bordé de statues figuratives, un mur de fenêtres baignant l'espace de lumière, un plafond de bois sculpté et richement peint, le tout produisant un effet presque étourdissant ; ou bien étaient-ce les quatre escaliers ?

Une demi-heure plus tôt, je m'étais rendu à la bibliothèque, excité à l'idée de continuer ma lecture, mais le bâtiment était fermé pour cause de grève – une affiche manuscrite sur la porte de la salle de recherche indiquait les horaires : de neuf heures à seize heures. Polis mais agités, quelques chercheurs, dont les deux habitués, attendaient devant avec différents degrés d'agacement jusqu'à ce qu'Alexandra arrive et suggère que nous allions aux Offices, une invitation surprise mais agréable.

« *Uffizi*, dis-je. “Offices” en italien.

— Je n’avais jamais fait le rapprochement.

— Dessinées par l’artiste Vasari pour abriter les bureaux de la famille Médicis.

— J’adore que vous ayez ces anecdotes en tête à tout instant », dit Alexandra, puis elle prit les devants et se dirigea vers une galerie contenant deux grands tableaux de la Madone sur son trône.

Je les connaissais grâce à mon cours, et Alexandra fut impressionnée que je puisse citer les artistes de l’autre bout de la pièce.

« Cimabue et Duccio, dis-je, en pensant au carnet que j’avais caché dans le carton de ce dernier, toujours inquiet à l’idée que quelqu’un puisse le trouver.

— Quelque chose ne va pas ? demanda-t-elle.

— Je suis juste bouleversé par les œuvres », répondis-je, et c’était vrai.

Les tableaux médiévaux avaient clairement été pris dans des églises ; certains avaient des bords en bois crénelés, d’autres des cadres qui faisaient clairement partie d’un plus grand ensemble autrefois. Le mot « vol » me traversa l’esprit, et j’imaginai mon arrière-grand-père avec *La Joconde* cachée sous sa chemise.

Alexandra dit qu’elle en avait assez du christianisme primitif, et elle se dirigea vers le couloir. Je la suivis jusqu’à une pièce pleine de tableaux du maître de la Renaissance Sandro Botticelli.

« Magnifique », dis-je, frappé par une œuvre de la taille du mur entier que j’essayai d’admirer par-dessus les têtes d’un groupe de touristes japonais, dont le guide et les trente participants portaient tous des casques audio qui grésillaient comme un champ de grillons.

Je me glissai devant, et Alexandra me suivit.

« *La Primavera*, dis-je.

— Le printemps.

— Botticelli s'approprie un thème païen tiré des mythologies grecque et romaine : Vénus nous invite dans son jardin.

— Je suis partante ! » dit Alexandra, et je me dis qu'elle aurait aisément pu se glisser dans le tableau, prendre sa place près des trois Grâces et danser avec elles. Ses cheveux blonds, aujourd'hui détachés, tombaient sur ses épaules ; un sujet idéal pour Botticelli. « C'est Mars, derrière elles ? demanda-t-elle. – Non, c'est Mercure, le dieu du printemps, qui éloigne les nuages d'hiver. »

Alexandra me lança un regard, puis elle passa à la pièce suivante – encore Botticelli, son tableau le plus célèbre, *La Naissance de Vénus*, la déesse sur une moitié de coquillage, plus séduisante que n'importe quelle femme dans l'histoire de l'art, même si à mon humble avis Alexandra boxait dans la même catégorie.

J'eus du mal à m'en extraire, mais je ne le regrettai pas en arrivant dans la salle voisine, à la lumière tamisée, où le chef-d'œuvre inachevé de Léonard de Vinci, *L'Adoration des mages*, était accroché sur le mur du milieu. J'avais déjà vu des reproductions de ce tableau, mais rien ne m'avait préparé à cette vision ; la moitié du tableau à l'état de dessin sur la toile, la main de Léonard parfaitement visible. La Madone au centre n'était faite que d'à peine plus d'un trait, fantôme magnifique, les silhouettes autour d'elle plus ou moins terminées, l'ensemble fascinant. C'était comme si je voyais le cheminement de pensée de Léonard, ses prises de décision au fil de son travail. En arrière-plan, un seul arbre était complètement peint, mais le paysage et l'action autour – les murs, les chevaux et les collines – restaient à l'état de croquis.

« Qu'est-ce que vous en pensez ? demanda Alexandra.

— Que c'est peut-être le plus beau tableau que j'aie jamais vu », répondis-je.

Mes yeux suivaient le charbon et les coups de pinceau, et je ressentais toute l'émotion contenue dans les visages à moitié achevés. J'avais l'impression que de Vinci me parlait à travers le temps, qu'il m'attirait dans son monde et dans le passé.

« C'est dommage qu'il ne l'ait pas terminé, dit Alexandra.

— Je suis content qu'il ne l'ait pas fait. »

Une partie de moi pensait que c'était intentionnel, que Léonard avait eu le génie de s'arrêter à ce moment précis, alors que les choses commençaient à prendre forme. Le carnet tournait dans ma tête, Vincent à sa table de travail au Louvre, fabriquant un cadre pour *La Joconde*, et pour la première fois, j'arrivais à imaginer ce qu'il avait dû ressentir – le pouvoir de De Vinci pour vous attirer, vous faire participer à ses œuvres vivantes.

« J'adore voir la main de l'artiste au travail.

— La main de l'artiste », répéta Alexandra en prenant la mienne de façon impulsive ou inconsciente.

Peu importait la raison, je sentis une petite décharge électrique à son toucher. Elle m'emmena en bas de l'escalier, et je l'aurais suivie n'importe où. Au pied des marches, je sentis quelque chose : je m'arrêtai et me retournai.

« Qu'y a-t-il ? » demanda-t-elle.

L'espace d'une seconde, j'avais eu l'impression que quelqu'un me suivait, mais il y avait des gens partout. « Rien », dis-je en essayant de ne plus y penser.

Nous traversâmes les salles des peintres maniéristes – Pontormo et Bronzino –, artistes connus pour leur sens de l'exagération et l'ornement, l'extravagante *Madone au long cou* de Parmigianino, devant laquelle j'aurais adoré rester plus longtemps, mais Alexandra se dirigeait déjà vers une autre salle, où elle s'arrêta, et je la rejoignis.

Deux femmes tenaient le général. L'une d'elles portait une lame à son cou, et le sang coulait sur le côté du lit.

« L'un de mes tableaux préférés, dit-elle. Par l'une de mes artistes préférées.

— Artemisia Gentileschi, *Judith décapitant Holopherne*.

— Vous avez lu le cartel ou vous le connaissez par cœur ?

— C'est un tableau assez célèbre, dis-je, mais c'est la première fois que je le vois en dehors d'un livre scolaire. Je donne un cours entier sur Artemisia.

— C'est vrai ? Mes professeurs d'histoire de l'art ne parlent quasiment pas d'elle. C'est incroyable, non ? Tout ce mouvement, comme si le tableau allait se mettre à bouger, comme un film, et regardez la tête du général – on l'entend presque hurler !

— L'une des rares grandes artistes femmes de la Renaissance, dis-je.

— L'une des rares que l'on connaisse, dit Alexandra.

— C'est son père qui lui a appris à peindre. »

Alexandra se retourna vers moi.

« C'est à lui que vous attribuez tout le mérite ? À son père ?

— C'est un fait, c'est tout.

— Soit elle avait du talent, soit elle n'en avait *pas* ! » Alexandra mordit le dernier mot. « Elle vaut bien n'importe quel homme de la Renaissance !

— Je suis bien d'accord », répondis-je en levant les mains en l'air.

Nous restâmes là un moment, et je percevais encore sa colère.

« Désolée, dit-elle, mais je la ressentais irradier d'elle, ardente et indignée ; puis elle se tourna face à un autre tableau. Si je croyais en Dieu, ce tableau me ferait remettre en question son existence. »

C'était *Le Sacrifice d'Isaac* du Caravage, Abraham sur le point de sacrifier son unique fils, la main appuyant la tête du garçon sur un rocher, couteau levé, le visage de l'enfant déformé par la peur.

« Quel genre de dieu sadique demande à un père de tuer son seul enfant ? dit-elle. Quelle sorte de père ferait *ça* ? » Elle secoua la tête comme si elle cherchait à en déloger cette pensée, et je la sentis à nouveau : une colère chauffée à blanc, démesurée par rapport à l'œuvre et à l'instant présent.

« Personne ou presque ne peint aussi bien que le Caravage », dis-je, essayant de ramener la conversation vers la peinture. J'attirai son attention sur la composition dynamique du Caravage, sa façon d'entraîner le regard sur toute la toile, le mélange de beauté et de laideur mais aussi de neuf et de vieux, tout ce que les artistes avaient tenté de faire pendant des siècles, ce qui me fit penser à Vincent dans l'atelier de Picasso.

Alexandra me prit le bras et me tira en avant, mais je ne comprenais pas pourquoi elle montrait une telle précipitation. Nous avions le temps, ce que je lui fis remarquer.

« Je ne veux pas que vous m'en vouliez si vous n'avancez pas dans vos recherches – quelles qu'elles soient », dit-elle avec une pointe de sarcasme, que je choisis d'ignorer.

La galerie suivante, aux murs pourpres, était la première à être bondée de touristes.

« D'autres Caravage. Il attire toujours les foules », dit Alexandra.

Nous nous glissâmes au plus près pour admirer son portrait de Bacchus ; tout dans ce tableau exprimait la sensualité, le garçon semblait à la fois masculin et féminin.

« En avance sur son temps », dis-je en ajoutant les détails importants de la vie torturée du Caravage – sa bisexualité, la rixe durant laquelle il fut défiguré, l'accusation de meurtre qui le força à rester à Naples, le fait qu'à sa mort, à l'âge de trente-huit ans, on se demanda s'il avait péri d'une fièvre ou s'il avait été assassiné.

« Waouh ! dit Alex. Mes professeurs d'histoire de l'art se contentaient d'énoncer des faits. Votre cours a l'air bien plus amusant. »

Alors que je lui suggérais de s'y inscrire une fois rentrée, je fus pris d'inquiétude à l'idée que je n'enseignerais peut-être plus d'ici là. Je saisis l'occasion de penser à autre chose en admirant la *Méduse* du Caravage, décapitée, la bouche ouverte en un cri de surprise, les yeux écarquillés d'horreur, le sang coulant de la gorge ; un tableau terrifiant.

« C'est un autoportrait, vous savez ?

— Ah bon ? » Alexandra eut l'air surprise. « Pourquoi aurait-il voulu se peindre en Méduse, avec la tête tranchée qui plus est ?

— Je ne sais pas. Peut-être que c'est une réflexion sur la mortalité. » Je m'approchai pour mieux voir, mais la lumière se reflétait sur la boîte de plexiglas. « Je déteste ces fichues boîtes, dis-je en pensant à Vincent qui en fabriquait pour protéger les tableaux les plus précieux du Louvre.

— Ça me donne des frissons, dit Alexandra. Ces serpents semblent si réels, comme s'ils se tortillaient pour de vrai. »

20

Il fixe le reflet métallique de la peau de serpent, la tête décapitée, le sang rouge qui coule du cou tranché, l'éclat de lumière dans les yeux mourant de la Méduse, tout dans ce tableau si intense et si réel. Il meurt d'envie de le toucher, et il l'aurait fait si l'œuvre ne se trouvait pas dans une boîte – mais il a été distrait trop longtemps.

Où sont-ils ?

Il balaye la galerie du regard et les repère enfin à l'autre bout ; ils se dirigent vers la sortie. Il avance rapidement mais comme si de rien n'était, laissant quelques personnes entre eux et lui, il les suit dans la librairie où ils traînent un peu, à regarder des blocs-notes et des crayons, des puzzles et des jeux, le tout illustré par des œuvres d'art du musée. L'Américain envisage d'acheter une coque de téléphone avec une photo d'un tableau – la femme nue dans le coquillage –, qu'il montre à la blonde. Elle lui lance un regard, sourcil levé, puis elle rit.

Pourquoi est-ce que ça l'énerve tant de les voir passer un bon moment ? Une idée se forme dans son esprit comme une photo que l'on développe, floue, peu détaillée pour l'instant, mais il la peaufine, aussi sanglante et graphique que la reproduction de la *Méduse* qu'il vient de repérer. Il se demande s'il ne va pas l'acheter, mais trop tard : l'Américain et la blonde sortent déjà de la boutique.

21

La sortie nous mena dans une cour quelconque ; pas vraiment une cour d'ailleurs, plutôt un espace semi-ouvert agrémenté de quelques méridiennes en bois qui semblaient provenir du terrain de jeux d'un ensemble immobilier urbain. Quelques enfants étaient allongés dessus pendant que leurs parents consultaient les guides.

« Dieu que c'est laid, dis-je. Ils n'auraient pas pu peindre un mur ou ajouter des graffitis pour qu'il y ait au moins une forme d'art, ici, une sorte de transition entre les Offices et la vraie vie ? »

Alexandra me regarda avec un sourire impénétrable, puis elle se pencha et m'embrassa fougueusement sur la bouche ; le bout de sa langue vint caresser le mien avant de se retirer.

J'étais presque sûr que mon visage exprimait de la surprise – et de la joie –, mais Alexandra parut soudain coupable, mordillant sa lèvre inférieure comme une petite fille.

« Je suis désolée…

— Pas moi.

— Je n'aurais pas dû faire ça… C'est juste que vous avez parlé de votre cours entier sur Artemisia, et d'une transition artistique… » Elle secoua la tête. « Laissez tomber. » *Il y a peu de chance*, pensai-je, le sourire aux lèvres. « La bibliothèque est ouverte, à présent, dit-elle. Vous devriez y aller.

— Vous essayez de vous débarrasser de moi ?

— Non, dit-elle avant de se radoucir.

— Très bien, alors allons à la bibliothèque ensemble.

— Je ne peux pas. J'ai… des choses à faire…

— Hé, si c'est à cause du baiser…

— Je ne sais pas ce qui m'a pris. Est-ce qu'on peut faire comme si ce n'était jamais arrivé ?

— Si vous y arrivez, dis-je en souriant.

— À plus tard », répondit-elle, puis elle partit si vite que je n'eus pas le temps de lui demander quand.

22

Alexandra remonta la pente à la hâte. Qu'est-ce qui lui était passé par la tête, de l'embrasser comme ça ?

Elle n'avait clairement pas réfléchi. Ou peut-être que si ?

Elle posa un doigt sur ses lèvres, comme si elle pouvait encore sentir le baiser.

Mais c'était ridicule. Trop intense. Trop vite. Elle devrait y retourner et dire quelque chose. Mais quoi ? Ça ne ferait qu'empirer la situation, elle paraîtrait encore plus ridicule et téméraire, ce qu'elle n'était pas et ne pouvait pas se permettre d'être en ce moment.

Quelques rues plus loin, elle jeta un regard furtif en arrière, non pas parce qu'elle s'attendait à ce que Luke la suive, mais parce qu'elle avait l'impression que quelqu'un d'autre le faisait. C'était idiot, et impossible à prouver : il y avait des gens partout – un autre groupe de touristes, des Italiens portant des sacs de courses, des vendeurs proposant des cartes et des babioles. Elle traversa la place en vitesse et continua d'avancer jusqu'à ce qu'elle se retrouve dans une ruelle étroite qui donnait sur une petite place avec une vieille chapelle. Sur un coup de tête, elle entra – décidément, elle était très impulsive aujourd'hui.

À l'intérieur, l'église austère aux murs chaulés abritait de splendides fresques en arcs de cercle. Alex s'arrêta pour lire une plaque indiquant qu'il s'agissait de l'Oratorio dei Buonomini di San Martino, et que les fresques du XVe siècle représentaient les bonnes œuvres de l'ordre bénévole qui occupait cette chapelle. Elles se trouvaient très haut au-dessus de sa tête, mais elle tendit le cou pour les admirer.

Sur l'une d'elles, des nonnes s'occupaient d'une femme alitée. Les couleurs étaient douces, les expressions des religieuses très aimables, et le visage de la patiente pâle et maladif.

Soudain, elle se mit à pleurer à chaudes larmes. Elle essaya de se ressaisir, mais elle savait pourquoi elle pleurait et ne pouvait pas s'arrêter.

Elle sentit une main sur son épaule et fit volte-face si vite qu'elle manqua perdre l'équilibre.

« *Scusi*, lui dit une vieille nonne vêtue de blanc, le visage doux, l'air aimable, comme si elle sortait du tableau. *Stai bene ?*

— Euh, oui… ça va… », bégaya Alex.

Elle remercia la femme puis sortit de la chapelle en vitesse. C'était peut-être un signe pour lui dire qu'elle devait faire de bonnes œuvres. Mais en un sens, elle le faisait déjà.

23

J'ouvris la porte de ma chambre d'hôtel et m'arrêtai, frappé par une forte odeur de tabac. Je vis l'article de journal que j'avais affiché sur la cheminée avec la photo d'identité de Peruggia, tous deux tombés par terre. L'espace d'un instant, je restai immobile, inspectant la petite pièce du regard. Il n'y avait pas beaucoup d'endroits où se cacher – la salle de bains, ou sous le lit ? Je vérifiai les deux, puis je remis l'article à sa place et enfonçai la photo plus profond dans le cadre du miroir. Je m'assurai que la fenêtre était bien fermée ; elle l'était, donc ce n'était pas la brise qui avait envoyé les documents par terre.

Quelqu'un était entré ici ? La femme de chambre ?

Mais le lit n'avait pas été fait, et la serviette de toilette pendait encore sur le rebord de la baignoire, là où je l'avais laissée le matin même. Je retournai à la fenêtre, l'ouvris et jetai un œil dans l'allée, sombre et silencieuse. Personne à part Spider-Man n'aurait pu escalader ce mur. Même dans mon adolescence, quand je passais par-dessus les grillages et les murs, je n'aurais été capable de gravir quelque chose d'aussi abrupt. Je refermai la fenêtre, m'enfermai dans la chambre, essayant de repousser l'impression désagréable de violation d'intimité, et je me dis que les choses tombaient tout le temps par terre sans raison.

Je finis par me détendre suffisamment pour manger la part de pizza que j'avais achetée à un marchand ambulant, la fis descendre avec de la San Pellegrino tiède, et repensai à mes trois heures passées à la bibliothèque. Je sortis les notes que j'avais prises de peur de ne pas me souvenir, car j'avais du mal à me concentrer, le baiser d'Alexandra encore présent dans mon esprit et sur mes lèvres. Ma tête tournait : elle m'aime, elle ne m'aime pas ; mais si, elle doit m'aimer, elle m'a embrassé ! Alors pourquoi partir si vite ? Encore. Des regrets ? De la honte ? Je ne savais pas et il fallait que j'arrête de penser à elle. Je n'étais pas venu à Florence pour chercher l'amour. En fait, je voulais même faire une pause. Je repensai à ma dernière relation, la médiatrice de l'université, une rousse super intelligente que j'avais rencontrée en allant demander des conseils au sujet d'un étudiant difficile. J'étais ressorti avec son numéro de téléphone, et six mois de dîners, de sexe, de nuits et de conversations vraiment formidables. J'y avais mis un terme quand elle avait suggéré qu'on s'installe ensemble. Six mois et puis s'en va : mon schéma habituel.

Je relus mes notes pour me forcer à oublier Kathy la médiatrice, Amanda la journaliste culinaire, Terri la poétesse – et Alexandra ! Il fallait que je me concentre.

Ticolat réduit les heures de Peruggia.
Le rhume de Simone empire et elle ne peut plus travailler.
L'argent vient à manquer.
Peruggia rencontre Valfierno.

J'essayai de constituer une frise chronologique jusqu'au vol, mais je ne savais pas combien de temps s'était écoulé entre chacun de ces événements.

Je me levai pour me nettoyer les doigts pleins de gras de pizza et j'aperçus les mots Kill Van Kull tatoués à l'encre bleue juste sous la manche de mon tee-shirt, souvenir de ma vie passée, le pont de Bayonne tatoué au-dessus. À l'époque, aucun d'entre nous ne connaissait les racines coloniales néerlandaises du détroit de Kill Van Kull, nous aimions simplement le nom parce qu'il nous paraissait cool et menaçant, comme le sont beaucoup de choses quand on a quinze ans. Je me rappelai le jour où mes cinq frères du Kill Van Kull et moi-même nous sommes fait tatouer, défoncés à l'herbe et à l'alcool, encore plus suffisants que d'ordinaire, notre attitude provocatrice gravée à jamais sur nos bras.

Je contractai les muscles pour voir le quadrillage du pont grossir, ce que je trouvais cool à l'époque, mais j'étais ravi de pouvoir le cacher sous des manches longues à présent. Les maillons de chaîne qui faisaient le tour de mon autre biceps étaient plus faciles à cacher et ne nécessitaient pas beaucoup d'explications.

Je me souvenais à peine de qui j'étais à l'époque, les exclusions de l'école, les balades avec mes potes dans des voitures volées, toutes les nuits de beuverie. Non pas que ma bande fût foncièrement mauvaise.

On se cachait derrière l'idée que nous étions des Robin des Bois des temps modernes, cherchant à venger ceux qui le méritaient – même si nous faisions les règles et décidions qui méritait quoi.

Je lus quelques pages d'une nouvelle biographie de Léonard de Vinci que j'avais apportée. L'auteur revenait en détail sur le fait que Léonard était gaucher, et je m'endormis en pensant qu'il devait peindre de droite à gauche pour ne pas salir ses toiles, puis je rêvai que j'arrachais le carnet de Peruggia des mains d'un vieil homme qui gisait dans la rue, en sang, tandis qu'Alexandra me regardait depuis le trottoir et criait mon nom avant de disparaître.

Dans la matinée, je m'éveillai en frissonnant dans la pièce glaciale. Je me levai pour aller toucher le radiateur : il était froid. Je tournai le bouton jusqu'à ce que la vapeur sorte en un sifflement. Mais quand l'avais-je éteint ? J'enfilai un jean, incapable de me défaire du sentiment que quelqu'un était dans ma chambre hier. L'odeur de tabac froid persistait.

La bibliothèque n'était pas encore ouverte, donc je consultai mes courriels, dont un de mon assistant qui m'annonçait que le chef du département avait assisté à mon cours. Il trouvait que ça s'était bien passé et tenait à me le faire savoir. Je l'imaginai sur une chaise, le regard acerbe, à prendre des notes sur le cours et sur le fait que je n'y étais pas, ou pire, que mon assistant faisait un meilleur boulot que moi. J'envisageai de lui envoyer une autre note pour lui dire que mes recherches se passaient bien, mais était-ce le cas ? Aurais-je vraiment quelque chose à montrer à mon retour ? J'avais aussi reçu un courriel de mon cousin sculpteur, celui qui vivait dans mon loft, me disant qu'il passait un bon moment à New York et qu'il avait pris contact avec un galeriste de Chelsea qui voulait lui organiser une exposition. Je lui répondis « Génial » et fermai mon ordinateur en essayant de ne pas être trop jaloux du fait que mon cousin – qui n'avait passé qu'une petite semaine à New York – allait avoir une expo alors que je venais de perdre ma galerie.

Je boutonnai ma chemise, attrapai ma veste, et me dis que je devrais acheter un pull, peut-être dans cette boutique chic près de la place San Lorenzo devant laquelle j'étais passé avec Alexandra. Ce fut tout ce qu'il me fallut pour repenser à elle, non pas que j'avais arrêté de me repasser en boucle le baiser et le toucher électrique de sa main. J'espérais qu'elle serait à la bibliothèque, de la même manière que j'avais espéré voir la fille pour qui j'en pinçais quand j'étais au collège, mais c'était encore plus fort que ça : je l'avais dans la peau.

Le réceptionniste habituel était toujours là et fumait une cigarette, l'air autour de lui changé en un nuage toxique de nicotine. Il réussit à s'extraire de son tabloïd italien et leva la tête au ralenti.

« La femme de chambre ? *La domestica*, dis-je.

— *Perche ?* Un problème ? »

Je lui répondis que non, que j'étais simplement curieux. Il soupira comme si la conversation lui était pénible, et me dit que la femme de chambre était malade et qu'elle n'était pas venue travailler. *Et toi ?* pensai-je, mais l'idée qu'il puisse ne serait-ce qu'essayer de nettoyer une chambre me parut ridicule.

Comme il était encore tôt, je me forçai à marcher lentement de la Piazza di Madonna le long de San Lorenzo et m'arrêtai au café dans lequel j'avais été l'autre jour, où je fus accueilli comme un vieil ami. Je dégustai un *espresso* en discutant avec le barman de la météo, plus fraîche que d'habitude, de la politique, ce qui n'est jamais une bonne idée, puis du football italien, au sujet duquel je ne connaissais rien.

Le mélange de caféine et de conversation me requinqua, mais quand j'atteignis la place, j'eus à nouveau la sensation d'être suivi. Je regardai par-dessus mon épaule : quelques touristes, des Italiens avec des attachés-cases qui allaient travailler, personne à mes trousses, mais je n'arrivais pas à me défaire de ce sentiment ; mon radar pour ce genre de chose fonctionnait bien, ce qui m'avait été très utile dans ma jeunesse à Bayonne. Je regardai une nouvelle fois autour de moi mais je ne m'arrêtai pas, pressé de retrouver le carnet, et je coupai à travers l'allée sombre qui menait au cloître. Juste à côté de moi, deux moines, capuchon relevé à cause du froid, paraissaient plus menaçants que rassurants. Nous nous saluâmes d'un hochement de tête, puis ils se dirigèrent vers le jardin et je gravis les marches de la bibliothèque ; pendant tout ce temps, j'eus l'impression de ne pas être seul.

24

Il regarde son téléphone portable. Le point rouge qui représente le trajet de l'Américain de l'hôtel jusqu'au café s'est arrêté et reste en place.

Il n'avait eu aucun mal à installer la caméra et le capteur, dont l'ensemble ne mesurait qu'un tiers de centimètre, dans un coin de la chambre d'hôtel pour obtenir les informations du téléphone et de l'ordinateur de l'Américain, utilisables jusqu'à une distance de cent mètres grâce aux produits récents de chez FFI Software Solutions, une compagnie de matériel d'espionnage dont il s'était déjà servi pour son travail, activables depuis son téléphone.

L'Américain ne saura jamais que quelqu'un lit chacun de ses messages et courriels, écoute ses appels et suit ses moindres mouvements grâce au GPS.

Cette partie-là du travail s'était passée sans problème. L'autre partie, pas vraiment. Il avait fouillé la pièce, chaque tiroir, le placard étroit, sous le lit, il s'était arrêté pour lire les articles que l'Américain avait posés sur le dessus de la commode, mais ce qu'il cherchait n'était pas dans la pièce. L'objet devait se trouver dans la bibliothèque. Il fallait qu'il aille voir lui-même. Mais comment y entrer ? Et comment le récupérer sans se faire repérer et, en cas de succès, sans éveiller les soupçons ?

C'est impératif, c'est sa mission.

Le point rouge se remet en route, et il le suit quelques mètres derrière, sans se presser ; maintenant qu'il a installé son matériel d'espionnage, il ne perdra plus l'Américain et ne sera pas surpris par un quelconque mouvement brusque. Il agrandit la carte sur son téléphone avec son doigt et son index, voit le point bouger dans la rue et entrer dans la bibliothèque Laurentienne. Aucune surprise. Il prend son temps pour le rattraper, s'arrête dans un café, celui où l'Américain est allé plus tôt – c'est sympa qu'ils aiment le même établissement –, il fait la causette avec le gérant, puis il reprend sa place habituelle sur les marches de pierre et s'allume une cigarette. La place est bien calme, ce matin : il y a très peu de touristes, et les échoppes qui vendent des chaussures et des ceintures en face de l'église sont encore fermées. Il jette un œil dans l'allée sombre qui mène au cloître et aperçoit le moine qu'il a déjà vu traîner. Il ne détourne pas les yeux. Pourquoi le ferait-il ? Ce n'est qu'un homme assis sur la place à profiter de son café du matin et d'une cigarette. Il n'y a aucun mal à ça.

25

Le marquis m'a dit de le rejoindre dans un petit café.

L'endroit était faiblement éclairé mais pas suffisamment sombre pour que je ne voie pas les cafards par terre et sur les murs. Je ne pensais pas qu'un marquis fréquenterait ce genre d'endroit. Mais il était là. Il m'a salué d'un sourire carnassier. Il a dit qu'on avait des choses à fêter.

Je lui ai demandé quoi.

En guise de réponse, il a sorti un tissu de soie de sa poche. À l'intérieur se trouvait une cuillère en argent perforée. Il a commandé une bouteille d'absinthe Pernod. Du sucre en morceaux. Une carafe d'eau. Et des verres à pied.

Il a versé l'absinthe, posé un morceau de sucre sur la cuillère perforée et placé celle-ci en équilibre sur le bord de chaque verre. Puis il a lentement versé l'eau à travers le sucre jusqu'à ce que l'absinthe vert émeraude tourne au blanc laiteux.

Il m'a tendu un verre et m'a invité à boire. Il n'arrêtait pas de parler. Il m'appelait MON GARÇON, *ce qui ne me plaisait guère. Mais j'ai bu. Le goût anisé était intense et doux sur ma langue. Il me brûlait la gorge, mais je m'en fichais.*

Nous avons bu un verre, puis un autre. Valfierno n'arrêtait pas de remplir mon verre. Il parlait des tableaux qu'il avait achetés et vendus pour de grosses sommes d'argent. De comment il avait parcouru le monde. Des gens importants qu'il avait rencontrés.

Je l'ai écouté sans parler. Je n'avais rien à dire. Mais après un autre verre, ma langue a commencé à se délier. J'ai mentionné mes œuvres. J'ai dit que j'avais envie de créer quelque chose de grand et de beau. Je me suis plaint de mon travail et de Ticolat, mon patron. J'ai même avoué mon inquiétude concernant la santé de Simone. Tout du long, Valfierno a hoché la tête avec compassion comme un vieil ami et continué de remplir mon verre. Puis il s'est penché vers moi, m'a murmuré qu'il avait un moyen de faire tourner ma chance, et m'a exposé son plan.

Il a terminé, et j'ai éclaté de rire. J'étais convaincu qu'il plaisantait.

Valfierno a attendu. Puis il a répété, et j'ai compris qu'il était sérieux.

Je lui ai dit qu'il était fou ! Je me suis levé pour partir. Mais l'absinthe m'était montée à la tête et je ne tenais pas debout.

Valfierno m'a pris le bras de ses doigts longs et fins et m'a rassis dans mon siège. Il m'a expliqué comment on pourrait s'y prendre, en détail, et combien d'argent on pourrait gagner.

Je lui ai dit que c'était impossible.

Nous sommes restés assis quelques minutes sans parler. Je me disais qu'il était fou. Son plan n'était qu'un délire de dément.

C'est possible, voilà tout ce qu'il disait. Il m'a tapoté l'épaule. Puis la joue. Il m'a dit de lui faire confiance. Il n'arrêtait pas de m'appeler MON GARÇON. *J'avais envie de lui cracher au visage !*

Il m'a offert quelques francs pour que je m'occupe du rhume de Simone. Je n'avais pas envie de prendre l'argent, mais je l'ai fait quand même.

Il m'a dit qu'il y en aurait plus. Beaucoup plus.

Et c'est vrai que j'ai pris son argent. Mais je le dis maintenant devant Dieu : je n'avais aucune intention de faire ce qu'il suggérait.

Je ne l'aurais pas fait si les choses n'avaient pas changé.

26

Je tournai la page dans l'espoir d'en lire davantage sur le plan de Valfierno, mais Vincent avait changé de sujet et décrivait en détail les dessins qu'il gravait sur les murs de sa cellule avec un bâton qu'il avait ramassé dans la cour, apporté illégalement dans sa cellule et aiguisé sur le sol en pierre – une femme à moitié nue, en hommage à Simone, et Napoléon sur son cheval, d'après le célèbre tableau de Jacques-Louis David, peintre de la cour du dictateur, que Vincent avait dessiné de mémoire. Lorsque les cloches de San Lorenzo sonnèrent l'heure de la fermeture, je n'avais pas encore appris comment Valfierno avait convaincu Peruggia de voler le tableau le plus célèbre du monde, et je mourais d'envie de le savoir, je voulais continuer ma lecture. Je portai machinalement la main à mon téléphone, comme je l'avais fait des dizaines de fois dans ma vie pour prendre les pages en photo, puis je me rappelai que je ne l'avais pas sur moi.

Je fermai le carnet et levai les yeux. Chiara n'était pas à son bureau, et je ne voyais pas Riccardo. J'avais une minute pour prendre une décision. Comment faire ? J'ouvris le premier bouton de mon jean, et de mon autre main je commençai à faire glisser le carnet sur la table.

27

De l'extérieur, le café à côté de mon hôtel semblait morne, mais à l'intérieur, il était bondé. Les appliques projetaient des ombres dignes d'un film noir. Le barman, un jeune homme aux cheveux plaqués vers l'arrière, m'accueillit avec un grand sourire et un verre de *prosecco* offert ; j'aurais adoré le boire, mais je savais qu'il ne fallait pas. Je le laissai là et commandai une eau gazeuse tandis qu'il me décrivait les trois choix de paninis qui constituaient le menu du bar.

« *Farmi une sorpresa* », dis-je. Surprenez-moi.

Quelques minutes plus tard, il m'apporta un panini au *prosciutto* de Parme et à la fontine.

Je venais d'en prendre une bouchée lorsqu'un homme s'installa sur le tabouret à côté de moi. « Il fait frais, ce soir, dit-il. Je ne m'attendais pas à ce qu'il fasse aussi froid, ici. »

Je hochai la tête, pas d'humeur à discuter.

« Américain ? » demanda-t-il.

Je l'examinai : une casquette rabattue juste au-dessus d'une épaisse paire de lunettes noires qui semblaient presque opaques sous l'éclairage dramatique du bar.

J'acquiesçai de nouveau.

« Moi aussi ! dit-il. De Chicago. Et vous ?

— New York, répondis-je avec moins d'enthousiasme que lui.

— Meilleure ville du monde !

— Parfois », dis-je en prenant une autre bouchée de mon panini, tête baissée, dans l'espoir qu'il comprenne le message.

Il alluma une cigarette. « Dieu merci, on peut encore fumer en Italie ! » Il m'en proposa une. Je n'avais pas fumé depuis des années, encore une habitude que j'avais abandonnée et que je ne voulais pas reprendre.

Le barman lui servit son verre de *prosecco*, qu'il but d'une traite avant d'en commander un autre. Il pointa mon panini du doigt et dit :

« *Anche per me* », puis il me regarda. « J'espère que j'ai bien dit "La même chose pour moi". Je ne parle pas italien, mais c'est dans le guide.

— Vous lui avez demandé si vous pouviez coucher avec sa sœur.

— Quoi ? »

Le type ouvrit grand la bouche.

« Je plaisante. C'était bien ça.

— Vous m'avez bien eu, dit-il en me donnant un coup de poing dans le bras comme si nous étions de vieux camarades. Alors, qu'est-ce qui vous amène à Florence ?

— Le tourisme, répondis-je, cherchant toujours à en dire le moins possible.

— Moi, je suis là pour affaires, dit-il, même si je n'avais rien demandé. Pour acheter des tableaux et des objets pour mes clients. »

Cette phrase attira toute mon attention.

« Vous êtes marchand d'art ?

— Je n'aime pas trop ce terme, mais oui, j'achète et je vends des œuvres d'art.

— Il n'y a pas de honte à être marchand d'art.

— Je sais, mais parfois je me dis que je devrais faire autre chose, vous savez, quelque chose de plus utile.

— Acheter et vendre des œuvres, ce n'est pas utile ?

— Eh bien, ça n'est pas utile pour le bien de l'humanité.

— Très peu de choses le sont, répondis-je en me demandant ce que je faisais là – quelque chose pour le bien de l'humanité ou pour mon propre bien ?

— Et vous, qu'est-ce que vous faites ? »

Il me donna un petit coup de coude dans le bras. Je posai mon sandwich et me retins de soupirer.

« Prof, dis-je dans l'espoir que cette réponse mette un terme à la discussion.

— Oh. Prof de quoi ? »

J'envisageai de mentir, parce que je savais que ma réponse allait prolonger la conversation, mais je ne trouvai rien.

« D'histoire de l'art.

— Sans blague ! Eh bien, on a plein de choses à se dire. »

Et il se lança dans un monologue sur l'histoire de l'art, et notamment sur Léonard de Vinci, son « artiste préféré de tous les temps » ; cela retint également mon attention. Il me parla de tout, du style remarquable de peinture à l'huile employé par Léonard jusqu'à sa décevante expérimentation avec une nouvelle technique de fresque.

« Alors attention : je l'adore, hein ? Mais s'il s'était contenté d'utiliser les techniques de fresque classiques, *La Cène* ne serait pas dans un état aussi lamentable.

— Les artistes ont besoin de faire des expériences », dis-je.

Je n'avais aucune envie de poursuivre cette conversation, car je pensais à Vincent et à ce que Picasso lui avait dit.

« Vous avez sans doute raison, mais j'aurais aimé que de Vinci ait plus de patience. »

C'était la goutte d'eau.

« Vous plaisantez ? Il a passé douze ans sur *La Joconde* ! Il l'a emportée avec lui en France et a travaillé dessus jusqu'à sa mort. Enfin, voyons, c'était quelqu'un de très patient !

— C'est vrai, vous avez raison. » Il alluma une autre cigarette. « Mais j'aurais aimé qu'il produise plus d'œuvres, ou au moins qu'il finisse celles qu'il avait commencées.

— Tout ce que Léonard a fait – achevé ou non – relève du génie ! » Je pensai à son *Adoration des mages* aux Offices, Alexandra à mes côtés, et j'aurais aimé qu'elle soit avec moi à la place de ce type. « Vous qui êtes marchand d'art, que pensez-vous du nouveau de Vinci, le *Salvator Mundi* ?

— Vous voulez dire : *si* c'est bien un de Vinci.

— Vous doutez de son authenticité ?

— Comme tout le monde, non ?

— Je ne sais pas, mais il s'est vendu à quoi, trois cents millions ?

— Quatre cent cinquante millions, pour être précis, dit-il.

— On sait qui l'a acheté ?

— Vraisemblablement le prince héritier d'Arabie saoudite, Mohammed ben Salmane. Maintenant, le tableau est soit planqué soit perdu. Il ne fait pas partie de la grosse exposition du Louvre sur Léonard, et au musée d'Abu Dhabi, ils semblent avoir renoncé à le montrer au public – le Louvre Abu Dhabi, pardon. Tout est dans le nom. Ajoutez le mot "Louvre" à n'importe quel tas de briques et d'acier, et vous obtenez soudain un grand musée avec de grandes œuvres. » Il renifla avec un bruit de dégoût. « On raconte que les Saoudiens gardent le tableau en otage comme monnaie d'échange pour négocier avec les Français.

— Comment savez-vous cela ?

— Je l'ai entendu dire… à droite à gauche, fit-il avec un haussement d'épaules. Vous saviez que Napoléon avait décroché *La Joconde* pour la mettre dans sa chambre ?

— Vous ne l'auriez pas fait, si vous le pouviez ?

— Certainement pas. Je crois que les grandes œuvres d'art ne devraient pas être cachées au public ! »

Il avait élevé la voix, la fumée de cigarette sortant de son nez comme un dragon. Je lui dis de se calmer, que je plaisantais.

« Désolé, j'ai horreur que les collectionneurs particuliers privent le reste du monde de ces œuvres. » Il marqua une pause. « Vous ne feriez pas une chose pareille, vous ?

— *Moi ?* Non. Je ne pourrais pas me le permettre, même si je le voulais.

— Et si vous le pouviez ?

— Encore une fois, je plaisantais.

— Bien entendu, dit-il en me poussant du coude, un grand sourire aux lèvres, seule partie de son visage que je distinguais dans l'obscurité, ses lunettes noires cachant totalement ses yeux. Alors, vous êtes à Florence pour combien de temps ? »

Ça commençait à ressembler à un interrogatoire – mon vieux radar de l'époque Kill Van Kull détectait une ambiance qui ne me plaisait guère – et je lui retournai la question.

« Et vous, combien de temps vous restez ?

— Ça dépend de mes affaires. Vous travaillez sur quoi ? »

Il ne me semblait pas lui avoir dit que je travaillais sur quoi que ce soit, et j'en avais assez.

« Il est temps que je rentre, dis-je.

— Déjà ? La nuit ne fait que commencer. »

Je lui répondis que j'étais fatigué et lui souhaitai une bonne nuit.

« Vous vous levez tôt, demain ? »

J'y comptais bien, excité à l'idée de retrouver le carnet, mais cela ne le regardait pas, alors je ne répondis pas, je descendis du tabouret et je me dirigeai vers la sortie. Il m'arrêta, une main sur mon bras.

« Attendez. On ne s'est même pas présentés.

— Certes. Je m'appelle Luke Perrone. »

Il me tendit la main. « John Smith. Enchanté de faire votre connaissance », dit-il avant de me donner un autre coup de poing dans le bras.

J'eus envie de lui rendre le coup, plus fort. Il y avait quelque chose chez lui qui ne me plaisait pas, qui ne m'inspirait pas confiance : les lunettes de soleil à l'intérieur, toutes ses questions… Mais je me contentai de répondre : « Bonne nuit. »

28

Je n'ai rien écrit depuis des jours. Je n'y arrivais pas. L'idée de coucher tout cela sur le papier m'était trop douloureuse. Au lieu de ça, j'ai dessiné sur les murs de ma cellule. N'importe quoi pour me distraire. Mais aujourd'hui j'ai décidé qu'il fallait que j'écrive tout. Exactement comme c'était arrivé. Au mot près.

Les jours défilaient au musée. Quand j'ai eu fini de travailler sur la boîte en verre pour La Joconde, *Ticolat m'a annoncé qu'il n'avait plus besoin de mes services. Il a donné comme excuse le fait que j'avais pris des jours de congé, ce qui était vrai. Mais j'étais resté à la maison pour m'occuper de Simone. Ticolat le savait, mais il n'avait aucune empathie.*

Je ne savais pas quoi faire. Comment allais-je gagner de l'argent ? Comment allait-on survivre ? Je n'arrivais pas à dormir. Ni à manger. J'essayais de cacher mes angoisses à Simone. Je faisais semblant d'aller travailler tous les jours. J'ai cherché un poste de charpentier, mais il n'y en avait aucun. Nos économies baissaient à vue d'œil, et j'étais prêt à tout.

Alors j'ai revu Valfierno. Je lui ai dit que j'acceptais son plan. Je lui ai demandé quelques francs d'avance et il me les a donnés. On s'est serré la main. Mais je jure que je n'avais aucune intention de mettre le plan à exécution. Pas avant que la condition de Simone n'empire.

Pendant plusieurs jours, elle s'était sentie mal. Elle tremblait, à présent. Elle avait le visage rougi. Le souffle court.

J'ai enroulé une autre couverture autour d'elle. Je lui ai dit qu'il fallait qu'on l'emmène à l'hôpital. Mais elle a protesté. Sa voix était faible, mais sa volonté aussi ferme que le fer. Elle a affirmé que, la dernière fois, les gens de l'hôpital avaient failli la tuer par leur négligence. Elle était sûre qu'elle irait mieux. Que ce n'était qu'un simple rhume.

Mais la toux a empiré.

Je l'ai suppliée de me laisser l'emmener à l'hôpital. Elle a refusé une nouvelle fois. Elle m'a imploré, m'a dit qu'elle détestait cet endroit, que le bébé allait arriver dans quelques jours et qu'elle retrouverait sa force. Elle m'a dit que les médicaments que je lui avais achetés chez le pharmacien lui suffisaient amplement.

C'était impossible de la contredire.

Une journée de plus s'est écoulée, et sa toux persistait. Quand j'ai vu son mouchoir tacheté de sang, j'ai arrêté d'écouter ses protestations. Je l'ai prise dans mes bras. Elle était trop faible pour se débattre et a lové son corps frêle contre le mien. J'ai senti son souffle fiévreux contre ma joue.

Sur les six étages, je l'ai portée. L'objet le plus précieux de ma vie. Pendant tout ce temps, je priais et lui murmurais à l'oreille : Tiens bon, ma chérie. Tout ira bien. Je te le promets.

C'était une nuit glaciale à Paris. Sans lune. Sans étoiles. Avec le peu d'argent que j'avais obtenu de Valfierno, j'ai pris un taxi. Un luxe auquel je n'étais pas habitué. Il n'arrêtait pas de bringuebaler sur les pavés et j'ai dit au chauffeur de ralentir. Quelques instants plus tard, je l'ai supplié d'accélérer ! Je tenais Simone contre moi. Elle avait la peau brûlante. Malgré le bruit de la rue, j'entendais un cliquetis dans sa poitrine. Je me maudissais d'avoir attendu aussi longtemps.

Je n'arrêtais pas de lui répéter que nous allions arriver d'un moment à l'autre et je la suppliais de tenir bon. J'ai passé la main dans ses cheveux humides. J'ai embrassé ses paupières. J'ai vu à la lumière d'un réverbère que sa peau était passée du rose au gris. J'ai insisté auprès du chauffeur pour qu'il aille plus vite. J'ai serré Simone plus fort. Même si je craignais de ne pas être entendu par le Dieu que j'avais abandonné il y avait si longtemps, j'ai prié et prié encore.

Elle a serré ma main et murmuré mon nom. Elle m'a dit que j'étais un grand peintre. Que je devais m'en souvenir. Et que je devais être heureux.

Je lui ai répondu que ce n'était pas le moment de dire des choses pareilles. Que nous n'étions qu'à quelques minutes de l'hôpital. Mais elle a continué. Elle a dit qu'il était très important que je m'en souvienne.

Je lui ai dit de se taire. J'ai posé délicatement un doigt sur ses lèvres. Elles semblaient froides au toucher.

Elle m'a demandé de lui promettre d'être heureux quand elle serait partie.

Je ne supportais pas de l'entendre dire de telles choses. Je lui ai répété que ce n'était pas nécessaire. Qu'elle irait bien. Mais elle n'arrêtait pas. Alors je lui ai promis. Promis que je n'oublierais pas. Promis que je serais heureux. Je l'ai suppliée de garder un peu de force. Je lui ai dit que j'avais tant besoin d'elle. À mes côtés. Que j'avais besoin de sa confiance en moi. Que sans elle je n'étais rien. Je lui ai fait promettre de rester avec moi pour toujours.

Et elle a promis. Elle a murmuré mon nom. Elle a dit qu'elle serait toujours avec moi. Que je devrais la chercher dans les ombres.

Je l'ai suppliée de ne pas dire des choses pareilles ! C'était la fièvre qui parlait. Elle irait bien. Heureuse, en bonne santé, elle peindrait ses propres toiles magnifiques. Je l'ai implorée de tenir bon. Pour moi.

J'ai embrassé ses joues. Son front. Ses lèvres. Je l'ai tenue fermement dans mes bras tandis que le taxi ballottait dans les rues de Paris.

Elle a dit qu'elle m'aimait. Et je lui ai dit que je l'aimais.

Je lui ai dit qu'elle était tout pour moi.

J'ai senti les larmes couler de mes yeux et sur mes joues. Simone a fermé les paupières et blotti sa tête contre mon cou. Et j'ai senti ses larmes à elle.

Puis elle m'a demandé de chanter pour elle.

Chanter quoi ? ai-je demandé. Et pourquoi ?

Elle m'a dit de chanter. N'importe quoi.

Ma tête tournait. Je n'arrivais à penser à rien d'autre qu'à la stupide chansonnette qu'avait fredonnée Picasso, et je me suis mis à la chanter.

« Oh Manon ma jolie. Mon cœur te dit bonjour. »

Simone s'est mise à rire et à tousser du sang. Sur son chemisier. Sur la couverture. Et j'ai essayé de la calmer.

Mais elle m'a supplié de ne pas arrêter. De continuer de chanter. Elle avait besoin d'entendre ma voix. Besoin de savoir que j'étais à ses côtés.

Elle a agrippé ma main très fort. Les yeux pleins de larmes, je lui ai chanté la petite chanson ridicule encore et encore, au fur et à mesure que son étreinte se desserrait, puis la seule femme que j'aie jamais aimée est morte dans mes bras.

29

Je me passai de l'eau froide sur le visage, l'image de Simone mourant dans les bras de Vincent encore présente dans mon esprit. Je ne me souvenais pas d'avoir jamais ressenti une chose pareille ; d'ordinaire, je changeais la tristesse en colère ou bien je la refoulais et je faisais semblant de ne rien ressentir. Plus d'une de mes copines me l'avaient fait remarquer. J'étais venu ici pour découvrir des faits, pas des sentiments, mais le carnet me touchait de façons que je n'aurais jamais imaginées.

J'étais dégoûté de n'avoir pas volé le carnet, hier. Je l'aurais fait si Riccardo et Chiara n'étaient pas revenus dans la salle de recherche au moment précis où je le faisais glisser le long de la table pour le fourrer dans mon jean. J'étais bien obligé d'abandonner. Dérober un livre à la bibliothèque Laurentienne m'aurait sûrement valu une grosse amende et l'interdiction d'y retourner, voire une arrestation et un procès. Je m'imaginais dans une prison italienne miteuse, à téléphoner en vain à l'ambassade américaine, qui consulterait mon casier de jeunesse et en resterait là. Je ne comptais pas finir comme mes camarades de bande ; deux étaient morts, un en prison, les autres Dieu sait où.

C'était peut-être pour le mieux : le journal serait sans doute plus en sécurité dans la bibliothèque, où personne d'autre ne pouvait y accéder.

Je me regardai dans le miroir des toilettes et aspergeai encore d'eau froide mes yeux cernés de rouge.

De retour à la grande table, j'appris qu'ils étaient arrivés à temps à l'hôpital, où un urgentiste avait ouvert le ventre de Simone pour sauver le bébé ; Vincent racontait la scène en détail sur plusieurs pages. J'étais plongé si profondément dans ma lecture que, lorsque quelqu'un vint me tapoter le bras, je sursautai et fermai le carnet à la hâte.

« Désolée. Je ne voulais pas te faire peur », dit Alexandra en me regardant. Elle me demanda si tout allait bien.

« Bien sûr, répondis-je. Tout va bien.

— On ne dirait pas. » Chiara nous fit signe de nous taire. « Elle me hait, murmura Alexandra.

— Ah bon ? Je crois qu'elle m'aime bien.

— C'est pour ça qu'elle me hait. »

Je lui souris en me retenant de lui dire que j'avais pensé à elle et qu'elle me manquait.

« Ça fait longtemps que tu es là ?

— Environ une heure. Tu étais tellement pris dans ta lecture que tu ne m'as pas vue arriver. »

Elle me redemanda si j'allais bien et je lui dis que j'avais un peu mal à la tête à force de lire, alors elle me suggéra d'arrêter. Il était près de sept heures et la bibliothèque allait fermer. Lorsqu'elle me proposa d'aller dîner, je lui répondis calmement : « Oui, pourquoi pas ? », mais dans ma tête je hurlais OUI !

La bibliothécaire à l'accueil laissa passer Alexandra dans le scanner, mais elle me fit signe d'attendre et appela Riccardo. Je levai les bras et écartai les jambes pour qu'il me palpe ; il avait les joues rouges, clairement plus gêné que moi. Tandis qu'il me fouillait, Mussolini fureta dans mon sac à dos, le visage crispé de détermination, mais elle ne trouva rien d'autre que mes crayons, mes carnets de notes et mes bonbons, qu'elle remit en soupirant. Pourquoi m'avait-elle pris en grippe ? Arrivait-elle à lire dans mes pensées ? Pour voir, à cet instant précis, je la regardai et me dis : *Peau de vache.* Je traversai le scanner, puis me retournai et dis « *Grazie* » en me fendant du plus grand et du plus faux des sourires.

Le soleil commençait à se coucher. La façade de San Lorenzo paraissait menaçante sous les derniers éclats de lumière de la journée.

« Qu'est-ce qui s'est passé ? demanda Alexandra. Griselda pense que tu cherches à voler quelque chose ?

— C'est comme ça qu'elle s'appelle ? Ce n'est pas le nom d'une des vilaines demi-sœurs de Cendrillon ?

— Drizella, dit Alex.

— C'est presque pareil. Pourquoi est-ce que j'essayerais de voler quoi que ce soit ? dis-je en jouant les garçons innocents. Je crois que Riccardo la soudoie pour pouvoir me tripoter.

— Oh, tu es méchant », dit-elle. Je lui répondis qu'elle n'était pas la première à me le dire, attrapai le paquet de bonbons dans ma poche, en mis un dans ma bouche et lui en proposai. « Vraiment ? Tu as dix ans ou quoi ?

— Je suis un vrai bec sucré. »

Elle me regarda d'un air qui me fit effectivement ressentir comme si j'avais dix ans. « Tu dois avoir froid avec ton blouson. Tu l'as mis pour avoir l'air cool ? »

Je lui expliquai que je ne m'attendais pas à ce qu'il fasse aussi froid, et elle m'a emmené de l'autre côté de la place pour regarder les stands, mais ils ne vendaient que des sacs à main et des ceintures. Elle suggéra d'aller dans la boutique branchée devant laquelle nous étions passés l'autre jour, alors nous empruntâmes la même rue étroite qui partait de la place.

La vitrine du magasin abritait des mannequins vêtus de pantalons moulants rayés et de gilets assortis, de chemises à manches bouffantes qui semblaient tout droit sorties de *Lawrence d'Arabie*. Ce n'était clairement pas mon style, mais Alexandra se dit que l'un des gilets lui irait très bien, et j'étais d'accord avec elle.

Je lui demandai ce qu'elle avait fait ces deux derniers jours, et elle me répondit :

« Pourquoi ? Je t'ai manqué ?

— Un peu, dis-je.

— Menteur.

— Si, si, c'est vrai.

— Je parlais du "un peu" », dit-elle en souriant.

Elle ne manque pas de confiance en elle, pensai-je, mais elle avait raison.

Elle me demanda comment se passaient mes recherches, et je lui répondis que je ne savais pas, ce qui était vrai. Je n'étais pas encore sûr de ce que j'apprendrais dans le carnet ni de ce que j'en ferais.

Elle me regarda comme si elle ne me croyait pas, puis elle me demanda ce que j'avais lu pour avoir l'air aussi bouleversé.

« Un carnet », répondis-je. C'était tout ce que j'étais prêt à lui révéler. « Une histoire triste, datant d'il y a très longtemps.

— L'histoire de qui ?

— Si je te le disais, je devrais te tuer, dis-je en riant. Je t'en parlerai quand j'en saurai plus. Promis. »

Je fis un signe de croix.

« C'est la deuxième fois que je te vois faire ça. Tu as été enfant de chœur ?

— Non, au grand dam de ma mère. Entre autres.

— Tu lui as fait beaucoup de peine ?

— Tu n'as pas idée. »

Elle pencha la tête et me jaugea du regard.

« Oh, si, j'ai une vague idée.

— Et elle ne le méritait pas. »

Ce qui était vrai. Elle avait toujours fait de son mieux, et elle m'aimait, je le savais.

« J'avais peur de ne jamais te revoir, dis-je. » Une pensée que je n'avais pas l'intention de dire à haute voix.

« Je ne comptais pas disparaître, c'est juste que… » Elle marqua une pause, puis elle laissa tomber ce qu'elle s'apprêtait à dire. « J'avais deux ou trois choses à régler… chez moi.

— Ici ou à New York ?

— Les deux. Rien de grave », dit-elle, mais elle avait les sourcils froncés.

Je n'étais pas certain de la croire, mais elle passa son bras sous le mien et tout cela n'eut plus aucune importance. Puis elle nous conduisit vers un petit restaurant qu'elle connaissait, un endroit apprécié des gens du coin.

À l'intérieur, la lumière était tamisée ; des bougies ornaient les tables, je n'apercevais aucune lampe.

« C'est un endroit cool ou bien est-ce qu'ils font des économies d'électricité ? » murmurai-je tandis que le serveur nous menait à une petite table près de la fenêtre. Le restaurant était presque plein, agréablement animé, et les gens passaient un bon moment.

Alexandra enleva sa veste. Elle portait un chemisier blanc avec des plis devant, comme une chemise de soirée pour homme, la moitié des boutons ouverts, et dessous un caraco en dentelle laissant entrevoir un médaillon en or, parfait équilibre entre élégance et sexy.

« Joli pendentif.

— C'est à ma mère, dit-elle en passant les doigts autour.

— Il contient une mèche de tes cheveux quand tu étais bébé ?

— Je t'en prie, dit-elle en souriant, mais ses lèvres semblaient crispées.

— Quelque chose ne va pas ? Je suis désolé si j'ai été indiscret.

— Non… tout va bien. »

Elle se pencha en avant vers la bougie et ouvrit le médaillon. À l'intérieur se trouvait la photo d'une femme, sans aucun doute sa mère vu la ressemblance frappante.

« Elle est belle, dis-je. Vous êtes proches ?

— Oui, répondit-elle en soupirant. Elle est toujours dans mon camp, toujours de mon côté.

— Tu as de la chance.

— Oui », dit-elle à nouveau, le pendentif tremblant dans sa main.

Elle le ferma d'un coup sec, fit signe au serveur et commanda un verre de vin rouge. Quand je commandai une San Pellegrino, elle me demanda pourquoi.

« Je ne bois pas.

— Jamais ?

— Jamais plus.

— Quand est-ce que tu as arrêté ?

— Je suis sur le point de fêter mes dix ans de sobriété. Tadam ! »

Je fis tournoyer mon doigt en l'air et me forçai à sourire. J'attendais de lire le jugement ou la désapprobation sur son visage, mais il demeura immobile, insondable.

« Bravo, dit-elle. Qu'est-ce qui t'a poussé à arrêter ?

— Voyons voir… » Je me tapotai le menton d'un air théâtral. « Je dirais que c'est la fois où je me suis réveillé dans une benne à ordures.

— Sérieusement ?

— Oui. Je ne le recommande pas. Surtout que je n'avais aucune idée de la manière dont je m'étais retrouvé là.

— Trou de mémoire ?

— Mmh, mmh. Mais tout ça, c'est du passé, et je n'en ai pas honte. Enfin si, un peu.

— Tu ne devrais pas. C'est une maladie, comme la rougeole ou la varicelle. J'ai deux amis aux Alcooliques Anonymes.

— Oh, je vois. Le fameux “J’ai un ami alcoolo”, c’est ça ?

— Ce n’est pas ce que je voulais dire », répondit-elle.

Je lui présentai mes excuses et lui promis de lui raconter toute la sordide vérité quand on se connaîtrait un peu mieux, puis je décidai de tout déballer maintenant, pour m’en débarrasser et voir si elle partait en courant – juste les moments importants et les moins importants : mes deux parents qui buvaient, comment j’avais commencé à douze ans, l’amende pour conduite en état d’ivresse à seize.

« J’ai déjà repéré une réunion des Alcooliques Anonymes ici à Florence, dans une église. C’est toujours dans une église, une école ou au sous-sol d’un centre communautaire : comme c’est glamour !

— Tu y es allé ?

— Non. »

J’ai expliqué que ce n’était qu’un filet de sécurité, que je n’irais pas à moins de ressentir l’envie de boire, ce qui ne m’était pas arrivé depuis des années. Je me sentais mieux maintenant que je lui avais dit, et elle ne semblait pas choquée. Elle me parlait déjà de sa sous-location à Florence et de son amour pour la ville. Soit c’était une très bonne comédienne, soit cela ne la dérangeait vraiment pas. Je grignotai une olive en la regardant parler, elle et la courbure naturelle de ses lèvres, la façon dont elle glissait ses cheveux derrière ses oreilles ; des choses ordinaires, mais sur elle, rien ne paraissait ordinaire. J’essayai de comprendre ce qu’elle avait de spécial : sa beauté, son élégance, le fait que c’était facile de discuter avec elle, qu’elle ne semblait pas me juger. Il y avait autre chose, une qualité insaisissable, comme un papillon qui se pose un instant avant de reprendre son vol. Je ne disais pas grand-chose, ravi de l'écouter, de plus en plus fasciné par cette femme que je connaissais à peine. Était-ce parce qu'elle paraissait inatteignable, un défi, chose que j'avais déjà trop souvent ressentie pour des femmes par le passé – des conquêtes ? Ou bien était-ce parce qu'elle m'avait déjà conquis ?

Je commandai à dîner pour nous deux, m'adressant au serveur dans mon meilleur italien, et Alexandra parut impressionnée. Les plats arrivèrent ; j'étais affamé, mais elle ne fit que picorer. Elle me posa encore des questions sur mes recherches, mais je lui répondis que je ne savais pas.

« Tu veux dire que tu ne préfères pas m'en parler.

— Si, si. Je n'ai juste pas encore tout mis bout à bout. »

Et c'était vrai. J'ignorais quels mystères le carnet allait dévoiler, et ce qu'ils signifieraient.

La conversation fut interrompue par un vacarme à une table située à l'autre bout de la pièce, cachée dans l'ombre, la bougie projetant une lumière inquiétante sur le visage du serveur, qui parlait fort.

« Il parle du fait qu'on n'a pas le droit de fumer ici, dis-je. Et il a dit quelque chose à propos d'un cigare. C'est bizarre.

— Qu'est-ce qui est bizarre ?

— Le type porte une casquette. À l'intérieur. Ah, il s'en est débarrassé.

— De la casquette ?

— Non, du cigare. »

Je n'en voyais plus le bout rougeoyant, et le serveur débarrassait la table. Quelqu'un passa près de notre table en un éclair, puis la porte s'ouvrit et se referma dans un courant d'air frais.

Alexandra eut un frisson exagéré et se pencha sur la table comme pour se réchauffer à la bougie. Je sentis l'odeur de son parfum, une senteur qui m'était familière.

« *Joy*, c'est bien ça ?

— Waouh, dit-elle. Tes recherches portent sur les parfums féminins ? »

Je regrettai d'avoir dit ça car j'allais devoir m'expliquer, et je n'avais pas envie de lui révéler qu'une de mes ex en portait, une femme que j'avais cru aimer, qui m'avait quitté parce qu'elle voulait se ranger et faire des enfants, que j'avais laissée partir car je n'avais aucune intention d'abandonner ma trépidante carrière artistique pour un pavillon bourgeois et des gosses. Maintenant que ma carrière était moins trépidante et que je dépendais de mon poste d'enseignant à temps plein, je me demandais qui avait la vie la plus bourgeoise.

« Je ne portais jamais de parfum avant, dit-elle. Un ami me l'a offert pour mon anniversaire, il y a quelques semaines. »

Je lui souhaitai un bon anniversaire et lui demandai quel âge elle avait.

« Vingt-neuf, dit-elle. Et toi ?

— Trente-sept. Trente-huit dans deux mois.

— Tu as déjà été marié ? » Quand je lui répondis que non, elle plissa les yeux. « Tu n'es pas un de ces célibataires toxiques, au moins ?

— Non », dis-je en pensant à Kathy, à Amanda, à Terri. Ce n'était pas la première fois qu'on me sortait cette expression. « J'ai eu plusieurs relations longues. » J'essayai de ne pas paraître sur la défensive. « Je n'ai juste pas rencontré la bonne personne – pas encore. »

Elle me lança un de ses regards inquisiteurs, mais elle sourit. Je lui demandai son numéro et lui tendis mon téléphone pour qu'elle le note dedans, mais elle ne le prit pas. Elle l'écrivit sur une petite serviette en papier, qu'elle agita comme la cape d'un matador.

« Je te le donne si tu me dis comment tu connais mon parfum.

— Je suis un expert, un nez mondialement reconnu », dis-je en lui montrant mon profil.

Elle rit et dit :

« Tu avais une copine qui le portait, c'est ça ?

— Grillé », dis-je avant de lui poser une question dans la foulée – avait-elle déjà été mariée ?

Je fus surpris de l'entendre dire oui.

« C'est une histoire assez triste : un premier mariage raté. Ça n'a duré qu'un an. Même devant l'autel, je savais que c'était une erreur.

— Alors pourquoi être allée au bout ?

— Je… cherchais à fuir », dit-elle d'un ton dramatique, comme si elle plaisantait, mais je sentis qu'il y avait du vrai là-dessous.

Elle émit un rire forcé, puis elle me demanda combien de temps je comptais rester à Florence. Je lui répondis que je ne savais pas, que c'étaient les vacances entre deux semestres.

« Ça veut dire que tu pourrais rester un mois ?

— Peut-être. Je ne sais pas encore.

— Tu aimes bien jouer les hommes mystères, hein ?

— Moi ? Je suis un livre ouvert.

— En *braille* !
— Arrête, Alexandra.
— Appelle-moi Alex.
— Ah, donc tu m'aimes bien.
— Disons que je ne te déteste pas. »

Quand l'addition arriva, elle voulut la régler. Je la pris avant elle, même si je ne pouvais pas vraiment me le permettre. Elle proposa de laisser un pourboire, mais je lui répondis que je me contenterais de son numéro, et elle agita la serviette une seconde fois. Je tendis le bras et saisis sa main, et nous nous regardâmes fixement. Alors je me penchai pour l'embrasser. Elle lâcha la serviette et ma main, se rassit au fond de son siège et commença à mettre son manteau comme si elle devait partir très vite. Je lui dis que j'étais désolé mais elle me fit signe de la main. Une minute plus tard, elle était partie, l'odeur de *Joy* persistant comme un nuage de confusion.

Avais-je dit quelque chose qu'il ne fallait pas ? Il y avait tellement de choix : ma famille, mon alcoolisme, mes ex.

Je la regardai passer devant la fenêtre, une tache floue, et juste derrière elle, une ombre et la lueur rouge d'une cigarette. Ou bien était-ce un cigare ?

30

De retour à ma chambre d'hôtel, j'essayai de me rejouer la scène : ce que j'avais dit, ce qu'elle avait dit, ce qui s'était mal passé. Était-ce parce que j'avais essayé de l'embrasser ? Mais c'était elle qui m'avait embrassé en premier ! D'habitude, je prenais mon temps, mais pas cette fois. Je dépliai la serviette sur laquelle elle avait écrit son numéro, l'observai un moment, puis je l'appelai. Après une sonnerie, je raccrochai.

Quelques secondes plus tard, mon portable sonna.

« Tu as essayé de m'appeler ?

— Désolé. Je me suis dit qu'il était trop tard, donc…

— Non, c'est bon. Quelque chose ne va pas ?

— Je t'appelais pour te poser la même question. »

Un silence. Puis :

« Je suis désolée d'être partie en courant.

— J'ai dit quelque chose de mal ?

— Non. J'avais juste… besoin de rentrer. »

Je ne la croyais pas, mais je n'insistai pas.

« Je te verrai à la bibliothèque, demain ?

— Ça dépend. »

De quoi ? À quel petit jeu jouait-elle ? Quoi qu'il en soit, j'étais vraiment déstabilisé, et j'avais encore plus envie d'elle.

« J'essaierai de venir, dit-elle. Bonne nuit. »

Je fixai mon téléphone. Pourquoi avait-elle pris la peine de me rappeler ? Je le jetai sur le lit. *Très bien.* Si elle voulait la jouer ainsi, tant pis, autant laisser tomber. Je n'avais pas besoin de ça. Je froissai la serviette et la jetai dans la poubelle. Une seconde plus tard, je la ressortis. Et merde. Je ne voulais pas penser à elle, je ne voulais penser à rien d'autre qu'à la raison qui m'avait poussé à venir à Florence. *On reste concentré sur l'objectif*, me dis-je.

Il était onze heures passées, mais je n'avais pas sommeil. J'ouvris mon ordinateur et commençai à taper. Une autre liste de ce que je savais, de ce que j'avais lu, des différents éléments qui précédaient le vol.

1. Peruggia rencontre Valfierno.
2. Valfierno lui offre de l'argent mais Peruggia refuse.
3. Peruggia se fait virer du Louvre.
4. Simone meurt.
5. Peruggia vole le tableau.

Mais pourquoi voler le tableau après la mort de Simone ? Je ne comprenais pas.

6. Qu'est-il arrivé au bébé ?

Je n'avais pas la réponse non plus, mais je compris soudain que ce bébé était mon grand-père. Du moins je le croyais, à moins que Vincent n'ait eu un autre enfant.

7. Combien d'argent Peruggia avait-il obtenu de Valfierno ?

Grâce à toutes mes années de recherche, je savais que Peruggia avait été libéré de prison sans le sou. Avait-il caché l'argent que Valfierno lui avait donné pour ne le récupérer qu'après sa sortie ? Si oui, où ?

Je me levai et commençai à faire les cent pas, l'idée de devoir attendre demain pour lire le carnet me paraissant insoutenable. Je voulais le lire tout de suite, le tenir dans mes mains, prendre tout mon temps. Pourquoi ne pourrais-je pas l'avoir ? Pourquoi ne pas le voler ?

Une fois encore, j'envisageai la question.

Parce que j'aimais bien aller à la bibliothèque. Parce que j'aimais être un chercheur en pleine mission. Des raisons nobles, mais il y en avait une troisième, plus pratique : comment faire passer le carnet devant le cerbère de l'accueil, outre l'inévitable fouille au corps et le scanner ? Pourtant, je n'étais pas prêt à abandonner cette idée. Je m'en étais déjà tiré alors que j'avais fait des choses bien plus graves. Avec mes potes, on avait l'habitude d'entrer dans des maisons et d'en ressortir avec des tas d'objets à revendre, et je ne m'étais fait pincer qu'une seule fois.

Mais j'avais trente-sept ans à présent, et non plus dix-sept : un citoyen sérieux, avec un master et un travail à temps plein dans une université prestigieuse. Étais-je encore capable de faire une chose pareille ? Et surtout, arriverais-je à m'en tirer ?

31

J'étais en avance et je buvais un *espresso*. J'avais déjà fait deux fois le tour du cloître de San Lorenzo lorsque le jeune moine sortit pour me saluer. « *Signore Perrone, come va ?* »

Comme toujours, frère Francesco souriait.

« *Bene, e lei ?* » dis-je.

Il leva les mains vers le ciel.

« *Bella giornata. Niente da dire.*

— *Sì, bellissimo*, dis-je. Une très belle jou[illegible]

J'étais trop impatient pour l'avoir remarqué avan[illegible]

« Vous êtes artiste ? » a-t-il demandé.

Je ne me souvenais pas de le lui avoir dit, alors je hochai la tête, même je ne me sentais pas vraiment artiste ces temps-ci.

« Vous avez vu *L'Annonciation* de Fra Filippo Lippi dans la chapelle nord ? » Il fit un geste en direction de l'église de l'autre côté du mur du cloître. Je n'étais jamais entré car j'étais toujours pressé d'aller à la bibliothèque. À l'inverse du touriste typique qui aurait besoin de tout voir, je n'avais quasiment rien visité.

« C'est magnifique, dit-il. Mais peut-être que je dis ça car l'œuvre a été peinte par un moine.

— Les moines font de grands peintres, dis-je. Comme Fra Angelico. »

Il me demanda si j'étais allé à San Marco et je secouai la tête ; encore un endroit à voir.

« L'un des joyaux de Florence. »

Je lui demandai depuis combien de temps il était dans les ordres : dix ans, depuis ses dix-huit ans.

« Et vous êtes heureux ?

— Je ne l'ai jamais regretté. »

Je dis que c'était ce que nous devrions tous ressentir à propos de notre vie, et il me demanda si ce n'était pas le cas pour moi. Je ne savais pas trop comment lui répondre, comment je voyais ma vie, qui me semblait fragile et lointaine. Je pensai alors à l'endroit d'où je venais, aux choses que j'avais surmontées. Je dis :

« J'ai beaucoup changé, dans ma vie. » Il me regardait de ses grands yeux bleus, avec patience. « Disons [illegible] j'ai eu mes vices. Je n'étais pas vraiment un bon [illegible]*apisce ?*

— Bon nombre de pécheurs sont devenus saints.

— Je n'ai pas dit que j'étais si mauvais que ça, mais je ne crois pas pouvoir prétendre à la sainteté non plus. » J'avais l'impression d'être à confesse, mais le moine dégageait une certaine gentillesse qui me donnait envie de m'ouvrir à lui. « Quand j'étais adolescent, je faisais partie d'une bande, d'un gang, et nous avons fait de vilaines choses. Nous avons volé et…

— Vous connaissez saint Dismas, le Bon Larron ? Encore un saint avec un passé mauvais. Il a été crucifié aux côtés de Jésus.

— Ne m'en voulez pas, mais je compte bien connaître une meilleure fin. »

Le moine se mit à rire.

« Vous êtes drôle, *signore* Perrone. Je suis sûr que votre vie va prendre une bonne tournure. *Continua cosi. Avanti cosi.*

— Que je garde le cap ?

— *Sì.* C'est mon professeur, un frère plus vieux et plus sage, qui dit toujours ça.

— Garder le cap », répétai-je.

J'allais dire au revoir à frère Francesco lorsqu'il m'arrêta.

« *Ha un amico a Firenze ?*

— Est-ce que j'ai un ami à Florence ? Vous parlez d'Alexandra, la fille américaine ?

— Non. Un homme. Il vient ici, *ogni giorno.*

— Tous les jours ? Comment ça ?

— *Lui aspetta.*

— Il attend ?

— *Sì.* Je croyais qu'il vous attendait.

— Pourquoi ?

— Parce qu'il est là quand vous arrivez et il part quand vous partez.

— Où ça ? »

Le moine me conduisit au bout de l'allée et pointa du doigt un endroit situé le long du mur est de la place qui menait à l'entrée.

« Là, dit-il en indiquant une petite série de marches devant une vieille porte en bois. C'est l'entrée vers – comment vous dites, déjà ? – le dortoir, où les moines vivent. Là où j'habite. Mais on ne passe pas par cette entrée. On traverse le cloître.

— À quoi il ressemble, l'homme qui attend ?

— Grand », dit-il en faisant un geste pour indiquer que le type était aussi corpulent ou musclé.

Mais il ne pouvait décrire son visage car « il porte *un cappello*, un chapeau, et des lunettes de soleil – et il est toujours en train de *fumando* ». Il mima un fumeur qui tire sur une cigarette.

Je lui demandai de me prévenir si l'homme revenait, et il me répondit que ça pouvait être une *coincidenza*.

« Peut-être, dis-je. Mais dites-moi si vous le voyez. Je veux juste le rencontrer – pour voir si je le connais.

— Je garderai ouvert l'œil, comme vous dites aux États-Unis.

— L'œil ouvert », dis-je en souriant.

32

L'idée qu'un inconnu m'observe me rendait fou. Je savais que je serais incapable de rester en place ou de lire. J'inspectai les escaliers dont m'avait parlé frère Francesco, tournai sur moi-même et inspectai la *piazza* – des gens qui s'affairaient, quelques touristes qui prenaient des photos, des moines qui se dirigeaient vers le cloître. Je restai là quelques instants, à scruter les hommes qui portaient des chapeaux – trop nombreux – et tous ceux qui fumaient – encore pire. Puis j'abandonnai. À présent, toutes les choses qui me perturbaient vrombissaient dans mon cerveau : le plan de voler le carnet, les avances et le rejet d'Alexandra, la disparition mystérieuse de Quattrocchi. Je lui avais laissé plusieurs messages vocaux et écrits ; j'essayai à nouveau de l'appeler sur son portable, mais je tombai directement sur son répondeur. Cette fois, je ne pris même pas la peine de laisser un message. Au lieu de ça, je me dirigeai vers l'université.

Signora Moretti se trouvait dans l'antichambre du bureau de Quattrocchi.

« Le *professore* Quattrocchi est là ? J'ai besoin de lui parler.

— Non, dit-elle avant de se remettre à taper sur son clavier.

— Non il n'est pas là, ou non je ne peux pas lui parler ? » Elle leva les yeux, puis les baissa et retourna à son clavier. « Le *professore* Quattrocchi n'est pas venu à notre dîner, et il ne répond pas à mes appels. Je suis inquiet. A-t-il contacté l'université ? » Elle secoua la tête, mais cette fois je crus y lire de la préoccupation. « Je suis inquiet, répétai-je. Il a l'habitude de s'absenter sans prévenir, sans vous contacter ?

— Le *professore* a beaucoup souffert, notamment à travers son deuil. Je ne souhaite pas le déranger.

— Il n'appelle pas, il abandonne ses cours du jour au lendemain ? Je veux le voir pour m'assurer que tout va bien. »

Signora Moretti hésita, soupira puis hocha la tête. « Il habite près de Santa Croce. » Elle écrivit l'adresse sur un morceau de papier et me le tendit. « Merci de me tenir au courant si le *professore* va bien. »

J'entrai l'adresse de Quattrocchi dans Google Maps et suivis l'itinéraire en tenant mon téléphone devant moi comme un bâton de sourcier. Il me conduisit devant le Bargello, que j'avais l'intention de visiter pour aller voir le jeune *David* de Donatello, statue à l'origine de la Renaissance d'après les historiens, encore une œuvre dont j'avais parlé dans mes cours et que je n'avais jamais vue en vrai. Le bâtiment crénelé surplombait une petite place et plongeait les rues voisines dans l'ombre. Si je lisais mon GPS correctement, je me dirigeais vers le sud-est, loin de la partie historique de la ville, vers un quartier moins peuplé, en suivant les angles et les courbes de chaque rue, les bâtiments variant du gris chaud au brun en passant par des teintes terre de Sienne, voire roses. Je ressentais la présence des générations passées, son poids dans les murs de pierre et la peinture écaillée, je la sentais dans l'air, je pouvais presque la goûter – pas uniquement la vétusté de la ville, mais toute son histoire –, et j'adorais ça.

Tout le plaisir disparut lorsque mon GPS s'arrêta et que je me retrouvai dans un cul-de-sac. J'avais à nouveau l'impression d'être suivi. Je revins sur mes pas ; je ne savais pas si c'était juste de la pure paranoïa, mais mon instinct m'avait sorti des ronces plus d'une fois et j'avais appris à lui faire confiance.

Je débouchai dans une rue plus large et plus animée – tout en regardant par-dessus mon épaule –, et mon application Google Maps revint à elle.

Comme j'avais les yeux rivés sur le petit rond bleu sur l'écran du téléphone, je n'avais pas remarqué que le quartier était devenu un peu plus brut et décrépit, les bâtiments vieux et laids jouxtant les neufs tout aussi laids. Il y avait plus de tags et de détritus que je n'en avais vu ailleurs en ville. Je fus soulagé quand mon GPS me dirigea vers l'une des artères principales du quartier, un côté bordé de bicyclettes, l'autre de motos par dizaines, parfaitement alignées. Au bout du pâté de maisons, je trouvai la Via dei Pepi, où vivait Quattrocchi, le panneau de la rue accroché bien haut sur un mur brun qui avait visiblement souffert de sérieux dégâts des eaux.

La Via dei Pepi semblait trop étroite pour les voitures, ce qui lui donnait l'aspect d'une ruelle, mais elle avait du charme. Certaines des maisons avaient les volets fraîchement repeints aux étages supérieurs et de jolies ferronneries aux fenêtres du rez-de-chaussée, qui servaient également de barreaux. Plusieurs maisons étaient lézardées et érodées par les eaux, mais d'autres arboraient des signes évidents de gentrification, des façades refaites et des portes toutes neuves, et le numéro 15 – chez Quattrocchi – en faisait partie. Trois étages peints en ocre tirant sur le jaune, des volets vert foncé, pas la moindre peinture écaillée ni le moindre dégât des eaux. La porte semblait neuve également, d'un bois sombre, taillée pour tenir sous une arche de pierre au-dessus de laquelle se trouvait une imposte à fleurons de métal en demi-lune. Au milieu de la porte se trouvait un heurtoir en ferronnerie. Je l'attrapai et le laissai retomber contre le bois en un bruit sec et creux.

Il n'y eut aucune réponse.

Je remarquai alors une petite plaque de bronze récente équipée d'un bouton et une grille ovale qui semblait être un interphone. J'appuyai, attendis, et réessayai. Rien.

Je repris le heurtoir et le laissai tomber à nouveau.

Toujours rien.

Je tentai de rappeler Quattrocchi, et j'entendis une faible sonnerie à l'intérieur avant de tomber sur sa messagerie. Je lui dis que c'était moi et que j'étais devant la porte.

Je traversai la rue étroite et levai les yeux. Les volets étaient fermés, toute la maison calme et silencieuse. Ça n'avait aucun sens que Quattrocchi disparaisse sans prévenir l'université ni personne d'autre, et ça ne sentait pas bon.

Sans trop réfléchir, je trouvai le numéro d'un commissariat de proximité et j'appelai.

« *Persona scomparsa* », dis-je. Le policier me demanda depuis combien de temps la personne avait disparu. « *Pochi giorni*, répondis-je. Quelques jours.

— *Non abbastanza tempo.* »

Ça ne fait pas assez longtemps, dit-il avant de raccrocher.

Je rappelai et tombai sur le même flic. « Pouvez-vous au moins vérifier à son domicile ? »

Il me demanda si j'étais de la famille. Quand je répondis non, il raccrocha à nouveau. « Va te faire foutre, toi aussi ! » dis-je dans le vide.

Étais-je en train de dramatiser ? Il était fort possible que Quattrocchi soit parti quelques jours et qu'il veuille rester seul. En effet, il avait beaucoup souffert – même s'il avait l'air en forme, aimable et bavard quand nous avions déjeuné ensemble. Qu'est-ce qui avait changé ?

Je regardai à nouveau la maison, les volets fermés, tout était silencieux. J'avais toujours fait confiance à mon instinct, et sur le moment, il me disait que quelque chose n'allait pas.

33

La pièce en marbre gris et blanc était carrée et austère, plus petite que ce que j'avais imaginé d'après les photos, mais plus haute de plafond, couronnée d'un dôme de cercles et de demi-cercles parfait. Je levai les yeux comme si je contemplais le paradis, ce que Michel-Ange devait avoir en tête lorsqu'il réalisa la chapelle des Médicis – le plus célèbre tombeau du monde, créé pour la famille de banquiers italiens qui avait régné sur Florence pendant deux cents ans et laissé ses marques partout dans la ville.

Après avoir cherché en vain à joindre Quattrocchi, j'étais revenu à la bibliothèque et j'avais lu jusqu'à l'heure du déjeuner. Je n'avais pas prévu d'aller à la chapelle, mais Chiara avait mentionné qu'elle se trouvait au coin de la rue. Ce n'était pas tout à fait le cas – Florence comptait un certain nombre de coins de rue –, mais je n'eus qu'à suivre la longue muraille de San Lorenzo en direction de mon hôtel, et voilà : la Piazza di Madonna, littéralement en face de l'hôtel. Combien de fois étais-je passé à côté, combien de fois avais-je vu sans vraiment la remarquer la petite plaque modeste, CAPPELLE MEDICEE, sans y prêter attention ?

J'étais pratiquement seul au centre de la chapelle – la seule autre personne était un gardien assis dans le coin opposé, qui tapotait sur son téléphone –, et je fis lentement un tour complet sur moi-même, en m'imprégnant du sentiment de puissance et de monumentalité que Michel-Ange avait conféré aux sculptures, à l'architecture, aux fenêtres murées qui indiquaient qu'il n'y avait aucune issue pour sortir. Il n'y avait pas vraiment de fenêtres, ce qui entraînait une sorte de claustrophobie grandiose, et je me demandai si Michel-Ange avait voulu que les gens se sentent enfermés ici, comme au purgatoire. Je levai les yeux vers la statue de Laurent de Médicis, plus grande que nature, le visage caché dans l'ombre, avec un côté sombre et renfermé qui me fit penser à ce que je venais de lire – Vincent voyant son fils pour la première fois à la maternité de l'hôpital, le tenant dans ses bras en se disant qu'il était tout ce qui lui restait de Simone, tout ce qui lui restait au monde. Puis Marguerite, la mère de Simone, avait débarqué en furie en l'accusant d'avoir tué sa fille, une scène atroce à lire. Vincent n'avait épargné ni le lecteur ni lui-même, il avait accepté cette responsabilité et n'avait rien pu faire pour empêcher Marguerite d'emmener le bébé en lui disant qu'il ne le reverrait plus jamais.

Il semblait fort à propos de penser à cela à cet instant précis, de ruminer sur la naissance et la mort dans une chapelle funéraire.

Je frissonnai en observant un Laurent de Médicis pensif entouré des figures allégoriques de l'*Aurore* et du *Crépuscule*, statues massives que seul le grand

Michel-Ange avait pu créer, puis je fis volte-face pour regarder Julien de Médicis, tout aussi massif mais avec un beau visage et un cou incroyablement long, qui semblait sur le point de se lever. Tout chez lui paraissait si vivant, les deux silhouettes en totale contradiction.

Je pensai à Vincent, qui avait envisagé de s'ôter la vie pendant des jours et des semaines après la mort de Simone, rongé par une culpabilité qui l'empêchait de dormir, et qui s'était mis à boire en permanence pour soulager temporairement sa douleur insoutenable, ce que je ne connaissais que trop bien.

J'observai les figures allégoriques qui entouraient Julien, la *Nuit* et le *Jour*, la première représentée comme une femme aux traits exagérés, aux jambes et aux bras trop longs, plus élégante et mieux réalisée que son homologue masculin, le *Jour*, silhouette presque brute avec une tête léonine à moitié cachée par ses épaules imposantes. Je m'approchai pour admirer de plus près son visage grossièrement buriné, qui paraissait même inachevé, et me rappelai que le tombeau n'avait jamais été fini, que Michel-Ange avait prévu d'en être non seulement l'architecte et le sculpteur, mais aussi d'y peindre une fresque de la Résurrection, ce qu'il ne fit jamais.

Je pensai à nouveau à Vincent, envisageant le suicide pendant des semaines jusqu'à ce qu'il comprenne qu'il lui restait une raison de vivre – son fils ! Il avait écrit des pages entières pour raconter comment il s'était rasé et avait enfilé ses plus beaux habits pour aller voir la mère de Simone dans son appartement parisien, et même si elle lui avait fermé la porte au nez, il avait refusé de partir, tambourinant jusqu'à ce qu'elle n'ait plus d'autre choix que de lui ouvrir. Il l'avait suppliée de voir son fils, et elle avait cédé. Vincent décrivait avec amour le bébé aux doux cheveux blonds et aux yeux bleu gris comme sa mère, et racontait comment il l'avait tenu dans ses bras, couvert de baisers, et supplié Marguerite de le laisser partir avec l'enfant, ou au moins de lui accorder des visites. Elle avait refusé en prétextant qu'il n'avait rien, ni argent ni ressources, pour s'occuper de l'enfant, et Vincent savait qu'elle avait raison. Meurtri, il avait quitté l'appartement, en songeant une nouvelle fois à un moyen de s'ôter la vie, le tout écrit dans une prose détaillée. J'arrivais à entendre ses mots et je le voyais errer dans les rues de Paris, abattu et suicidaire, l'arrière-grand-père que je n'avais jamais connu, plus vivant à mes yeux qu'il ne l'avait jamais été pour mes parents.

Après un nouveau coup d'œil vers Julien, si majestueux et vivant, puis vers Laurent, sombre et menaçant, et aux figures allégoriques qui les entouraient, je compris soudain que la pièce entière était une allégorie de la transition – de l'aurore au crépuscule, de la nuit au jour, le passage du temps, les jours de notre vie menant à notre mort inévitable.

Mais Vincent n'avait pas choisi la mort. Pas encore. Grâce à la seule chose qui comptait pour lui – son fils –, il savait ce qu'il devait faire pour le récupérer.

Les pages du carnet continuaient de résonner dans mon esprit tandis que je retournais à la bibliothèque – pourquoi mon arrière-grand-père avait pris la décision de recontacter Valfierno, la raison pour laquelle il avait commis le vol *après* la mort de Simone. C'était très simple : il avait besoin de l'argent pour convaincre la mère de Simone qu'il pouvait être un bon père pour son fils. J'étais sûr d'une seule chose : s'il n'avait pas été au plus profond du désespoir, il ne l'aurait jamais fait. Les dernières pages que j'avais lues ne racontaient pas uniquement l'angoisse de Vincent concernant sa décision, mais également tous ses plans – les outils dont il aurait besoin, le meilleur jour pour passer à l'acte.

Je grimpai deux par deux les marches qui menaient à l'étage supérieur du cloître. Je devais retourner à la bibliothèque pour voir si j'avais raison, si les prochaines pages m'en apprendraient davantage sur le vol en lui-même.

34

Smith entra son code pour lire le courriel, chiffré comme d'habitude. Sous l'insigne Interpol, qui prenait la moitié supérieure de son écran, se trouvait un message d'Andersen, son supérieur :

> Mission intéressante pour toi. Suspicion de réseau de vol d'œuvres d'art basé à Bahreïn. Besoin d'un analyste pour faire le lien avec les Bureaux centraux nationaux. *Sur site*. 12-18 mois. Superbe opportunité. Dossier complet et autres détails à ton retour. J'espère que tu vas mieux.

Bahreïn ? Pour douze à dix-huit mois sur place ? Hors de question. Ce n'était pas du tout une « superbe opportunité », mais une punition. Un bannissement. Et pourquoi ? Pour avoir pris un congé maladie ? Non, Andersen essayait de le pousser à démissionner pour ne pas avoir à le virer, ce qui était impossible après toutes ses années de service. Bahreïn ? Il aurait tout aussi bien pu l'envoyer en Sibérie.

Smith chercha BAHREÏN sur Google, analysa les données – *île du golfe Persique... Obtient son indépendance du Royaume-Uni en 1971... Manifestations antigouvernementales et violations des droits humains* –, puis referma son ordinateur portable. Quel culot, ce type ! Alors qu'il était à Interpol depuis quoi, trois ans ? Smith était au courant des dernières directives internes : réduire à l'essentiel et éliminer les déchets. Il serait donc devenu un déchet ?

Smith remonta la fenêtre avec une telle force qu'elle vibra dans son montant. Il allait leur montrer. Il était sur une piste bien plus grosse que ce qu'Andersen et tous les autres analystes n'avaient jamais trouvé, et faisait des choses qu'aucun d'entre eux n'aurait osées.

Il regarda l'hôtel de Perrone de l'autre côté de la place et décida de lui faire peur la prochaine fois. Dans la vraie vie, Perrone était très différent de l'homme que Smith avait découvert dans son dossier : plus méfiant, plus intelligent, qui ne se laissait pas duper ou effrayer facilement. Mais il existait des moyens de faire peur aux hommes les plus forts et les plus malins, et Smith le savait.

Il hocha la tête à cette idée et se sentit plus calme, content de lui, conscient que les hommes apeurés commettaient des erreurs, faisaient de mauvais choix. Il se redressa et frissonna, pas uniquement à cause du froid mais parce que lui aussi était susceptible de faire les mauvais choix.

35

De la vapeur s'élevait sur la Seine aux premières lueurs du jour. Je me concentrais pour ralentir mon pas et prendre de grandes inspirations. Je suis passé à côté des pêcheurs matinaux et des vendeurs qui installaient leurs souvenirs pour les touristes. Je gardais la tête baissée. Le tableau se trouvait sous ma veste, et je le tenais fermement contre ma poitrine. Les larmes me brûlaient les joues. Mais je l'avais fait. J'avais volé l'œuvre d'art la plus célèbre du monde pour mon fils.

Je suis rentré à la maison et j'ai parlé à Simone. Je lui ai dit que j'avais rapporté le tableau comme promis. Je l'ai emballé dans l'une de ses écharpes et placé dans une malle que j'avais construite spécialement avec un double fond. J'ai drapé la malle d'une nappe et posé un vase par-dessus pour qu'on la prenne pour une simple table.

Puis j'ai attendu.

Un jour a passé. Puis un autre. J'ai parcouru les journaux. Mais ils ne parlaient pas du larcin.

Comment était-ce possible ?

Plus d'une fois j'ai ouvert la malle pour m'assurer que le tableau était toujours là. Je craignais d'avoir rêvé.

Un autre jour a passé. Toujours pas de nouvelles.

Je tournais en rond. Je buvais. Je n'arrivais pas à manger ni à dormir.

Quelques jours plus tard, l'histoire a enfin fait surface. Les gros titres de tous les journaux. La célèbre Monna Lisa *dérobée !*

J'ai acheté toutes les gazettes et j'en ai lu chaque mot. Il fallait que je sache ce qu'ils savaient.

Ils n'avaient aucune piste.

Le Louvre a fermé pendant une semaine. Soixante policiers ont fouillé chaque centimètre des deux cent mille mètres carrés. Ils n'ont rien trouvé. Rien à part le cadre et le verre que j'avais laissés dans l'escalier.

Les frontières françaises ont fermé aussi. Chaque bateau et chaque train qui entrait et sortait du pays était fouillé.

Je dois admettre que j'éprouvais du plaisir à savoir que le tableau se trouvait dans une malle à moins d'un kilomètre de là où il était accroché auparavant.

J'ai lu comment les Parisiens faisaient le deuil de l'œuvre comme d'un proche, et je me suis glissé parmi les badauds en larmes qui laissaient des mots et des fleurs pour un tableau. J'ai regardé les gens pleurer, et j'ai pleuré avec eux, mais pas pour la même raison.

Quand le Louvre a rouvert, des milliers de personnes se sont amassées pour voir l'espace vide au mur où le tableau était exposé autrefois.

Ils ont offert des récompenses. Le Louvre a proposé vingt-cinq mille francs. Un journal, cinq mille. Un autre, quarante mille.

J'ai été tenté de le rendre pour récupérer les récompenses moi-même !

Puis j'ai appris que tous les employés du musée se faisaient interroger. Je savais qu'ils finiraient par arriver jusqu'à moi. J'avais raison. Ils étaient quatre. Un inspecteur du nom de Lapine, son gros assistant et deux gendarmes. Ils ont fouillé tout mon appartement. Tout sauf la malle.

Lapine m'a fait asseoir à la table. Devant la malle déguisée en table. Il m'a demandé pourquoi Ticolat m'avait renvoyé.

Je lui ai raconté la maladie de Simone. Comment j'étais resté à la maison pour m'occuper d'elle. Comment Ticolat n'avait eu aucune pitié. J'ai pleuré. Et je ne faisais pas semblant. J'ai dit à Lapine de demander au Louvre si je ne faisais pas du bon travail. À n'importe qui à part Ticolat.

Lapine m'a demandé quel était mon gagne-pain depuis que j'avais été renvoyé. Je lui ai répondu que je vivais de mes économies. Il m'a lancé un regard méfiant. Mais comment aurait-il pu prouver le contraire ?

Il m'a demandé pourquoi j'étais venu en France, et ce que je faisais avant. Il m'a posé des questions sur toutes les facettes de mon travail au Louvre, surtout par rapport à La Joconde. *J'ai pris mon temps pour lui décrire comment j'avais construit la boîte de bois morceau par morceau. Comment j'avais coupé le verre et tout assemblé. Comment j'avais préparé les murs pour les vis. Je lui ai tout expliqué en détail. Encore et encore. Ses yeux ont commencé à se fermer et devenir vitreux, comme je l'espérais.*

Je savais que Lapine était circonspect, mais je ressentais un grand calme.

Jusqu'à ce qu'il m'annonce qu'on avait retrouvé des empreintes sur le cadre laissé dans l'escalier ! Les miennes figuraient dans un registre, comme tous les employés du Louvre.

Lapine m'a mis de l'encre sur les mains pour relever mes empreintes.

Mais la chance était de mon côté. Le musée n'avait enregistré que les mains droites, et l'empreinte retrouvée sur le cadre provenait de ma main gauche, donc elles ne coïncidaient pas !

Lapine m'a fait signer une déclaration d'innocence. Il a posé le document sur la nappe qui recouvrait la malle. Je l'ai signé en pensant au tableau à quelques centimètres au-dessous.

Les policiers allaient partir lorsque j'ai eu une idée. J'ai demandé à Lapine s'il connaissait le poète Guillaume Apollinaire. Je lui ai dit à quel point j'admirais cet homme – tout en repensant aux choses cruelles qu'il avait dites à propos de mes œuvres. J'ai raconté à Lapine que je venais de lire la rubrique d'Apollinaire dans L'Intransigeant, *dans laquelle il appelait à brûler le Louvre. J'ai rapidement ajouté qu'il devait sans doute plaisanter. Je ne voulais pas que Lapine pense que j'étais en train d'accuser le poète, même si c'était le cas. J'ai dit qu'Apollinaire avait vendu des statues à l'artiste Pablo Picasso, et que ces statues provenaient peut-être du Louvre. J'ai mentionné tout cela d'un ton désinvolte.*

Lapine a écarquillé les yeux. Il m'a demandé comment j'avais eu accès à cette information. J'ai dit que je ne voulais pas de problèmes. J'ai attendu qu'il m'ordonne de lui répondre, puis j'ai dit que j'avais vu les objets en question dans l'atelier de Picasso. Lapine n'avait qu'une seule envie, c'était de partir.

Peu de temps après, j'ai entendu dire qu'Apollinaire et Picasso avaient été arrêtés. J'imaginais le poète arrogant et le petit Espagnol suffisant en sueur devant des policiers les questionnant, et cette idée me réjouissait. Et lorsque j'ai appris que Ticolat et le directeur du Louvre avaient été licenciés, j'ai également éprouvé un certain plaisir.

Les jours ont passé, et j'ai attendu. Attendu des nouvelles de Valfierno, et que commence la phase suivante du plan.

36

J'avais entendu parler de l'arrestation de Picasso et de l'humiliation d'Apollinaire. J'en avais lu de longues descriptions – l'artiste et le poète arrêtés, déshabillés, interrogés pendant une semaine, puis jugés. Je savais à présent que c'était la vengeance de Vincent.

Je pris un moment pour réfléchir à tout ce que j'avais lu et tout ce que j'espérais encore apprendre. Je regardai le carnet, puis je levai les yeux vers Chiara et Beatrice. L'idée me revint, mes doigts me démangeaient presque, mais je savais que je ne m'en tirerais pas. Peut-être que je pouvais passer mon téléphone en douce et photographier le reste des pages ? Mais où le cacher, et comment prendre les photos sans être vu ?

Je jetai un œil à l'autre bout de la table, devenu dans ma tête *la place d'Alexandra* : vide. Je me remémorai l'autre soir – notre conversation, son sourire, l'odeur de son parfum et la façon qu'elle avait de se tenir comme une danseuse me manquaient –, avant qu'elle quitte brutalement le restaurant. Je ne comprenais toujours pas. Peut-être était-ce préférable qu'elle ne soit pas là. Je n'avais pas le temps de jouer, d'être déconcentré.

C'était faux : elle me manquait et j'aurais adoré jouer à ce petit jeu davantage si j'en avais eu l'occasion.

J'écrivis son nom sur mon bloc-notes et l'entourai. Mon Dieu, on aurait dit un adolescent rêveur. Au moins je n'avais pas dessiné un petit cœur ! Je rayai le prénom en me demandant à nouveau pourquoi elle était partie si soudainement. Avait-elle lu en moi ? Au-delà de mes airs décontractés ? Et si elle ne revenait jamais à la bibliothèque ? Et si je ne la revoyais jamais ?

Je laissai échapper un soupir si fort que les deux autres chercheurs au bout de la table levèrent les yeux. Je leur adressai un sourire penaud et m'excusai d'un haussement d'épaules. C'était ridicule. J'étais ridicule : laisser une femme que je connaissais à peine entrer dans mon cerveau. C'était donc ça que j'avais fait à toutes les femmes avec qui j'étais sorti : je les avais attirées, j'avais joué avec elles et disparu dès qu'elles avaient mordu à l'hameçon ? Était-ce un retour de karma ? Je soupirai à nouveau. L'heure de fermeture approchait et j'étais fatigué. Je fermai mon ordinateur et le glissai dans mon sac à dos, avec mes crayons et mes blocs-notes.

Je me penchai sur le bureau de Chiara et elle leva les yeux avec un sourire, en faisant tourner une mèche de cheveux autour de ses doigts. Je lui demandai si elle avait vu la *signora* Greene ce matin, quand je n'étais pas là.

Elle pinça les lèvres. « Non, dit-elle en lâchant ses cheveux. Je suis bibliothécaire, pas de la *polizia*. »

Je traversai le cloître et l'allée, et le type se retrouva à mon niveau avant même que je puisse le remarquer.

« Salut, c'est John Smith. Vous vous souvenez de moi ? L'autre soir, au bar de l'hôtel ? » Il laissa échapper un panache de fumée de cigarette, comme s'il l'avait gardée en bouche trop longtemps.

Je le regardai de travers. Il portait encore ses lunettes de soleil et sa casquette enfoncée jusqu'aux sourcils. Même s'il existait toutes sortes de marchands d'art, celui-ci n'entrait dans aucune des cases que je connaissais : pas de costume Prada, pas de chaussures ou baskets de créateur. Je lui demandai ce qu'il faisait dans ce coin de la ville.

« J'avais un rendez-vous à quelques rues d'ici, je ne faisais que passer, et je vous ai croisé. Quelle coïncidence ! »

Je pensai à mon oncle Tommy, policier à la retraite, qui disait toujours que les coïncidences n'existaient pas.

« On boit un verre ? dit Smith. Vous avez l'air fatigué. Ce sont vos recherches qui vous épuisent comme ça ? »

Est-ce que je lui avais parlé de mes recherches ?

« Juste un petit, c'est moi qui offre, dit-il. Au même café près de votre hôtel ? »

J'étudiai sa stature, sa casquette, la cigarette vissée au coin de sa bouche : c'était l'homme qu'avait décrit frère Francesco.

Nous marchâmes jusqu'au café. Le ciel s'assombrissait, et Smith siffla sur tout le trajet, ce qui m'agaçait. Nous trouvâmes des places au bar et il me demanda ce que je voulais boire, en me rappelant que c'était lui qui payait, et il fronça les sourcils en m'entendant répondre « Une San Pellegrino ».

Il commanda une bière, une Peroni, et fit tout un numéro parce que la marque ressemblait à mon nom, plaisantant sur le fait que j'allais hériter de la fortune du brasseur italien. Je lui fis remarquer la différence d'orthographe, mais il balaya ma réponse d'un geste de la main et continua de blaguer sur le sujet, ce qu'il semblait trouver hilarant, et moi très agaçant.

Quand il me reposa la question à propos de mon travail, je la lui retournai. Il me répondit que les affaires marchaient lentement, je lui demandai pourquoi, et il m'expliqua en une tirade que plus personne ne s'intéressait à l'art des vieux maîtres et que ça coûtait dix fois plus cher d'acheter un Warhol qu'un Titien, et je fis semblant de compatir parce que je voulais qu'il continue de parler.

« Certaines personnes n'aiment même pas ce qu'elles achètent, dit-il. Elles ne veulent que le nom, le prestige de posséder quelque chose dont la valeur est connue. » Je ne voyais rien de nouveau là-dedans et pensais à mes propres tableaux, emballés dans du papier bulle à prendre la poussière dans mon atelier. « J'ai horreur de l'idée que l'art puisse s'échanger comme une vulgaire denrée.

— Mais ce n'est pas précisément ce que vous faites dans la vie ? »

Il retira sa casquette pour la première fois et se gratta la tête, les cheveux rasés à moins d'un centimètre, une ombre sur son crâne, mais il garda ses lunettes, et marqua une pause pour réfléchir à ce qu'il allait dire. « Qu'est-ce qui est pire : être marchand d'art et devoir acheter et vendre des œuvres qu'on n'aime pas vraiment, ou être artiste et devoir cirer les pompes des collectionneurs et des critiques ? »

Je lui répondis que je n'avais jamais été doué pour le cirage de pompes, et il dit :

« Mais il faut bien faire des sacrifices pour obtenir ce qu'on veut.

— Parfois, répondis-je en pensant aux choses que j'avais dû sacrifier pour venir ici – mon poste d'enseignant, ma carrière d'artiste –, puis je recentrai le sujet sur lui. Et vous, quels sacrifices avez-vous faits ? »

Il s'arrêta pour formuler sa réponse, et dit : « C'est une vraie addiction, vous ne croyez pas ? »

Je n'avais aucune idée de ce qu'il voulait dire par là, mais le mot *addiction* sonnait comme un piège. Je me demandai s'il n'avait pas compris que j'avais un problème avec la boisson et s'il n'essayait pas de m'envoyer une pique à ce propos. *Mais pourquoi ?*

« Qu'est-ce que vous entendez par addiction ?

— Je parle de l'art en général… en faire, en collectionner. » Je lui répondis que je n'avais jamais vu la création artistique comme une addiction. « Collectionner les œuvres, dit-il. Les acquérir. Certaines personnes n'en ont jamais assez.

— Eh bien, elles n'ont qu'à payer. C'est aussi simple que ça.

— Pas toujours », dit-il.

Il finit sa bière d'une longue gorgée et en commanda une autre. Je fus tenté de lui demander s'il n'avait pas lui-même un problème avec l'alcool.

« Et si les œuvres ne sont pas à vendre ?

— Vous parlez de vol d'œuvres d'art ?

— Parfois les gens achètent des œuvres volées sans même le savoir. »

Je surinterprétais peut-être – c'était fort possible –, mais je trouvais que la conversation avait pris une tournure étrange. Était-il en train de me proposer des œuvres volées ?

Je lui demandai s'il travaillait avec d'autres marchands d'art ou s'il avait un bureau à Florence, afin de glaner un peu plus d'informations.

« Qui a besoin d'un bureau, de nos jours ?

— Comment procédez-vous ? Vous allez dans un café ou dans une bibliothèque, peut-être même la bibliothèque Laurentienne, comme aujourd'hui ?

— Je n'étais pas à la bibliothèque aujourd'hui, je ne faisais que passer, dit-il. Je vous l'ai déjà dit.

— Ah oui, c'est vrai. J'avais oublié. Vous venez souvent dans ce coin de la ville ?

— Pas vraiment, répondit-il en prenant son temps pour allumer une autre cigarette. Vous savez, parfois les gens désirent quelque chose si fort qu'ils se mettent dans des situations dangereuses sans même le savoir. »

Où voulait-il en venir ?

« Ça vous est arrivé ? demandai-je pour essayer de retourner la question. Vous vous êtes déjà retrouvé dans une situation délicate ?

— Moi ? Non. Pas moi. »

Je ne savais pas à quel petit jeu du chat et de la souris il jouait, mais j'étais partant ; pour l'instant. « Qui ça, alors ? »

Il but une grande lampée de bière pour faire durer le moment. « Quand il est question d'objets de valeur, les gens peuvent se montrer sans pitié, dit-il. Croyez-moi, j'en ai vu dans mon métier. »

J'avais l'impression qu'on jouait au tennis, à force de s'échanger des sophismes.

« Alors comment passez-vous vos journées ici, au juste ? Sans bureau, je veux dire ?

— Je passe d'un marchand à l'autre, d'un client à l'autre, comme je l'ai dit.

— Ah bon ? J'ai oublié.

— Vous avez mauvaise mémoire, Luke Perrone.

— À vrai dire, j'ai une excellente mémoire, John Smith. » Je lui lançai un petit sourire. « Par exemple, c'est bien vous que j'ai vu devant San Lorenzo l'autre jour ?

— Quoi ? Non, vous devez faire erreur.

— L'un des moines vous a parfaitement décrit.

— Alors, c'est vous ou l'un des moines qui m'a vu ? »

Je ne pris pas la peine de répondre et laissai s'installer le silence entre nous.

Un moment passa, et Smith demanda : « Quel moine ? » Il prit une grande bouffée de cigarette et laissa échapper la fumée lentement tandis que je regardais rougeoyer la braise.

« L'un des frères de San Lorenzo.

— Je vois, dit-il. Eh bien, j'étais trop occupé pour traîner dans le coin.

— Je croyais que les affaires marchaient lentement ?

— J'ai dit ça ?

— Oui. Peut-être que c'est vous qui avez mauvaise mémoire. »

Il émit un rire moqueur.

« Pas quand il s'agit des choses importantes. Là, je me souviens de tout. En détail.

— Tant mieux pour vous », répondis-je, mais j'en avais assez de ce petit jeu – quel qu'il fût.

Je lui souhaitai bonne soirée, et cette fois il n'essaya pas de m'arrêter. À la porte du café, je me retournai et vis Smith terminer sa bière d'un trait. Puis il leva la bouteille vide comme pour porter un toast, même s'il n'y avait pas grand-chose à célébrer.

37

La matinée était sombre, et les nuages bas. En quittant la Piazza di Madonna, j'entendais les sirènes au loin ; un fond sonore à Manhattan, mais ici, à Florence, je n'avais pas l'habitude. Ce n'est qu'après avoir longé le mur courbe de San Lorenzo que j'aperçus les voitures de police, gyrophares allumés, la *polizia*, et la foule qui bordait le périmètre de la *piazza*. Les *carabinieri* stationnaient au bout de l'allée, près de la cathédrale et près des marches où l'homme m'attendait d'après frère Francesco. La porte derrière les escaliers était entrouverte et barrée en diagonale de ruban de police rouge et blanc.

Je demandai à l'un des policiers ce qui se passait, mais il m'ignora. Puis je vis Chiara, en larmes, s'essuyant les yeux et les joues avec un mouchoir de dentelle. Je l'interrogeai sur ce qui s'était passé, mais elle pleurait trop pour me répondre. Je passai mon bras autour d'elle et elle s'effondra contre mon torse, éplorée.

« *Cosa è successo ?* demandai-je.

— *Una tragedia !* » dit-elle.

Elle leva la tête, des traînées de mascara sur les joues, et s'affaissa à nouveau. Près de nous, un vieux moine au visage tout droit sorti d'un portrait de Rembrandt gémit :

« *È morto !*

— Quoi ? Qui ?

— Fra Francesco. »

Avais-je bien entendu ? « *Che cosa ?* »

Le moine leva les yeux vers le ciel sombre et répéta : « *Fra Francesco... È morto... È morto !* »

Je n'y croyais pas. Frère Francesco, mort ? Impossible.

Un autre moine s'approcha de lui et les deux hommes pleurèrent à l'unisson en faisant le signe de croix et en répétant : « *Fra Francesco.* »

Chiara me regarda, les yeux enflés. « *Nel sonno è suffocate* », dit-elle.

Je n'arrivais pas à y croire ; l'idée qu'un si jeune homme puisse s'étouffer dans son sommeil me semblait impossible. Je posai des questions sur la porte et le ruban de police. Elle secoua la tête. « Une vieille porte, *è rotto*, cassée. »

Je lui donnai une tape sur l'épaule, puis je vis derrière elle les secouristes italiens sortir de l'allée sombre un corps couvert d'un drap attaché à un brancard.

« Je dois prier », dit Chiara.

Je hochai la tête. J'avais toujours exécré le concept de prière, mais à ce moment-là, ça semblait être la chose à faire.

L'allée vers le cloître était fermée, mais la cathédrale était ouverte.

Je fus surpris par l'intérieur, vaste et imposant, derrière sa façade morne et brute. Tout était gris, blanc, énorme. Je suivis le motif à carreaux du sol le long d'une nef étroite bordée de grandes colonnes qui attirèrent mon attention vers le plafond orné, des centaines de carrés blancs à bords dorés, au centre de chacun desquels se trouvait un fleuron également doré ou bien le bouclier doré et les boules rouges, symboles des Médicis. Le bâtiment ne ressemblait à aucune église que je connaissais, et certainement pas à St. Mary Star of the Sea, l'église en brique rouge où mes parents me traînaient autrefois, toujours contre mon gré – jusqu'à ce que j'aie douze ans et que je refuse d'y retourner pour de bon.

Au bout de la nef se trouvaient le panneau indiquant la Vieille Sacristie et une plaque annonçant qu'elle avait été dessinée par Brunelleschi. C'était une petite pièce coiffée d'un dôme qui ressemblait à un grand parapluie ouvert, parfaitement divisé en douze segments, en dessous duquel, sur le mur du fond, était accroché un simple crucifix. Un cordon barrait l'accès aux sièges, et je m'agenouillai par réflexe pour me signer, puis je retournai dans l'église principale, presque vide. Je pris place sur un banc et observai une vieille femme allumer un cierge dans l'abside. Puis je fermai les yeux, et les mots du jeune moine me revinrent.

Continua così. Avanti così.

Gardez le cap.

J'avais eu envie de lui demander si ma venue à Florence constituait le bon cap, mais il était trop tard à présent.

Même si je doutais que frère Francesco ait besoin de mon aide, je récitai une prière dont je me souvenais à ma grande surprise.

Donne-lui, Seigneur, le repos éternel,
Et que brille sur lui la lumière perpétuelle.
Puissent les âmes de tous les fidèles défunts,
Dans la miséricorde de Dieu, reposer en paix.

D'après mon professeur de catéchisme, cette prière aidait ceux qui n'avaient pas encore atteint le paradis et écourtait leur temps passé au purgatoire. J'étais convaincu que frère Francesco n'était pas coincé au purgatoire – je ne croyais même pas au purgatoire –, mais je récitai tout de même la prière.

Dehors, la Piazza San Lorenzo paraissait normale : quelques piétons déambulaient, les kiosques étaient ouverts, un groupe de touristes prenait des photos. Comment se faisait-il que la vie continue malgré la tragédie ? L'allée qui menait au cloître était à nouveau ouverte, tout avait repris son cours.

Je traversai l'allée en imaginant frère Francesco qui s'occupait du jardin. Son absence semblait bizarre. Il m'aurait été aussi bizarre d'aller reprendre ma lecture du carnet comme si de rien n'était ; qu'étais-je donc censé faire ?

Continua così, avanti così, me dis-je. *Garde le cap, retourne à ta lecture.*

Je commençai à gravir l'escalier de la bibliothèque, puis je me retournai pour regarder les marches de pierre et la vieille porte du dortoir encore barrée par un ruban de police, et je me demandai s'il n'y avait pas eu effraction. Une porte fracturée, un moine mort : étais-je le seul à faire le rapprochement ?

38

Les semaines ont passé. La nuit a fini par arriver.

J'ai sorti le tableau de la malle. Je l'ai emballé soigneusement dans l'écharpe de Simone, je l'ai caché sous ma veste, et je suis parti.

Il était tard et il pleuvait depuis des jours. Les égouts avaient débordé. Il y avait des rats dans les rues. Partout. Sous les pieds, à fouiner pour trouver de la nourriture. Gras et dégoûtants. La Seine faisait peur à voir. Des torrents jaunâtres au niveau des berges, menaçant de déborder. Certaines caves étaient déjà inondées. Les fondations des bâtiments affaiblies, même celles de la tour Eiffel ! J'ai pensé à l'atelier du Louvre, situé à un niveau inférieur. J'imaginais les œuvres d'art flotter dans les eaux sales du fleuve.

Le rendez-vous était prévu au bout du Père-Lachaise. J'ai pataugé dans la boue entre les tombes et les monuments, le tout recouvert de brouillard et de brume. J'ai fermé un peu plus ma veste pour protéger le tableau.

J'ai enfin atteint l'extrémité opposée et je me suis agenouillé pour passer sous les vestiges d'un vieux mur afin de sortir de l'autre côté du cimetière. J'avais froid et je frissonnais, mais j'étais heureux d'être en vie.

Il ne m'a pas fallu longtemps pour trouver le bâtiment du faussaire. Le foyer empestait la moisissure et l'humidité. Les escaliers puaient la térébenthine. Je suis monté d'un pas lourd à l'étage. J'ai frappé quatre fois, marqué une pause, puis frappé encore deux fois ; le signal dont nous étions convenus.

Yves Chaudron a ouvert la porte. C'était la première fois que je le rencontrais. Un homme d'âge moyen et de taille moyenne, aux traits fins. Les yeux bleus, qui paraissaient plus gros derrière ses lunettes, cernés de rouge par la fatigue.

La pièce principale de l'appartement était en désordre complet. Des livres et des vêtements entassés sur des chaises ou au sol. Des journaux froissés. L'odeur de térébenthine était plus forte ici, mais elle se mélangeait à quelque chose de faisandé. La chemise de Chaudron était sale. Sa blouse pleine de peinture. J'ai jeté un coup d'œil dans la cuisine. Les assiettes s'amoncelaient, encrassées de nourriture. Des cafards partout.

Chaudron avait hâte de récupérer le tableau mais je l'ai fait attendre. Nous avons tous les deux attendu Valfierno, qui était en retard.

Au bout d'un moment, le faussaire s'est montré impatient. Il a dit qu'il ne pouvait plus attendre. Il crevait d'envie de voir l'œuvre.

Et j'ai cédé.

Il a enlevé quelques papiers d'une table, posé le tableau, et l'a admiré pendant un moment. Il a dit que ce serait son plus grand défi et son plus grand accomplissement. Puis il a pris le tableau et m'a conduit dans son atelier.

Sur les murs se trouvaient quelques œuvres en cours. Un petit paysage de Corot représentant une scène de campagne avec un ciel bleu et des nuages gris. J'ai demandé à Chaudron comment il avait fait. Il m'a expliqué que, comme n'importe quel bon étudiant, il avait posé son chevalet dans le musée et fait une copie !

Il y avait deux autres tableaux côte à côte. L'un était achevé. L'autre à moitié terminé. J'ai reconnu le travail de Jean-Auguste-Dominique Ingres. J'ai regardé l'original et la copie. C'était remarquable. Chaudron m'a dit que le collectionneur avait l'intention de donner l'original à un musée et qu'il voulait garder la copie. Puis il a éclaté de rire, et dit que c'était sans doute le contraire, mais il s'en fichait.

Il se vantait de son talent. Je sentais sa fierté se déverser sur moi comme une boue visqueuse. Je savais qu'il attendait un compliment, mais je n'ai rien dit.

Je l'ai écouté parler de sa formation artistique et de comment il avait quitté l'académie parce que ses instructeurs n'avaient rien à lui apprendre.

Il a dit qu'on lui avait toujours répété qu'il était doué de sa main. Le plus grand de tous les artistes. Pourtant, j'ai perçu une pointe de déception lorsqu'il l'a mentionné. Peut-être avait-il l'impression de n'avoir rien d'autre dans la vie. Il a dit qu'il avait autrefois rêvé de devenir le plus grand artiste d'Europe et j'ai presque eu pitié de lui. Mais il a ensuite affirmé qu'il l'était bel et bien devenu !

J'aurais pu le défier, mais c'est à ce moment-là que Valfierno est arrivé, haletant à cause des escaliers, appuyé sur sa canne. Il s'est arrêté et a fixé La Joconde *pendant un long moment, les yeux emplis de cupidité. Il s'est frotté ses mains longues et minces et a parlé de son plan. Chaudron ferait des copies. Il les vendrait. Aussi simple que ça. Les tableaux vaudraient une fortune, et chacun serait vendu comme l'original ! Il a dit qu'on allait tous devenir riches.*

Mais tout ce que je voulais, c'était assez d'argent pour récupérer mon fils.

J'ai observé les visages avides de ces deux hommes et j'ai compris que je ne pouvais pas leur faire confiance. Mais j'avais fait ce qu'ils demandaient et j'étais à présent impliqué dans leur combine. Je n'avais d'autre choix que de continuer. J'avais pactisé avec le diable, et j'allais en payer un satané prix.

39

NEW YORK

La pièce paraissait plus chaude que d'habitude, et pendant un moment, le collectionneur s'inquiéta. Les changements de température pouvaient être dangereux pour les toiles et le bois, qui se dilatait et se contractait, et la peinture craquelait. Il vérifia le thermostat : vingt degrés, comme il le fallait. Ça venait peut-être de lui ; sa température corporelle semblait haute ces jours-ci.

Il buvait un rare château-corton grancey grand cru de Louis Latour en admirant sa dernière acquisition, un dessin de Matisse tiré d'un petit musée privé de la Côte d'Azur, un vol remarquable, et un joli coup, pour lequel il avait payé un supplément. Son téléphone vibra et il décrocha, agacé par cette interruption.

« Qu'est-ce qu'il y a ?

— L'Américain a été repéré au domicile de l'Italien.

— Tu me l'as déjà dit.

— Vous voulez que j'agisse ?

— Dans quel sens ?

— Celui que vous voudrez. »

Le collectionneur envisagea la question. Non, il ne voulait pas appréhender l'Américain, pas avant d'avoir obtenu la réponse dont il avait besoin. Ensuite, il pourrait s'en débarrasser. Pour l'instant, mieux valait ne rien faire. Attendre de voir ce que découvrait l'Américain et le laisser trouver la réponse que le collectionneur attendait.

« Continue de le surveiller, dit-il. S'il rencontre quelqu'un, ou s'il va quelque part.

— Oui, bien sûr. Ne vous inquiétez pas. »

Le collectionneur trouva cette phrase amusante. Il ne s'inquiétait jamais, et il avait pris sa décision : une fois le travail terminé, il ferait exécuter l'Américain.

Il regarda le petit portrait, un Picasso de la période bleue, légère variation du tableau plus célèbre de l'artiste, *Le Vieux Guitariste aveugle*, dont il aurait dû se débarrasser mais qu'il gardait pour des raisons sentimentales. Il repensa au tableau dans la galerie de Madison Avenue où il l'avait vu la première fois ; à quel point il avait pu l'admirer ! Le timing était parfait : il venait de créer son propre fonds et tout le monde lui disait qu'un homme de sa stature devait posséder des œuvres d'art, auxquelles il ne connaissait rien, ses goûts étaient encore juvéniles, pas encore affûtés.

Son coup de foudre pour l'art fut une surprise totale. La palpitation qu'il avait ressentie, le besoin soudain de posséder des objets de valeur. Le Picasso avait été son premier achat sérieux, à peine moins d'un million, une sacrée somme à l'époque, mais il avait signé le chèque sans la moindre hésitation.

Plus tard, il avait compris qu'il existait d'autres moyens, plus intéressants, d'acquérir des œuvres.

« Vous êtes toujours là ? » La voix de l'homme au bout du fil sonnait comme un grésillement geignard. « Il y a un problème ?

— *Un problème* ? » répéta le collectionneur. Il se demanda si l'homme n'en savait pas trop et se dit qu'il allait devoir disparaître, lui aussi. « Non, dit-il du ton le plus désinvolte possible. Aucun problème. »

40

Lorsque j'ai vu les copies de La Joconde *réalisées par Chaudron, j'ai bien dû admettre qu'elles étaient géniales.*

Cet homme avait un génie pervers inégalé en matière d'imitation. Il avait étudié et reproduit toutes les formules. Les bonnes proportions d'huile de lin et de térébenthine de Venise utilisées par de Vinci en 1503. Il avait acheté le même bois que Léonard. Il avait découpé chaque panneau à la bonne taille, les avait poncés et vieillis avec de l'huile d'œillette. Il avait préparé de la colle avec de la peau de lapin et verni le bois pour empêcher le pourrissement. Puis il avait mis une couche de céruse. Puis une couche de vernis dammar fabriqué avec des cristaux qu'il avait acheté aux enchères dans l'atelier d'un artiste mineur du XVIe *siècle. Tous les artistes de l'époque utilisaient cette technique.*

Chaudron était même allé jusqu'à acheter des images radiographiques, fraîchement inventées, auprès d'un conservateur douteux du Louvre ; un homme que je connaissais et que je n'aurais jamais soupçonné !

Elles montraient exactement ce que de Vinci avait peint sous le portrait final. Tous les faux départs. Les fantômes. Les pentimenti. *Chaudron savait que ses copies seraient examinées au microscope et aux rayons X. Cette imagerie cachée laisserait croire que chaque faux était authentique. Il s'était assuré que les tableaux passent la moindre investigation scientifique.*

Il a laissé les fantômes et les faux départs sécher, puis il a peint les couches les plus fines possible. Il s'est servi d'un pinceau en poil de martre de grande qualité pour lisser la peinture. Il a délicatement disposé des couches et des couches d'un mélange composé d'un soupçon de pigments en poudre dilués avec de l'huile et du vernis pour reproduire la douce et brumeuse atmosphère qui conférait au tableau de De Vinci l'aspect d'un rêve.

Chaudron m'a fièrement montré le dos des panneaux sur lesquels il avait reproduit les moindres marques et les moindres taches. Et en guise de pièce de résistance, il avait même copié le cachet du Louvre !

Mais ce n'était pas tout. Il avait placé les tableaux achevés devant des ventilateurs, près du feu. Il avait passé des mèches de bougie le long des surfaces pour les vieillir, ajouté des couches supplémentaires de vernis car il savait qu'elles craquelleraient. Tout cela lui avait pris plusieurs mois de travail.

Mais j'avais attendu près de deux ans.

À présent, les six copies étaient prêtes.

C'était au tour de Valfierno de les mettre en vente. Il allait les proposer au marché noir. Un réseau aussi alambiqué et immonde que les égouts de Paris. Un réseau que Valfierno connaissait bien car il fréquentait tous les marchands et collectionneurs d'art les moins scrupuleux de la ville et au-delà. Il a vendu les copies une par une, et chaque collectionneur pensait acheter la vraie Joconde *!*

Lorsque Valfierno a fini d'écouler les contrefaçons, il m'a rendu l'original.

Il m'a dit que c'était ma part. Qu'il valait des millions.

Et moi, je l'ai cru.

41

Pendant des années, j'avais lu des choses sur l'insaisissable duo, mais à présent je savais qu'ils existaient bel et bien, comme certains l'avaient supposé – Chaudron faisait les copies, Valfierno les vendait –, bien que ces théories n'aient jamais été prouvées. Les mots de Vincent leur avaient donné vie. Mais il fallait que je sache si ce qu'il avait écrit était vrai. Existait-il une demi-douzaine de copies de *La Joconde* quelque part dans la nature ?

Il y a un an, j'avais retrouvé le seul descendant d'Yves Chaudron encore en vie, Étienne Chaudron, qui vivait à Paris. J'avais creusé un peu, je lui avais envoyé un courriel et obtenu une réponse sèche : *Je ne peux rien vous dire au sujet de mon grand-oncle parce que je ne l'ai jamais rencontré.*

J'essayais à présent de l'appeler.

« Étienne Chaudron ?

— *Qui est-ce* ?*

— Luke Perrone. » Je lui rappelai notre précédent échange. « *Nous avons eu un échange de courrier au sujet de votre grand-oncle, Yves*.*

— Je parle anglais, dit-il d'un ton sec, brusque.

— Je suis à Florence, mais je dois me rendre à Paris, mentis-je. J'espérais que l'on pourrait se rencontrer.

— Je vous ai déjà dit que je n'ai pas connu mon grand-oncle.

— Je comprends, mais il y a un sujet dont j'aurais aimé parler avec vous.

— Il n'y a rien à dire. »

J'étais sur le point de lui raconter que les contrefaçons réalisées par son grand-oncle Yves étaient mentionnées dans le journal de Vincent, mais il avait déjà raccroché.

« Y a-t-il d'autres cartons de documents appartenant au professeur Guggliermo ? » demandai-je à Chiara en arrivant à la bibliothèque plus tard ce jour-là.

Je m'étais réveillé avec l'idée que si Guggliermo prévoyait d'écrire quelque chose au sujet du carnet, il avait sûrement laissé quelques notes.

« *Di che tipo ?*

— Quelle sorte ? Eh bien, des notes, des papiers, ce genre de chose. »

Je faisais tout pour paraître nonchalant.

« Il y a un carton de… comment vous dites… *note varie*, pas encore triées par catégories. J'irai le chercher pour vous, après avoir fini ça. » Elle désigna d'un geste une pile de fiches.

J'avais envie de crier *Faites-le maintenant !*, mais je souris et répondis : « *Grazie* », puis je sortis dans la cour pour oublier mon impatience en faisant quelques pas.

L'un des moines brûlait des feuilles, et une fumée grise s'élevait dans les nuages bas comme si elle en était la source. Je fis le tour de la cour en me demandant si frère Francesco avait vu quelque chose ou quelqu'un qu'il n'aurait pas dû voir. Je jetai un œil dans l'allée sombre. Le ruban de police devant la porte du dortoir avait disparu, et personne n'attendait près des marches de pierre.

Chiara avait préparé le carton de *note varie* de Guggliermo, son contenu aussi bien rangé et ordonné que les autres, chaque dossier soigneusement étiqueté : ESSAIS ET NOTES POUR ESSAIS, SUJETS DE DEVOIRS, REÇUS ET VENTES DE LIVRES. À l'intérieur de ces dossiers se trouvaient d'autres dossiers, classés en sous-catégories plus spécifiques.

Je commençai par ESSAIS ET NOTES POUR ESSAIS, où il était question de sujets artistiques historiques mais pas du carnet. Rien dans SUJETS DE DEVOIRS non plus. Je doutai de trouver quoi que ce soit dans REÇUS ET VENTES DE LIVRES, mais c'est alors que j'eus une autre idée qui me poussa à fouiller le dossier pendant plus d'une heure, à compiler une liste d'environ quarante marchands de livres rares avec lesquels Antonio Guggliermo avait régulièrement eu affaire. Ensuite, je recoupai les reçus pour voir qui avait bien pu lui vendre des carnets, des journaux ou des mémoires. Il y avait neuf possibilités.

Assis dans un café voisin, ordinateur ouvert, avec un *espresso* pour avoir de l'énergie, je trouvai les sites Internet des neuf libraires pour leur envoyer un courriel commun. Au bout de quelques minutes, j'avais reçu trois réponses de vendeurs qui affirmaient n'avoir jamais cédé de carnet correspondant à ma description – mais tous proposaient d'en chercher si j'étais intéressé. Je refusai poliment et les rayai de la liste. Deux réponses suivirent, mais aucun des deux marchands n'avait vendu le carnet.

Je commandai un autre *espresso*, et le temps de le finir, un libraire berlinois m'avait envoyé un courriel pour me dire qu'il avait vendu un vieux carnet. Je l'appelai. Il me confirma que la couverture était bleue et le papier couleur chamois, mais il s'avéra qu'il s'agissait d'un carnet de notes du XIXe siècle jamais utilisé, parfaitement vierge.

Je commençai à perdre espoir, et mon idée géniale me paraissait de moins en moins géniale. Seuls trois des neuf marchands de livres rares ne m'avaient pas répondu. Je ne pouvais pas attendre leur réponse par courriel, donc j'appelai le premier, éditions Pelletier, à Paris. Ni réponse ni boîte vocale. Le numéro du second – Scriptorium, à Mantoue – n'était plus attribué et le message semblait tout droit sorti d'un film d'horreur. Le dernier, Libreria Antiquaria di Firenze, ne décrocha pas non plus, mais je notai son adresse, l'entrai dans Google Maps et vis qu'elle se trouvait juste de l'autre côté de l'Arno.

L'heure du *riposo* – la pause de mi-journée – approchait, et la boutique serait sûrement fermée, mais sous l'effet de la caféine, je décidai de tenter ma chance. Qu'est-ce que j'avais à perdre ?

42

Le Ponte Vecchio, le bien nommé pont vieux, n'était pas couvert, mais on aurait pu le croire tant il y avait d'auvents sur les échoppes et les étals qui vendaient tous des bijoux, bloquant la lumière et la vue sur le fleuve. Il y avait plus de touristes que je n'en avais jamais vu jusqu'à présent, des gens qui inspectaient les colliers et les bracelets, des couples qui regardaient dans les vitrines ou qui marchandaient avec les vendeurs, des jeunes femmes le bras tendu qui essayaient des bagues en diamant. Tout autour de moi, il y avait des couples. Pour la première fois, mes amis me manquaient, et pas pour la première fois, Alex aussi. Je n'avais toujours aucune idée de ce qu'elle pensait de moi, de nous, ni si nous allions quelque part. Un jeune couple passa près de moi en s'embrassant, et je dus me forcer à ne pas le fusiller du regard.

Le centre du pont offrait de belles vues sur l'Arno, le fleuve bordé de maisons dans des tons couleur terre, mais le ciel s'était assombri, et le temps que je traverse le pont, il s'était mis à pleuvoir. Oltrarno – littéralement, de l'autre côté de l'Arno, comme disent les Florentins – se trouvait sur la rive sud de la ville, plus bohème, du moins à ce qu'on m'avait dit. Il pleuvait plus fort à présent, et je me réfugiai sous l'auvent d'une boutique pour vérifier l'adresse du libraire dans mon GPS, puis je trouvai un magasin qui vendait des parapluies pas chers. Les rues paraissaient différentes de celles de l'autre côté du fleuve, plus rudes et populaires, certaines larges, d'autres étroites et d'aspect médiéval, et pour l'instant assez désertes. J'avançai vite, en essayant en vain d'échapper à la pluie, et j'arrivai sur une place ouverte juste en face d'un énorme bâtiment de pierre de trois étages. Au deuxième étage, des bannières rouges annonçaient des expositions : le Palazzo Pitti, célèbre pour sa collection d'art éclectique. À un autre moment, je serais entré, mais j'avais une mission.

Les rues devenaient plus petites et plus étroites, et il n'y avait aucun signe de gentrification. Plusieurs bâtiments n'étaient que des amas de pierres craquelées et de peinture écaillée, et il n'y avait plus de trottoirs. L'eau de pluie montait et je pataugeais dans mes bottines. Les pavés irréguliers rendaient les rues glissantes et plus difficiles à emprunter. J'étais ravi de déboucher enfin sur une grande place vide.

La pluie battait plus fort encore, et mon parapluie de mauvaise qualité ne servait pas à grand-chose. Je m'abritai dans le bâtiment le plus proche, pourvu d'une façade de pierre quelconque, et m'ébrouai comme un chien. Il me fallut un moment pour me rendre compte que le bâtiment était une église, Santa Maria del Carmine. Le nom me rappelait quelque chose, mais je ne savais plus quoi jusqu'à ce que je voie le panneau indiquant la chapelle Brancacci – qui abritait l'un des plus célèbres cycles de peinture de la Renaissance, que j'avais enseigné pendant des années et que j'adorais. C'était l'un des endroits que j'avais le plus envie de visiter à Florence, et auquel je n'avais pas pensé.

Je payai les dix euros d'entrée, montai une petite série de marches et arrivai dans ce que je ne pourrais décrire que comme le paradis. Le cycle de fresques, impressionnant même de loin, emplissait la petite chapelle. Après quelques marches de plus et un portail sculpté de marbre gris blanc, les images tournaient autour de moi comme un vieux cinémascope : deux niveaux de peintures illustrant la vie de saint Pierre, des silhouettes humaines avec des visages si expressifs qu'ils semblaient parler, des couleurs qui reflétaient les tons de Florence, des nuances de terre de Sienne et d'ocre, de rose pâle et de rouge vénitien sur des teintes émeraude et bleu clair, toutes les fresques plus belles et plus vivantes que je ne l'avais imaginé.

Elles avaient été peintes par Masaccio, une rock star de la Renaissance mort à vingt-sept ans ; un âge dangereux pour les rock stars. Je savais qu'il n'avait réalisé qu'une partie des fresques du cycle, mais il s'agissait des plus célèbres, et elles sortaient du lot.

À l'étage supérieur, sur ma gauche, *Le Paiement du tribut* représentait le Christ et les apôtres confrontés à un collecteur d'impôts – le seul type qui n'a pas d'auréole ! Le tableau me fit penser aux impôts, et aux pertes évidentes que je devrais déduire à cause de ma carrière d'artiste quasi non existante. Je pensai aux problèmes d'argent de mon arrière-grand-père et au fait qu'après avoir volé le tableau pour Valfierno et Chaudron, qui avaient sans doute vendu les copies contre de grosses sommes d'argent, les deux hommes ne lui avaient pas été d'un grand secours. Comment quelqu'un comme Vincent, humble et sans relations, aurait pu vendre un tableau aussi célèbre ? Il avait déjà tant souffert – la mort de Simone, la perte de son fils, la trahison de Valfierno et de Chaudron –, et pourtant j'en étais venu à croire en lui, croire qu'il pouvait y arriver.

Je levai les yeux à droite de la fresque de Masaccio. Elle montrait saint Pierre sortant de l'argent de la bouche d'un poisson, l'un des miracles du Christ. Tout ce dont avait besoin mon arrière-grand-père : un miracle. Peut-être que moi aussi j'en cherchais un. Le silence fut brisé par un couple d'Allemands qui discutaient fort en prenant des photos.

Je redescendis les marches de la chapelle ; je voulais m'éloigner pour avoir une vue d'ensemble sur les fresques. La pluie avait dû s'arrêter, car la lumière entrait par la fenêtre à l'autre bout de l'église. À part ça, l'endroit était sombre et l'accès fermé aux visiteurs, mais je vis quelqu'un bouger : un homme qui disparut rapidement dans une pièce voisine. Je remontai les marches, attendis que les Allemands se lassent et partent, et je fus à nouveau seul pour admirer *Adam et Ève* de Masaccio. Adam nu, le visage enfoui dans ses mains, Ève cachant sa nudité avec les siennes et hurlant de chagrin et de honte. Tout chez ce couple tourmenté évoquait le désespoir absolu. C'était ainsi que je m'imaginais Vincent, mis au ban et rongé par la culpabilité d'avoir perdu sa chère Simone et son fils.

Au bout d'un moment, je sentis quelque chose, fis volte-face et l'aperçus à nouveau : l'homme que j'avais cru voir au bout de l'église. Il se trouvait à environ six mètres de moi, à contre-jour dans la lumière de la fenêtre, donc je n'arrivais pas à le distinguer clairement, mais il était costaud. Je descendis les marches pour le voir de plus près, mais il détala ; une ombre, un fantôme.

Je pris une grande inspiration, mon radar encore en alerte. Quelque chose chez cet homme me paraissait menaçant, mais aussi familier.

Une fois dehors, je me dirigeai vers la boutique du libraire. Le soleil, brillant et net, perçait à travers les nuages comme à travers la fenêtre de l'église. J'essayai de me défaire du sentiment de malaise lié à ce type, mais à cause de la mort soudaine de frère Francesco, je me sentais déboussolé et me méfiais de tout.

Au bout de quelques pâtés de maisons, j'arrivai sur une place animée bordée de restaurants et de magasins : la Piazza Santo Spirito. L'église était fermée, mais les cafés ouverts. Je m'assis un moment pour siroter un café, en pensant à mon arrière-grand-père, un homme qui n'avait jamais trouvé sa place, un homme solitaire qui avait perdu la seule personne qui l'ait jamais aimé et qui ait jamais cru en lui.

Le quartier de Santo Spirito me rappelait ceux de NoHo ou de l'East Village à Manhattan, avec ses nombreux restaurants et ses ateliers de fabricants de poteries et de cadres, de ceintures et de chaussures faites main. Les bottines encore trempées, je fus tenté par une paire de chaussures pointues, mais je me ravisai en voyant le prix.

La Via Toscanella n'était qu'à quelques rues de là. Elle était bordée d'ateliers de reliure et de librairies anciennes, toutes fermées, y compris la Libreria Antiquaria di Firenze. La plupart des boutiques affichaient des panneaux indiquant qu'elles rouvriraient après le *riposo*, mais pas celle qui m'intéressait, le rideau de fer était baissé et verrouillé. Je jetai un œil entre les barreaux, mais il n'y avait pas grand-chose à voir. J'étais prêt à abandonner quand j'aperçus une enseigne clignotante au bout de la rue.

Au Ristorante Americano, on trouvait des épluchures de cacahuètes éparpillées sur le sol, Dolly Parton dans le juke-box et de la Budweiser à la pression : la version italienne d'un bar américain.

Je commandai un Coca, et la barmaid – tignasse de cheveux bruns ondulés et rouge à lèvres vif – me le servit avec un sourire.

« Américain ? demanda-t-elle.

— Italo-américain, répondis-je. Ça se voit ?

— Tu ressembles à tous les beaux gosses italiens avec qui je suis sortie.

— Luke Perrone, dis-je.

— Comme la bière ?

— Ça ne s'écrit pas pareil, et ça n'a rien à voir avec ma famille.

— Dommage. Teresa Ferrara. Rien à voir avec la boulangerie de Little Italy. » Elle me tendit la main, des bagues à chaque doigt. « De Hackensack, dans le New Jersey.

— Je sais, je viens de Bayonne. Comment tu t'es retrouvée ici ?

— J'ai suivi un petit ami. Je ne recommande pas l'expérience.

— Je m'en souviendrai si je trouve un petit ami un jour. »

Teresa rit. « T'as faim ? » Elle n'attendit pas ma réponse, disparut dans la cuisine et réapparut quelques minutes plus tard avec une assiette qu'elle posa en face de moi. « Calzone maison. C'est offert. Et pas de remarque désagréable, parce que c'est moi qui l'ai faite. »

Je pris une bouchée et lui dis que c'était très bon, ce qui était vrai.

Elle me remercia et me demanda ce qui m'amenait à Florence. Je lui répondis que j'effectuais des recherches, et je jetai un coup d'œil à ma montre.

« T'es pressé ? »

Je lui dis que non, car il me restait une demi-heure avant la réouverture de la librairie, mais j'avais hâte de voir ce que contenait la suite du carnet.

« Des recherches ? demanda-t-elle. Dans ce coin de la ville ?

— Dans une librairie. » Elle hocha la tête et me demanda laquelle. « La Libreria Antiquaria, répondis-je, et son sourire s'effaça.

— T'es pas de la police, au moins ?

— Moi ? Mais non, pourquoi ?

— On a vu défiler un tas de flics après l'incident.

— Quel incident ?

— Le propriétaire de la Libreria Antiquaria, une vraie crème, Carlo Bianchi. Il venait ici tout le temps. Assassiné dans sa boutique.

— Mon Dieu. Quand ça ?

— Il y a deux mois environ.

— Un braquage ?

— Peu probable. C'est une petite boutique pleine de livres poussiéreux. Qui tuerait un vieil homme pour une poignée d'euros ? Ça n'avait aucun sens sur le moment, et ça n'en a toujours pas. »

43

J'aurais dû savoir que ça finirait mal. Que ces deux vauriens me trahiraient.

Je me suis caché devant chez Chaudron. J'ai vu les coursiers aller et venir. J'en ai suivi plusieurs et j'ai retenu où ils allaient. Mais je ne savais pas quoi faire de cette information.

Je n'avais toujours pas d'argent et aucun moyen d'en gagner. Les semaines passaient et j'étais aux abois. Qu'allais-je faire pour survivre ?

Alors j'ai échafaudé un plan. J'allais demander une rançon pour La Joconde *!*

Je me souvenais d'avoir eu cette idée au Louvre ce matin d'août, devant le tableau de Napoléon. Je proposerais l'œuvre volée au gouvernement italien. Je leur dirais que je la rapporterais dans son pays d'origine. En échange d'une certaine somme.

J'ai planifié mon départ de Paris pour apporter le tableau en Italie. Je n'ai dévoilé mon projet ni à Valfierno ni à Chaudron. Je ne leur ai même pas dit que je partais. Mais il y avait une chose qu'eux ne m'avaient pas dite. Quelque chose que je n'ai compris qu'une fois à l'hôtel Tripoli, en compagnie des deux hommes que j'avais approchés pour revendre le tableau – le marchand d'art Alfredo Geri et Giovanni Poggi, directeur de la galerie des Offices. Je venais de dévoiler l'œuvre. Les deux hommes se tenaient devant moi, l'air stupéfait.

C'est là que le premier indice révélateur est apparu. Une légère odeur d'huile, que je n'avais pas détectée auparavant. J'ai pensé qu'il s'agissait d'une odeur résiduelle causée par les longs mois passés dans l'atelier de Chaudron. Mais elle était trop forte. J'étais certain que les deux hommes la sentiraient aussi.

Pas du tout. Ils sont restés ébahis pendant que je cherchais la moindre preuve que le tableau devant moi avait été peint de la main de Chaudron et non de celle de Léonard. Quelque chose que j'aurais dû vérifier quand on me l'avait rendu. Quelque chose que Chaudron m'avait fait remarquer des mois plus tôt. Quelque chose que j'avais oublié.

J'ai examiné l'œuvre. Les yeux plissés pour voir si j'arrivais à détecter le problème, j'ai fini par trouver !

Chaudron et Valfierno m'avaient fait passer pour le dernier des imbéciles. Ils m'avaient donné un faux !

Je n'ai rien dit. Je savais que La Joconde *qui se trouvait dans mes mains ressemblait en tout point à l'originale. Même les images cachées derrière la surface seraient identiques si on la passait aux rayons X. Mais j'étais certain qu'il s'agissait d'une des contrefaçons de Chaudron.*

L'odeur n'avait été qu'un premier indice.

Maintenant, j'en avais la preuve formelle.

Qu'était-il arrivé à l'originale ? Je ne le savais pas encore. Je savais simplement que le tableau que je proposais à Geri et à Poggi n'était pas celui que j'avais volé ! Et c'est ce tableau qui a fini par être rendu au musée.

Si vous ne me croyez pas, entrez au Louvre équipé d'une loupe. Passez-la lentement à la surface du tableau et...

Elle était là, la réponse que j'attendais, la vérité sur laquelle les chercheurs débattaient depuis plus de cent ans. La question de savoir si *La Joconde* exposée au Louvre, celle que Vincent avait volée et rendue, était une contrefaçon – et si oui, comment le prouver.

Je tournai la page.

Geri et Poggi ont alerté la police et j'ai été arrêté.

Je revins en arrière.

Passez-la lentement à la surface du tableau et observez attentivement...

Je tournai encore une page.

Ça n'avait aucun sens.

Du moins pas jusqu'à ce que je remarque le bord déchiré du papier au niveau de la reliure.

Merde ! Non ! Je passai le doigt sur les restes de page, le cerveau bourdonnant. Je me rassis, comme si on m'avait frappé au ventre. Ce que j'étais venu chercher en Italie avait disparu.

Disparu.

44

Il manquait des pages.

J'essayai de bien réfléchir, et de me demander ce que je pouvais faire à ce sujet – s'il y avait seulement quelque chose à faire. Qui les avait déchirées – et quand ?

Guggliermo les avait-il enlevées avant de donner le carnet à la bibliothèque ? Ou bien était-ce Quattrocchi ? Était-ce pour ça qu'il avait disparu ? Ou bien était-ce quelqu'un d'autre ? Mais qui ? Quand ?

Il fallait que je sache, il fallait que j'en apprenne davantage. Je ne pouvais pas abandonner si facilement. Il devait bien y avoir un moyen pour trouver ce que Chaudron avait laissé dans ses copies. Je me forçai à lire la suite des pages manquantes : Vincent écrivait au sujet de son arrestation. Intéressant, mais peu utile pour apprendre à reconnaître les contrefaçons.

Étais-je passé à côté de quelque chose ? Peut-être qu'il y avait suffisamment d'indices si j'étudiais la page que je venais de lire avec plus d'attention.

Je levai les yeux. Il n'y avait qu'un seul chercheur aujourd'hui, et il était assis de l'autre côté de la pièce à lire une revue. Chiara se dirigeait vers la réserve. Beatrice triait des fiches comme si sa vie en dépendait. Riccardo n'était pas dans les parages. J'attrapai mon sac par terre et l'ouvris. Je n'avais que quelques secondes pour me décider.

Vas-y.

Un petit coup d'œil vers l'accueil. Une fois encore, comment allais-je pouvoir faire passer le carnet devant Griselda ?

Je ne pouvais pas. Il était trop grand.

Mais allait-elle remarquer une page manquante ?

Je brassai des papiers afin de faire juste assez de bruit pour couvrir celui de la déchirure. Je n'eus aucun mal à le faire car la reliure était abîmée et la page déjà détachée. Je la pliai en vitesse et la fourrai dans mon sac à dos, derrière mon ordinateur. Je glissai mon bloc-notes jaune par-dessus, laissai échapper un sourire, puis levai les yeux et vis Chiara de retour à son poste.

Est-ce qu'elle m'avait vu faire ?

Je jetai un regard au plafond, vers les caméras dans les coins de la pièce – je les avais complètement oubliées. Je leur tournais le dos, mais avaient-elles enregistré mon larcin ?

Je fermai le carnet aussi normalement que possible, le remis dans le carton de Duccio, l'enfouis sous les dossiers et les documents et rapportai le tout à l'accueil, avec le carton de Guggliermo. Je lançai à Chiara un sourire artificiel, puis je me retournai et me dirigeai vers la sortie, le sac à dos sous le bras. Je faisais attention à bien marcher d'un pas normal, mais mon cœur martelait dans ma poitrine.

À la porte, la vilaine demi-sœur Griselda m'arrêta comme d'habitude. Je lui tendis le sac et lui parlai de la météo, des dernières grèves et de tout ce qui me passait par la tête pendant qu'elle l'ouvrait et passait la main à l'intérieur. Je continuai de parler de façon régulière, la sueur commençant à couler le long de mon dos.

Elle me parut prendre une éternité.

L'autre chercheur fit la queue derrière moi, une pile de livres dans les bras, soupirant d'impatience jusqu'à ce que Griselda enlève enfin sa main de mon sac pour vérifier ses livres et nous fasse passer tous les deux.

J'aurais voulu l'embrasser, ce type. Je refermai mon sac en essayant de détendre ma main tremblante, passai à travers la machine à rayons X et pris la porte. Quelques moines se trouvaient dans la cour, mais je ne m'arrêtai pas pour discuter. Le sac à dos bien en place, je traversai la Piazza San Lorenzo. Je me sentais comme lorsque j'étais adolescent et que je volais dans les magasins, voire pire. Je me forçai à ralentir et à agir normalement.

Sur le côté est de la *piazza*, je choisis d'emprunter la rue sombre et moins fréquentée qui partait du Duomo. À mi-parcours, j'eus une idée et sortis mon téléphone pour passer un appel.

« Musée du Louvre », dit la personne.

Je demandai le conservateur du département peinture de la Renaissance.

Une fois le conservateur au bout du fil, je lui dressai la liste de toutes mes références – mes diplômes, mon poste d'enseignant, mes bourses, mes récompenses, mes articles, le tout légèrement embelli et exagéré, mais ça fonctionna. Il accepta de me laisser accéder au musée un jour où il était fermé aux touristes, le surlendemain. Je réservai immédiatement un vol pour Paris.

J'avais réussi à voler la page pour l'étudier dans mon coin. Dans un avenir très proche, j'étudierais le tableau lui-même. Peut-être que j'y verrais quelque chose en lien avec ce que j'avais lu. Je m'appuyai contre un bâtiment, en pleine montée d'adrénaline, et une pensée que je n'avais pas eue depuis longtemps me vint : *J'ai besoin d'un verre.*

Je fis encore quelques mètres et m'arrêtai pour jeter un œil à l'intérieur d'un bar, mais je me remis à marcher, plus vite. Lorsque je m'arrêtai à nouveau, je me trouvais devant un bureau de tabac dans la vitrine duquel je repérai une boîte verte de La Paz, la marque que fumait mon grand-père. J'aperçus mon reflet dans la vitre, ainsi que celui d'une personne qui approchait derrière moi.

45

« J'espérais te rattraper, dit Alex, légèrement hors d'haleine comme si elle venait de courir.

— Me rattraper ?

— Chiara m'a dit que tu venais de partir. » Elle m'observa un moment. « Tout va bien ? »

Je lui répondis que oui et lui demandai si elle voulait aller prendre un café ou manger quelque chose ; je faillis lui proposer un verre. Si je me remettais à voler des choses, j'allais devoir me rendre à une réunion, le plus tôt possible.

Alex répondit : « Avec plaisir », passa son bras sous le mien et nous repartîmes dans la direction opposée tandis qu'elle me parlait de sa sous-location et que le soleil commençait à disparaître. Nous parcourûmes plusieurs pâtés de maisons et arrivâmes sur la Piazza della Signoria, la grande place surplombée par la forteresse qu'était le Palazzo Vecchio. Les gens attendaient pour prendre une photo devant la statue géante du *David* de Michel-Ange.

« Ils ne savent pas que c'est une copie ? » dis-je, l'esprit obnubilé par les contrefaçons.

Alex haussa les épaules comme si elle n'en avait rien à faire et flâna jusqu'à la fontaine de Neptune, le dieu des mers en marbre entouré de chérubins et de sirènes. Même en hiver, la fontaine coulait à gros débit. De là où je me trouvais, on aurait dit que Neptune était en train de pisser, et je partageai cette réflexion à haute voix.

« Classe », dit Alex, mais elle rit puis elle m'emmena plus loin, comme les éclaboussures de la fontaine nous mouillaient tous les deux. Elle s'arrêta pour lire une petite plaque en italien et me demanda de l'aide pour traduire. Il était question de Savonarole, le moine de la Renaissance qui avait prêché la repentance comme le faisaient les pasteurs évangéliques d'aujourd'hui. Le texte expliquait qu'il avait été pendu et brûlé sur cette place. Je fis remarquer que c'était une mort adéquate pour quelqu'un qui avait essayé de contrôler la vie des gens, qui brûlait des livres et tout autre objet qu'il considérait comme blasphématoire ou vain, notamment des tableaux formidables – dont des Botticelli et des Michel-Ange.

« Il méritait bien pire ! dit Alex d'un ton sec.

— Qu'est-ce qui est pire que d'être brûlé vif ?

— Certaines personnes méritent juste… »

Elle s'arrêta, serra les bras autour de sa poitrine et frissonna. Je passai le bras par-dessus son épaule mais elle me repoussa, comme si je n'avais fait qu'empirer les choses. Je reculai, les mains en l'air.

« Désolé, dis-je, un peu surpris, un peu blessé.

— Non, c'est moi qui suis désolée, dit-elle. J'ai juste frissonné à cause de l'eau de la fontaine, et je ne voulais pas que tu sois mouillé.

— Je suis déjà mouillé. »

Je la rassurai, mais je me demandai ce qui avait bien pu la faire démarrer au quart de tour comme ça. Qu'avais-je fait de mal ?

Au bout de la place, j'eus à nouveau la sensation d'être suivi. *Ha un amico a Firenze ?* Je jetai un œil par-dessus mon épaule, mais personne ne rôdait dans les parages.

Alex, de meilleure humeur à présent, me prit la main et dit qu'elle voulait voir la place du Duomo de nuit, et je quittai volontiers cette *piazza* pour une autre.

Ce n'était pas bien loin et ça en valait la peine : les bâtiments éclairés sur un ciel bleu d'encre, la cathédrale et son dôme incroyable, le campanile de Giotto, le baptistère médiéval. Je n'arrivais pas à croire que je ne m'étais pas précipité ici dès mon arrivée, mais j'appréciais le fait de découvrir l'endroit avec Alex, presque aussi excitée que moi, à mes côtés. J'étais surpris qu'il n'y ait presque personne. J'essayai d'imaginer la place à l'époque, avec des hommes du XVe siècle en tuniques et collants, les femmes en robes à corset, les cheveux savamment tressés, les gens qui se baladaient ou qui se dirigeaient vers la cathédrale, visiblement conçue pour impressionner.

« On n'est jamais déçu, n'est-ce pas ? » dit Alex.

J'en convins, même si je n'étais jamais venu. Je levai les yeux vers la façade de l'église qui s'élevait face à nous, le marbre rose et vert, les figures sculptées dans des alcôves, les rosaces en retrait, chaque centimètre décoré comme un gâteau de mariage géant. Derrière elle se dessinait l'immense dôme en brique rouge de Brunelleschi. L'ensemble était spectaculaire, grandiose, mais aussi inquiétant ; la façon dont les bâtiments semblaient pencher en avant, tous les recoins et les petites zones d'ombre.

Alex pointa du doigt un groupe de soldats en tenue de camouflage, grosses bottes et bérets bordeaux, chacun équipé d'une mitraillette, pistolet à la ceinture. Je les trouvais un peu effrayants, mais Alex les qualifia de « magnifiques » et se demanda à haute voix pourquoi tous les hommes italiens ressemblaient à des stars de cinéma.

Je la menai à l'intérieur du baptistère – je n'avais aucune envie de rivaliser avec les beaux militaires –, bâtiment bas et octogonal en marbre rayé vert et blanc, peut-être le plus vieux bâtiment de Florence si ma mémoire était bonne. Mais c'étaient les célèbres portes de Ghiberti que je voulais surtout voir. Les portes du Paradis, dix panneaux sculptés en relief de bronze et d'or relatant les histoires de l'Ancien Testament, d'Adam et Ève, de Caïn et Abel, d'Abraham et Isaac.

Une barrière de fer maintenait les touristes à quelques centimètres de distance, mais les reliefs étaient éclairés par des projecteurs, donc on les voyait parfaitement, et on pouvait presque les toucher. Je savais que le sculpteur Ghiberti avait emporté un concours pour décorer un premier ensemble de portes à l'âge de vingt-quatre ans, avant d'attaquer celui-ci, son second ensemble, qui lui prit les vingt-cinq années suivantes de sa vie. Michel-Ange avait déclaré qu'elles étaient aussi belles que les portes du paradis, d'où leur nom. Je jetai un œil à travers les barreaux pour admirer de plus près l'impressionnant travail de l'artiste. Certaines figures semblaient tenir toutes seules grâce à l'illusion de l'espace, de la réalité et de la perspective qui définissait le début de la Renaissance.

Je me penchai vers Alex pour lui raconter une autre anecdote et je fus surpris de constater qu'elle n'était plus là ; j'avais pourtant senti la présence de quelqu'un près de moi. Je la trouvai quelques mètres plus loin à lire un autre panneau, cette fois sur les inondations de 1966 et comment les reliefs de Ghiberti étaient tombés et avaient été presque effacés. Je lui expliquai que les véritables reliefs se trouvaient dans le musée de la cathédrale et que ceux-ci étaient des moulages. Mais j'avais encore l'impression qu'on m'observait. Je regardai autour de moi, étudiai la place quasi déserte et remarquai que les projecteurs éclairaient les bâtiments mais laissaient les rues dans l'obscurité.

« C'est bien vide, dis-je.

— Oui, c'est l'hiver. »

Je dis que j'avais faim et Alex choisit un restaurant dans un petit hôtel élégant : boiseries sombres, banquettes en velours et lumière tamisée. Nous nous installâmes dans un box et Alex commanda du vin. Moi de l'eau gazeuse. Je lui dis que j'étais content qu'elle m'ait rattrapé, et elle répondit : « Tu… essayais de fuir ? » Je savais qu'elle plaisantait, mais je ne pouvais m'empêcher de penser à la page volée dans mon sac à dos.

Elle me lança un regard étrange, la tête penchée, comme pour m'évaluer.

« Tu te laisses pousser la barbe ?

— Par négligence. » Passant une main sur mon menton et mes joues, j'ajoutai : « Si ça ne te plaît pas, je me raserai. »

Puis je lui dis qu'elle m'avait manqué à la bibliothèque.

« Elle m'a manqué aussi. »

Elle ? La bibliothèque ? Pas moi ?

« Comment avancent tes recherches ? » demanda-t-elle.

Je repensai à ce que j'avais lu et à ce que je ne savais pas encore.

« Pas mal, dis-je.

— C'est tellement top secret que tu ne peux pas en parler ? »

Je lui répondis qu'il n'en était rien et admis que j'étais un peu tendu, inquiet pour mon travail d'enseignant, et qu'il fallait absolument que je trouve quelque chose pour m'assurer de garder mon poste.

« Publier ou périr, c'est ça ?

— C'est ça… ou trouver une expo. »

Le dire à voix haute donna corps à mon inquiétude, la rendit tangible. Je changeai de sujet pour parler de la chapelle Brancacci et des fresques de Masaccio. Alex dit qu'elle ne les avait jamais vues en vrai et qu'elle voulait y aller.

« On pourrait y aller ensemble », dis-je, et elle sourit sans répondre oui ou non.

Elle passa du vin à la grappa.

Je restai à l'eau gazeuse.

Elle semblait se détendre. Elle posa des questions sur ma vie, ce qui ne me gênait pas. J'étais content qu'elle veuille en apprendre plus sur moi. Je lui racontai que j'étais un mauvais élève mais que je m'étais « trouvé » en école d'art, où j'avais travaillé à la cafétéria pour payer mes études.

« Quelque chose que tu n'as jamais eu à faire, j'imagine.

— Quoi ? Tu crois que je suis une gosse de riche à la vie parfaite ? » Avant que je puisse présenter mes excuses, elle me dit : « Tu ne sais rien », fit la moue un moment, puis elle s'arrêta d'un coup et continua de me poser des questions sur mon école d'art.

Je lui dis que c'était la première fois que quelque chose me tenait à cœur, ce qui me fit réfléchir à tout ce que j'avais dû faire pour devenir artiste – les visites d'ateliers et les chasses aux galeries, tous les refus, comment j'avais accumulé trois boulots d'enseignant adjoint tout en travaillant comme assistant d'atelier auprès d'un artiste à succès, tout ce que j'avais mis en jeu pour venir ici.

Nous partageâmes une assiette de pâtes, dont je mangeai la plus grosse partie.

Quand Alex eut terminé sa grappa, elle annonça qu'elle devait y aller, mais cette fois je tendis la main pour la retenir.

« Il est tard », dit-elle. Un mélange d'émotions que je n'arrivai pas à lire passa rapidement sur son visage comme des nuages. « Je dois aller à la bibliothèque demain, et il faut encore que je range mon appartement, et… »

Je me penchai sur la table et la fis taire d'un baiser.

Elle recula, et je me préparai à recevoir des protestations, voire une claque.

« Ta moustache, dit-elle. Elle gratte.

— Je la rase demain, promis.

— Non, c'est pas grave », répondit-elle, et elle se pencha en avant pour un autre baiser.

46

Les vingt minutes les plus longues de ma vie : se lever de table, aller à la réception, louer une chambre. Mais dès que la porte de celle-ci se referma dans notre dos, nous nous embrassâmes à nouveau. Je balayai les oreillers et le dessus-de-lit et j'enlevai ma chemise, puis je regardai Alex se déhancher pour retirer sa culotte et son soutien-gorge en dentelle, mes lèvres sur ses seins, le son de sa respiration saccadée dans sa poitrine. Nous roulâmes sur le lit, les mains, les doigts et les lèvres glissant lentement sur la peau. Je bataillai avec un préservatif.

« Attends… », dit-elle. Elle me poussa sur le lit, me grimpa dessus et se pencha sur moi, les lèvres à mon oreille, avant de murmurer : « Parle-moi de ton projet secret, sinon… » Elle éclata de rire.

Pas moi. Le charme était rompu, et je savais que ça se lisait sur mon visage.

« Je plaisantais ! dit-elle, effondrée comme une petite fille qui venait de se faire gronder.

— Ce n'est pas grave », dis-je.

Je pris un moment pour me remettre dans l'ambiance ; ce ne fut pas long. Je m'avançai pour l'embrasser.

« Je suis désolée, dit-elle. Je voulais juste…

— Chut, ça n'a aucune importance », répondis-je, et je glissai ma langue dans sa bouche pour mettre fin à la conversation.

Plus tard, la joue d'Alex contre la mienne, j'observai la chambre pour la première fois et j'y retrouvai le charme à l'ancienne du restaurant de l'hôtel : un papier peint effet velours, un lustre en verre taillé, nos vêtements éparpillés sur le plancher ciré.

« Oh, mon Dieu, dit-elle. Dis-moi qu'on n'a pas fait ça.

— On n'a pas fait ça, répondis-je en riant.

— Je ne fais pas ce genre de chose, tu sais. Maudite grappa ! » Elle tira le drap jusqu'à son cou. « Je te connais à peine. »

C'était vraiment ce qu'elle ressentait ? Je lui avais raconté des choses sur moi dont je ne parlais que rarement. Peut-être que c'était parce que moi je ne la connaissais pas assez, même si à cet instant précis j'avais l'impression d'en savoir long ; le reste, je finirais bien par l'apprendre.

Je passai mon bras autour d'elle et l'embrassai sur les lèvres, puis le front. Elle suivit du doigt les contours des mots tatoués sur mon bras : KILL VAN KULL. J'essayai de les recouvrir, mais elle enleva ma main et me demanda ce que ça voulait dire. Je lui expliquai que je m'étais fait tatouer à quinze ans. « L'un des trucs les plus stupides que j'aie pu faire quand j'étais jeune avec mes amis : une activité de groupe, tous les six avec le même tatouage.

— Tu faisais partie d'un gang ? »

Sous prétexte que c'était il y a longtemps, j'essayai de changer de sujet, mais Alex traçait à présent la chaîne sur mon autre biceps.

« Tu étudies l'anatomie ?

— Juste la tienne, dit-elle, ce qui me plut. Alors, comme ça, tu étais un mauvais garçon ? »

Je soupirai.

« On se faisait croire qu'on agissait pour le bien, comme des vrais Robin des Bois.

— Vous voliez aux riches pour donner aux pauvres ?

— Parfois. Sinon, on cherchait juste à se *venger*. »

Je prononçai le mot en grognant pour créer un effet comique.

« Vous venger de quoi ?

— De tout ce qui nous semblait relever de l'injustice.

— Un vrai chevalier blanc.

— Tout le monde ne le voyait pas de cet œil, notamment mes parents, mes professeurs et la police. »

Elle me demanda si j'avais déjà été arrêté, et je lui avouai que ça m'était arrivé un jour, omettant toutes les fois où je n'étais pas passé loin.

« Arrêté pour quoi ? Pas pour meurtre, quand même ?

— Mon Dieu, non !

— Tu as fait de la prison ?

— Non ! On peut changer de sujet ? C'est très gênant.

— Tout le monde a fait des choses gênantes.

— Toi aussi ? »

Elle hésita, comme si elle réfléchissait sérieusement.

« Comme tout le monde… tu sais, des mauvais rencards, des mauvais choix.

— Au moins, ils ne sont pas tatoués sur ton corps.

— Je les trouve sexy… Tes tatouages, je veux dire.

— Tu plaisantes ?

— Non. J'ai toujours été… une petite fille modèle. Je suis impressionnée. Avec ton gang, vous braquiez des stations-service, ce genre de chose ?

— S'il te plaît, arrête. Je t'en supplie ! »

Je rabattis le drap sur son visage. Elle le retira et revint sur mon tatouage KILL VAN KULL.

« C'est quoi, au-dessus ?

— Un pont.

— Je vois ça. Mais quel pont ? »

Je ne voulais plus lui parler de mon passé, mais elle ne lâchait pas le morceau.

« Le pont de Bayonne. Voilà, tu es contente ?

— Je ne sais pas. Je devrais ?

— Tu ne sais même pas où il est.

— À Bayonne, j'imagine.

— Exact.

— Tu viens de là-bas ?

— Mmh, mmh. Ça te plaît, de t'encanailler avec un gars de Bayonne ?

— Qu'est-ce que c'est censé vouloir dire ? » Alex se releva sur un coude et me regarda en plissant les yeux. « Tu me cherches ?

— Non, désolé. Je préférerais qu'on parle d'autre chose, c'est tout.

— Je veux juste en savoir plus sur toi. C'est si grave que ça ?

— Non, dis-je avant de l'embrasser. Un jour, je te raconterai toute ma folle jeunesse. On dirait du Dickens. »

Quelque chose chez elle me donnait envie de me livrer, d'exposer ma vulnérabilité si bien gardée.

« Comment tu t'es fait ça ? » Alex passa le doigt sur la cicatrice qui traversait mon sourcil.

« Une bagarre. Une que j'ai perdue. C'est fini l'examen médical, docteur ?

— Pour l'instant. » Je commençai à me lever. « Tu ne pars pas, quand même ?

— Je vais juste aux toilettes. »

Je me penchai vers elle pour lui donner un rapide baiser, regardai ses yeux bleu gris, le léger duvet à peine perceptible sur ses joues. Je pris son visage dans mes mains.

« Je ne vais nulle part. J'ai déjà payé pour la nuit et cet hôtel coûte une blinde ! Non… ce n'est pas ce que je voulais dire.

— J'espère bien.

— J'ai envie de rester ! dis-je. Mais pourquoi on n'est pas allés chez toi ?

— C'est toi qui as pris la chambre, répondit-elle. Tu n'as pas demandé qu'on aille chez moi, mais j'aurais dit non de toute façon. C'est en désordre. Les valises ouvertes, les vêtements éparpillés partout. On n'aurait jamais trouvé le lit !

— Je crois que si.

— Je pourrais te poser la même question.

— Tu veux dire chez moi ? »

Je me représentai ma minuscule chambre, le dessus-de-lit en chintz usé, la douche sans rideau. Je n'aurais jamais invité une femme comme Alex dans mon hôtel zéro étoile.

« Ma chambre est encore pire, on dirait celle d'un adolescent.

— Mon Dieu, j'espère que ce n'est pas vrai. »

Elle fit la grimace. Je passai ma main lentement sur sa joue avant de me diriger vers la salle de bains.

« Ne bouge pas. Je reviens.

— Attends…, dit-elle. Ne bouge plus. Ton dos… Fais-moi voir ça ! »

J'avais presque oublié, ou essayé d'oublier, une autre erreur qui semblait aujourd'hui relever de la prescience. J'essayai de me retourner, mais Alex m'en empêcha, les doigts parcourant déjà le tatouage de *La Joconde* qui recouvrait la majeure partie de mon dos.

« Quand est-ce que tu as fait ça… et pourquoi ?

— J'avais dix-huit ans, je buvais, à l'époque. »

La fin de la phrase était vraie, pas le début. J'avais vingt-cinq ans et j'étais plongé dans mes recherches sur Vincent Peruggia et le tableau. Mais je n'étais pas prêt à parler de mon obsession.

« Il est si bien fait, dit-elle.

— C'est vrai ? Je ne le vois pas souvent. Il faut croire que j'ai eu la chance de tomber sur un bon tatoueur. Tu as fini de mater ? Il faut que j'aille faire pipi. »

Je me rendis à la salle de bains mais revins vite au lit et suggérai qu'on reste ici plusieurs jours.

Alex fit remarquer que le séjour coûterait cher. Je lui répondis que ça en valait la peine, puis je me rappelai mon rendez-vous.

« Oh non, attends… Je dois aller voir… un ami à Paris, mais ce n'est qu'après-demain.

— Tu t'en vas ?

— Je ne vais pas disparaître. » *Pas comme toi, tu as disparu*, pensai-je. « Je ne pars que quelques jours. »

Elle me demanda qui j'allais voir, et j'inventai quelque chose sur le moment : « Un ami français, un artiste, que je connais depuis l'école d'art. » Je passai mes bras autour d'elle. J'aurais voulu rester comme ça pour toujours, et je l'aurais sans doute fait si je n'avais pas déjà passé le coup de fil au Louvre et réservé le billet d'avion.

47

Alex écouta la respiration de Luke, de plus en plus forte et régulière. Le drap lui arrivait au niveau de la taille, et elle regarda son torse monter et descendre. Son regard s'attarda sur lui un moment. Elle étudia son visage, l'angle abrupt de ses pommettes renforcé par l'ombre de sa barbe, son nez légèrement épais et ses lèvres pleines. Elle n'arrivait pas à le quitter des yeux. Depuis combien de temps n'avait-elle pas été autant attirée par un homme ? Elle posa une main, aussi doucement que possible, sur son torse, sentit la chaleur de sa peau et les battements de son cœur. Luke s'agita, un sourire au coin des lèvres. Puis il roula sur le côté et elle enleva sa main ; elle ne voulait pas le toucher mais elle n'avait pas pu s'en empêcher. Elle se sentait honteuse, tiraillée.

Ce n'était pas censé se passer comme ça.

Qu'est-ce qui lui prenait, de coucher avec cet homme qu'elle connaissait à peine ? Elle ne pouvait pas se mentir à elle-même, se faire croire que c'était la première fois, mais elle n'avait pas menti quand elle avait dit : *Je ne fais pas ce genre de chose.* Elle ne couchait pas à droite à gauche. Mais ce n'était qu'une partie de ce qu'elle avait voulu dire par là.

Elle attendit quelques minutes jusqu'à ce que la respiration de Luke reprenne un rythme régulier, puis elle se glissa hors du lit. Elle ressentait l'envie soudaine de fuir – fuir la pièce et Florence. Mais c'était trop tard.

Pieds nus sur la moquette, elle ramassa ses vêtements sur le sol et les plia sur un fauteuil. Elle fit la même chose avec les affaires de Luke et prit un moment pour fouiller son jean puis sa chemise. Dans les poches extérieures de sa veste en cuir, elle trouva des lunettes de soleil et une vieille boîte de tabac. Elle fut surprise : elle ne l'avait jamais vu fumer. Dans son portefeuille, un permis de conduire, une carte de crédit, une MetroCard, vingt-sept dollars américains et trente-deux euros. Elle referma le portefeuille et le glissa dans la veste tout en le regardant dormir pour s'assurer qu'il ne se réveillait pas.

Elle remarqua ses bottines noires, l'une près de la porte, l'autre à l'envers à quelques centimètres de là. Elle les rangeait proprement au pied du lit lorsqu'elle aperçut son sac à dos en dessous. Elle le sortit et vérifia que Luke ne s'était toujours pas réveillé. Sac sous le bras, elle marcha sur la pointe des pieds jusqu'à la salle de bains et referma la porte derrière elle.

À l'intérieur du sac, elle trouva un ordinateur et un bloc-notes. Coincé entre les deux, un papier un peu jauni, qu'elle sortit délicatement et déplia.

Une lumière froide entrait par la fenêtre, juste assez pour qu'elle puisse déchiffrer la page manuscrite, avec son italien rouillé mais suffisamment avancé, le cœur battant à mille à l'heure.

48

Alex était déjà hors du lit, le drap enroulé autour d'elle. « On doit libérer la chambre à midi, dit-elle. Lève-toi. Sinon ils vont te facturer un jour supplémentaire. »

Elle se dirigea vers la douche, et je lui dis d'attendre, que j'allais la rejoindre.

Le jet d'eau chaude coulait sur son front tandis que je lui massais le cou. Elle avait la gueule de bois à cause de cette « foutue grappa ». Elle se shampouina les cheveux et je l'aidai à rincer la mousse. J'aurais pu rester dans cette douche toute la journée, mais elle en sortit bien vite et se sécha. Elle me dit de ne pas la regarder, parce qu'elle devait être affreuse, ce qui n'était pas vrai. Les cheveux mouillés et le visage démaquillé, elle était belle et semblait avoir dix-huit ans.

Je me penchai pour l'embrasser et elle me tendit une serviette et me demanda de me couvrir. Je la regardai se peigner les cheveux, se tamponner du gloss sur les lèvres, tirer sur ses vêtements froissés, le tout à la hâte. J'essayai de l'arrêter, de la ralentir ou de la faire revenir au lit, mais chaque fois elle me repoussa.

« Tu ne dois pas aller à la bibliothèque pour ta mission secrète ? dit-elle en m'offrant son premier sourire de la journée ; un sourire malicieux.

— Oh oui, c'est top secret. »

Je tentai de l'attirer vers moi pour l'embrasser, mais lorsqu'elle m'en empêcha, je lui demandai si elle regrettait ce qui s'était passé. S'ensuivit un moment de silence gênant, durant lequel Alex coiffa ses cheveux encore mouillés en une queue-de-cheval.

« Non, finit-elle par dire. C'était juste… inattendu. Il faut que… je m'y fasse.

— Et si tu commençais à t'y faire dès ce soir ? »

Un autre moment d'hésitation, puis elle détourna le regard et dit : « D'accord. »

Je la pris par les épaules et la tournai face à moi. « Tu es sûre que ça va ? »

Elle croisa mon regard un court instant et hocha la tête. « Tu risques un supplément pour la chambre, tu te rappelles ? »

Je lui dis que ça n'avait aucune importance. J'aurais été ravi de payer triple si elle restait, ou du moins si elle ne semblait pas mourir d'envie de s'enfuir. Je lui demandai ce qu'elle faisait aujourd'hui, et elle répondit qu'elle avait des choses à faire, évasive comme à son habitude, mais je n'insistai pas. J'avais moi aussi des choses à faire dont je ne lui avais pas parlé.

49

« J'attendais ton appel.

— Eh bien, je t'appelle.

— Comment ça se passe, à Florence ? Tu profites bien ?

— Qu'est-ce que tu veux dire par là ?

— C'était une question innocente.

— Tes questions ne sont jamais innocentes.

— Je veux que tu t'amuses, ma chérie, du moment que tu ne te laisses pas trop distraire.

— Florence est une ville distrayante, dit-elle. On y trouve les plus belles œuvres d'art du monde.

— Une partie, dit-il en observant ses tableaux éclairés au mur.

— Il me faut plus d'argent.

— Bien », dit-il.

Il examina la surface d'une huile sur panneau du XVIe siècle, *La Sainte Famille*, avec son petit Jésus allongé, la Madone, Joseph derrière elle, la peinture salement craquelée au niveau de son visage, détail qui aurait sûrement un impact sur les quinze millions que valait ce tableau, qui, dix ans plus tôt, avait été décroché d'un mur de l'hôpital Santo Spirito de Rome durant un concert de Madonna, ironie du sort qui ne lui avait pas échappé. Il détourna le regard de *La Sainte Famille* endommagée pour admirer sa pièce maîtresse.

« Même compte ?

— Oui.

— Même montant ?

— Oui. »

Il s'approcha du tableau, passa le doigt sur les lèvres qui souriaient à moitié en se demandant si c'étaient les vraies.

« Je dois y aller, dit-elle. J'ai rendez-vous avec quelqu'un.

— Je ne savais pas que tu avais des amis à Florence.

— C'est une femme… avec qui je suis allée à l'école.

— Ah, vraiment ? C'est sympa. Mais attends… Tu ne m'as pas dit si tu avais découvert quelque chose. »

Alex passa du lit à la chaise, jeta un œil au balcon de son appartement en sous-location, regarda l'heure ; près de deux heures qu'elle avait quitté Luke. Elle se demanda ce qu'il faisait, puis elle se demanda surtout ce qu'elle-même faisait.

« Tu es toujours là ?

— Oui », dit-elle.

Elle hésita, retarda le moment, sachant qu'elle devrait finir par lui dire – ce qu'elle fit : elle lui décrivit la page qu'elle avait trouvée dans le sac à dos de Luke et ce qu'elle contenait.

« Beau boulot ! dit-il. Tu mérites vraiment ton salaire. »

Alex raccrocha sans dire au revoir. Elle se sentait sale malgré la douche à l'hôtel. Elle quitta ses habits froissés et décida d'en prendre une autre. Mais peu importe combien de temps elle resterait sous l'eau chaude, combien de savon elle utiliserait, elle se sentirait toujours sale, et ça n'avait rien à voir avec sa nuit passée avec Luke. Elle l'imaginait endormi, son torse nu qui montait et descendait, son beau visage, ses tatouages.

Tel un tatouage, il s'était glissé dans sa peau, et il avait touché quelque chose d'inattendu, quelque chose qu'elle ne voulait pas ressentir, ce qui ne faisait qu'empirer les choses.

50

Rien de ce que j'avais lu n'expliquait le mystère des pages manquantes. Je n'avais rien appris sinon que j'aurais besoin d'une loupe. Je pris note d'en acheter une et me dirigeai vers la bibliothèque. J'avais besoin de parcourir le carnet une nouvelle fois.

L'un des deux chercheurs que je voyais presque tous les jours, celui à la queue-de-cheval, se trouvait dans la cour. J'allais entrer lorsqu'il m'arrêta. « Vous êtes un artiste et historien de l'art américain, *sì ?* »

Je n'étais pas d'humeur à démarrer une conversation, mais j'étais curieux de découvrir ce qu'il savait.

« Chiara, dit-il en réponse à ma question. Elle met un point d'honneur à tout savoir sur ceux qui viennent à la bibliothèque. » J'espérais que Chiara ne savait pas *tout* de moi. « Marco Pisano, ajouta-t-il en tendant la main. J'enseigne l'histoire de l'art à l'université des arts de Florence, l'art italien contemporain, spécialiste de la *Transavanguàrdia*.

— Les trois C : Cucchi, Chia et Clemente.

— Vous connaissez leur travail ?

— Très bien. J'ai enseigné la Trans-avant-garde italienne, comme on l'appelle aux États-Unis, dans mon cours. Je suis un grand fan de Francesco Clemente.

— C'est dommage que vous n'ayez pas été là le mois dernier pour son exposition aux Murate Progetti Arte Contemporanea.

— Murate ? » Le nom attira mon attention. « Ce n'est pas le nom d'une ancienne prison ?

— Mais *c'est* l'ancienne prison. »

Il m'expliqua que la partie inférieure avait été rénovée par le comité des arts, mais que dans l'ensemble, le pénitencier demeurait intact. Il ne m'était même pas venu à l'esprit que la prison puisse encore exister.

Moins d'une heure plus tard, Marco et moi étions attablés dans un restaurant à la mode situé dans une cour fermée, littéralement taillée dans un quartier de la prison : le Caffè Letterario. Quand je lui avais raconté qu'une partie de mes recherches portait sur ladite prison, il avait téléphoné à son amie, directrice du comité des arts, qui m'avait invité pour une visite. À côté de nous, une tablée de jeunes gens mangeaient de la pizza et buvaient de la bière. Ils riaient et parlaient fort, et j'essayai d'imaginer mon arrière-grand-père emprisonné dans ces murs de pierre.

Valentina Gensini, la directrice artistique des Murate, brune à la peau mate, était une femme aussi attirante qu'intéressante. Elle me posa des questions sur mon projet, et je lui racontai la moitié de la vérité : mon arrière-grand-père avait purgé une peine de prison dans cette enceinte, et j'envisageais d'écrire sur sa vie. « Un livre, c'est formidable ! Il faut que vous reveniez pour m'en lire un extrait quand vous aurez fini », dit-elle. Surprenante proposition.

J'étudiai les hauts murs de pierre de la cour, qui semblaient propres et bien briqués, tandis que Valentina m'expliquait que l'endroit avait été construit en 1424 pour héberger des religieuses bénédictines qui avaient choisi de vivre cloîtrées : « D'où la signification du nom *Murate*, "emmuré". » Ce n'était devenu une prison pour hommes qu'au milieu des années 1800, jusqu'en 1985, le bâtiment alors « croulant et surpeuplé », d'après Valentina, « et plusieurs prisonniers se sont noyés durant les grandes inondations de l'Arno en 1966 – et il y a eu des émeutes ! » Elle était fière que le comité des arts se soit battu pour transformer la prison en monument, « un témoignage de l'inhumanité », et elle avait organisé des expositions autour de cette sombre histoire. Elle nous présenta ensuite à un jeune homme afin qu'il nous fasse visiter.

Stefano nous conduisit à l'intérieur, Marco et moi, dans l'espace d'exposition, mais j'arrivais à peine à suivre, impatient de voir la prison. Lorsque je l'en informai, il nous mena dans un couloir au bout duquel il déverrouilla une grosse chaîne, puis ouvrit la marche dans un escalier étroit.

J'avais lu le passage sur l'arrestation de mon arrière-grand-père et son procès, son séjour en prison, déshabillé et fouillé, nu debout sous les douches froides avec d'autres prisonniers, frissonnant et humilié, accompagné à sa cellule, la porte fermée brutalement derrière lui, le bruit du métal contre le métal tandis qu'on fermait les verrous, le tout raconté en détails minutieux. Je m'en rendais compte à présent en gravissant lentement les marches : le petit espace confiné, déjà prison en soi, la seule lumière provenant d'une fenêtre loin au-dessus, plongeant le reste dans l'obscurité. Marco et Stefano avançaient vite, ils disparurent devant moi, et je sentis les années disparaître également.

Le palier du premier étage était tout érodé : les murs peints en gris qui pelaient depuis longtemps laissaient apparaître la pierre en dessous, fissurée et pleine de taches d'humidité, le sol de pierres rougeâtres en diagonale rayées et délavées.

Stefano m'appela et je sursautai – j'étais perdu dans le passé, à imaginer les prisonniers menés dans ce couloir, mon arrière-grand-père parmi eux.

Nous gravîmes une autre série de marches.

Là, juste après le palier, un couloir au plafond arrondi d'environ six mètres de long et deux mètres cinquante de large donnait sur plusieurs portes en bois massif. Je m'arrêtai devant l'une d'elles, à laquelle manquaient des morceaux de moulure, équipée d'épaisses charnières de fer en haut et en bas, et d'un loquet en fer rouillé de près de vingt-cinq centimètres sur trente avec une barre qui se glissait dans un autre réceptacle de fer pour verrouiller la porte. Au milieu de celle-ci, une petite fenêtre carrée à charnière fermée. Celle de la porte voisine était ouverte. Je plissai les yeux, mais il faisait trop sombre pour voir quoi que ce soit. Stefano me fit signe en direction d'une autre cellule au bout du couloir, dont la porte était ouverte.

Mais ce n'était pas une cellule ; c'était une cage.

Pendant un moment, je fus incapable de bouger, puis je fis un pas à l'intérieur. Je me tins là. Pas de toilettes. Pas de lavabo.

Je me rappelai Vincent qui décrivait les douches communes hebdomadaires sous l'eau glaciale, et les

« seaux à merde », comme il les appelait ; les hommes étaient chargés de la tâche ingrate de vider les seaux.

L'endroit ressemblait plus à un donjon qu'à une prison, un lieu sorti tout droit du *Comte de Monte-Cristo*, si affreusement réel qu'il paraissait fictif, impossible.

Je repris l'équilibre, la main contre le mur. Il était froid et humide. Je frissonnai. Stefano fit remarquer que la prison n'avait jamais été chauffée, mais qu'il y faisait plus chaud qu'à l'époque grâce à la chaleur qui remontait de l'espace d'exposition au rez-de-chaussée.

Stefano et Marco ressortirent dans le couloir, mais je restai seul dans la cellule, les mots de Vincent résonnant dans ma tête : *Je compte les pas. Un pied devant l'autre. Six pas d'un côté. Neuf de l'autre.* Je l'imitai, talon contre pointe : les dimensions correspondaient parfaitement à sa description, six pieds de large, neuf pieds de long. J'avais l'impression de marcher dans ses pas d'un côté à l'autre. Je pensais au fait qu'il avait réussi à ne pas devenir fou en préparant sa vengeance contre Valfierno et Chaudron, mon esprit connecté au sien.

Je m'assis sur le sol de pierre. Je fermai les yeux. Je pensai aux semaines et aux mois passés par mon arrière-grand-père dans une cellule comme celle-ci, à écrire toute sa vie. Je rouvris les yeux et observai l'unique fenêtre barrée qui donnait sur un couloir. Je me levai comme si j'étais propulsé et agrippai les barreaux. Mes mains et les mains de Vincent ensemble. Combien de fois avait-il agrippé des barreaux semblables ?

Stefano proposa de me montrer le couloir, une sorte de tunnel au sol et aux murs érodés. Je me souvins encore des mots de Vincent : *La seule fenêtre est barrée.*

Mais ce n'est pas vraiment une fenêtre. Elle donne sur un étroit couloir d'où les gardes nous observent.

J'imaginai les gardes en patrouille, et je pensai à celui qui lui avait donné le carnet et les crayons, un petit geste de bonté dans cet enfer.

Une autre cellule était ouverte, identique aux autres, mais elle contenait des dessins.

J'osai les toucher, les doigts frissonnants.

Un des murs arborait un dessin au crayon représentant un soldat vêtu d'un uniforme d'autrefois, et un autre une série de lignes ; je mis du temps à comprendre qu'il s'agissait d'une figure féminine gravée. Dans la cellule voisine, il y avait également des dessins, le profil d'une femme moderne à côté d'un petit croquis de bâtiments médiévaux, érodés et effacés, manifestement très vieux mais encore visibles, et je me rendis compte que les deux graffitis avaient été dessinés à des époques différentes, qu'ils s'étendaient sur plusieurs décennies, voire plusieurs siècles. Il était presque impossible que l'un d'eux ait été fait par Vincent, mais je l'imaginai accroupi près du mur, utilisant le bâton qu'il avait trouvé et aiguisé afin de graver le dessin comme un moyen de rester connecté au monde réel, comme un moyen de tenir bon.

Je me rassis et observai les dessins, les mains sur le sol de pierre, perdu dans mes pensées au sujet de mon arrière-grand-père, les mois et les mois qu'il avait passés dans l'une de ces cellules en forme de cage, comment il avait réussi à survivre et écrire son histoire. J'avais non seulement besoin de savoir la suite, mais je voulais tout savoir, tout au sujet de cet homme que j'en étais venu à aimer d'une façon que je n'aurais jamais imaginée.

51

Je retrouvai Alex pour dîner, encore un peu déstabilisé par mon passage aux Murate, comme si je venais moi-même de purger une peine de prison. Le restaurant, qu'Alex avait choisi, était un établissement familial, ni chic ni cher, et elle semblait de bonne humeur. Elle me demanda si j'allais toujours à Paris, et je lui répondis que oui, en pensant à mon rendez-vous au Louvre et à l'autre visite que j'avais l'intention de faire.

« Bien », dit-elle, mais je n'étais pas convaincu qu'elle soit ravie. Je lui dis que je revenais bientôt, et elle répéta : « Bien », puis elle me posa des questions sur mon ami de Paris, et je m'en inventai un.

Nous ne prîmes ni dessert ni café. J'avais hâte qu'on s'en aille, mais je n'osais pas partir du principe que nous rentrions ensemble, et je fus soulagé de l'entendre dire :

« Chez toi ou chez moi ?

— Chez toi, répondis-je. Chez moi, c'est un trou à rats. »

Elle me dit que ça ne la dérangeait pas. Je lui répondis que moi, si.

L'appartement d'Alex était situé au troisième étage sans ascenseur dans un vieil immeuble non loin de San Lorenzo, chic mais pas trop, et j'en étais ravi. Elle me fit visiter le salon, me montra le joli carrelage bleu dans la cuisine et le petit balcon avec sa rambarde en fer forgé. Nous sortîmes dessus quelques minutes pour admirer la vue, le Duomo éclairé sur fond de ciel sombre, et je l'attirai à moi. Elle me surprit par un baiser qui me sembla urgent, presque désespéré, et nous restâmes ainsi, sans nous séparer, Alex me conduisant jusqu'à la chambre.

Le sexe aussi me sembla urgent. J'essayai de ralentir le rythme, mais je n'y arrivai pas, et ce fut fini trop vite. Puis, nous restâmes allongés sur le lit, sans parler. Elle se leva pour aller chercher un verre de vin et je la regardai s'éloigner, terrifié à l'idée qu'elle parte en courant.

Sur la table de chevet se trouvait une petite photo encadrée d'une jeune fille, visiblement Alex, et sa mère, que je reconnaissais du médaillon.

« Jolie photo de ta mère et toi », dis-je quand elle revint.

Elle hocha la tête avec un demi-sourire. Je voyais bien que quelque chose la tracassait, et je posai la question.

« Ma mère… ne va pas bien. Enfin, ça va, mais… » Elle s'interrompit et secoua la tête. « C'est juste… Laisse tomber. »

Je lui dis que ce n'était pas grave, et qu'elle n'était pas obligée d'en parler.

Au bout d'un moment, elle dit : « Je veux en parler », prit une gorgée de vin, le verre tremblant dans sa main, puis elle se mit à parler vite comme si elle avait besoin de dire les choses rapidement, sans quoi elle ne le ferait jamais.

« Elle a toujours été fragile, mais merveilleuse et douce. Au début, les médecins ne savaient pas ce qu'elle avait : dépression ou angoisse ? Puis le diagnostic est tombé. Démence précoce. Elle n'ira jamais mieux, son état ne fera qu'empirer.

— Je suis désolé. Et ton père ?

— Il n'est… pas là, ils sont divorcés. Je croyais te l'avoir dit. » Elle laissa échapper un petit soupir. « Aujourd'hui, elle est dans un bon centre. C'est cher, mais il n'y a pas le choix. Elle n'a que cinquante-six ans, et ça empire… ça ne fait qu'empirer. Pendant un moment, j'ai essayé de m'occuper d'elle moi-même, je l'ai installée chez moi, mais même avec une assistance, c'était trop lourd. Elle se levait au milieu de la nuit, en pleurs ou désorientée, et je me levais aussi pour la consoler, donc je passais une journée éprouvante le lendemain à cause du manque de sommeil. »

Elle avait les larmes aux yeux. Je mis mon bras autour d'elle mais ne dis rien, je la laissai parler.

« Après la deuxième tentative de suicide – la première avec des pilules, la deuxième à la lame de rasoir… » Alex prit une profonde inspiration, une grande bouffée d'air. « Les médecins ont suggéré de la placer quelque part où elle serait surveillée. C'est juste… » Une autre bouffée. « Je suis désolée…

— Il n'y a aucune raison que tu le sois. »

Elle attrapa un mouchoir sur la table de chevet et s'essuya les yeux.

« Et pourtant je le suis. Pourquoi est-ce que je t'accable avec ça ? » Je lui répondis que tout allait bien, que je voulais qu'elle se sente suffisamment à l'aise pour tout me dire. « D'habitude, je ne suis pas du genre à pleurer, dit-elle en reniflant. C'est la honte.

— Hé, laisse-moi trois minutes devant *Bambi* et je chiale comme un bébé.

— Bien sûr », dit-elle. Elle réussit à sourire et passa le doigt sur mon tatouage. « Monsieur Kill Van Kull, le gros dur.

— Pas tant que ça », dis-je, et j'étais sérieux.

Je l'attirai dans mes bras, désireux de m'occuper d'elle, de la protéger. J'étais désolé d'apprendre ce qu'elle avait vécu, et désolé pour sa mère. Mais j'étais heureux qu'elle se soit confiée à moi. Je ne savais pas ce qu'était l'amour, mais pour la première fois de ma vie j'avais l'impression de le ressentir, et je ne voulais pas perdre ce sentiment, ni la perdre elle. J'avais envie de dire : *Je t'aiderai avec ta mère quand on rentrera à New York. Je t'aiderai pour quoi que ce soit*, mais je ne voulais pas lui faire peur, donc je me contentai de : « Ça va aller. »

Cette nuit-là, Alex dormit dans mes bras et me réveilla plusieurs fois en murmurant et en tressautant violemment, sans doute à cause des cauchemars. Je lui disais « Shhh » en lui caressant le front et elle se rendormait jusqu'au cauchemar suivant.

Le matin, je sortis du lit tôt en essayant de ne pas la réveiller, puis je revins l'embrasser une fois habillé et prêt à partir.

« Tu vas où ? demanda-t-elle en levant la tête de l'oreiller.

— À Paris, tu te souviens ? Je serai de retour dans quelques jours.

— Ah oui… C'est vrai. » Elle me tira vers elle pour me donner un autre baiser, passionné mais plein de tension, puis elle me repoussa. « Vas-y ! » dit-elle, avant de tirer la couverture jusqu'à son cou et d'enfouir la tête dans l'oreiller.

52

Alex s'habilla en vitesse, commença à faire le lit, porta l'oreiller à son nez et sentit l'odeur de Luke. Elle était contente qu'il soit parti, mais en même temps elle ne le supportait pas. Bon sang. Elle n'avait pas signé pour ça. Elle posa l'oreiller et se saisit de la photo encadrée qu'elle emportait partout : sa mère et elle, sa mère telle qu'elle préférait s'en souvenir, sa mère qui se souvenait d'elle.

Pourquoi en avait-elle trop dit la nuit dernière ? Cherchait-elle de la compassion, des excuses, dans l'espoir d'être sauvée ? Luke Perrone, le chevalier blanc, et elle, la demoiselle en détresse ? S'il y en avait bien un qui aurait besoin d'être secouru, c'était lui, pas elle.

Elle reposa la photo sur la table de chevet en se disant que parfois on faisait des choses pour les gens qu'on aime, peu importe à quel point c'était dur, voire *malhonnête*, parce qu'on ne voyait pas d'autre solution.

53

Le ciel matinal au-dessus de Paris était gris ardoise, mais la ville était aussi belle que ce que j'imaginais. J'avais pris un taxi de l'aéroport et, impatient de découvrir la capitale, j'avais juste déposé mon sac avant de ressortir flâner dans le faubourg Saint-Germain, un quartier historique constitué de bâtiments chaulés aux balcons en fer forgé, de boutiques chics et de galeries d'art haut de gamme.

Je trouvai un restaurant sympa où je m'assis devant un bar en séquoia, mangeai une omelette et des frites, et bus un café dont j'avais tant besoin. Après ma nuit passée à regarder Alex tourner dans tous les sens, j'étais épuisé et perturbé. Était-ce le fait d'avoir parlé de la santé de sa mère qui lui avait donné tant de cauchemars – ou bien y avait-il quelque chose de plus profond qui lui avait fait de la peine ? Il fallait bien admettre que j'avais aimé l'urgence qu'elle avait mise dans son baiser d'au revoir, mais pas le fait qu'elle m'avait repoussé juste après. Jouait-elle encore à faire un pas en avant, un pas en arrière ? Si c'était le cas, elle semblait ne pas apprécier le jeu, tout autant que moi.

Mon rendez-vous au Louvre n'était que dans quelques heures, alors je pris mon temps, je m'imprégnai de la beauté de la ville. Shooté à la caféine, je marchai à grands pas autour des jardins des Invalides, un ensemble de bâtiments dédié à l'armée française surmonté d'un dôme doré qui scintillait malgré l'absence de soleil. Je flânai dans les rues bordées d'arbres, m'arrêtai pour admirer un grand théâtre sur plusieurs étages qui s'avéra être la célèbre Comédie-Française, et j'aurais pu continuer à errer dans Paris toute la journée si l'heure de mon rendez-vous n'avait pas approché. Je me dirigeai vers le Louvre dans un mélange d'excitation et d'impatience à l'idée de voir enfin *La Joconde*. Serais-je capable de reconnaître ce que Chaudron avait ajouté dans ses copies, ou bien le verrais-je sans y prêter attention ?

Avec son visage étroit et ses traits anguleux, ses cheveux foncés et son bouc pointu, le conservateur de la section peinture de la Renaissance, Alain Gingembre, semblait avoir été peint par le Greco. Il avait cru à mon histoire – moi, l'historien de l'art rédigeant un article sur les travaux de Léonard –, mais il paraissait pressé, comme si je n'étais qu'un obstacle agaçant qui l'empêchait de s'occuper de choses plus importantes. Je le suivis à travers le musée, ses chaussures résonnant sur le sol en marbre. On sentait un fin filet d'air conditionné, ainsi qu'une odeur de renfermé sous celle citronnée de la cire à parquet. Je comprenais pourquoi Vincent appelait cet endroit un cimetière.

Nous empruntâmes un long couloir, puis un autre, sans prêter attention aux œuvres d'art, et je ne pouvais m'empêcher de voir mon arrière-grand-père prendre le même chemin pour aller commettre son célèbre crime.

Tous les quelques mètres, le conservateur regardait par-dessus son épaule et disait : « Ici », comme à un chien. Je fus tenté d'aboyer.

Nous arrivâmes enfin à la salle des États, et je la vis, la dame de Léonard, comme Vincent l'appelait souvent.

Ma première pensée fut : *Elle est toute petite.* Un instant plus tard, je me sentis captivé par son intensité silencieuse. Était-ce simplement parce que l'œuvre était si célèbre ou bien parce que j'étais obsédé par le tableau depuis toutes ces années ?

Je m'approchai. Le visage sombre d'un homme barbu passa devant la vitre et je sursautai. Il me fallut une seconde pour comprendre qu'il s'agissait de mon reflet. Je pris une grande inspiration et je reculai.

« C'est dommage de cacher le tableau derrière une vitre, dis-je comme si on m'avait chuchoté à l'oreille les mots de Simone à Vincent.

— Mais il le faut ! répondit le conservateur. Un fou lui a un jour jeté de l'acide au visage ! Un autre lui a lancé un caillou ! Rendez-vous compte, faire une chose pareille ! »

Je hochai la tête et m'approchai légèrement. La femme devant moi paraissait bien plus qu'un simple tableau, belle, pensive, respirant presque. Si c'était une copie de Chaudron, elle était très réussie.

Je demandai à Gingembre s'il pouvait allumer les lumières, mais il me répondit d'attendre que mes yeux s'habituent, que la lumière naturelle serait préférable, et il avait raison, malgré son ton condescendant. Au bout d'une minute, je commençai à voir plus clairement les subtilités de la peau peinte et des plis délicats du drapé.

Alors nous commençâmes une compétition pour savoir qui connaissait le plus d'anecdotes sur le tableau – le nom du modèle, le fait que la toile avait sûrement été coupée, comment les couleurs fonçaient et s'oxydaient, que Monna Lisa avait autrefois des sourcils qui s'étaient estompés avec le temps, que de Vinci avait travaillé dessus pendant des années et l'avait gardée avec lui jusqu'à sa mort.

« Son sourire est une sorte de référence à son nom, Giocondo, qui signifie "heureux" en italien », dit Gingembre. Ses lèvres serrées se changèrent en un sourire l'espace d'une fraction de seconde. « Et comme vous le savez, le tableau n'est devenu célèbre qu'au milieu du XIXe siècle, lorsque les peintres symbolistes ont commencé à louer ses vertus. »

Je ne pus m'empêcher d'ajouter : « Le vol de 1911 a également aidé à forger son statut, ne l'oublions pas. »

Le conservateur renifla.

« Certes, mais imaginez : le tableau volé, disparu pendant deux ans !

— Je suis sûr que ça a été une grande perte.

— Personne n'est plus conscient que moi du pouvoir de ce tableau à attirer les foules ! Le Louvre a la plus forte affluence de tous les musées du monde. L'an dernier, nous avons eu plus de dix millions de visiteurs, et chacun d'entre eux est venu à cet endroit précis pour admirer la merveilleuse toile de Léonard. »

Je lui répondis que j'étais impressionné, ce qui était vrai.

Il me dit qu'ils venaient de nettoyer et repeindre la galerie pour le cinq centième anniversaire de la mort de De Vinci. Je saisis cette opportunité et lui demandai quand le tableau avait été nettoyé pour la dernière fois.

« On l'inspecte souvent pour déceler des traces de détérioration, dit-il. Mais lorsqu'on nettoie un tableau ancien, on risque toujours d'enlever de bonnes choses avec les mauvaises, donc on essaye de le faire le moins possible.

— Y a-t-il eu des retouches après l'attaque à l'acide ? »

Il tressauta.

« Oui, mais rien qui puisse être détecté à l'œil nu.

— Où ça, exactement ?

— Je n'en ai aucune idée. Ça a eu lieu bien avant que j'arrive au Louvre. »

Je ne le croyais pas. Le conservateur du département Renaissance devait certainement savoir quelles parties du tableau le plus célèbre du musée avaient été retouchées, et où. Je le poussai encore un peu plus dans ses derniers retranchements en lui demandant s'il y avait eu des retouches après le vol de 1911.

« Quelques égratignures ont dû être comblées à l'aquarelle, dit-il avec un soupir exaspéré. Mais ça aussi, c'était il y a très longtemps, donc je ne saurais pas vous dire. »

Il venait peut-être de me révéler quelque chose de très important : le tableau avait été retouché à l'aquarelle, ce qui pourrait facilement s'enlever sans endommager la surface de la peinture à l'huile. De plus, l'aquarelle pouvait cacher n'importe quoi, y compris ce que Chaudron avait ajouté pour reconnaître ses contrefaçons.

« C'est là-dessus que vous écrivez ? Sur l'état du tableau ? demanda-t-il. Chaque année, quelqu'un vient au Louvre pour essayer de remettre en question l'état de *La Joconde*, voire son authenticité. C'est absurde. »

Je lui répondis que non, que je voulais juste savoir à fins pédagogiques, et il me lança un regard, tête penchée, lèvres pincées, essayant clairement de déterminer si je disais la vérité ou non. Il s'apprêtait à dire quelque chose lorsqu'une jeune femme entra dans la galerie.

« Il y a un appel pour vous, monsieur Gingembre. »

Il lui dit qu'il arrivait dans une minute et se tourna vers moi.

« Je dois prendre cet appel. Vous en avez assez vu ?

— Non, dis-je. Je n'ai même pas regardé les autres tableaux de la pièce. »

Gingembre soupira et se tourna à nouveau vers la jeune femme. « Marie, voyez si Gustave est réveillé et allez le chercher, et demandez à Bertrand de venir aussi. »

Quelques minutes plus tard, deux gardiens apparurent, l'un jeune et costaud, l'autre vieux et grisonnant.

« *Méfiez-vous de lui* !* leur dit Gingembre.

— Je suis sûr qu'ils vont bien me surveiller », dis-je.

Le conservateur eut l'air surpris et contrarié que j'aie compris.

« Je ne peux laisser les gardiens ici qu'une demi-heure », dit-il, s'attardant au bout de la galerie, hésitant visiblement à me laisser avec la plus grande œuvre d'art du musée, puis il tourna enfin les talons.

Les gardiens se placèrent de part et d'autre du tableau et je fis un pas en avant. Mon reflet dans la vitre ressemblait tellement à celui de mon arrière-grand-père que c'en était terrifiant. Je me penchai sur le côté pour éviter les reflets et étudier les montagnes et les lacs brumeux – produits du célèbre *sfumato* de Léonard, littéralement « changé en vapeur », que l'artiste avait réalisé à l'aide de fines couches d'huile de lin et de pigments sur lesquelles il repassait encore et encore jusqu'à ce que le bord devienne flou et que l'œuvre se couvre d'un brouillard éthéré.

Qu'y avait-il d'autre de voilé ? Les marques de Chaudron auraient-elles pu se changer en vapeur avec le temps ? Je sortis la loupe de ma poche et les deux gardiens manquèrent de se jeter sur moi.

« Monsieur !

— Je ne vais pas y toucher, dis-je. Je veux simplement étudier le coup de pinceau. »

Les gardiens se rapprochèrent de moi tandis que j'avançais la loupe à quelques centimètres du verre et la déplaçais lentement à la surface – chaque fissure et chaque fente élargie, les mèches de cheveux de Lisa del Giocondo telles des rivières et des ravines.

« *Que cherchez-vous* ?* demanda le plus âgé.

— Rien de spécial », répondis-je en déplaçant la loupe centimètre par centimètre.

En fait, je n'avais aucune idée de ce que je cherchais – un détail caché à l'aquarelle ou quelque chose qui avait disparu ? Dans le musée, il faisait chaud et étouffant, et je me sentais rougir, la loupe tremblant dans ma main.

« Vous avez entendu ? demandai-je aux gardiens.

— *Quoi* ?*

— Rien, dis-je, mais j'aurais juré avoir entendu un bébé pleurer, puis le bruit d'un marteau ou d'une pince arrachant quelque chose. Il y a des menuisiers qui travaillent, aujourd'hui ? »

Les gardiens répondirent que non.

Je fixai le tableau. Une bouffée de chaleur parcourut mon corps. Un instant plus tard, ma vision se brouilla et la pièce se mit à tanguer.

« *Monsieur, ça va* ? » demanda le vieux garde. Le jeune mit sa main dans mon dos d'un geste vif.

J'essuyai la sueur de mon front et tentai de retrouver l'équilibre en titubant.

Dehors, je pris une profonde inspiration comme si on m'avait retiré un bâillon de la bouche. Le gardien m'avait rattrapé avant que je tombe, mais je me sentais encore un peu groggy. J'avais besoin de quelque chose pour me calmer les nerfs. Mais j'avais envie d'autre chose que de café, et je le savais. Je sortis le sac de bonbons de ma poche ; il n'en restait plus que deux. Je mis les deux substituts d'alcool sucrés dans ma bouche. Les bonbons étaient utiles pour ma glycémie, mais pas pour ma frustration.

Avais-je vraiment espéré trouver un indice sur le tableau ?

Je regardai derrière moi en direction du Louvre, le *cimetière*, silencieux, renfermant toutes ses grandes œuvres d'art et les histoires qui allaient avec.

Au fil des années, des dizaines de conservateurs avaient sans doute inspecté le célèbre tableau après que mon arrière-grand-père l'avait rendu. Si quelque chose clochait, ils l'auraient trouvé, ils l'auraient signalé.

Ou peut-être pas.

J'envisageai la question. Si quelqu'un avait rapporté une irrégularité dans le tableau, le musée l'aurait-elle dévoilée au public ? Comme le conservateur venait de le faire remarquer, cette œuvre constituait l'attraction phare du Louvre. Pouvaient-ils se permettre de révéler qu'il s'agissait d'un faux ? Les millions de touristes viendraient-ils faire la queue pour admirer une copie ? Tout était une question d'authenticité, n'est-ce pas ? Si le tableau était un faux, les gens pouvaient tout aussi bien rester chez eux et le regarder sur leur écran d'ordinateur.

54

Il voit le point rouge quitter le Louvre, mais il n'est pas prêt à partir du café tant les moments de pause et de détente sont rares. Il prend une bouchée de croissant, une gorgée de café et s'assoit confortablement. *Pourquoi se presser ?* Il peut très bien suivre l'Américain d'ici. Il le rattrapera plus tard, découvrira ce qu'il a appris au musée, et avec un peu de chance, il obtiendra les réponses qu'ils cherchent tous les deux.

55

Je ne pouvais m'empêcher de penser à *La Joconde*, à la façon dont elle m'avait attiré, submergé. Elle me resta en tête tandis que je traversais le Marais. Je m'arrêtai place des Vosges, l'une des plus vieilles places de Paris, considérée comme l'une des plus belles avec son grand jardin, sa fontaine centrale et ses bâtiments de briques rouges incrustés de bandes de pierre. Un endroit où j'aurais adoré vivre, mais je n'aurais jamais les moyens. J'eus un fantasme momentané d'Alex et moi dans l'une de ces incroyables maisons ; l'idée que cette femme, qui me faisait le même effet que lorsque j'avais failli perdre l'équilibre au Louvre un peu plus tôt, partage un jour un foyer avec moi semblait improbable, sinon impossible, mais je profitais de cette rêverie.

Encore un peu secoué, j'entrai dans un bureau de tabac, regardai leur sélection de bonbons, et jetai mon dévolu sur des Arlequin, présentés dans un sachet multicolore bien voyant. Les bonbons durs étaient emballés individuellement, ce qui m'avait laissé croire qu'ils seraient plus haut de gamme que le goût artificiel *tutti frutti* trop sucré qu'ils avaient en réalité.

J'en avais mangé trois avant d'arriver au 67, rue du Perche, une vieille maison de ville sur trois étages. Je soulevai le heurtoir en bronze en forme de tête de lion et le laissai retomber.

L'homme qui ouvrit la porte, la fin de quarantaine, grand et beau, était vêtu d'une robe de chambre en satin bleu.

« *Qu'est-ce que c'est* ? demanda-t-il d'un ton détaché et saccadé.

— Étienne Chaudron ? » Il hocha la tête. « Je suis Luke Perrone. On s'est parlé au téléphone… »

Il lui fallut un moment pour comprendre qui j'étais, après quoi, il n'eut pas l'air ravi.

« J'ai été parfaitement clair, je n'ai rien à vous dire.

— Oui, mais je me trouvais à Paris et… » Je débitai rapidement les phrases que j'avais répétées. « J'ai lu le journal de Vincenzo Peruggia, et votre grand-oncle, Yves, y joue un rôle majeur. Il faut que je vous parle de quelque chose d'important.

— Et de quoi s'agit-il ?

— Je peux entrer ? Je vous promets que je ne vous prendrai pas beaucoup de votre temps. »

Il ouvrit la porte à contrecœur et je le suivis dans un vestibule orné d'un relief décoratif à rubans juste sous le plafond, visiblement ancien, le plâtre en partie abîmé, mais encore ravissant. Plusieurs valises y étaient alignées, et je lui demandai s'il allait quelque part.

« De courtes vacances, dans le sud de la France », répondit-il en me faisant passer devant un escalier de bois en colimaçon avec une superbe rampe incurvée jusqu'à un petit salon équipé d'une cheminée en marbre, d'un lustre en cristal, de bibliothèques encastrées et de deux canapés en cuir confortables. Il m'invita à m'asseoir, mais resta debout, donc je fis de même.

« Qu'avez-vous à me dire de si important ?

— Je crois qu'Yves Chaudron s'est associé avec mon arrière-grand-père, Vincenzo Peruggia, pour voler *La Joconde*.

— Et ?

— Ça ne vous surprend pas ?

— J'ai entendu cette histoire de nombreuses fois.

— Le carnet de Peruggia indique clairement que votre grand-oncle a peint plusieurs versions de *La Joconde* durant les deux ans d'absence du tableau au Louvre. »

Il soupira.

« Chaque année, j'entends une nouvelle histoire concernant mon célèbre grand-oncle et les *prétendues* contrefaçons qu'il peignait, mais il n'y a jamais eu aucune preuve qu'elles ont été réalisées de sa main.

— C'est exactement ce que je cherche : une preuve. Un moyen de distinguer les copies de votre grand-oncle. »

Étienne Chaudron passa une main dans ses cheveux et prit une inspiration.

« Même si les contrefaçons existaient, il n'y aurait aucun moyen de le prouver.

— D'après le carnet, votre grand-oncle aurait échangé des tableaux avec Peruggia, et l'une de ses copies aurait été rendue au Louvre.

— Monsieur Perrone… » Chaudron secoua la tête et soupira à nouveau. « Si c'était vrai, ce serait un canular incroyable, mais je ne sais rien de tout cela.

— Pourquoi est-ce que Peruggia inventerait une chose pareille ?

— Vous me posez sérieusement cette question au sujet de l'homme qui a volé le tableau le plus célèbre du monde ? N'avez-vous jamais envisagé le fait *qu'il était fou* ?

— Qu'il était fou ? Si, bien sûr, j'y ai pensé. Mais je n'ai rien trouvé dans son journal qui le laisse croire. »

Je lui tendis la page que j'avais arrachée du carnet.

« Une page du journal de Peruggia, dit-il. C'est ça, votre preuve ? »

Il me fallut un moment pour me rendre compte qu'il avait identifié d'où provenait la page, alors que je ne lui avais rien dit.

« Mon italien n'est pas bon, dit-il, mais il parcourut la page avant de me la rendre. Alors ?

— Alors j'espérais que vous connaîtriez la suite, que vous sauriez ce que votre grand-oncle avait ajouté dans ses tableaux pour les différencier de l'original.

— Je n'en sais rien, dit-il, les lèvres pincées comme s'il essayait de retenir ses paroles. Maintenant, si vous voulez bien m'excuser, j'ai des choses à faire. »

Je pliai la page dans ma poche de chemise. J'avais l'impression qu'il en savait plus que ce qu'il voulait bien me dire, et j'essayai de trouver les bons mots, les bonnes questions, pour le pousser à coopérer.

« J'envisage d'écrire sur le sujet.

— Sur quel sujet ?

— Le vol, et le rôle de votre grand-oncle dans la création des copies.

— Je vous conseille de ne pas le faire », dit-il sur le ton de l'avertissement plus que de la menace, avant de me reconduire dans le vestibule.

Je m'arrêtai un moment devant une arcade pour observer le salon, dont la plupart des meubles étaient couverts de draps ; pas vraiment le genre de chose qu'on fait avant de courtes vacances. Puis je remarquai un tableau. « C'est un Vermeer ? » demandai-je en m'approchant pour l'inspecter avant qu'il puisse m'en empêcher. Le tableau représentait une femme au piano, et une autre femme derrière elle tenant une lettre, sur un sol à carreaux noir et blanc, la scène baignée dans la célèbre lumière vermeerienne.

« C'est votre grand-oncle qui l'a peint ?

— Je vais vous demander de partir », dit Chaudron, une main dans mon dos.

J'eus un déclic. Je *connaissais* ce tableau. Il était autrefois accroché au musée Isabella Stewart Gardner de Boston. Il avait été volé en 1990 – avec douze autres œuvres –, un crime jamais résolu qui laissait encore perplexes les autorités. Était-ce une copie d'Yves Chaudron ou bien l'original ?

« C'est remarquable, dis-je.

— Oui, oui, répondit Chaudron avec impatience. C'est un tableau de mon grand-oncle. Vous remarquerez qu'il a un coup de pinceau soigné. »

Je le voyais bien. Si c'était une copie, je n'avais plus aucun doute sur le fait qu'Yves Chaudron était capable de peindre des répliques parfaites d'à peu près n'importe quoi. Puis je me rendis compte que le faussaire était mort bien avant le vol du musée Gardner : quand avait-il pu l'observer en détail pour en faire une copie si parfaite ? Je pris note de chercher l'endroit où se trouvait le tableau avant d'atterrir au Gardner.

« Comment l'avez-vous obtenu ? » demandai-je.

Une pause, et un autre soupir.

« C'était dans ses affaires, à sa mort. Il n'avait pas d'enfants, donc tout est allé à ma grande sœur. Maintenant, il faut que je…

— Et votre sœur…

— Elle est morte.

— Je suis navré. Donc vous avez hérité des effets de votre grand-oncle ?

— Oui. Ce tableau, quelques papiers… »

Il s'arrêta de parler et se mordit la lèvre inférieure comme un enfant qui aurait dit quelque chose qu'il ne fallait pas.

« Des papiers ? » demandai-je.

Chaudron ne dit rien et me conduisit à nouveau vers la porte. Soudain quelqu'un dit :

« Bonjour ! » Une jolie jeune femme apparut en haut de l'escalier, refermant la ceinture de sa robe de chambre en soie. « *Je ne savais pas que nous avions de la compagnie**.

— Il était sur le point de partir, dit Chaudron.

— *Vous êtes américain* ?* demanda-t-elle.

— Exact, répondis-je.

— Vous n'êtes pas là pour *ça*, quand même ? » Elle pointa le menton en direction du Vermeer. « *C'est un faux**, une copie, vous savez. L'arrière-grand-père d'Étienne…

— Grand-oncle…, dit Chaudron.

— *Cela n'a pas d'importance**, dit-elle avant de prononcer l'expression américaine consacrée : *Whatever.*

— M. Perrone était sur le départ, répéta-t-il en ouvrant la porte.

— Enchanté, madame Chaudron, dis-je.

— *Madame** Chaudron ? » La jeune femme pouffa de rire. « *Pas du tout* !*

— Passez un bon séjour dans le sud de la France.

— *Quoi* ?* » La jeune femme eut l'air perplexe. « Non, on va au Mexique. »

Elle fit une pirouette et disparut dans le couloir à l'étage. Un instant plus tard, on entendit de la musique à fond.

« Il me semblait que vous aviez parlé du sud de la France.

— Vous devez faire erreur », dit Étienne Chaudron en me poussant dehors.

La porte se referma derrière moi avec un bruit sourd.

56

Une femme aux cheveux foncés, le visage triste tout droit sorti d'un tableau de Modigliani, était assise à l'accueil des éditions Pelletier. Je me présentai et demandai si elle connaissait mon « ami » collectionneur de livres rares Antonio Guggliermo.

« Je ne suis pas là depuis longtemps », dit-elle.

Je lui montrai le reçu du carnet que Guggliermo avait acheté dans sa boutique.

Elle l'étudia un moment puis parcourut un tiroir d'archives en semblant retenir ses larmes. Elle sortit un dossier étiqueté GUGGLIERMO et me le tendit. « Vous pouvez le consulter vous-même. »

Je farfouillai dans les dizaines de reçus, rien que des livres vendus à Guggliermo, mais je ne trouvai rien au sujet du carnet.

« Il devrait y avoir des copies de tout », dit-elle.

Je lui signalai que je ne voyais pas le reçu que je cherchais, et elle me répondit que je pouvais emporter le dossier, que la boutique allait fermer et qu'elle n'en aurait plus besoin.

« Fermer ?

— Oui. Définitivement. Elle appartenait à mon père, et malheureusement, il est… mort. »

Je lui transmis mes condoléances et lui demandai quand c'était arrivé.

« Il y a… environ deux mois.

— J'espère que vous ne m'en voudrez pas de poser la question, mais comment est-il mort ? »

Elle parut un peu choquée, mais répondit :

« Il semblerait que son cœur ait lâché, mais ce n'est pas clair. Il n'était pas si vieux, et était en bonne santé. On l'a trouvé là… dans la boutique. » Elle réprima un sanglot. « Sur le sol.

— Donc il est mort de cause naturelle ?

— Oui, comme je vous l'ai dit… » Elle s'arrêta en me lançant cette fois un regard méfiant. « Vous êtes de la police ?

— Non, pas du tout.

— Alors quoi ? Vous me cachez quelque chose ?

— Non », dis-je.

Elle essuya ses larmes.

« S'il n'y a pas de copie du reçu, je ne peux rien faire pour vous.

— Je suis navré pour votre père », répondis-je, pensant que la coïncidence était trop grosse : un autre vendeur de livres, proche de Guggliermo, retrouvé mort.

57

« Inutile d'appuyer sur la sonnette. Elle ne vous entendra jamais », me dit un jeune hipster français avec un chignon et un jean taché de peinture. « Mais si vous cherchez Colette, elle est presque toujours chez elle. »

En fait, je ne savais pas vraiment qui je cherchais, mais l'adresse à Belleville était la bonne, alors je hochai la tête et M. Chignon me laissa entrer. J'étais sidéré d'avoir retrouvé le vieil immeuble et de voir qu'il tenait encore debout.

« Colette est au dernier étage, dit-il. *Faites attention* !* »

Je compris le sens de son avertissement après avoir commencé à monter l'escalier en bois, érodé et raide. Je constatai que le couloir et les paliers étaient imprégnés d'une odeur de térébenthine. Visiblement, l'ancien immeuble de Vincent et Simone hébergeait toujours des artistes.

Au sixième étage, je m'arrêtai pour reprendre mon souffle et frappai à la porte d'un appartement dont la peinture craquelée laissait apercevoir les couleurs des dizaines de couches précédentes.

Quelques centimètres d'un visage apparurent entre la porte et la chaîne, un visage vieux, ridé et lourdement maquillé, les lèvres lie-de-vin et les cheveux teints au henné.

« *Qu'est-ce que vous voulez* ?* » demanda la femme d'une voix éraillée.

Dans mon meilleur français, je lui racontai que j'étais venu de New York, que mon arrière-grand-père avait autrefois vécu dans son appartement et que j'avais très envie de le visiter.

La vieille dame plaça une main en coupe autour de son oreille et me demanda de répéter, puis elle finit par m'inviter à entrer. Elle parlait vite, dans un mélange d'anglais et de français : « *J'adore les Américains* !* Je m'appelle Colette – *ce n'est pas mon vrai nom**, mais c'est celui que j'ai choisi, donc appelez-moi Colette ! Je suis veuve, *mon mari est mort** il y a des années – pas d'enfants – mais comme Édith Piaf, *je ne regrette rien* !* »

Tout en affichant un large sourire, j'essayai de voir au-delà de l'entrée à quoi ressemblait l'appartement.

« *Venez** », dit-elle en m'invitant à l'intérieur.

Je m'arrêtai, stupéfait de ce que j'avais sous les yeux. Les murs semblaient avoir été repeints de nombreuses fois, mais on apercevait les contours de plantes grimpantes avec des touches de feuilles vertes et de pétales roses – l'œuvre de Simone, qui apparaissait sous les couches de peinture et le passage du temps.

Colette suivit mon regard. « Elles sont toujours visibles. Je ne peux rien y faire, n'est-ce pas ? »

Je m'approchai, les doigts contre le lierre peint, un souvenir du passé qui refusait de disparaître. Non seulement cela donnait vie au carnet, mais j'étais désormais convaincu que tout était vrai.

Les tuyaux du chauffage émirent un bruit métallique, et Colette se mit à blablater sur les nuisances sonores et le prix du lait, chassant presque les fantômes du passé alors que j'essayais de les retenir. Je ne pouvais m'empêcher de frôler des doigts le *pentimento* des plantes et des feuilles sur les vieux murs, l'esprit empli d'images de Vincent et de Simone.

Je suivis Colette dans une chambre dont toutes les surfaces étaient couvertes de linge – le lit, la commode, la chaise –, mais je ne vis rien d'autre qu'un petit tableau, une nature morte représentant des fruits disposés sur un tissu rouge, au contour d'un bleu noir sombre.

« Ce tableau…

— Ah, *oui**. Il était là quand je suis arrivée, au fond du petit placard. Je l'aimais bien, alors je l'ai accroché. »

Je regardai la signature et la date dans le coin inférieur gauche : *V. Peruggia, 1910.*

« Il appartenait à mon arrière-grand-père. Enfin, je veux dire : c'est lui qui l'a peint.

— *Vraiment* ?* »

J'étudiai la composition et la technique, imaginai la main et le pinceau de Peruggia qui bougeaient sur la petite toile, vis comment il avait essayé de tout lier ensemble avec son trait bleu noir. Ça n'avait rien de révolutionnaire, mais l'œuvre dégageait une beauté simple et une certaine intégrité.

Colette le décrocha du mur avec ses mains noueuses et arthritiques.

« J'en ai profité pendant des années, monsieur, mais il est à vous.

— Non, je ne peux pas.

— J'insiste. »

Je lui proposai de lui acheter, mais elle refusa.

« Attendez, alors. » Je m'engageai trop vite dans les escaliers et manquai de me casser la figure, puis je ralentis et réussis à arriver jusqu'à la porte d'entrée en un seul morceau. La lumière du jour baissait, et une fine pluie formait un léger brouillard. Le fleuriste devant lequel je me souvenais d'être passé était encore ouvert. Le vieil homme, qui commençait à ranger ses produits, me fit une remise, deux bouquets pour le prix d'un, décrivant fièrement en français toutes les variétés de fleurs. Je le remerciai et retournai sur mes pas, en faisant plus attention sur les six volées de marches branlantes.

Je tendis les bouquets à Colette. Elle porta les fleurs à son nez, ferma ses paupières peinturlurées, inspira et sourit.

Le brouillard était devenu crachin, et comme je n'avais rien pour protéger le tableau, je le glissai sous ma veste, la toile centenaire contre mon cœur.

Lorsque la pluie s'intensifia, je hélai un taxi. J'observai le tableau et remarquai la lourde couche de peinture, légèrement craquelée avec l'âge, mais dont les couleurs demeuraient vives et chatoyantes. Quand j'eus fini d'inspecter l'œuvre, les rues de Paris étaient plongées dans l'obscurité. Je sortis mon téléphone et vis que j'avais deux appels manqués provenant d'Étienne Chaudron.

58

Je laissai retomber le heurtoir à tête de lion contre la lourde porte en bois. Les messages d'Étienne Chaudron, de la même teneur, repassaient dans ma tête :

J'ai quelque chose d'important à vous montrer, quelque chose de la main méticuleuse de mon grand-oncle... Venez, s'il vous plaît.

Son ton semblait pressant, presque implorant, à tel point que j'avais demandé au chauffeur de taxi de m'emmener directement chez lui.

Je glissai le tableau de Peruggia dans la ceinture de mon jean et frappai à nouveau à la porte. Personne ne répondit, donc je réessayai de le joindre par téléphone, mais je tombai sur la messagerie de Chaudron pour la troisième fois.

« C'est Luke Perrone, dis-je. Je suis devant chez vous. Il est… (je regardai mon téléphone) presque neuf heures. »

Pourquoi, après avoir autant insisté pour que je vienne, n'était-il pas chez lui ? Je glissai le téléphone dans ma poche de chemise à côté de la page arrachée du carnet et tentai le heurtoir une nouvelle fois.

J'ai quelque chose d'important à vous montrer, quelque chose de la main méticuleuse de mon grand-oncle...

Je redescendis les marches du perron de la maison et levai les yeux. Plusieurs fenêtres étaient éclairées, rectangles jaune vif contre le ciel sombre.

Je remontai, toquai à nouveau et appelai : « Étienne ! »

Il y a de la musique ? Peut-être que c'était ça… Ils ne m'entendaient pas à cause de la musique. Je m'appuyai contre la porte pour écouter, et elle s'entrouvrit en un grincement.

« Étienne ? dis-je plus bas. C'est Luke Perrone. » Personne ne pouvait m'entendre par-dessus la musique diffusée à plein volume, la même chanson pop que la copine écoutait lors de ma visite un peu plus tôt.

Je fis un pas à l'intérieur.

Une lampe en céramique projetait une ombre sur tout : le papier peint, les tapis, la table d'appoint antique – sur laquelle se trouvaient quelques mégots écrasés dans un cendrier. Les valises étaient encore alignées dans le couloir.

Je fis un pas de plus et appelai : « Étienne ! »

La chanson s'acheva, mais au bout d'un instant, elle recommença, comme si elle passait en boucle. Le son provenait de l'étage.

Je n'avais avancé que de quelques pas lorsque je l'aperçus, la copine de Chaudron, sur l'escalier, la tête sur la première marche, une jambe tendue plus haut, l'autre pliée dans un angle impossible, les yeux ouverts et le regard fixe.

Le souffle coupé, figé sur place pendant un instant, j'eus le réflexe d'aller chercher son pouls sur son cou, son poignet, mais il ne faisait aucun doute qu'elle était morte : sa robe de chambre était imbibée de sang.

Les mains tremblantes, je sortis mon téléphone de ma poche, que je tachai du sang de la fille, mais je ne savais pas trop qui appeler. Les Français se servaient-ils du 911 ?

Cette foutue chanson pop continuait de passer encore et encore. Un radiateur émettait un sifflement de vapeur. L'odeur du tabac avait tourné dans l'air. Luttant contre la nausée, je suivis les traces de sang en haut de l'escalier.

Étienne Chaudron gisait au sol juste devant sa chambre, le visage tuméfié, sa robe de chambre bleue devenue violette à cause du sang.

La musique à plein volume envoyait des ondes de choc dans mon corps. La porte de la chambre était entrouverte et je jetai un œil à l'intérieur – la pièce saccagée, les tiroirs enlevés, les oreillers éventrés, des plumes partout, dont certaines dansaient encore dans l'air. *Est-ce que ça vient d'arriver ?*

Vu l'expression sur le visage de Chaudron, ou ce qu'il en restait, j'imaginai qu'il n'avait pas donné au tueur ce qu'il était venu chercher.

Quelque chose d'important à vous montrer, quelque chose de la main méticuleuse de mon grand-oncle…

Mon pouls s'emballait. L'appel de Chaudron avait-il été interrompu, ou bien est-ce qu'on lui avait mis un pistolet sur la tempe ? Est-ce que quelqu'un d'autre voulait que je vienne ?

Une alarme – primale, instinctive – résonnait dans ma tête : *Va-t'en, tout de suite !*

Je redescendis l'escalier, manquant de trébucher sur le cadavre de la fille, le téléphone couvert de son sang en main, mais je n'arrêtais pas de penser : *Qu'est-ce que j'ai touché d'autre ? La poignée de la porte, le heurtoir à tête de lion, la rampe – la fille ! Il y a mon nom et mon numéro de téléphone dans le portable de Chaudron, et les messages que je lui ai laissés !*

Le cœur battant, la bouche sèche, j'arrivai en bas des marches et me tins là un moment. Je regardai d'un côté puis de l'autre, l'alarme encore présente dans mon cerveau, le corps parcouru de picotements. Dans le salon, les draps avaient été enlevés des meubles, les coussins éventrés – leur rembourrage débordait comme s'ils avaient explosé –, un vase brisé, des éclats de poterie par terre, une armoire aux tiroirs ouverts, une table retournée.

J'essayai de penser par-dessus la musique et le bruit de mon propre sang qui battait dans mes oreilles. Je levai les yeux et vis le tableau de Vermeer.

Quelque chose d'important à vous montrer, il a un coup de pinceau soigné...

Les mots que Chaudron avait employés plus tôt en parlant du Vermeer.

Je décrochai le tableau du mur et le retournai. Derrière se trouvait un paquet de pages pliées, glissées dans le bois du cadre. Je les sortis pour les déplier… L'écriture, le papier couleur chamois, le bord déchiré : elles provenaient sans aucun doute du carnet de Peruggia.

Tout est allé à ma grande sœur... ce tableau... quelques papiers...

J'essayai de lire, mais impossible : ma tête tournait. Je les lirais plus tard. *Maintenant, va-t'en !*

Je les fourrais dans ma poche de veste. Un instant plus tard, je sentis un mouvement dans l'air et j'entendis quelqu'un prendre une inspiration.

« Exactement ce que je cherchais. »

L'homme vint se mettre en face de moi, un pistolet à la main. « Je vais les récupérer. »

Un quart de seconde pour réfléchir, un geste vers ma poche de chemise. Il repoussa ma main et glissa la sienne à l'intérieur. Il en sortit une page pliée couverte de sang. Puis il pressa le pistolet contre ma tempe et arma.

59

NEW YORK

Le collectionneur remplaça le spot qui avait grillé, puis il passa d'une œuvre à l'autre. Il admira le coup de pinceau habile d'un paysage marin de Monet, les couleurs magnifiques d'une nature morte de Matisse, puis s'attarda devant un tableau qu'il venait d'acquérir quelques jours plus tôt, une gouache sur carton de Toulouse-Lautrec représentant une femme qui relevait ses bas, simple et sexy. Il adorait la façon dont l'artiste avait créé un personnage en seulement quelques traits, l'utilisation de peinture blanche sur les épaules et les seins pour leur donner du volume et les mettre en avant, le rouge orangé franc de ses cheveux. Il n'avait pas besoin de cette œuvre, et il n'en avait pas commandité le vol. Il avait presque refusé, mais l'occasion était trop belle, une œuvre de premier choix, une belle addition à sa collection.

De Lautrec, il passa à Léonard, les deux artistes diamétralement opposés, pourtant tous deux fascinés par la beauté féminine, la femme de Lautrec concrète et bien réelle, celle de Léonard, éthérée et envoûtante, au-delà des mortels. Mais pas au-delà de lui.

Il avait fait l'acquisition du de Vinci il y avait vingt ans. Le receleur qui lui avait vendu était un Français qui affirmait représenter une famille française de la haute société dont l'arrière-grand-mère possédait de nombreuses œuvres célèbres à la provenance douteuse. La famille, paniquée à l'idée d'avoir un tableau aussi connu en sa possession, était prête à s'en séparer pour seulement cinq millions de dollars, mais il avait marchandé et fait baisser le prix à trois ; une misère si c'était bien le vrai tableau, mais il n'en avait pas encore la preuve.

Combien de fois s'était-il rendu à Paris pour aller au Louvre et se tenir devant le tableau afin d'étudier les différences et les similitudes qu'il ne percevait jamais ? Il savait qu'on pouvait faire d'excellentes copies, et peut-être était-ce tout ce qu'il avait. Il leva sa loupe et la fit glisser lentement à la surface du tableau. Mais que cherchait-il ? Existait-il un détail permettant de prouver l'authenticité de l'œuvre ? Il n'en savait rien. Du moins pour l'instant.

60

En entendant le bruit du pistolet armé, je réagis immédiatement : j'envoyai un coup de coude dans les côtes du type. Celui-ci s'effondra, mais il tira, et le coup partit si près de ma tête que je sentis la balle siffler près de mes oreilles. L'arme lui échappa, voltigea dans les airs et tomba au sol en un bruit sourd. Nous nous jetâmes dessus tous les deux et nous chutâmes ensemble, le grand type sur moi. Tout l'air sortit de ma poitrine, je sentis une vive douleur dans mes côtes, mais je continuai de lutter pour attraper le pistolet.

L'autre le récupéra avant moi.

Une main sur la crosse, l'autre autour de mon cou, l'acier froid contre ma tempe, le pistolet à nouveau armé. Pas le temps de prier.

Un flash. Pas un coup de feu. Un autre homme courut à travers la pièce, fit tomber l'arme des mains du grand type et lui envoya un coup de pied dans le ventre. Le premier roula par-dessus moi, le second plongea, et les deux hommes roulèrent au sol juste à côté de moi. Je me joignis à la bagarre – nous donnions tous les trois des coups de pied et des coups de poing, en jurant et en luttant pour attraper le revolver, comme une énorme créature à six bras et six jambes. Je ne savais pas qui avait récupéré l'arme, mais je ne l'avais pas, et j'entendis un coup de feu, un hurlement, un homme debout, se tenant le flanc, détalant dans le couloir avant de sortir par la porte.

Je réussis à me lever, l'autre homme encore au sol.

« Perrone ! » cria-t-il.

J'essayai de reprendre mes esprits, de comprendre ce qui s'était passé – comprendre qui il était.

« Qu'est-ce que… Qu'est-ce que vous faites là ?

— Et si vous commenciez… (il reprit son souffle avec difficulté) … par me remercier de vous avoir… sauvé la vie ?

— Putain de merde, dis-je. Si ça se trouve, c'est moi qui vous ai sauvé la vie ! »

61

On me conduisit jusqu'à un commissariat où l'on me laissa seul dans une salle d'interrogatoire. Des néons froids. Un miroir sur un des murs. On me regardait sans doute de l'autre côté. Je tapai dessus et dis : « Il y a quelqu'un ? » Puis je fixai mon reflet – les cheveux ébouriffés, les yeux fatigués, dont un enflé qui n'arrêtait pas de tressauter, une ecchymose violette déjà en formation sur la mâchoire. Une heure passa. Je tapai à nouveau sur le miroir, appelai : « Hé, ho… Hé, ho ? » et demandai à voir mon avocat. J'aurais aussi bien pu parler tout seul.

Une deuxième heure s'écoula, puis la porte s'ouvrit et le gars entra, avec de profondes griffures sur la joue et un début de coquard. Il me tendit un gobelet jetable plein de café noir.

Je le regardai bien en face. « Mais qui êtes-vous, à la fin ? »

Il tira une chaise devant la table, alluma une cigarette et posa sa carte en évidence – bleue, plastifiée, avec sa photo et le mot Interpol marqué en haut. Il sortit une seconde carte et dit :

« Voici mon numéro de téléphone personnel, et il la fourra dans ma poche de chemise. Vous allez en avoir besoin.

— C'est quoi cette histoire, Smith, si c'est bien votre vrai nom ? John Smith… Vous ne pouviez pas trouver mieux ?

— Je ne vous ai pas donné un faux nom, je n'avais aucune raison de le faire… » Il enleva ses lunettes et me regarda dans les yeux. « La police de Paris m'a prêté cette pièce pour mon enquête.

— Votre enquête ?

— Je vous suis depuis un moment, Luke Perrone, et j'ai bien fait, sans quoi vous seriez mort.

— Comme je l'ai déjà dit, difficile de déterminer qui a sauvé qui.

— Cet homme avait un pistolet pointé sur votre tempe, Perrone.

— Puis sur la vôtre, dis-je.

— Qu'est-ce que vous avez fourré dans votre pantalon après la bagarre ? »

Je sortis le petit tableau de ma ceinture et le posai sur la table. « J'en garde toujours un en rab dans mon froc. »

Smith ne rit pas et étudia l'objet un moment. « De qui est ce tableau ? »

J'hésitai à lui dire que c'était l'un des miens, mais je lui avouai la vérité.

« Peruggia.

— Je vais le garder pour l'instant, dit-il. En guise de preuve.

— De preuve de quoi ? »

Il ne répondit pas et me dit qu'il avait déjà fouillé ma chambre d'hôtel à Florence, ainsi que mon ordinateur, puis il jeta le carnet sur la table.

« Comment avez-vous eu ça ?

— La carte d'Interpol ouvre quelques portes. J'ai demandé à la bibliothécaire ce que vous lisiez, et j'ai peut-être sous-entendu que vous étiez en état d'arrestation, donc elle s'est montrée très coopérative. Je ne pense pas que vous soyez encore le bienvenu là-bas. Je me suis dit que c'était une bonne idée de récupérer le carnet quand j'ai vu que vous quittiez Florence. Il est plus en sécurité avec moi.

— Bien sûr. Je me sens déjà plus en sécurité, moi aussi.

— J'aurais pu aller à la bibliothèque n'importe quand, vous savez, mais je voulais vous observer, voir ce que vous faisiez. Vous auriez pu mourir, ce soir. »

Smith recula sur sa chaise, plaça les mains derrière sa tête et dit qu'il savait que j'étais venu à Florence pour lire le carnet de Peruggia, qu'il avait lu ma correspondance avec Luigi Quattrocchi.

Je l'interrompis pour le prévenir que Quattrocchi m'évitait, qu'il avait disparu.

« Quattrocchi est mort.

— Quoi ? »

Je sentais que quelque chose clochait, mais ce fut tout de même un choc.

« Vous ne savez pas dans quoi vous mettez les pieds, Perrone. Il existe un réseau de voleurs d'œuvres d'art et de collectionneurs prêts à tout pour se protéger et obtenir ce qu'ils veulent. L'homme de ce soir, il reviendra. Lui ou quelqu'un d'autre.

— Pourquoi ?

— Je pense qu'il croit – lui ou la personne pour qui il travaille – que vous savez quelque chose d'important.

— Je ne sais rien du tout. »

Il se pencha sur la table, le visage près du mien, tressaillant d'impatience.

« Vous parlez à Quattrocchi, il meurt. Vous allez voir Étienne Chaudron, il meurt…

— Je ne sais rien de tout ça ! »

Je me levai d'un bond, et ma chaise tomba par terre.

« Asseyez-vous », dit Smith. J'hésitai un instant, puis je redressai la chaise et me rassis. « Que vous a dit Étienne Chaudron à propos du tableau de Vermeer qui se trouve dans son salon ?

— Qu'il a été peint par son grand-oncle.

— Pourquoi l'avez-vous décroché du mur ?

— Il était déjà décroché quand je suis arrivé. Je l'ai juste inspecté, c'est tout. »

Smith me regarda froidement. « Il y a deux cadavres par terre, mais vous prenez le temps d'admirer un tableau ? »

Je lui dis que oui, que j'aimais l'art, et son regard s'assombrit, devint presque noir.

« Vous vous rendez compte que vous êtes dans de beaux draps ? »

Je ne répondis pas, enlevai ma veste et retroussai mes manches. Je voulais qu'il voie mes muscles et mes tatouages – ma version du concours de celui qui a la plus grosse.

Smith retroussa les siennes. Pas de tatouages, mais ses muscles étaient plus épais que les miens.

Il m'annonça que le Vermeer était en chemin pour le labo afin de vérifier si Yves Chaudron l'avait bien peint, ou s'il s'agissait de l'original. Si la peinture et les solvants étaient antérieurs à Chaudron, le tableau serait rendu au Gardner Museum pour effectuer des tests supplémentaires. Il me redemanda alors pourquoi j'avais décroché le tableau du mur. Comme je ne répondais pas, il frappa des deux mains sur la table, si fort qu'elle faillit basculer.

Je gardai mon calme, répétai que le tableau était déjà par terre, qu'il était peut-être tombé quand le malfrat les avait attaqués.

Il me lança un regard noir, un muscle de sa mâchoire pris de tremblements, et me demanda pourquoi j'étais allé voir Étienne Chaudron, et je lui dis la vérité – que j'avais lu des choses à propos de son grand-oncle, Yves, le faussaire, et je voulais le rencontrer. « Puisque vous avez le carnet, vous savez ce que Peruggia a écrit », dis-je.

Smith prit une inspiration. Je n'arrivais pas à lire ce qui se cachait derrière ses yeux noirs.

« Une vérité contre une autre, Perrone ? » J'attendis ; un néon clignotait au-dessus de nos têtes, ajoutant à ce moment une étrange vibration. « On va passer un genre de marché. J'ai le carnet mais je ne l'ai pas lu, parce que je ne parle pas italien. Pour ça, j'ai besoin d'un traducteur.

— Je suis sûr que vous en avez plein, à Interpol.

— C'est vrai. » Smith marqua une pause. « Mais j'ai besoin de quelqu'un de discret. J'ai besoin de vous. »

Je le lus sur son visage : Smith n'avait aucune intention de remettre le carnet à Interpol. Je ne savais pas pourquoi, mais j'avais désormais quelque chose dont il avait besoin.

« Pourquoi est-ce que je vous aiderais ?

— Parce que la partie n'est pas finie, Perrone, et que vous êtes en danger. Je suis peut-être le seul ami qu'il vous reste, votre dernière chance. »

Je ris, et ce fut la goutte de trop. Smith m'attrapa par la chemise, une veine battant dans sa tempe.

« Luigi Quattrocchi est mort ! Étienne Chaudron et sa copine sont morts ! Le sang de la fille se trouve sur votre téléphone, votre chemise, vos mains !

— Vous essayez de me faire porter le chapeau ? » Je me libérai. « Vous savez très bien que je n'ai rien à voir avec ça. Allez vous faire foutre, Smith !

— Ce que je sais et ce que je vais dire à la police française sont deux choses très différentes. Vous voyez où je veux en venir, mon pote ?

— Je ne suis pas votre pote.

— Ça, c'est clair, dit Smith. Vous serez arrêté et reconnu coupable si un agent d'Interpol témoigne contre vous.

— Allez vous faire foutre ! » répétai-je, mais mes paroles avaient beaucoup perdu en agressivité.

J'imaginais déjà mon inculpation et mon procès, le verdict évident.

« Soit vous jouez le jeu, soit c'est terminé pour vous – vous êtes coupable. Croyez-moi, les prisons françaises ne sont pas aussi sympas que celles des États-Unis, et de ce que je sais, les nôtres ne sont déjà pas très sympas. »

Je résistai à l'envie de lui donner un coup de poing, pris une grande inspiration et essayai de réfléchir. Smith apprendrait du carnet ce dont il avait besoin, de toute façon, inutile de lui cacher la vérité. Je lui demandai ce qu'il voulait savoir, et il répondit :

« Tout.

— Qu'est-ce que j'obtiens, en échange ?

— Ma protection, la protection d'Interpol – et vous en aurez besoin. »

Il avait raison. S'il n'était pas arrivé, la brute m'aurait mis du plomb dans la cervelle. Je pris un moment, puis j'acceptai. Smith alluma une nouvelle cigarette et se rassit confortablement. Je lui racontai comment Valfierno avait poussé mon arrière-grand-père à voler le tableau, comment Chaudron avait fait les copies, et comment le duo avait comploté pour vendre les contrefaçons comme s'il s'agissait de l'original. Quand j'eus fini, il me demanda à nouveau pourquoi j'étais venu à Paris pour voir Étienne Chaudron.

« Je voulais savoir s'il pouvait m'apprendre davantage que ce que j'avais lu.

— Il y a autre chose que vous ne me dites pas. »

Je lui répondis qu'il avait tort, qu'il n'y avait rien d'autre.

Il me fixa du regard et dit qu'il savait tout de moi : mon passé, mon présent, les exclusions scolaires, les arrestations pour cambriolages.

« De l'histoire ancienne, dis-je. Qui cela intéresse-t-il encore ?

— Un juge et un jury, sans doute. Votre passé de délinquant ne jouerait pas en votre faveur dans une affaire de meurtre. » Il m'adressa un sourire carnassier. « Vos empreintes sont partout dans la maison, il y a le sang de la fille sur votre téléphone…

— Quel aurait été mon mobile ? »

Je croisai les bras sur ma poitrine pour essayer de masquer mon angoisse.

« Disons le vol d'œuvres d'art ? C'est une affaire de famille, chez vous. Vous étiez chez Chaudron un peu plus tôt, vous avez vu le Vermeer et vous êtes revenu pour le voler. Mais vous savez, Perrone, ça n'a que peu d'importance. Votre ADN suffit à vous incriminer. » Je gardai du mieux que je pouvais un visage détendu, mais je savais qu'il avait raison. « Je veux votre totale coopération, immédiatement. À commencer par la vraie raison pour laquelle vous êtes allé chez Chaudron et ce que vous avez appris de lui.

— Je vous l'ai déjà dit.

— Il y a autre chose. Vous le savez, et je le sais ! »

J'étais presque sûr qu'il bluffait. Sa façon de me menacer puis de revenir sur ses paroles : mon radar Kill Van Kull l'analysait comme n'importe quel voyou des rues. Quelque chose clochait. Comme moi, Smith avait un secret.

62

Je marchai vite, les épaules voûtées, la tête baissée, sans la moindre direction à l'esprit. Il fallait juste que j'avance. La pluie tombait très fort, à présent. Elle trempait mes cheveux et coulait sur mon visage. Je ne pensais pas que Smith me suivait, ni qu'il m'avait fait suivre, mais je n'avais aucun moyen d'en être sûr et je voulais mettre autant de distance que possible entre nous. Il m'avait libéré en me menaçant de m'inculper pour les meurtres d'Étienne Chaudron et de sa copine. Je savais qu'il bluffait, sinon il l'aurait déjà fait. La preuve : il m'avait laissé partir.

Je traversai plusieurs rues, tournai aux intersections et coupai par les allées, vérifiant toujours par-dessus mon épaule, consumé par une seule pensée – lire les pages que j'avais trouvées à l'arrière du tableau de Vermeer. Je les avais fourrées au fond de ma poche pour qu'elles restent au sec, et je gardais la main dessus afin de m'assurer qu'elles étaient toujours là. Je revis la scène où j'avais dupé le type au pistolet pour qu'il prenne la mauvaise page – la feinte en direction de ma poche de chemise, décision prise en un quart de seconde, afin qu'il se saisisse de la page que j'avais arrachée du journal et emportée avec moi à Paris, pas celles que je venais de trouver derrière le Vermeer. J'étais encore stupéfait d'avoir réussi mon coup, et sacrément fier de moi.

Après une heure de marche, trempé et frissonnant mais plutôt certain que je n'étais pas suivi, je cherchai un endroit où m'arrêter. Je jetai un œil par la fenêtre d'un bar, trop bondé. Quelques pas plus loin, je tombai sur une cour avec un petit cimetière, les tombes érodées et penchées. Je contournai l'endroit car je ne voulais pas marcher sur les sépultures, par superstition. Puis j'arrivai dans une ruelle où j'aperçus un café miteux. Sous l'auvent en lambeaux, je pris un moment pour m'essuyer de la pluie et plaquer mes cheveux.

Il n'y avait que deux personnes au bar, penchées sur leur verre. Aucune des deux ne leva la tête quand j'entrai.

Le barman me proposa une table, mais je lui demandai les WC d'abord.

Une ampoule à nu qui pendait d'une chaîne éclairait des toilettes, un lavabo criblé de trous et un sol carrelé noir et blanc crasseux. Je me séchai le visage avec l'essuie-main, essayai de faire abstraction de l'odeur d'urine et d'ammoniaque, sortis les pages de ma poche et les dépliai. Dès la première, je m'arrêtai. Elle était là, la réponse que je cherchais. La phrase reprenait exactement à la suite de la dernière page que j'avais lue…

... regardez très attentivement l'ombre projetée par la main gauche de Lisa del Giocondo, là où la main touche le livre, on voit deux marques. Elles ne ressemblent à rien de particulier, mais retournez le

tableau la tête en bas et regardez à nouveau. À l'aide de la loupe, vous trouverez ce que le faussaire Yves Chaudron a peint dans chacune de ses copies.

Deux marques. Les lettres Y et C. Pour Yves Chaudron. Le faussaire a osé signer ses œuvres !

C'est la seule preuve suffisante pour identifier les copies. Si vous trouvez celle qui ne contient pas les initiales de Chaudron, vous avez l'originale de Léonard !

Je fixai les mots, le papier tremblant dans ma main. J'arrivais à peine à croire que j'avais trouvé. Il fallait que je retourne au Louvre pour voir le tableau, mais cette fois, je savais ce que je cherchais. Je parcourus en vitesse les pages restantes. Elles semblaient avoir été écrites après la sortie de prison de Peruggia. Je les remis dans ma poche pour les lire plus tard. La première, la plus importante, je la pliai en un tout petit carré, trouvai un minuscule trou dans ma poche, et la glissai dedans jusqu'à ce qu'elle tienne dans la doublure.

J'aperçus mon reflet dans le miroir au-dessus du lavabo, le voile sombre de ma barbe, les cheveux luisants de pluie, un œil enflé à cause de la lutte, l'autre qui paraissait plus petit car séparé en deux par une fissure dans le miroir. J'observais mon visage, mais je ne voyais que mon arrière-grand-père.

63

La pluie n'était plus qu'une bruine, à présent, et tout était masqué par un épais brouillard alors que je descendais la rue. Des détritus flottaient dans les flaques, la moitié des lampadaires étaient éteints, les magasins, fermés, les foyers, dans l'obscurité – ce n'était pas un quartier très agréable à cette heure de la nuit.

Un homme, massif et en haillons, sortit de la brume. Je tressaillis.

« *Pardonnez-moi**, dit-il. *Je ne voulais pas vous effrayer**. » Un sans-abri au visage étonnamment jeune à moitié dissimulé derrière une barbe hirsute et des cheveux emmêlés.

Je fouillai dans ma poche, sortis quelques billets humides et froissés et les lui tendis.

Il me remercia et me souhaita « *bonne chance** ».

Je lui souhaitai la même chose. J'avais l'impression qu'on en avait besoin tous les deux. J'étais épuisé, mon corps était lourd et douloureux. La journée avait eu raison de moi et j'étais perdu.

Je m'abritai sous un arrêt de bus, sortis mon téléphone et commandai un Uber. Je palpai à nouveau le papier dans ma doublure de veste, l'esprit bouillonnant d'images et de pensées – les initiales d'Yves Chaudron sur les tableaux, la fille morte sur l'escalier, les menaces de Smith – et je ne vis rien venir avant de sentir le premier coup dans mon dos. Sous le choc, je me retournai et reçus un autre coup, et cette fois je tombai au sol, à genoux sur le béton, l'eau crasseuse giclant sur mon visage et dans ma bouche. Je levai les yeux et vis l'homme qui s'était battu avec Smith et moi. Le temps que je le reconnaisse, il m'avait relevé sur mes pieds, mis un couteau sous la gorge, et il sifflait dans mes oreilles :

« Tu as les autres papiers ?

— Je vous les ai déjà donnés, dis-je en essayant de respirer, de réfléchir.

— Alors, c'est l'heure de mourir.

— Non… attendez. Vous avez raison. Il y a d'autres pages, mais elles… sont dans ma chambre d'hôtel.

— Peut-être que ta vie ne vaut rien pour toi, dit-il, ses yeux vides et incolores dans les miens, tandis qu'il faisait glisser le couteau contre ma peau. C'est toi qui vois. »

Sans réfléchir, je lui envoyai mon bras dans l'estomac. Il eut le souffle coupé et je le vis tituber puis se tenir le flanc et tomber. Je courus au bout de la rue, aperçus le Uber qui tournait, lui fis de grands signes, hurlai pour qu'il s'arrête et ouvris la portière. « *Allez ! Allez* !* » dis-je en m'effondrant sur la banquette arrière, essoufflé, sous le choc.

Je regardai en arrière et vis l'homme à terre se relever et fixer la voiture du regard tandis qu'elle s'éloignait.

Le chauffeur me demanda ce que je faisais dans un quartier aussi malfamé, mais je ne répondis pas, vérifiant attentivement la doublure de ma veste pour m'assurer que la page était toujours là. Je touchai ma gorge et vis que ma main était tachée de sang. Puis je remarquai que mes phalanges et mes paumes étaient éraflées et mon jean ensanglanté et abîmé aux genoux.

Je sortis la carte de ma poche de veste, les mains tremblantes. Je n'avais plus envie de jouer les gros durs : je portai le téléphone à mon oreille et passai l'appel.

64

Je martelai la porte de la chambre d'hôtel avec la paume de ma main, les phalanges trop endolories pour serrer le poing.

Smith ouvrit. Il portait un boxer et un tee-shirt, les yeux gonflés par le sommeil.

« Agressé… », dis-je avant que mes genoux cèdent.

Il passa un bras autour de moi, me mena dans la chambre, abaissa le couvercle des toilettes et me fit asseoir. Il m'aida à enlever ma veste, puis mon tee-shirt, humecta un gant de toilette et le passa sur ma gorge. « Ce n'est rien, une simple blessure », dit-il. Smith ouvrit l'armoire à pharmacie et en sortit une bouteille d'alcool, nettoya la plaie, et m'aida à me relever. Je me lavai les mains et regardai l'eau passer du rouge au rose. Smith les rinça à l'alcool aussi et me dit de ne pas jouer les gros bébés quand il me vit grimacer.

« Maintenant, racontez-moi ce qui s'est passé. » J'essayai de tout lui expliquer, la rencontre avec le type, la lutte, par fragments, comment il était sorti de nulle part. « Vous l'avez reconnu ?

— Oui, c'était le type contre lequel on s'est battus plus tôt.

— Vous l'avez tué ?

— Non.

— Comment vous en êtes-vous sorti ?

— Je suis un dur à cuire, je vous rappelle. Vous connaissez mon passé.

— Ouais, un vrai dur, dit-il. Maintenant, enlevez votre pantalon.

— Pardon ? »

Smith fit un geste en direction de mes genoux, le tissu déchiré, les traces de sang. Je baissai mon pantalon et me rassis sur les toilettes.

« Qu'est-ce qu'il voulait ? Dites-moi la vérité, cette fois, Perrone.

— Vous pouvez peut-être m'appeler Luke, maintenant que j'ai le froc baissé. »

Smith étouffa un rire, me tendit le gant pour me nettoyer les genoux et me demanda si j'avais un autre pantalon et un autre tee-shirt, ce qui était le cas, dans ma chambre d'hôtel.

« Bien, dit-il. Alors, l'homme avec qui vous vous êtes battu… Il a été blessé par le coup de feu, tout à l'heure ?

— Il se tenait le flanc, donc j'imagine, sinon je ne m'en serais pas sorti. »

Smith me conduisit hors de la salle de bains et m'indiqua le seul fauteuil confortable. J'observai la pièce pour la première fois, morne et fonctionnelle, un hôtel d'affaires dénué de charme. Il sortit deux mignonnettes d'alcool du minibar et me les présenta. « Scotch ou vodka ? »

Je lui répondis que je ne buvais pas.

« C'est vrai. J'avais oublié. » Il me tendit un verre d'eau. « Et voilà, *Lucky*. »

Je pouffai de rire.

« John Smith, c'est votre vrai nom ?

— John Washington Smith.

— Ça sonne bien, dis-je.

— Maintenant, racontez-moi ce que vous ne vouliez pas me dire tout à l'heure. »

Je bus l'eau. Elle ne suffit pas à me calmer. J'avais envie du whisky, j'en avais pratiquement le goût en bouche. Je pris un moment, fermai les yeux et récitai en silence les mots que je connaissais par cœur : *honnêteté – espoir – foi – courage – intégrité – volonté – humilité – amour fraternel – justice – persévérance – spiritualité – service.* Plus que leur sens, c'était le fait de les répéter qui aidait. Je dis alors à Smith que j'étais prêt.

Je lui racontai que j'avais trouvé les pages au dos du Vermeer et que j'avais dupé le type qui m'avait attaqué. Je baissai les yeux vers mes genoux ensanglantés et mes paumes à vif, et reconnus que je m'étais laissé dépasser par les événements. Smith ne saisit pas l'opportunité de jubiler, ce que j'appréciai.

Je lui demandai ce qui allait se passer ensuite.

« Maintenant qu'on sait ce qu'on cherche, il faut qu'on voie le tableau.

— Impossible que le conservateur du Louvre m'accorde un nouvel entretien privé.

— Un employé d'Interpol peut faire certaines demandes », dit-il.

Une expression que j'avais déjà vue plus tôt passa sur son visage, comme s'il me cachait quelque chose.

« Racontez-moi, dis-je.

— Vous raconter quoi ?

— Ce que vous me cachez. Moi, j'ai craché le morceau. Et si on passait à vous ? »

Smith s'approcha de la fenêtre, tira les rideaux et regarda dehors.

« Il n'y a rien à dire. C'est vous qui nous avez fait perdre du temps, pas moi.

— Et j'ai dit que je le regrettais. »

Il me répondit qu'il était désolé que j'aie dû attendre de me faire violenter pour changer d'avis, qu'il comptait désormais sur ma franchise, et pas uniquement parce que ma vie en dépendait.

« C'est un facteur », dis-je avant de lui donner ma parole : plus de geste héroïque, plus de secrets. Je tendis la main et il la serra ; j'attendais encore qu'il me raconte ce qu'il gardait pour lui. « Kill Van Kull, dit-il en lisant le tatouage sur mon bras…

— Le nom de mon gang d'adolescence – mais vous le saviez déjà, n'est-ce pas ?

— Il y a des photos dans votre dossier.

— De mes tatouages ?

— Non. De vos potes, de votre gang. » Il sortit une autre cigarette de son paquet. « Du coup, les initiales sur les tableaux… Il faut qu'on soit certains que Peruggia ait dit la vérité.

— J'en suis sûr.

— Peut-être. Pour l'instant, il faut agir avec précaution et scepticisme.

— Avec précaution, c'est évident », dis-je.

Je lui demandai s'il avait la moindre idée de qui était l'homme qui m'avait attaqué deux fois.

« Qui sait ? Un malfrat. Engagé par quelqu'un d'autre pour faire le sale boulot, pour protéger ses intérêts. » Il haussa les épaules. « Je suis toujours stupéfait de voir ce que les gens sont prêts à faire pour une toile couverte de peinture.

— Pas n'importe quelle toile ! »

Smith hocha la tête et m'expliqua ce qu'il attendait de moi. Si Peruggia disait vrai, Smith voulait que ce soit lui qui l'annonce, l'agent d'Interpol qui révèle au bout de cent ans que *La Joconde* exposée au Louvre était une copie.

J'acceptai et lui dis ce que je voulais en échange : le droit de raconter l'histoire de mon arrière-grand-père, car c'était la mienne aussi.

Smith marqua une pause.

« D'accord. Une fois que nous aurons résolu l'affaire, l'histoire sera à vous. Mais on bosse ensemble. Pas de cachotteries.

— Aucune », dis-je.

Il me tendit ma veste en cuir et ma chemise tachée de sang, regarda sa montre et me dit de regagner mon hôtel pour dormir quelques heures. « Il est tard, et on a du pain sur la planche. »

Je lui demandai un jour de repos. Il fallait que j'aille voir quelqu'un.

« On n'a pas de temps à perdre.

— J'ai une visite à faire, dis-je. À Florence. Vous pouvez venir avec moi si vous ne me faites pas confiance.

— Il faut qu'on reste à Paris, qu'on aille au Louvre. Ça pourrait prendre du temps.

— Je ne serai pas long. Je peux prendre l'avion pour Florence et revenir le lendemain matin. Je n'ai besoin que de vingt-quatre heures, c'est tout. »

Smith me demanda qui j'allais voir, et je lui répondis qu'il s'agissait d'une amie qui n'avait rien à voir avec cette histoire.

« La blonde ?

— Ah, donc vous me suiviez bien – vous *nous* suiviez bien – à Florence ?

— Oui. L'autre homme devait sans doute faire de même. Et il n'était peut-être pas le seul.

— Il faut que je la voie, dis-je. Ne me forcez pas à vous supplier.

— Vous ne comptez pas vous enfuir, tout de même ? »

Je lui promis que non.

Il hésita un moment, semblant réfléchir à la question.

Je lui dis qu'il pouvait me faire confiance, et je le pensais vraiment.

« D'accord, finit-il par dire. Vous avez une journée. »

Il regarda par-dessus mon épaule tandis que je réservais mon vol en ligne.

« Comprenez-moi bien, dit-il. Si vous n'êtes pas de retour demain, je serai à vos trousses. Interpol sera à vos trousses. »

65

Smith faisait les cent pas. Il n'avait pas réussi à dormir ni se reposer depuis que Perrone était parti pour l'aéroport aux aurores. Avait-il commis une erreur en le laissant partir, en suivant son instinct avant tout ? Bon sang, il devenait trop tendre. Mais il fallait bien qu'il lui fasse confiance, et si Perrone ne revenait pas, il partirait à sa poursuite.

Il tapota des ongles sur le bas de son ordinateur portable. Il avait l'impression d'être au bord d'une falaise, sur le point de sauter. Mais il avait déjà sauté. La question était : allait-il voler ou chuter ? Il prit une grande inspiration. Trop tard pour craindre la chute. Soit il rentrait en héros, soit il ne rentrait pas. Mais il n'irait pas à Bahreïn !

Dans la salle de bains, il se lava le visage, regarda dans le miroir, se revit dans la cour en béton criblée de trous des Baruch Houses, le plus petit de son équipe de basket, mais qui savait quoi faire quand il avait la balle : foncer vers le but. Comme maintenant.

Il prit un moment pour consulter sa boîte courriel Interpol ; plusieurs messages concernant des enquêtes en cours, rien de neuf ni de concluant, rien qui nécessitât son attention. Il s'assit confortablement, alluma une cigarette, tira une bouffée qui lui brûla la gorge et l'écrasa. Perrone avait raison sur un point : il fumait trop.

Assez. Il referma l'ordinateur, il avait besoin de sortir, de prendre l'air, de voir de la vie.

Les rues autour de l'hôtel étaient très animées, notamment la sinueuse rue du Faubourg-Montmartre. Pour un homme qui avait passé la moitié de sa vie en France, Smith connaissait à peine Paris, et il se sentait comme un plouc. Il se disait qu'il vivrait sûrement la même chose s'il retournait dans le Lower East Side, où il avait grandi. De ce qu'il savait, le quartier avait connu la gentrification et croulait sous les boutiques et les restaurants à la mode, aux antipodes de ce qu'il se rappelait. Il imagina sa mère dans leur minuscule cuisine qui réchauffait le dîner, un bol de soupe Campbell, et qui s'inquiétait – elle s'inquiétait toujours – à propos des factures, à propos de son fils. *Sors-toi de là et fais mieux.* C'était son mantra.

Il passa devant une demi-douzaine d'hôtels bon marché et plus encore de snack-bars, puis une poignée de magasins de déguisements, dont l'un d'eux arborait au-dessus de l'entrée un néon très voyant, le nez rouge d'un clown clignotant. N'était-il pas lui-même un clown d'avoir abandonné un emploi stable ? *Sors-toi de là et fais mieux.* C'était ce qu'il avait toujours fait, mais cette fois, il risquait un poste fixe pour courir après la gloire. Qu'en aurait pensé sa mère ? Une décennie s'était écoulée depuis son décès prématuré, trop tard pour lui poser la question, et c'était sans doute tant mieux.

L'enseigne lumineuse du restaurant Chartier lui rappela qu'il avait faim. Il inspecta le menu, puis il passa la porte et traversa une cour où un serveur qui semblait s'ennuyer lui indiqua une table. Smith prit son temps pour manger une terrine de campagne sans intérêt étalée sur du pain croustillant, voire rassis, la fit descendre avec un verre de vin blanc acide, tout en pensant à ce qu'il était en train de faire – les risques, les enjeux, les récompenses possibles en cas de succès, l'humiliation s'il échouait. Le serveur vint se tenir à côté de lui pendant qu'il buvait son café, impatient de pouvoir l'encaisser et libérer la table pour le client suivant.

Pendant un moment, Smith erra sur le boulevard, inquiet pour Perrone. Avait-il vraiment fait confiance à un ancien alcoolique, ex-délinquant juvénile ? Celui-ci avait peut-être évolué, mais les gens changeaient-ils réellement ? Il se demanda si Perrone lui disait bien toute la vérité, et il en doutait. Bien sûr, lui non plus n'avait pas tout dit.

66

J'avais réussi à dormir trois ou quatre heures, puis j'avais pris un vol de Paris à Florence. À présent, j'attendais dans le bar où Alex et moi avions pris notre premier café et je répétais ce que je voulais lui dire lorsqu'elle entra, les joues rosies par le froid.

« Ton œil…, dit-elle. Qu'est-ce qui s'est passé ?

— Un malheureux accident.

— Mais ça va ? »

Elle me lança un regard étrange, puis elle m'embrassa sur la joue et déboutonna son manteau. Sa peau paraissait d'ivoire sous son pull crème. Je lui dis qu'elle était belle, et elle me répondit que j'avais l'air épouvantable.

« Je croyais que tu restais à Paris quelques jours ?

— C'est le cas, dis-je. Enfin, c'était le cas. Mon ami a dû partir, mais je vais y retourner.

— Oh. Quand ?

— Bientôt. Mais je voulais te voir avant. »

Je lui pris la main.

« Tes phalanges !

— Toujours le même accident. C'est la honte : j'ai glissé sur la grille d'un trottoir.

— Vraiment ?

— Je te jure que je n'avais rien bu.

— L'idée ne m'a même pas traversé l'esprit. Comment va ton ami ? En meilleure forme que toi, j'espère ?

— Il… (le visage tuméfié d'Étienne Chaudron apparut dans mon esprit) … va bien. »

Elle me demanda si c'était un ancien ami de l'école d'art, et je ne me souvenais plus de ce que je lui avais raconté, à part qu'il était français. Je résistai à l'envie de lui dire ce qui se passait réellement, je voulais lui exposer la vérité pour qu'elle comprenne, mais je savais que je n'y arriverais pas. Nous restâmes silencieux un moment, sous la lumière qui passait entre les stores du café et peignait sur nous des rayures, comme des prisonniers.

« Quelque chose ne va pas, dit Alex. Je le vois bien. Tu es sûr que tu n'es pas blessé ? »

Je lui dis que tout allait bien et lui demandai ce qu'elle avait fait ; tout pour retarder ce que j'avais à lui dire.

Elle réfléchit une minute, puis elle m'apprit qu'elle avait fini le livre sur la peste et qu'elle lisait à présent *Le Décaméron* en italien. Je lui répondis que j'étais impressionné, et surpris.

« Je ne savais pas que tu parlais italien.

— Oh, je ne le parle pas vraiment. Mais je le lis un peu – et c'est un bon moyen d'apprendre. »

Elle me toucha la main à nouveau et dit qu'elle avait l'impression que j'avais cogné quelqu'un.

« Oui, bien sûr », dis-je en me forçant à rire, puis je pris une grande inspiration. Il était temps. Il fallait que je lui dise. Je ne pouvais plus repousser le moment plus longtemps.

« Écoute, je vais être pas mal occupé ces temps-ci, et…

— Occupé ?

— Je veux dire que je serai absent.

— Occupé ou absent ? Il faudrait savoir… »

Son expression vira de l'inquiétude à la méfiance.

« Les deux », dis-je alors que la serveuse nous apportait nos cafés. Nous attendîmes tous deux qu'elle parte. « Je voulais te le dire pour que tu ne penses pas qu'il se soit passé quelque chose de grave si je ne donne pas de nouvelles.

— Pourquoi ? Tu pars te planquer quelque part ? Tu n'es pas un espion, au moins ?

— Bien sûr que non, ça n'a rien à voir.

— Attends… » Alex recula sur son siège et ôta sa main de la mienne. « Tu es en train de rompre avec moi ? Non pas qu'on soit…

— Non. Bien sûr que non. » *Tu ne comprends pas. J'essaye de te protéger !* « Je retourne juste à Paris quelque temps – pour voir mon ami – et pour affaires. »

Elle me demanda quel genre d'affaires, et quand je lui répondis qu'il était trop tôt pour en parler, elle m'accusa d'un ton froid d'être redevenu trop mystérieux. Alors je lui racontai qu'on envisageait d'ouvrir une galerie ensemble ; je sentais presque le goût du mensonge dans ma bouche, acide et amer. Je détestais le fait de devoir la repousser alors que j'avais très envie de la garder près de moi.

« Quand, et où ? » demanda-t-elle.

J'agrémentai le mensonge en lui racontant que mon ami possédait une maison dans le Sud, et que ce serait sûrement moins cher là-bas.

« Je vais faire quelques allers-retours pendant quelque temps. C'est pour ça…

— Oh, dit-elle. Je vois. »

Non, elle ne voyait pas. Comment aurait-elle pu ? Je paraissais suspicieux même à mes propres oreilles.

« Je reviendrai un jour ou l'autre.

— Un jour ou l'autre ? »

Je voulais lui expliquer, tout lui avouer, mais je savais que ça la mettrait en danger. Je la regardai se refermer sur elle-même, battre en retraite, reculer. J'avais envie de hurler : *Non, tu ne comprends pas – je crois que je t'aime !* Au lieu de ça, je dis tout bas : « Je ne veux pas te perdre », et j'étais sincère.

Un ensemble d'émotions passa sur son visage – de la rancœur, de la tristesse, et autre chose que je n'arrivais pas à déchiffrer.

« Très bien, dit-elle avec une indifférence délibérée. On se connaît à peine. Ce qui s'est passé entre nous… s'est passé.

— Et je ne le regrette pas.

— J'imagine bien que non, dit-elle. Maintenant que tu pars. »

De la colère à présent, et toujours une autre émotion que je n'arrivais pas à lire, quelque chose qui tourbillonnait sous la surface, mais elle finit par lâcher un soupir qui sonnait presque comme un soulagement. *Un soulagement ? Parce que je partais, parce que je la laissais seule ?* « Il se passe clairement quelque chose dont tu ne veux pas me parler, dit-elle. Et ce n'est pas grave. Quand tu seras prêt, si un jour tu es prêt, appelle-moi… » Elle se leva et boutonna son manteau. « … ou pas. »

Je lui pris le bras et bredouillai :

« Je t'appelle quand je rentre.

— Un jour ou l'autre, tu veux dire ? »

Elle se libéra, et je vis à nouveau sa colère changer en une forme d'acceptation. Mais pourquoi ? Laquelle de ces émotions était réelle ?

Elle me fixa un moment en se demandant si elle voulait ajouter quelque chose ou non, puis elle se retourna et sortit sans dire un mot.

67

Alex remplit à nouveau son verre de vin et but une gorgée. Il avait un goût amer, ou bien étaient-ce tous les mensonges qu'elle avait racontés qui lui laissaient un mauvais goût dans la bouche ? Elle regarda autour d'elle son « charmant » appartement, mais elle le haïssait, elle haïssait le fait d'être ici, mais par-dessus tout elle se haïssait elle-même. Elle jeta le vin dans l'évier, dégoûtée par tout ce qu'elle avait fait, et repensa à la conversation avec Luke : *Occupé... ailleurs... ouvrir une galerie d'art avec mon ami.*

Elle était presque sûre qu'il mentait : elle comprenait très bien quand on la larguait. Mais après tout, elle le méritait, non ?

Je ne veux pas te perdre.

Était-ce aussi un mensonge ?

Quand il l'avait dit, son visage semblait sincère, honnête, peiné, mais il y avait autre chose qu'elle n'avait pas réussi à déceler. Comment aurait elle pu s'attendre à la vérité alors que tout ce qu'elle avait dit n'était qu'un tissu de mensonges ?

Non, pas tout. Pas dans le lit, ses lèvres contre les siennes. Ça, ce n'était pas un mensonge. Ça ne faisait pas non plus partie du plan. Elle l'imaginait nu, à ses côtés, sur elle, sous elle, ses mains sur son corps. Elle ferma les yeux très fort pour ne plus le voir, car ce n'était peut-être rien d'autre pour lui, rien que du sexe, et maintenant qu'il avait eu ce qu'il voulait, il passait à autre chose.

Elle se rendit sur le balcon, admira la vue, les bâtiments ocre et roses, les toits en terracotta, une partie du Duomo.

Comme dans les livres de contes, pensa-t-elle, c'était de la fiction, leur idylle.

Elle s'agrippa à la rambarde, baissa les yeux sur la petite cour en contrebas et se pencha si loin qu'elle fut prise de vertige. Elle balança la tête en arrière et reprit son souffle. L'espace d'un instant, elle avait envisagé de tout lâcher, imaginé son corps tomber sur le sol, mais elle n'en serait jamais capable ; l'idée de laisser sa mère seule lui paraissait impensable.

Encore étourdie, elle s'allongea sur le sofa et regarda le plafond, puis elle ferma les yeux et pensa à Luke, ses bras autour d'elle pendant qu'elle lui parlait de sa mère.

Tout ça, c'était vrai, n'est-ce pas ? Une des rares fois où elle s'était montrée honnête.

La sonnerie du téléphone la fit sursauter, et un numéro s'afficha sur son portable.

« Oui, dit-elle d'un ton sec.

— Eh bien, quel accueil !

— C'est le mieux que je puisse faire.

— Ah, je vois qu'on n'est pas d'humeur, hein ?

— Il n'y a pas de *on*.

— Tu l’as vu ?
— Oui.
— Et ?
— Il a rompu avec moi.
— Je ne te crois pas.
— C’est la vérité.
— Qu’est-ce qu’il a dit ?
— Qu’il partait.
— Où ça ?
— Il retourne à Paris ou… ailleurs. Il n’a pas été très clair.
— Soit il ment, soit tu mens.
— Je ne mens pas. »

Une pause.

« Il faut que tu le revoies.
— Je te l’ai dit, il ne veut pas me voir.
— Mais il le faut.
— C’est fini. J’en ai marre.
— Non, dit-il d’un ton calme mais déterminé. Ce n’est pas fini. Tu es bien obligée, tu te rappelles ? »

Alex prit une inspiration et expira lentement.

« Mais il ne veut pas de moi.
— Oh, ma chérie, ce n’est pas possible. Il cherche juste à se faire désirer, c’est tout. Trouve un moyen.
— Comment ?
— Sers-toi de ton intuition féminine.
— Je te hais, dit-elle.
— Ce n’est pas très gentil, et tu sais que ce n’est pas vrai. »

Alex se dit que c’était la seule chose vraie qu’elle avait dite depuis des semaines. Elle fixa le téléphone, repensa à ses obligations, à ce qu’elle avait promis et pourquoi. Puis elle pensa à Luke et à comment elle allait le reconquérir – avec d'autres mensonges ? Plus de séduction ? Elle se sentait vide et malade à l'idée de continuer à mentir à cet homme dont elle croyait être amoureuse.

68

J'avais toujours ma chambre au Palazzo Splendour, et je m'y dirigeai en rejouant notre conversation sur tout le trajet, pensant à des dizaines de choses que j'aurais voulu dire mais que je n'avais pas pu. Le gars de l'accueil fut surpris de me voir et me raconta ce que je savais déjà : un homme d'Interpol avait fouillé ma chambre. Excité, il semblait s'intéresser à moi pour la première fois. Je lui dis qu'il s'agissait d'une erreur, que j'allais récupérer le reste de mes affaires, mais je lui demandai si je pouvais rester cette nuit.

Il était évident que Smith avait fouillé ma chambre : les tiroirs de la commode étaient ouverts, les articles de journaux que j'avais apportés de chez moi avaient disparu, mais la photo de Peruggia était toujours coincée dans le cadre du miroir. Fatigué mais tendu, je me rendis au café d'à côté, où j'avais rencontré Smith. L'endroit était bondé et enfumé, et je m'assis au bar.

Le barman me reconnut, me fit un signe de tête en souriant, et demanda si je voulais une San Pellegrino comme d'habitude. Je lui répondis que non, commandai un scotch sec. Je le portai à mes lèvres et sentis l'arôme musqué. Puis je le reposai. J'en avais très envie. Je fixai le verre du regard pendant une minute et le repris en main. Des dizaines d'images tournaient dans ma tête : moi qui titubais ivre mort le long du Kill Van Kull, les combats où j'étais trop soûl pour sentir la douleur, les pertes de connaissance.

Je penchai le verre, sentis le goût de l'alcool chaud sur mes lèvres. Mon esprit faisait des pirouettes… *Oui – Non – Oui – Non !* Puis je pensai à Alex, comment je l'avais prise dans mes bras quand elle avait fait des cauchemars, comment elle m'avait parlé de sa mère, et je lui avais parlé de mon alcoolisme, et elle n'avait pas semblé s'en offusquer. Je pensais à mon poste d'enseignant, désormais précaire, à quel point j'avais travaillé dur pour gravir les échelons et comment je risquais de les perdre. Je pensais à toutes mes anciennes relations avec des femmes bien que j'avais quittées ou qui m'avaient abandonné à cause de la boisson, à ma dernière vraie beuverie après laquelle j'avais dû ramper hors d'une benne à ordures.

Je reposai le verre, demandai au serveur de le reprendre, et commandai un panini même si je n'avais pas faim. Je savais que je n'étais pas hors de danger, donc j'engloutis le sandwich et sortis en vitesse.

Dehors, je hélai un taxi. J'ignorais où se situaient l'église Saint-Jean et la Via Bernardo Rucellai, mais le chauffeur connaissait.

La pièce se trouvait au sous-sol de l'église ; c'était toujours au sous-sol. Il y avait un tableau noir, des chaises en bois avec des tablettes intégrées, comme à l'école primaire. Cette pièce servait aussi aux cours de catéchisme, mais la réunion aurait pu se dérouler n'importe où : New York, Boise, Florence. Toutes les réunions des Alcooliques Anonymes se ressemblaient, la seule différence étant que celle-ci était en italien. Une douzaine de personnes, jeunes et plus âgées, étaient présentes. Je m'assis et sentis mon cœur battre de plus en plus fort au fil des témoignages en pensant à ce que j'allais raconter – à quel point j'avais été près de rechuter –, mais je n'arrivais pas à bouger ni à parler. C'était comme regarder un mauvais film hollywoodien : un gars au bar qui boit un deuxième verre, un troisième, un quatrième, qui titube dans les rues vers nulle part, qui se réveille confus, avec la gueule de bois et empli de haine de soi – et dans le rôle du personnage principal, moi. Je frissonnai. J'écoutai une femme raconter qu'elle avait été rétrogradée professionnellement année après année jusqu'à ce qu'ils finissent par la virer, et une autre, en larmes, parler de son mariage brisé ; des histoires familières.

J'agrippai le fond de mon siège comme si ma vie en dépendait parce que j'avais envie de fuir, de sortir de cette église, de trouver un bar et boire un coup. Je croisai le regard d'une femme qui me fit un signe de tête et sourit gentiment, comme pour me dire : *Tu peux le faire, ça va aller.* Je n'en étais pas si sûr, mais cette brève interaction humaine me ramena à l'instant présent, à la pièce et aux raisons pour lesquelles j'étais là. Ensuite, un type tout fin avec les joues creusées, qui paraissait avoir cinquante ans alors qu'il n'en avait que trente-huit – à peine un an de plus que moi –, raconta ses deux décennies de drogue et de boisson, et comment il était sobre depuis près de deux ans. Tout le monde l'applaudit, et moi aussi, jusqu'à en avoir mal aux mains.

Après ça, un homme lut un extrait du gros livre des Alcooliques Anonymes, que je connaissais par cœur à une époque, mais j'avais besoin qu'on me rafraîchisse la mémoire, même en italien. Après la réunion, il y avait du café, et je discutai avec une Italienne sexy d'une cinquantaine d'années, divorcée deux fois. Je lui dis que je n'avais jamais fait le grand saut, et elle me répondit de ne pas le faire et m'invita chez elle. Autrefois, j'aurais accepté, mais plus maintenant. Je restais fidèle à une femme que je venais de repousser, peut-être pour toujours.

69

Je passai devant Smith et m'effondrai dans le fauteuil confortable de sa chambre d'hôtel.

« Bonjour à vous aussi, dit-il.

— Ne commencez pas. J'ai fait un aller-retour à Paris en moins de vingt-quatre heures, et j'ai à peine dormi.

— C'est un vol d'une heure. Et c'est vous qui avez insisté, pas moi.

— Une heure quarante. » La conversation d'hier avec Alex passait en boucle dans ma tête comme un vieux disque. « Mettons-nous au travail.

— Mangez un morceau. J'ai des petits pains, du fromage et du café. »

J'étais affamé et épuisé, vidé émotionnellement, touché que Smith ait pensé à prendre de la nourriture, même si je n'avais pas le courage de le lui dire. Je mangeai un pain et bus du café, pendant que Smith fumait une cigarette en attendant.

« Vous savez, j'ai peut-être fait une croix sur l'amour de ma vie, pour ça, fis-je, une pensée que je n'avais pas prévu de dire à voix haute.

— On fait tous des concessions, dit Smith. J'en ai fait un certain nombre. »

Je ne voulais pas jouer à celui qui pisse le plus loin, mais je lui fis remarquer que ses concessions à lui faisaient partie de son travail, c'était l'un des barreaux de l'échelle d'Interpol ; les miennes étaient personnelles.

Smith secoua la tête et écrasa sa cigarette dans un cendrier, si fort qu'il manqua de le renverser.

« Ça ne fait pas partie de mon travail.

— Que voulez-vous dire ? »

Smith me lança un coup d'œil, détourna le regard, puis me fixa à nouveau.

« Je suis analyste en renseignement criminel, dit-il avant de marquer une pause. Je ne suis aucunement policier. Ça n'existe pas, au sein d'Interpol. Notre boulot consiste à rassembler des informations sur les crimes et les rapporter à la police dans les pays qui travaillent avec Interpol.

— Attendez… Vous n'avez aucune autorité, ici ? »

Il hocha lentement la tête. Voilà donc le secret qu'il m'avait caché, et que j'avais entraperçu.

« Est-ce qu'Interpol sait ce que vous faites ? » Il secoua la tête. « Alors pourquoi le faites-vous ? Pourquoi prendre un tel risque ?

— Parce que j'ai autant envie de résoudre ce mystère que vous.

— Si vous le résolvez, vous serez accueilli en héros à Interpol ? »

Smith pouffa de rire.

« Disons simplement que si on dénoue l'affaire et qu'on fait une découverte majeure, ils auront beaucoup de mal à me virer.

— Je savais que vous me cachiez quelque chose.

— Oui, mais vous, vous m'avez menti sur toute la ligne. Alors on est quittes. » Il soupira. « Vous croyez que c'est facile pour quelqu'un comme moi de gravir les échelons d'Interpol ?

— Aucune idée, dis-je.

— J'ai consacré vingt ans de ma vie à ce boulot. J'en avais, des rêves. J'allais devenir le nouveau James Bond. » Il ricana. « Quand j'ai rejoint Interpol, j'ai cru que j'avais réussi, que j'étais enfin quelqu'un, et non plus un gamin de cité orphelin de père. » Il secoua la tête. « Mais vous savez, en prenant cet énorme risque, c'est comme si j'avais recommencé de zéro, comme si j'étais quelqu'un à nouveau. »

Je comprenais. C'était aussi ce qu'avait voulu Peruggia : être quelqu'un. Ce que nous voulions tous, ce dont nous rêvions quand on était gosses, avant que le monde devienne trop réel et que nos rêves finissent en bouillie.

Nous restâmes silencieux un instant, mais je voyais bien que Smith pensait encore à autre chose, les yeux dans le vague, comme s'il regardait à l'intérieur de lui-même.

« Vous savez, dit-il. J'ai eu deux relations plus ou moins sérieuses en vingt ans. Les deux se sont très mal terminées. Je rejetais la faute sur les femmes, mais c'était moi le problème. Je ne pensais qu'à mon travail – *il ne faut rien lâcher*, ce genre de chose – et où est-ce que ça m'a conduit ? Coincé derrière un bureau à vouloir en sortir, comme quand j'ai commencé.

— Vous avez encore le temps. Quel âge avez-vous ?

— Quarante-sept.

— Bon sang, il vous reste la moitié de la vie devant vous.

— Oui, mais la vieille moitié. »

Je ris, mais je fus bien obligé de penser à ma propre vie : un poste en péril, pas de galerie, toutes les femmes que j'avais repoussées – et Alex, à présent.

« Quand on est jeune, on pense qu'on a tout le temps du monde, dit Smith. Et puis un jour, on se réveille et on a quarante-sept ans et on se dit : mais comment c'est arrivé ? Vous savez, j'ai croisé l'une de ces femmes il y a peu, la dernière avec qui j'ai eu une histoire – on est restés deux ans ensemble. Elle est mariée maintenant, elle a deux enfants, elle m'a montré les photos sur son téléphone. Je l'ai félicitée, mais en réalité, ça m'a rendu triste, tout le temps que j'ai perdu.

— En tout cas, vous savez très bien vous apitoyer sur votre propre sort.

— Allez vous faire foutre, dit-il. Je regrette, c'est tout. C'était une femme bien. Parfois on ne se rend pas compte à quel point une chose est précieuse avant de l'avoir perdue. »

Je repensai à Alex assise en face de moi dans le café, puis je la revis partir.

« Je ne jette la pierre à personne d'autre qu'à moi, dit Smith. Mais j'ai renoncé à beaucoup de choses pour ce travail.

— Et moi, vous pensez que j'ai eu la vie facile ? Oh non, attendez, vous connaissez déjà toute mon histoire.

— Oui, en effet. Je sais que vous n'êtes pas né avec une cuillère en argent dans la bouche. *Ouin ouin*. Vous croyez pouvoir comparer Bayonne et la vie en cité ?

— Du coup, on fait un concours ? Ma vie pourrie contre votre vie pourrie ?

— Allez vous faire foutre.

— Vous, allez vous faire foutre. »

Quelques secondes passèrent et nous éclatâmes de rire tous les deux. On rit pendant une minute, on s'arrêta, et on repartit de plus belle. Smith fit rouler ses larges épaules comme pour tout balayer ; les rires, la discussion philosophique, l'apitoiement.

« Attendez une seconde. » Il alla jusqu'au placard, sortit un sac en plastique et me le tendit. « Je me suis dit que vous voudriez le récupérer. »

À l'intérieur se trouvait le tableau de mon arrière-grand-père. Je le fixai un moment, submergé par une vague de chaleur, puis je regardai Smith.

« Merci, lui dis-je avec sincérité.

— Remettons-nous au travail, dit-il. J'aimerais qu'on puisse établir une stratégie. »

Je lui demandai pourquoi il cherchait à établir une stratégie, et il m'expliqua qu'il parlait de trouver la vraie *Joconde* – ou du moins de discréditer toutes les copies. Redevenu sérieux, il retourna à son ordinateur et lut ce qu'il y avait sur l'écran, soit la liste des trois copies connues de *La Joconde* – une à Vienne, une deuxième à Düsseldorf, la troisième dans un petit musée d'Anvers –, datant toutes de la période où Chaudron avait peint ses contrefaçons. « Si on en trouve une autre, ça en fera quatre, et si Peruggia dit vrai, Chaudron en a peint six. » Il me dit qu'il allait m'envoyer et imprimer les statistiques concernant les copies, et je lui demandai pourquoi, mais Smith avait déjà appuyé sur le bouton et son imprimante portable crachait déjà une page.

J'y jetai un œil et aperçus le nom et le logo d'Interpol en haut de la page – un globe entouré d'un rameau d'olivier, avec la balance de la justice en dessous.

« Que signifie Interpol, au juste ?

— C'est la contraction de "International" et "Police".

— Je croyais que vous n'étiez pas de la police ?

— C'est bien ça. Comme je l'ai dit, Interpol ne s'occupe que des recherches et transmet les résultats à la police de tel ou tel pays pour qu'elle puisse procéder à une arrestation. »

Je lus la page.

« Donc, ça, ce sont les musées qui possèdent des copies de *La Joconde* ?

— Exact.

— Et la liste de noms et d'adresses en dessous ?

— Des collectionneurs qu'Interpol a associés à des œuvres volées ou des contrefaçons. À côté de leur nom se trouvent les œuvres d'art qu'ils possèdent légalement, mais on les soupçonne d'avoir dans leurs collections des pièces acquises de manière bien moins légale. C'est une liste de données que j'ai compilées à partir de la base d'Interpol. »

Je parcourus les noms et la liste d'œuvres qui les accompagnait, ainsi que les adresses, les numéros de téléphone, les courtes biographies – P-DG à Wall Street, avocats d'entreprises, spéculateurs à la retraite. Je demandai pourquoi ces gens n'avaient pas été arrêtés, et Smith répondit qu'Interpol n'avait aucune preuve tangible, de simples soupçons, des détails qui liaient chacun d'eux à une œuvre majeure volée.

« Ils sont tous riches, dit-il. Ce n'est pas le genre de personnes à se salir les mains. » Il marqua une pause et souffla la fumée de sa cigarette. « Si vous travaillez avec moi, il faut que vous sachiez ces choses-là.

— Travailler avec vous ? On fait équipe contre le système, c'est ça ?

— Je suis sérieux. » Il posa sa main sur mon épaule et je sentis naître un sentiment inattendu de camaraderie, le genre de frisson que j'avais avec mes frères du Kill Van Kull : un frisson de danger. « On est ensemble dans cette galère, maintenant, Perrone.

— Et ensuite, qu'est-ce qu'on fait ? Je retourne à ma vie ordinaire ? »

C'était quoi, ma vie ordinaire ? Elle me semblait si lointaine, comme la vie de quelqu'un d'autre, une vie morne.

« Oui. Et moi, je retourne derrière mon bureau, dit-il, mais je savais qu'il espérait un meilleur bureau. Je vais traquer ces collectionneurs, dit-il. L'un d'entre eux a peut-être une copie de Chaudron, voire le tableau original. Vous n'avez pas envie de savoir la vérité ? »

Je lui répondis que si, et il m'offrit un sourire sincère ; son tout premier.

« Je viens de vous envoyer la liste par courriel. »

Je hochai la tête et retournai à la lecture du carnet, les pages qui suivaient la section manquante. Puis je me souvins : j'attrapai ma veste, sortis la liasse de pages de ma poche intérieure et expliquai à Smith qu'elles venaient de derrière le Vermeer. Les pages étaient rédigées par sections, avec un trait épais sous la dernière phrase de chaque partie. Certaines étaient datées, d'autres, non, mais je savais dès la première qu'elles avaient été écrites après la sortie de prison de Peruggia. Je pris quelques minutes pour m'assurer qu'elles étaient dans le bon ordre, que les phrases se suivaient bien d'une page à l'autre.

Smith regarda par-dessus mon épaule et ralluma une cigarette.

Je balayai la fumée d'un revers de main.

« Vous savez que fumer vous tuera ?

— Un jour », dit-il en tirant une bouffée. Agité, il faisait les cent pas. « Mais pas aujourd'hui. »

Je lui dis de s'asseoir parce qu'il me rendait nerveux.

« Alors, qu'est-ce que ça dit ? Traduisez en lisant. »

Je commençai à écrémer les pages, mais j'eus une autre idée. « Écoutez, ça va prendre des heures et nous rendre fous tous les deux. » Je lui dis d'aller faire une pause, d'aller marcher un peu, de me laisser le temps de lire les pages de mon côté, et je lui raconterais ce qu'elles contenaient. Non seulement c'était un plan logique, mais franchement, j'avais besoin qu'il s'éloigne de moi avec sa fumée de cigarette.

« Vous n'oublierez aucun détail », dit-il. Ce n'était pas une question.

Je lui dis que non, et au bout d'un moment il hocha la tête et sortit.

Pendant les deux heures qui suivirent, je ne fis que lire. Je pris quelques notes aussi, mais je n'allais pas en avoir besoin tant les pages étaient captivantes, inoubliables. Une fois que j'eus terminé, j'appelai Smith sur son portable.

Il revint dans la pièce, entouré de l'odeur du tabac comme une aura toxique, mais je ne lui fis aucune réflexion. Je lui dis de se détendre, car s'il voulait tout entendre, tous les détails, il allait devoir se montrer patient.

Smith se vautra dans le canapé et ferma les yeux.

« Vous espérez que je vous lise une histoire pour vous endormir ?

— Ça m'aide à mieux visualiser, dit-il.

— Je vais tout vous raconter, faire de mon mieux pour vous peindre tout le tableau. »

Je commençai alors à lui expliquer ce que Peruggia avait écrit.

70

Vincent racontait les nuits qu'il avait passées à surveiller l'appartement de Chaudron juste après que le faussaire avait eu fini de réaliser les copies. Comment il avait observé les allers-retours des coursiers, toujours tard la nuit, à la hâte.

Un soir, après que l'un de ces hommes était ressorti avec un paquet plat sous le bras, Vincent l'avait suivi. L'homme marcha longtemps, il ne s'arrêta pas avant d'arriver dans le 7e arrondissement, un des quartiers les plus riches de Paris, avec ses bâtiments ornementés, ses ambassades et sa colossale mante religieuse : la tour Eiffel. Là, l'homme ralentit et inspecta les belles demeures jusqu'à ce qu'il finisse par entrer dans une maison à l'angle d'une rue qui donnait sur le Champ-de-Mars, un édifice luxueux avec des colonnes blanches et des balcons aux fenêtres surmonté d'un large dôme d'argent.

Il ressortit très peu de temps après, sans rien sous le bras, et Vincent le suivit à nouveau, cette fois jusqu'à un petit bar où il s'assit sur un tabouret juste à côté de lui. Il attendit que l'homme boive un verre, puis un autre, le cœur en fête, tirant des francs d'une grosse liasse de billets. Vincent s'approcha tout près de lui et glissa son couteau sous le manteau de l'homme. Il lui ordonna de se lever, la lame contre le cœur, l'autre bras autour de ses épaules comme s'ils étaient deux amis qui avaient trop bu. Puis Vincent le mena dans les toilettes, où il le plaqua contre le mur, le couteau sous la gorge. Il lui posa des questions sur Chaudron et le tableau qu'il venait de livrer.

« Je ne sais pas de quoi vous parlez.

— Je vais te tuer », dit Vincent, très sérieux.

Il piqua l'homme de la pointe de son couteau. Ce fut suffisant pour que ce dernier se mette à parler. Il avoua qu'il avait obtenu le tableau chez Chaudron, mais il dit que c'était Valfierno qui l'avait engagé et qui le payait. Il affirma qu'il n'avait jamais vu Chaudron avant ce soir, qu'il avait simplement été engagé pour la livraison, et qu'il n'en savait pas plus.

« Je te laisse partir sain et sauf si tu me promets de ne pas raconter cette entrevue à Chaudron et à Valfierno, dit Vincent. Si tu le fais, je te jure que je te retrouverai et que je te tuerai ! » Puis il raccompagna le livreur chez lui et nota son adresse en le menaçant une nouvelle fois de lui ôter la vie s'il trahissait le secret.

Maintenant que Vincent était sorti de prison, les nuits qu'il avait passées à surveiller l'appartement de Chaudron et suivre les coursiers finirent par payer.

À l'aube, il retrouva la maison au dôme d'argent du 7e arrondissement, en face de laquelle il s'assit sur un banc et attendit. À huit heures du matin, un grand homme raffiné vêtu d'un beau costume sortit, portant une élégante mallette en cuir.

Vincent le suivit pendant quelque temps jusqu'à une banque. Il attendit que l'homme entre dans son bureau, puis il s'approcha et lut la plaque sur la porte : GEORGES FOURNIER, PRÉSIDENT.

Une femme arriva derrière Vincent, se présenta comme la secrétaire de M. Fournier et lui demanda ce qu'il voulait. Il ne répondit pas. Il ne pouvait pas se permettre de faire un esclandre. Peu importe ce qu'il dirait, il serait en tort, le pauvre contre le riche.

Il retourna sur le banc et attendit la fin de la journée. Son estomac grondait et sa bouche était sèche, mais il n'osait pas quitter son poste. Enfin, il aperçut le président de la banque tourner au coin de la rue. Il se leva d'un bond et s'avança au pied de l'escalier qui menait chez Fournier. Il ne bougea pas au moment où le banquier arriva à son niveau.

Fournier le regarda comme s'il n'était rien d'autre qu'un clochard. Il menaça d'appeler les gendarmes, le visage empli de dégoût et d'agacement.

Vincent ne dit que deux mots : « Yves Chaudron. » Fournier écarquilla les yeux, mais il affirma qu'il ne connaissait pas ce nom. Vincent ne bougeait toujours pas.

Le président menaça à nouveau de prévenir la police, et Vincent répondit : « Vous devriez. Ça me donnera l'occasion de leur parler du tableau que vous avez acheté récemment à Valfierno et à Chaudron. »

Là-dessus, Fournier fit entrer Vincent. Ils passèrent devant une femme de ménage qui sembla surprise, montèrent un grand escalier et longèrent un couloir jusqu'à une petite bibliothèque – mais il continuait d'affirmer qu'il ne connaissait personne du nom de Chaudron ou de Valfierno.

« Si c'était le cas, pourquoi m'avoir invité à entrer chez vous ? » demanda Vincent. Fournier ne répondit pas, alors il ajouta : « Le tableau que vous avez acheté est un faux.

— De quoi parlez-vous ?

— Le tableau, celui qui est en votre possession, *La Joconde*, c'est probablement un faux. »

Fournier essaya de garder son sang-froid, mais un coin de sa bouche se mit à tressauter.

« Vous êtes fou !

— Je m'appelle Vincenzo Peruggia, j'ai été condamné pour avoir volé *La Joconde*, et j'ai purgé ma peine de prison. Je suis certain que vous avez lu mon nom dans les journaux. J'ai volé le tableau pour Valfierno, qui m'a promis de l'argent. C'est une longue histoire, et je ne vais pas vous embêter avec les détails, mais Valfierno et Chaudron ont disparu et il faut que je les retrouve. C'est pour ça que je suis ici.

— Et qu'est-ce que j'ai à voir là-dedans ? demanda Fournier, qui avait visiblement l'intention de s'enfoncer dans son mensonge.

— Chaudron a peint un détail sur chacune des copies. Car il y a plusieurs copies. Vous n'êtes pas le seul à vous être fait arnaquer par ce duo d'escrocs. Si vous me laissez voir le tableau, je peux vous le prouver.

— Quelle preuve avez-vous ?

— Chaudron a laissé des signes distinctifs dans ses contrefaçons.

— Dites-moi lesquels et je vérifierai par moi-même.

— Donc vous admettez que vous possédez le tableau ?

— Je n'admets rien du tout !

— Monsieur, vous m'auriez mis dehors depuis longtemps si ce n'était pas le cas. Je vous en prie, arrêtez de me faire perdre mon temps – et le vôtre – et montrez-moi le tableau !

— Comment puis-je être sûr que vous n'allez pas me le voler ? Vous êtes un voleur, après tout.

— J'ai purgé ma peine. Tout ce que je veux, c'est me venger, et pas contre vous. »

Fournier le força à vider ses poches et il le fouilla pour vérifier qu'il n'avait pas d'arme. Il ne trouva qu'un petit flacon de térébenthine et un carré de tissu que Vincent avait apportés. Quand il lui demanda pourquoi, Vincent lui répondit qu'il verrait bien.

Fournier hésita un moment, puis il le mena en haut d'un autre escalier et à travers un long couloir où il fit descendre une échelle du plafond. Il invita Vincent à le suivre.

Celui-ci s'attendait à tomber sur un grenier poussiéreux. Au lieu de ça, la pièce était immaculée, les murs chaulés et le parquet ciré. Il y avait quatre chevalets sur chacun desquels se trouvait un tableau recouvert d'un tissu. Ils étaient installés en face d'une chaise. À côté de celle-ci, une petite table. Sur celle-ci, une bouteille de brandy, un verre en cristal et un cendrier avec un cigare à moitié fumé. C'était la salle d'exposition privée du président !

Fournier souleva le tissu du tableau central, et elle apparut, avec ses yeux sages et son sourire énigmatique. Pendant un moment, Vincent se demanda s'il n'avait pas commis une erreur, s'il ne s'agissait pas de la vraie *Monna Lisa*. Il s'approcha du tableau et le prit par les côtés.

« Qu'est-ce que vous faites ? cria Fournier.

— Je le retourne », dit Vincent, ce qu'il fit.

Il reposa le tableau à l'envers sur le chevalet, tête en bas. Puis il se pencha et plissa les yeux juste en dessous des mains de Lisa del Giocondo. « Là, dit-il. Vous voyez ces deux marques ? »

Fournier s'approcha aussi.

« Oui. Qu'est-ce que c'est ?

— Des initiales. Y et C. Pour Yves Chaudron. Il a signé son œuvre ! » Puis il invita Fournier à renifler le tableau. « Vous ne trouvez pas ça étrange qu'un tableau aussi vieux sente encore l'huile de lin et le vernis ? »

Il n'attendit pas la réponse et sortit le flacon de térébenthine qu'il avait apporté avant d'en secouer quelques gouttes sur le morceau de tissu propre. Avant que Fournier puisse l'en empêcher, il le frotta sur une petite portion de la toile, puis il retourna le tissu pour que Fournier voie qu'il était taché de pigments. « Vous croyez vraiment que la peinture vieille de cinq cents ans s'enlève si facilement ? Non, monsieur, ce n'est pas le cas. »

Fournier se leva et dévoila un deuxième tableau sur un autre chevalet, une nature morte représentant des fruits et des fleurs. « Je sais que ce tableau-ci est un vrai. Je l'ai acheté dans une galerie des plus réputées. Son authenticité est indéniable. » Il se saisit du chiffon à la térébenthine de Vincent et le passa sur un coin du tableau. Quand il le retourna, il était propre.

« Au moins, vous avez là un original », dit Vincent.

Fournier le fusilla du regard en dévoilant un troisième tableau, une scène vénitienne. « Canaletto, dit-il. Acheté à la même galerie. J'ai le certificat de provenance et d'authenticité qui le prouve. » Il balaya le tableau avec le chiffon. Là aussi, le tissu resta propre. Puis il dévoila le quatrième et dernier tableau, que Vincent reconnut immédiatement.

« Celui-là aussi, vous l'avez acheté chez M. Chaudron.

— Comment le savez-vous ?

— Parce que je l'ai vu dans son atelier. Il s'intitule *Le Chemin de Sèvres*. L'original se trouve au Louvre. »

La bouche serrée, Fournier glissa le chiffon humide sur le paysage. Il réapparut taché de couleurs. Puis il se tourna à nouveau vers *La Joconde* et fixa les initiales du regard. Il testa un autre coin de la toile, et une fois encore, le chiffon prit la couleur des pigments.

« Je pensais qu'elle était à moi, dit-il, la voix mêlée de dégoût et de défaite. Quel imbécile j'ai été. »

Vincent en serait bien convenu, car il ne ressentait aucune pitié pour lui, mais il avait besoin de son aide.

« Nous sommes deux imbéciles.

— Je les veux *morts* ! dit Fournier.

— Mais d'abord, vous voulez récupérer votre argent, non ?

— Vous pouvez les retrouver ?

— Je suis déterminé à le faire. Mais je n'ai aucune idée de l'endroit où ils peuvent être. J'espérais que vous le sauriez. »

Fournier secoua la tête, puis il se figea. « Attendez… J'ai acheté un autre tableau à Valfierno il y a quelques mois. »

Vincent demanda à le voir.

« Je l'ai vendu. C'est probablement un faux aussi, et si c'est le cas, je suis donc impliqué dans l'affaire. Mais là n'est pas la question. Ce qui importe, c'est où et comment je l'ai acheté : à l'atelier de Chaudron, dans le sud de la France.

— Vous y êtes allé ?

— Non, répondit Fournier. J'ai envoyé un coursier. On m'avait donné un daguerréotype de l'œuvre. J'avais payé la moitié à l'avance, l'autre moitié à la livraison.

— Qui avez-vous réglé ?

— Valfierno. C'était toujours lui qui jouait les intermédiaires, les négociateurs. Je n'ai jamais rencontré Chaudron.

— Et ce coursier, vous pouvez le contacter ?

— Pas besoin. » Fournier se dirigea vers un petit bureau et ouvrit le tiroir. « Voilà. »

Il tendit à Vincent une petite carte. Sur celle-ci, le nom du Café Bleu.

« C'est dans le village de Lacoste, dans le Vaucluse. C'est tout ce que je sais, tout ce que Valfierno a bien voulu me dire, et c'est tout ce qu'a eu droit de me dire le coursier.

— Votre coursier y est allé ?

— Oui. Il a retrouvé Valfierno au café, où ils ont échangé l'argent et le tableau.

— Et vous dites que ça s'est passé il y a quelques mois ? »

Fournier acquiesça.

Vincent prit la carte et la fourra dans sa poche.

« Alors, vous comptez y aller ? demanda Fournier.

— Oui. Sur-le-champ.

— Je vous accompagne. Je veux confronter ces salauds ! cria Fournier, le poing serré.

— Monsieur, vous êtes président d'une banque. Êtes-vous prêt à courir un tel risque avec votre réputation ? »

Celui-ci prit une longue inspiration, regarda Vincent, puis sa beauté contrefaite. « Non. Je vais devoir vous faire confiance. »

Ainsi ils firent un pacte. Si Vincent récupérait l'argent, il lui rapporterait la majeure partie et garderait un tiers en récompense.

En vérité, les plans de Vincent ne tenaient pas compte de Fournier. S'il trouvait Valfierno et Chaudron et récupérait l'argent, il n'avait aucune intention de le partager avec quiconque. Cet argent signifiait le retour de son fils, et c'était tout ce qui comptait pour lui. Fournier pouvait se permettre de perdre cette somme, pas Vincent.

Le Café Bleu se trouvait au centre de la petite ville médiévale de Lacoste. Vincent était venu à pied depuis la gare ; l'achat du billet de train avait été une dépense nécessaire, mais il pouvait à peine se le permettre. Il avait marché longtemps, mais même sous le crachin et le froid, la ville fortifiée paraissait paisible et charmante. Le café, propre et simple, arborait des tables à nappes à carreaux bleu et blanc et des rideaux assortis.

La serveuse, une jolie jeune femme blonde, l'accueillit avec un grand sourire, et pendant un instant les yeux de Vincent lui jouèrent des tours : il vit Simone. Il essaya en vain de réfréner un profond soupir.

La serveuse lui demanda si tout allait bien.

« Oui, très bien. Merci. Un brandy, s'il vous plaît. Il fait si froid. »

Il se frotta les mains.

« Oui, il pleut depuis des jours. J'ai hâte que le soleil revienne. »

C'était le genre de chose que Simone disait souvent au sujet des froides journées parisiennes, se dit Vincent.

« Vous vivez en ville ?

— Oui, depuis toujours. »

Elle le regarda un moment, peut-être parce qu'elle se sentait gênée d'avoir révélé cette information à un inconnu. Vincent sourit pour la mettre à l'aise.

« D'où venez-vous, monsieur ? »

Vincent faillit répondre : *De nulle part.*

« Paris. Mais pas d'origine.

— Oh, Paris ! Je n'y suis jamais allée, mais j'adorerais. C'est vraiment très beau ? »

Son visage s'emplit de désir.

« Oui, très beau. » Vincent voulait tout lui dire, à cette fille qui lui rappelait Simone.

« Un jour, il faudra que j'y aille.

— Oui, il le faut. Paris vous accueillera à bras ouverts. C'est une ville qui admire la beauté, dit Vincent, incapable de s'en empêcher : un imbécile flirtant avec une jeune femme.

— Oh… » Elle rougit. « Votre brandy. »

Elle fila en vitesse, sa large jupe gonflée au-dessus de ses chevilles évoquant une autre vision de Simone.

Vincent la fixa du regard puis se força à détourner les yeux. Il sortit le carnet de sa veste, l'ouvrit et griffonna sur une page « Arrivé » suivi de « Café Bleu », puis le referma. Il ajouterait les détails plus tard.

La fille revint et posa un verre de brandy devant lui.

« Voulez-vous quelque chose à manger ? Nous avons une délicieuse omelette aux herbes ou…

— Peut-être un peu plus tard. Après ça. » Il leva son verre. « Je me demande si vous ne connaissez pas un de mes amis, un artiste, comme moi.

— Vous êtes artiste ? Comme c'est *merveilleux* ! Je me disais que vous étiez peut-être écrivain, dit-elle en jetant un œil sur le carnet bleu.

— Oh, ça… C'est juste… un carnet, rien de spécial. » Il l'approcha de lui. « Mon ami, l'artiste, s'appelle Yves Chaudron. Je crois qu'il vit dans le coin.

— Il y a plusieurs artistes en ville et dans les alentours.

— C'est un petit homme avec une moustache et…

— Je peux vous aider ? »

Une femme d'une cinquantaine d'années était apparue derrière la serveuse, le ton circonspect et froid.

« Ma mère », dit la fille.

Vincent se leva et fit une légère révérence. La femme ne sourit pas, les yeux méfiants.

« Qui est-ce que vous cherchez ? » demanda-t-elle.

Vincent décrivit Chaudron à nouveau, et la femme secoua la tête très vite, de façon sèche.

« Alors son ami, peut-être », dit Vincent, et, sans donner son nom, il décrivit Valfierno, son nez pointu, ses traits anguleux, sa claudication et sa canne d'argent.

Le visage de la femme se desserra, puis se referma.

« Qu'est-ce que vous lui voulez ?

— Oh… » Vincent fit un geste de la main en essayant de paraître le plus nonchalant possible. « Nous étions en affaires à Paris autrefois. Je passais par là et je me suis souvenu qu'il avait une maison dans le coin. »

Il voyait bien que la femme le jaugeait du regard, lui l'étranger, avec son air sombre, sa veste usée.

« Je ne connais pas cet homme, monsieur. » Elle se tourna vers sa fille. « Brigitte, il y a des clients. »

Vincent n'en voyait que deux, un couple attablé à l'autre bout de la pièce.

« *Oui, maman* », dit Brigitte, et elle tourna les talons.

Vincent sirota son brandy, convaincu que la mère connaissait Valfierno ; il l'avait lu sur son visage. Au bout d'un moment, il fit signe à Brigitte.

« Un autre brandy, monsieur ? Ou quelque chose à manger, peut-être ?

— Oui, un autre brandy et une omelette. »

Il n'avait plus beaucoup d'argent mais il avait faim, et il allait devoir passer du temps ici pour obtenir les réponses qu'il était venu chercher. Valfierno et Chaudron n'étaient pas loin ; il le sentait.

Le temps qu'il finisse une cigarette, Brigitte avait posé devant lui un nouveau verre de brandy et une omelette, les œufs dorés et saupoudrés d'herbes vertes. Vincent prit une bouchée.

« C'est délicieux. C'est vous qui l'avez faite ?

— Oh, non. C'est la cuisinière – ma mère – qui l'a préparée.

— Dites-lui que c'est excellent.

— Je n'y manquerai pas, dit-elle. Il faut que vous lui pardonniez. Elle peut se montrer un peu sèche avec les inconnus.

— C'est tout à fait compréhensible. Je suis désolé si je me suis montré peu courtois avec elle.

— Oh, non », dit Brigitte.

Elle marqua une pause comme si elle souhaitait ajouter quelque chose. Elle se pencha en avant en faisant mine de réarranger les salières et les poivrières, qui étaient déjà très bien rangées.

« L'homme dont vous parlez, murmura-t-elle. Celui qui boite, avec la canne, un drôle d'oiseau, il dépense beaucoup d'argent en ville et vient souvent ici pour boire ou dîner. Ma mère ne veut pas le perdre comme client.

— Je veux simplement lui dire bonjour. Ça fait un moment que je ne l'ai pas vu. Quand on vit dans une grande ville comme Paris, on perd la trace de ses vieux amis. C'est triste. On était si proches autrefois, et j'aimerais beaucoup le revoir. »

Brigitte prit un moment pour regarder par-dessus son épaule, puis elle se pencha à nouveau et chuchota : « Il habite dans une vieille maison de pierre à volets bleus, avec des conifères de part et d'autre, à environ trois kilomètres au sud de la ville. C'est la seule maison à des kilomètres à la ronde. L'autre homme, l'artiste que vous avez décrit, y est aussi. »

Vincent la remercia et lui prit la main. Il voulait la presser contre sa joue, l'appeler Simone, rien qu'une minute.

Elle le laissa lui tenir la main un moment, puis elle se dégagea doucement et leva les yeux. Le visage rougi, elle partit en vitesse.

Dehors, l'humidité et le crachin n'avaient pas cessé. Vincent glissa le carnet dans la ceinture de son pantalon et tira sa veste par-dessus. Il jeta un œil par la vitre du café pour regarder Brigitte une dernière fois. Honteux de son comportement envers une si jeune femme, il s'éloigna en longeant les boutiques qui bordaient la rue principale de la ville jusqu'à arriver à la vieille muraille de pierre, et il passa sous l'arche. Là, le trottoir laissait place à un chemin de terre.

Il se sentait pris d'un mélange d'excitation et de colère, qu'il essayait de réprimer depuis des mois. Là, tout en marchant, il se laissa animer par ce sentiment. Il voulait juste récupérer ce qui lui était dû, mais il était prêt à se battre pour ; dans sa poche, son couteau à cran d'arrêt cognait contre sa cuisse à chacun de ses pas.

Les nuages s'écartèrent, et les rayons du soleil vinrent illuminer la maison de pierre aux volets bleus. Elle se tenait là, toute seule, dans une pente, encadrée par les conifères que Brigitte la serveuse avait décrits, telles des sentinelles.

Vincent sortit le carnet pour y ajouter une dernière note. *Trovati !* écrivit-il. *Je les ai trouvés !*

71

« Merde, alors ! » Debout, Smith s'alluma une cigarette. « Et après ? Il est allé à Paris ? Il a vendu la toile ?

— Je ne sais pas, dis-je. C'est tout ce qu'il a écrit.

— Vous vous foutez de moi ? Putain. Bon, au moins on a l'information la plus importante, on sait identifier les copies de *Monna Lisa*. »

Il avait raison, c'était bien ça la réponse que j'étais venu chercher. Alors pourquoi est-ce que je ressentais un vide dans mes tripes et une impression écrasante de perte ?

Smith était déjà planté devant son ordinateur, les doigts sur le clavier.

« Je vais faire quelques recherches sur ce Fournier. Peut-être qu'il y a quelque chose dans la base de données d'Interpol.

— Cent ans plus tard ?

— On ne sait jamais. » Il tapota sur les touches pendant un moment. « Non, rien au nom de Georges Fournier. »

Quelques minutes plus tard, il retourna son ordinateur vers moi.

« Qu’est-ce que je suis censé voir ?

— Une rue, sur Google Maps. »

Une imposante maison surmontée d’un dôme doré occupait la majeure partie de l’écran.

« La maison du banquier… elle existe encore ?

— Oui, dit Smith. Et demain, on va aller y faire un tour. »

72

« C'est moi qui parle », dit Smith avant de soulever le heurtoir, large et métallique, peut-être en fer, représentant la tête d'un animal cornu de la gueule duquel pendait un gros anneau. Il semblait très ancien, onéreux, et un peu intimidant, comme tout le reste de la maison.

Une femme d'une soixantaine d'années ouvrit la porte, élégante et impeccable dans son chemisier et sa jupe droite beige. Smith sortit sa carte Interpol et me présenta comme son « collègue » ; là encore, je ressentis un frisson qui remontait à plus loin que l'époque de mon gang, quelque chose de primal : le garçon qui aimait jouer avec des petits soldats.

Smith lui dit que nous étions là pour une vieille affaire tout à fait officielle et ajouta « *Rien de sérieux** ». Son français me paraissait plutôt bon, mais la dame répondit en anglais, comme le font toujours les Français. Elle semblait sur ses gardes et regardait Smith d'un air méfiant. « Vous êtes bien madame Leblond, propriétaire actuelle de cette maison ? »

Elle hocha la tête et nous lui demandâmes si nous pouvions entrer. Elle hésita, puis elle ouvrit la porte et nous conduisit dans l'entrée qui donnait sur un grand salon avec du mobilier moderne et des tableaux abstraits aux murs, détail incongru pour une maison aussi ancienne. Elle nous indiqua un canapé en cuir chic et s'assit avec circonspection sur une chaise à dossier droit, les yeux plissés, aux aguets.

Smith demanda si elle vivait là depuis longtemps et elle répondit :

« Pourquoi ?

— C'est une simple question, madame.

— Oui, dit-elle. J'ai vécu ici la majeure partie de ma vie. C'était la maison de mon grand-père, puis de mon père.

— Quelqu'un d'autre vit avec vous ? demanda Smith.

— Non. Je vis seule. Est-ce vraiment nécessaire ? »

Je voulais dire à Smith de se détendre, d'y aller plus en finesse. Il semblait évident que c'était un enquêteur, habitué à interroger les gens, mais sa technique, aussi efficace soit-elle, laissait un peu à désirer niveau amabilité.

Smith lui dit que c'était une simple routine et lui redemanda si elle vivait seule.

« Oui, dit-elle. Je suis divorcée. J'ai un fils, mais il vit avec sa femme sur l'île Saint-Louis. De quoi s'agit-il ?

— Votre grand-père était bien Georges Fournier ?

— Le père de ma mère. Il est mort avant ma naissance.

— Puis-je vous demander comment ?

— Monsieur. » Mme Leblond interrompit Smith et se leva. « Vous allez devoir m'expliquer pourquoi vous êtes ici avant que je réponde à une seule autre de vos questions. »

Je tapotai le bras de Smith, mais il m'ignora.

« Vous n'avez aucun souci à vous faire, madame.

— J'espère bien ! Je ne sais rien des affaires de mon grand-père.

— Mais vous vivez dans sa maison.

— C'est un crime ?

— Bien sûr que non.

— Je ne pense pas vouloir discuter de ce sujet plus longtemps, dit-elle.

— Ne vous inquiétez pas, dit Smith. Je n'ai que quelques questions. Rasseyez-vous, s'il vous plaît. »

Mme Leblond se rassit, mais elle n'avait pas l'air ravie. Elle raconta qu'elle avait hérité de la maison à la mort de ses parents. Smith lui demanda comment ils étaient morts. Elle hésita et répondit : « Dans un accident de voiture, il y a longtemps. » Il lui dit qu'il était persuadé que son grand-père était un homme admirable et honnête, mais qu'il avait peut-être acquis un tableau à la provenance douteuse sans le savoir.

« Ce n'est que récemment… (j'inventai le mensonge au moment où je pris la parole) … que ce tableau a fait surface. C'est tout ce que nous voulons vérifier. »

Elle sembla surprise mais, pour la première fois, intéressée.

« Je crains bien que la collection de mon grand-père ait disparu depuis longtemps. À part la plaisanterie.

— La plaisanterie ?

— Venez voir. »

Le bureau était sombre, complètement à l'opposé du salon moderne et bien éclairé : des bibliothèques croulant sous le poids des étagères trop chargées, un fauteuil dont le rembourrage pendait sous l'assise, du papier peint qui cloquait aux jointures. Mais rien de tout ça n'avait la moindre importance. La seule chose qui attira mon regard fut le tableau.

« C'est drôle, non ? dit Mme Leblond. La plaisanterie, comme je l'ai toujours appelé. »

Ni Smith ni moi ne souriions, tous deux absorbés par le tableau accroché à un fil, sans cadre.

« Je le trouve plutôt bien fait, ajouta-t-elle. Pour une copie. »

Je m'approchai pour étudier le coup de pinceau, le flou délicat du *sfumato*. Je devinai les initiales, même à l'envers.

« Et il appartenait à votre grand-père ? » Smith garda un ton calme et serein.

« Je crois bien. Il est accroché ici depuis que je suis petite. C'était le bureau de mon grand-père, puis de mon père. Je ne voulais rien changer. Pas même toucher au papier peint ou repeindre les murs. C'est sentimental de ma part, j'imagine, mais après la mort de mon père, j'ai décidé de tout laisser en état. » Elle se retourna vers nous. « Ce n'est sûrement pas le tableau que vous êtes venus voir.

— Si, si », dit Smith.

Elle demanda pourquoi, et il répondit qu'il existait d'autres copies qu'Interpol cherchait à recenser et cataloguer pour qu'elles ne puissent pas être vendues comme étant l'originale.

Mme Leblond parut incrédule.

« Comment quelqu'un pourrait bien croire que ce tableau est le vrai alors que tout le monde sait qu'il est exposé au Louvre ?

— Certaines personnes sont faciles à berner, dit Smith en essayant de paraître désinvolte.

— Bon sang, si j'avais su que c'était possible, je l'aurais vendu pour un million d'euros il y a bien longtemps ! » Elle rit pour la première fois, puis elle reprit ses esprits. « Je plaisante, bien sûr. C'était le seul tableau qui restait dans la maison quand j'en ai hérité. À ce que je sache, ma mère a vendu toute la collection de son père à la mort de celui-ci. »

Je ne pus m'empêcher de lui demander comment ce dernier était mort.

« Je crois qu'il a eu une crise cardiaque, dit-elle en fronçant les sourcils. En vacances, dans le sud de la France. »

Smith demanda à prendre quelques clichés, le portable déjà en main, et photographia le tableau en plusieurs parties en détail, puis il demanda s'il pouvait le décrocher du mur.

« *Mon Dieu* !* dit-elle quand elle aperçut le dos du tableau, les fausses taches et le sceau du Louvre, imités à la perfection. Je n'avais jamais vu l'arrière. C'est remarquable ! »

Smith ne dit rien et continua de prendre des photos sur son téléphone. Pendant ce temps, je posai à Mme Leblond une autre question.

« Vous dites que votre grand-père est mort dans le sud de la France. Connaissez-vous par hasard le nom de la ville où c'est arrivé ?

— Un petit village du Vaucluse, dit-elle. Je crois que ça s'appelait Lacoste. »

Lacoste.

La ville médiévale décrite par Vincent me revint en tête, ainsi que toutes les questions encore sans réponses : avait-il trouvé Valfierno et Chaudron ? Récupéré son dû ? Revu son fils ?

73

Il est assis sur le banc et se balance, se pince le flanc là où il a reçu une balle pour sentir à nouveau la douleur, un moyen de se rappeler qu'il est encore en vie et qu'il a encore des choses à faire. La pluie s'est mise à tomber et il a froid, il est dégoûté. Il a appelé l'intermédiaire pour lui dire que les deux hommes étaient entrés dans la maison au dôme d'argent. On lui a répondu d'attendre, de trouver qui vivait là.

Il regarde sa montre ; ils sont entrés il y a une demi-heure.

Il a reconnu l'homme qui accompagne l'Américain. C'est celui avec qui il s'est battu, grand et clairement costaud. Mais il a hâte de prendre sa revanche. Il n'aime pas perdre, ce qui ne lui arrive que rarement. Là d'où il vient, il est inconcevable, voire punissable, de perdre un combat, de perdre *quoi que ce soit.*

Une image naît dans sa tête : son frère qui tombe, le sang qui coule et imbibe la terre. Andrei, le grand blondinet de dix-neuf ans, d'un an plus âgé que lui, son meilleur ami, son héros – et la promesse qu'ils s'étaient faite de ne jamais se séparer, et qu'ils avaient tenue, même alors qu'Andrei mourait dans ses bras. Il voit des hommes mourir autour de lui – non, pas des hommes, des garçons, pas prêts pour se battre. *Et tout ça pour quoi ?* Une guerre que même l'ancien leader soviétique avait qualifiée d'« aventure sanglante et honteuse ».

Était-ce à l'époque – quand son frère est mort – que tout lui était devenu indifférent ? Ou bien était-ce en voyant les nombreux enfants morts, tués par des roquettes à sous-munitions lancées par les séparatistes ou par ses propres hommes ? Qui sait ? Il ferme les yeux très fort et se dit qu'à cause de la perte de son frère il est incapable de ressentir quoi que ce soit, mais en réalité, depuis ce moment-là, il ressent l'envie de mourir aussi.

La porte s'ouvre, et l'image se dissout comme la pellicule d'un vieux film coincée dans un projecteur, rougie et boursouflée.

Les deux hommes descendent les marches. Il rabat son chapeau sur son visage, mais ils sont tellement absorbés dans leur conversation qu'ils passent devant lui sans le regarder. Il entend l'Américain parler de « Lacoste ». Il n'a aucune idée de ce que c'est, mais il prend note de le découvrir.

Une fois qu'ils sont suffisamment loin, le Russe vérifie son appareil de pistage et observe le point rouge qui tourne au coin de la rue. Il se lève, s'étire et bâille. Il est fatigué de surveiller, d'attendre, sa patience et sa retenue sont mises à rude épreuve maintenant qu'il a quarante et un ans – ou bien est-ce quarante-deux ? Il change tellement souvent de papiers qu'il ne sait plus. Ce dont il a besoin, c'est *d'action. De divertissement.* Il se dirige vers la porte d'entrée de la maison au dôme argenté et soulève le heurtoir.

74

« Le Louvre a appelé, dit Smith en entrant dans la pièce après sa pause cigarette.

— C'était rapide. Vous leur avez juste envoyé les photos que vous avez prises de *La Joconde* de Mme Leblond ?

— Si vous étiez conservateur au Louvre, vous n'appelleriez pas la personne qui vous envoie des photos d'une autre *Joconde* ? » Smith marqua une pause. « Ils vont me laisser inspecter le vrai tableau. J'ai utilisé la carte Interpol, mais il y a un hic… Je dois y aller seul.

— *Quoi ?* Je croyais qu'on était une équipe. Un pour tous et tous pour un. Vous m'avez qualifié de "collègue". Vous m'avez trahi, Smith ?

— Non. Mais ils sont tatillons sur les accréditations, et vous n'en avez pas.

— Et vous, si ? Peut-être pas pour longtemps. »

C'était un coup bas et je le savais, mais j'étais énervé. Je voulais être là pour voir la scène de mes yeux, faire partie de cette découverte – quelle qu'elle fût. J'en avais mérité le droit.

« C'est le marché qu'on a passé, que vous le…

— Le marché que *vous* avez passé.

— Écoutez, j'ai déjà dû leur forcer la main. J'ai menacé de contacter la presse avec ce qu'on avait déjà s'ils n'acceptaient pas de me laisser voir le tableau, mais c'est tout. Vous savez que je n'ai aucun moyen de donner plus de poids à cette menace. Je vais au Louvre ce soir, après la fermeture, pour une visite privée avec le directeur. C'est ce qui est convenu, point final. »

Voilà où j'en étais, après tout ce qui s'était passé et tout ce que j'avais risqué : exclu. Je le fixai pendant une longue minute, puis je m'enfonçai dans un fauteuil.

« Je vous ai dit qu'il me fallait quelque chose, que j'allais peut-être écrire sur le sujet, et vous avez donné votre accord.

— Et vous le pourrez peut-être, si c'est ce que vous voulez.

— Ce n'est pas une question de volonté. Mon poste en dépend. »

Je regardai par la fenêtre le soleil de la fin de journée, l'adrénaline et la déception se vidant de moi comme l'air d'un pneu crevé, ainsi que tout ce que j'avais fait, espéré et laissé derrière moi. Si je ne pouvais pas écrire au sujet de cette découverte, qu'est-ce que j'étais censé faire ?

« Écoutez, je vous promets de vous dire tout ce que je vais découvrir. On a fait du bon boulot, mon ami, et ce n'est pas fini.

— C'est fini pour *moi*.

— Ce n'est pas vrai, et arrêtez de chouiner, Perrone. Ce n'est pas très séduisant.

— Ah oui ? C'est vous qui comptez me donner des leçons sur le charme ? Vous allez me dire quoi, ensuite, de m'endurcir et de me comporter comme un homme ?

— Non, dit Smith. Je sais que c'est sans espoir. »

Il sourit. Moi pas.

« Peu importe, on doit encore finir notre enquête sur la liste des collectionneurs que je vous ai envoyée.

— Qu'est-ce qui vous fait croire que je vais vous aider après ça ?

— Le fait que vous voulez connaître la vérité autant que moi. »

75

Il se tient de l'autre côté de la rue et observe en frissonnant la façade de brique érodée de l'hôtel ; il fait encore plus froid à Paris qu'à Florence. Il se promet de s'offrir des vacances dans un endroit chaud, les Caraïbes, ou mieux, Miami Beach. Il y était trois ans plus tôt et il avait adoré les hôtels pastel, les vagues de l'océan et la nourriture cubaine, même s'il n'avait pas eu le temps de profiter de tout ça car la mission était trop courte – une journée pour localiser la cible, le deuxième jour pour la neutraliser, départ le troisième jour. Cette fois, il se prendrait une suite dans un de ces hôtels couleur pêche, où il commanderait à manger au service d'étage ainsi qu'une prostituée. Il s'imagine allongé sous le soleil de Floride, sa peau pâle virant au rose, lorsque son téléphone sonne. Il le tient loin de son oreille, mais il entend quand même la voix nasillarde et insupportable de l'intermédiaire.

« On a reçu ton paquet.

— Bien », dit-il.

Il se revoit en train de décrocher le tableau du mur et le glisser sous sa veste, se rappelle le parfum onéreux de la femme riche, de la manière dont il a exigé qu'elle lui dise ce que voulaient les deux hommes. Elle lui avait raconté qu'ils étaient venus enquêter sur un tableau et elle le lui avait montré, une copie – *Une plaisanterie*, avait-elle dit –, en ajoutant que les hommes l'avaient photographié et qu'ils venaient d'Interpol. Ça l'avait surpris. L'autre type peut-être, mais pas l'Américain, du moins pas à ce qu'il croyait.

« Le patron était content, dit l'intermédiaire.

— Et toi, tu en as pensé quoi ?

— *Moi ?* Je ne l'ai pas ouvert. Je l'ai juste expédié. »

Il sait que l'intermédiaire ment. Il a sûrement ouvert le paquet et regardé le tableau. Dans ce milieu, tout le monde ment et triche, et le savoir, c'est le pouvoir.

« Tu les surveilles ?

— Oui », dit-il, encore distrait par les images vibrantes de la femme riche et le son de ses protestations tandis qu'il tordait son collier de perles jusqu'à ce qu'elle soit silencieuse.

Quel dommage. Il ne voulait pas. Il s'est laissé emporter sur le moment. Mais il doit toujours se protéger. Ne jamais laisser de témoin, quelqu'un qui puisse l'identifier. Il n'en dit pas un mot à l'intermédiaire. Pourquoi le ferait-il ? Il leur a transmis l'information qu'ils voulaient, plus le tableau, cadeau, gratuit. En quoi ça les regardait s'il s'amusait un peu, tant que le résultat restait le même ? Ils devraient le remercier.

« Tu es là ? Tu m'entends ?

— Oui, dit-il en levant les yeux vers la fenêtre de l'hôtel, sa lueur incandescente brillant dans la nuit parisienne.

— Ils ont le carnet. Le patron dit qu'il serait temps que tu le récupères. »

Enfin, se dit-il, mais il a l'impression que ce n'est pas suffisant. Et l'Américain ? Et l'autre type, celui qui travaille peut-être pour Interpol ? Il ne peut pas les laisser s'en tirer comme ça.

76

Nous longeâmes quelques pâtés de maisons. Smith avait besoin de se vider la tête avant son rendez-vous au Louvre. Je frissonnai et fis remarquer qu'il neigeait.

« Il ne neige jamais à Paris », dit-il.

Je levai la main sous le ciel nocturne, les flocons fondant dans mes paumes. « C'est de la neige, ça, Smith. Et je suis gelé. »

Il me dit de ne pas jouer les mauviettes et me tapota la tête comme à un chien.

Je repoussai sa main d'un haussement d'épaules et refermai ma veste. Tout ce que je voulais, c'était l'accompagner au Louvre.

« Tout ce qui s'est passé, ça doit bien vouloir dire quelque chose, non ?

— Je ne sais pas, dit Smith. Parfois, certaines choses se produisent, tout simplement. On fait des choix et il faut vivre avec, mais on ne peut pas contrôler son destin.

— Waouh, c'est profond », dis-je pour me moquer de lui, mais sa phrase me poussa à réfléchir aux choix et aux risques que j'avais pris et à mon avenir incertain, mon destin imminent.

Smith me demanda si je pensais avoir commis une erreur en m'intéressant à l'histoire de mon arrière-grand-père. Je lui répondis que je ne savais pas – et c'était la pure vérité.

« Je suis sûr que vous trouverez un moyen de vous nourrir de tout ça, dit-il. De faire le bien avec ce que vous aurez appris. »

Je n'en étais pas si sûr. Sur le moment, j'avais l'impression d'arriver à la fin de quelque chose, pas au commencement que j'avais espéré. Je fourrai les mains dans mes poches et Smith avança dans un petit parc. Une plaque de bronze indiquait qu'il s'agissait du jardin Catherine-Labouré, qui abritait autrefois un couvent.

Le parc était sombre. Les arbres et les plantes grimpantes formaient une canopée au-dessus de nos têtes, et les taches de lumière des réverbères éclairaient des petites zones au sol et des bancs vides.

« Vous êtes prêt à vous attaquer au musée le plus célèbre du monde, et découvrir peut-être un secret vieux de cent huit ans ?

— Prêt comme jamais. »

Smith sortit un paquet de cigarettes de son manteau. Je lui dis qu'il était temps qu'il arrête, et il me promit qu'il le ferait bientôt.

Il venait d'allumer son briquet, le visage éclairé comme une citrouille d'Halloween, lorsque je reçus le coup. J'eus le souffle coupé et je tombai au sol. La silhouette sombre d'un homme, une matraque dans une main, un objet métallique et brillant dans l'autre, lacérait le visage de Smith, les deux hommes à la lutte. Je me relevai, mais j'encaissai un coup de matraque au-dessus de l'oreille – une vive douleur m'envahit tandis que je titubais en arrière. Je vis Smith envoyer des coups de poing et la matraque tomber par terre, mais l'homme continuait de lui porter des coups aussi. Les secondes passaient en fragments, comme un film qui saute. Smith tomba et je me relevai, sautai sur le dos du type, essayai de l'étrangler, de le mettre au sol. J'entendais des voix au loin qui disaient « *Arrêtez ! Arrêtez* !* » de plus en plus fort et le bruit d'un sifflet, puis le type se libéra et partit en courant.

« Luke… » Smith murmura mon nom.

Je me penchai vers lui. L'un des réverbères nous éclairait comme si nous étions sur scène. Je passai ma main sous sa tête et je l'entendis prendre une grande inspiration. « Tenez bon, dis-je. Dois-je vous rappeler que vous avez rendez-vous avec la femme la plus célèbre du monde ? »

Smith réussit à sourire et m'agrippa la main tandis que les sifflets approchaient et que les ombres devenaient de plus en plus réelles.

77

Le commissariat du 7e arrondissement était éclairé par des néons aveuglants. Mes yeux me brûlaient, et je les plissai. Je portai la main à un bleu douloureux au-dessus de mon oreille, me rappelai les sifflets stridents, les ombres qui se changèrent en uniformes. Je les avais vus charger Smith à l'arrière d'une ambulance, et j'étais monté dans une voiture de police, avec la tête qui tournait.

On me plaça dans une salle blanche éclairée par des néons mais aussi par des spots, dont l'un était braqué sur moi.

Les policiers français semblaient tout droit sortis d'un polar à l'ancienne. Ils étaient deux : l'un, jeune et agressif avec une mauvaise peau qui lui donnait un aspect reptilien, l'autre, d'âge moyen et fripé. Il me faisait penser à Columbo, à jouer les gentils mais pas vraiment. Ils me posaient des questions de routine en boucle, mais je leur avais déjà répondu une dizaine de fois et j'étais fatigué.

Le Reptile se pencha sur moi et me redemanda : « *Pourquoi étiez-vous dans le parc* ? »

Je le fixai comme si je n'avais pas compris.

Columbo dit : « Laisse-le respirer », et me lança un sourire bidon. Je savais qu'il essayait de m'avoir. Pour la énième fois, je répondis que Smith et moi étions sortis nous promener dans le parc. Je ne mentionnai pas le Louvre, car je me dis que ça ne les regardait pas.

Le Reptile dit : « *Sous la neige* ? »

Je lui répondis : « Oui, je voulais faire un bonhomme », et il m'attrapa fermement par les épaules. L'air dans la pièce devint rare et électrique.

Columbo lui dit de se calmer et s'assit en face de moi, alluma une cigarette et m'en offrit une. Je secouai la tête.

« On se promenait, dis-je. C'est illégal, en France, c'est ça ? Pourquoi est-ce que vous ne cherchez pas le type qui nous a agressés au lieu de perdre votre temps et le mien ?

— Détendez-vous, dit Columbo.

— Je viens de me faire attaquer par une brute avec un couteau et une matraque et vous me demandez de me détendre ? C'est tout ce que vous pouvez faire ?

— Où alliez-vous ? demanda à nouveau le Reptile.

— Là, en tout cas, je vais rentrer chez moi, dis-je. À moins que vous ne m'arrêtiez. »

Le Reptile colla son visage contre le mien, si proche que je sentis son haleine d'ail, et me reprit par les épaules. L'un d'entre nous aurait peut-être donné le premier coup de poing – j'étais prêt à le faire – si la porte ne s'était pas ouverte à cet instant précis.

L'inspectrice, d'une quarantaine d'années, les cheveux teints au henné coupés court, tailleur gris cintré au niveau de la poitrine, un badge accroché à son col : DANIELLE CABENAL, ASSEMBLÉE GÉNÉRALE, LYON,

FRANCE. Elle fit sortir les policiers d'un signe de tête très cool, s'assit et posa ses mains sur la table. Elle avait les ongles courts, parfaitement limés, sans vernis.

« Vous êtes venue spécialement de Lyon ? demandai-je.

— C'est un vol très rapide, répondit-elle dans un anglais saccadé.

— Quelle heure est-il ? »

J'avais perdu la notion du temps et je ne savais pas où était mon portable.

« Bientôt dix heures du matin, dit-elle. Je suis navrée. » Je lui dis que tout allait bien, que ce n'étaient que quelques bleus. « Je parlais de l'analyste Smith.

— Comment ça ?

— Il est dans un état critique. J'ai bien peur qu'il ne s'en sorte pas. »

Une vague de chaleur parcourut mon corps, suivie d'un frisson. Je me levai d'un bond, le sang me monta à la tête, et j'attrapai la chaise pour garder l'équilibre.

« Ce n'est pas possible… Il n'avait que quelques bleus, quelques plaies…

— J'ai bien peur que ce ne soit pire que ça, dit Cabenal, le visage tel celui d'une sphinge. Hémorragie interne, perte de sang…

— Mais j'étais avec lui. Bon Dieu, il souriait. Il devrait s'en sortir.

— Pas d'après les médecins. Je suis navrée, répéta-t-elle, mais elle n'en avait pas l'air.

— Où est-il ? Dans quel hôpital ? Je veux le voir.

— C'est impossible. Il est aux soins intensifs. Même dans le cas improbable où il survivrait, il n'y aura plus aucun échange entre vous deux.

— Je ne peux même pas savoir s'il va bien ? »

Cabenal serra les lèvres comme si les mots s'accumulaient derrière et qu'elle ne voulait pas les laisser sortir. Elle finit par le faire. « *Si* l'analyste Smith survit, il sera viré – en fait, il est déjà viré, ses actes sont injustifiables –, et vous n'aurez plus de contacts avec lui. Vous comprenez ? » Elle me fixa du regard, dans l'attente d'une réponse.

« Faisons un marché. Si vous…

— Nous ne ferons pas de marché, monsieur Perrone.

— Tenez-moi juste au courant de son état, c'est tout ce que je veux. Sinon… (je croisai son regard) … je mènerai l'enquête tout seul, et je ne vois pas comment vous pourriez m'en empêcher. »

L'inspectrice Cabenal plissa les yeux. « Je pourrais vous en empêcher, monsieur Perrone, et je le ferais. Mais c'est d'accord, s'il survit, je vous tiendrai au courant. En revanche, vous n'aurez plus de contacts avec lui. Voilà le marché. On est bien d'accord ? »

Je lui adressai un signe de tête à peine perceptible.

« Très bien. » Cabenal croisa les mains à nouveau sur la table, prête à faire affaire. Elle me dit qu'ils avaient fouillé l'ordinateur et les notes de Smith.

« Je sais que vous l'aidiez. C'était une erreur d'impliquer un civil – mais pas la seule erreur. Il n'avait absolument pas le pouvoir de faire tout ça.

— Faire quoi ? »

Je changeai mon visage en un masque d'innocence.

L'inspectrice leva un sourcil, la seule partie de son visage qui bougeait.

« Pas la peine de jouer les effarouchés, monsieur Perrone. Nous savons ce qu'il recherchait, et qu'il était en chemin pour le Louvre. Il vous a dit qu'il avait le droit de faire ça ?

— Non. En fait, il m'a même informé du contraire : il m'a prévenu qu'il agissait seul.

— Ce n'est pas comme ça qu'Interpol fonctionne », dit Cabenal d'un ton sec. Elle prit une courte inspiration, afficha une expression sereine, lissa d'une main le dessus de sa veste cintrée. « Il aurait pu être viré rien que pour ça.

— Je ne sais rien d'Interpol, dis-je. Mais je peux vous dire que Smith est un homme bien, un homme dévoué.

— Interpol va prendre le relais sur cette affaire et travailler avec la police parisienne. C'est comme ça que ça marche. Nous avons diffusé une notice rouge concernant l'homme qui vous a attaqués, vous et l'analyste Smith. »

Cabenal me demanda ce que je pouvais lui dire à son sujet. Je commençai à le décrire et elle m'arrêta, disparut et réapparut avec un portraitiste judiciaire, qui travaillait à l'ancienne, au fusain, sur carnet de croquis. Il demanda à Cabenal de nous laisser seuls.

« Je trouve que ça marche mieux si je suis seul avec un témoin », dit-il.

Cabenal hésita, les lèvres en cul-de-poule, et sortit.

Je m'assis avec lui, un Américain du nom de Nate Rodriguez, transféré à Paris pour une grosse affaire dont il n'avait pas le droit de parler. Un type intense mais sympathique d'à peu près mon âge, un New-Yorkais qui me flanquait le mal du pays et me mit suffisamment à l'aise pour parler. Je lui donnai la description, et Rodriguez m'interrompit à plusieurs moments pour préciser certains détails – sur le visage de l'homme – « rond… non, large et carré » – son nez – « plat, presque comme s'il avait été écrasé » – et ses yeux – « enfoncés, pâles, bleus ou gris, presque incolores ».

J'observai l'artiste effacer à la gomme presque toutes les nuances des yeux de l'homme, et le dessin prit forme.

« Vous êtes doué, dis-je.

— Ça fait longtemps que je fais ce métier, répondit-il.

— Ses dents, dis-je en revoyant le sourire moqueur du type. Elles étaient courtes et décolorées.

— Vous avez une bonne mémoire visuelle », dit Rodriguez.

Sa main et son fusain dansaient sur le papier tandis qu'il ajoutait les détails au fur et à mesure qu'ils me revenaient. Au bout d'un moment, il tourna le carnet vers moi pour que je puisse jeter un œil.

« Presque. » Je l'invitai à agrandir la mâchoire, baisser les sourcils et élargir la bouche tout en gardant les lèvres fines. Il effaça et redessina sous ma direction, tous deux en osmose. Au bout de quinze ou vingt minutes, il retourna le carnet.

« Bon Dieu. C'est lui. Comment avez-vous fait ça ?

— C'est vous qui l'avez fait, dit Rodriguez. Je me suis contenté de coller à votre description.

— Mais non, mais non », dis-je en fixant le croquis, avec un sentiment d'accomplissement mêlé au frisson de la reconnaissance.

L'inspectrice Cabenal étudia le portrait, dit qu'Interpol le comparerait avec sa base de données et le faxerait à tous les commissariats de Paris.

« Je crois qu'il a tué plusieurs personnes, dis-je en pensant au jeune moine et à Quattrocchi.

— Il faut que vous fassiez une déclaration de tout ce qui s'est passé, tout ce dont vous vous souvenez », dit Cabenal.

Il me semblait avoir répondu à toutes ses questions plus d'une fois, ce que je lui fis remarquer.

« Pas toutes, dit-elle. Vous préférez écrire sur ordinateur ou sur papier ? »

Je choisis l'ordinateur et tapai pendant un long moment. Je décrivis en détail comment j'avais reçu le courriel de Quattrocchi et étais venu à Florence, mon premier jour à la bibliothèque, le frisson de découvrir le carnet et d'en commencer la lecture. J'écrivis au sujet de l'avertissement de frère Francesco – *Ha un amico a Firenze ?* – et comment je suspectais que ce soit lié avec sa mort. Je parlai de mes recherches sur les libraires de Florence et de Paris, et de leurs morts suspectes. Je parlai d'Étienne Chaudron et de sa copine, leurs cadavres et leurs visages ensanglantés à l'esprit. Je revis les pages manquantes derrière le tableau de Vermeer et les initiales de Chaudron, et je tapai tout ça sur le clavier, chaque détail, chaque événement qui s'était produit depuis que j'étais parti de chez moi, en pensant que c'était exactement ce que j'avais espéré raconter au monde – pas les morts, mais la découverte. Au lieu de ça, j'écrivais un rapport de police que personne ne lirait jamais à l'exception d'une poignée d'agents d'Interpol.

La seule chose – la seule personne – dont je ne parlai pas, c'était d'Alex. Elle avait disparu.

Tout était fini : ce que j'espérais découvrir, ce que j'espérais faire de cette découverte. Ça semblait être une folie, et meurtrière de surcroît.

Je jetai à nouveau un œil sur le dessin de l'artiste et vis l'homme qui m'avait attaqué dans le salon d'Étienne Chaudron, dans la rue parisienne sous la bruine, et une nouvelle fois dans le parc, donnant des coups de couteau à Smith – un film d'horreur terrifiant, les images resteraient gravées dans mon esprit pour toujours, accompagnées d'une pensée : cet homme reviendrait me chercher.

Cabenal lut ma déposition et s'arrêta de temps à autre pour me regarder. Une fois le document imprimé et signé, elle me tendit mon portable et me dit que j'étais libre de partir.

Je pensai : libre d'aller *où* ? Je n'étais pas prêt à rentrer à la maison, à retourner à mon poste précaire de prof sans galerie d'art, à laisser tant de choses sans réponses, à abandonner Smith.

En sortant, je m'arrêtai devant ce qui semblait être le bureau du sergent, derrière lequel un gendarme en uniforme passait des coups de fil, l'air affairé. Clairement, c'était une matinée chargée pour le crime, à Paris. Entre deux appels, j'échangeai avec lui dans mon meilleur français. Je fis quelques plaisanteries et jouai la fausse camaraderie, puis je lui demandai, l'air de rien, où ils avaient emmené mon « collègue » John Smith. Je misais sur le fait qu'il était trop occupé pour me demander une pièce d'identité, et ce fut le cas. Il prit un autre appel, fouilla quelques documents en désordre sur son bureau, et dit : « Hôpital Saint-Jacques », puis reprit son correspondant.

Des nuages noirs planaient au-dessus de Paris. Je descendis la rue, tournai à l'angle, trouvai un banc et passai le coup de téléphone. « Je cherche un patient, un Américain du nom de John Smith. » On me mit en attente pendant si longtemps que je sursautai quand une voix revint en ligne. La femme me demanda si j'étais de la famille, et comme je n'eus pas la présence d'esprit de répondre oui, elle me dit qu'elle ne pouvait pas me donner plus d'informations.

« Je veux juste savoir s'il va bien. »

Un silence, puis :

« Tout ce que je peux vous dire, c'est que M. Smith n'est plus en soins intensifs.

— Alors il va mieux ?

— Je suis désolée, c'est tout ce que je peux vous dire », répondit-elle avant de raccrocher.

J'appelai Cabenal et tombai sur son répondeur. Je lui laissai un message pour lui demander l'état de santé de Smith. Je lui rappelai qu'on avait passé un marché, qu'elle avait accepté de me dire si Smith avait survécu. Je restai assis sur le banc environ vingt minutes en attendant qu'elle me rappelle, puis je marchai dans les rues de Paris pendant quelques heures, mais mon téléphone ne sonna jamais et je savais ce que ça signifiait.

Je n'étais pas sûr de réussir à dormir cette nuit-là, mais je savais ce dont j'avais envie, et ce ne serait pas trop dur à trouver.

78

Dans combien de bars étais-je allé ?

Je me rappelais le premier, un bar d'hôtel à Saint-Germain-des-Prés, et pas un cinq-étoiles, où j'avais dragué une femme, ou bien m'avait-elle dragué ? Elle était mariée, parlait de son mari comme d'un « naze ». Je lui avais répondu que j'étais un naze aussi, et nous avions ri comme si c'était la réflexion la plus drôle du monde, en s'embrassant entre deux shots de whisky ; sans doute pas un joli tableau. À un moment donné, j'étais parti, parce que je m'étais retrouvé dans un autre bar, un peu moins chic que le précédent, où le barman avait arrêté de me servir après trois ou quatre verres. J'étais parti – en fait, je m'étais fait sortir par le barman en l'insultant – *Connard ! – T'es un salaud ! Va te faire foutre* ! Pas ma meilleure performance, mais je me souvins d'avoir ressenti de la fierté de connaître autant d'insultes en français. J'avais compris trop tard que le troisième établissement était un bar gay, où j'aurais pu emballer grave – je me rappelais vaguement un type en cuir qui me léchait le visage. Après ça, rien d'autre ne m'était revenu. Il était clair que j'avais vomi, mais je n'en avais aucun souvenir, à part la puanteur.

Je fus réveillé par un gendarme qui me chatouilla les côtes pas si délicatement que ça avec sa botte. Je réussis à me mettre debout, la tête en vrac, le corps de plomb, encore nauséeux, et dégoûté de moi-même.

J'étais incapable de me rappeler le nom de l'hôtel où je séjournais, et la carte d'accès anonyme ne me fut pas d'une grande aide. J'essayai de prendre une nouvelle chambre dans un petit hôtel chic, mais la femme à l'accueil n'était pas d'humeur, et je n'aurais pas pu lui en vouloir ; pas après avoir aperçu mon reflet dans une vitre et réalisé que je sentais le vomi.

Je terminai dans un motel médiocre qui se fichait de mon apparence, dormis toute la journée, me réveillai pour boire environ quatre litres d'eau du robinet de la salle de bains, retournai me coucher pour Dieu sait combien de temps, finis par me lever, pris une douche et me rendis compte que j'avais laissé mon sac de vêtements dans l'un des bars.

Je jetai ma chemise à la poubelle, nettoyai le vomi de mon jean, lavai ma veste en cuir et sortis avec, bien fermée pour cacher le fait que je n'avais rien en dessous. J'étais surpris d'avoir encore mon portefeuille et remerciai intérieurement le fabricant du jean d'avoir pensé à mettre une poche à fermeture éclair.

Je trouvai une friperie, fouillai un portant de chemises, en choisis une qui paraissait propre et pas trop hideuse. J'achetai aussi une paire de lunettes de soleil pas chère. Mes yeux me piquaient, mais c'était surtout pour passer inaperçu. Après ça, je trouvai un cybercafé où je bus plusieurs tasses de café noir et utilisai un ordinateur pour chercher la réunion des Alcooliques Anonymes la plus proche, qui se trouvait à l'église américaine près des Invalides. L'église était dédiée aux expatriés américains, et la réunion se tenait en anglais. Une vingtaine de personnes y assistaient. J'écoutai une jeune femme raconter comment son mari avait eu la garde de leurs deux jeunes enfants. Puis un homme, professeur de littérature anglaise vêtu d'un costume cravate, raconta qu'il buvait au travail et qu'il n'avait aucun souvenir de comment il s'était retrouvé avec trois plaintes pour harcèlement sexuel contre lui, mais que ça n'avait plus d'importance parce qu'il avait déjà été viré de son université malgré son poste de titulaire – une vraie mise en garde à mes yeux.

Après ça, il y eut une pause, et personne ne semblait sur le point de prendre la parole. Je n'avais pas prévu de partager, et pourtant je me levai et me présentai. « Bonjour, je m'appelle Luke et je suis alcoolique. »

J'entendis mon nom en écho, ce qui était à la fois rassurant et angoissant : je n'arrivais pas à croire que j'étais là après une décennie de sobriété.

Je fermai les yeux pour ne pas voir les gens dans la pièce, même si je savais qu'ils étaient passés par là et qu'ils ne me jugeraient pas. Je vis Quattrocchi et frère Francesco, mais je ne savais pas quoi dire à leur sujet. Je vis Smith, mon bras autour de lui, le faible sourire qu'il avait réussi à me tendre alors qu'il était mourant, et je ne réussis pas à retenir mes larmes. J'essayai de renifler pour les contenir, clignai des yeux et déglutis, mais c'était inutile.

Une dizaine de voix me dirent que tout allait bien, qu'il fallait que ça sorte. J'essuyai mes joues et essayai de me rassembler. « J'ai perdu quelqu'un, dis-je. Un ami. Ce n'est pas ma faute… » Je m'arrêtai. *Ce n'était pas ma faute, si ?* C'était Smith qui avait eu l'idée de me suivre, pas moi. *Mais si je n'étais pas allé chercher le carnet, il serait peut-être encore*... Il fallait que j'arrête de penser comme ça. Ce n'était pas utile, ça ne servait à rien, c'était trop tard.

C'est une maladie, comme la rougeole ou la varicelle. Les mots d'Alex.

J'étais content qu'elle ne soit pas là pour me voir comme ça, et même si j'avais envie de la voir, je ne pensais pas que ça arriverait un jour.

« Je me sens… » *Comment je me sens ?* Comme si j'avais tout perdu, mais tout ce que je réussis à dire fut : « Je veux être sobre à nouveau », et tout le monde acquiesça. Plus tard, quand les gens vinrent me taper dans le dos et me féliciter d'être venu, je sentis à nouveau les larmes monter, et je les retins le plus fort possible, parce que je savais que si je pleurais encore, je pourrais ne jamais m'arrêter.

79

NEW YORK

Le tableau était posé sur le sol en béton de la chambre forte, juste en dessous d'une autre copie. Pendant plus d'une heure, il les avait regardés l'un et l'autre : deux paires d'yeux, de lèvres, les mêmes mains croisées. Les œuvres paraissaient identiques jusque dans les moindres fissures de la toile. Mais comment savoir si l'une des deux était la vraie – et laquelle ? Cette question l'obsédait depuis si longtemps.

Il observa le portrait et murmura : « Dis-moi, Lisa. » Bien sûr, il connaissait son histoire, il avait lu tout ce qu'il fallait savoir sur Lisa del Giocondo, la femme du marchand de soieries : née en 1479 dans une branche mineure de l'éminente famille Gherardini, mariée à quinze ans, cinq enfants, veuve de son mari, Francesco del Giocondo, qui avait commandé le tableau alors que Léonard était à court d'argent, une situation qui changea rapidement avec l'arrivée de nombreuses commandes, et le tableau resta inachevé, jamais livré.

« C'est bien toi ? » demanda-t-il, en passant d'une paire d'yeux à l'autre.

Il se laissa tomber dans son fauteuil Platner doré.

Quand il avait commencé à faire suivre l'Américain, il ne cherchait que des informations, quelque chose qui lui permettrait de savoir une bonne fois pour toutes si son tableau était l'original ou une copie. Il voulait savoir, il avait besoin de savoir s'il possédait le tableau le plus célèbre du monde. Ses chances venaient de doubler. Bien sûr, personne ne serait au courant, sinon il risquerait de les perdre toutes les deux – ou pire, être arrêté – bien qu'il n'eût jamais laissé faire une chose pareille.

Il jeta encore un coup d'œil sur l'une et l'autre des deux *Monna Lisa*, le téléphone à l'oreille.

« Ton homme de main, je veux mettre un terme à son contrat. »

À part le fait de lui avoir envoyé le tableau – un très beau cadeau, il fallait bien l'admettre –, le type avait dépassé les bornes, il n'avait rien suivi des instructions, prenait trop de risques et attirait des problèmes non nécessaires.

« Très bien, je vais le laisser partir.

— Il ne doit aller nulle part.

— Je vois. » Une pause. « Je vais m'organiser.

— Je veux que ce soit toi qui t'en charges. Personne d'autre, compris ?

— Mais ce n'est pas mon… » L'intermédiaire s'interrompit. « Très bien.

— J'aurai besoin d'une preuve, des documents, des photos. Trouve un moyen de me les faire parvenir. Avec prudence, bien sûr. » Le collectionneur raccrocha, s'approcha des tableaux et passa de l'un à l'autre. « Oh, Lisa, dit-il. Regarde ce que tu me fais faire. »

80

Ça faisait une semaine que j'étais rentré à New York, les premiers jours passés à me remettre de ma beuverie, à soigner mon chagrin, ma fatigue et ma honte. Quand je n'assistais pas à une réunion des Alcooliques Anonymes, je restais chez moi, je me traînais du lit au canapé, puis jusqu'à la chaise tachée de peinture dans mon atelier sur la Bowery, où je passais des heures à regarder l'autel de fortune que j'avais construit pour mon arrière-grand-père des années plus tôt. Il me paraissait différent à présent, teinté de danger et de tragédies. J'avais envisagé de le détruire, j'avais même commencé deux fois, mais la déception et un sentiment d'inachèvement m'en avaient empêché. La pause entre les deux semestres arrivait à son terme dans quelques jours. Je serais de retour dans ma salle de classe, et j'étais angoissé à l'idée d'affronter la direction du département et le comité de titularisation. Qu'allais-je leur dire ? Qu'est-ce que j'avais à leur montrer ?

Je voulais oublier tout ce qui s'était passé, surtout la mort de Smith, mais son fantôme refusait de lâcher prise. Surtout, je voulais oublier Alex. Impossible.

Je n'arrêtais pas de penser à elle – à qui elle était, où elle était. J'avais essayé de l'appeler deux fois et entendu un message vocal qui m'annonçait que ce numéro n'était plus en service. J'avais fouillé Facebook, Twitter et Instagram, et même appelé la Brooklyn Friends School, qui m'informa qu'ils n'avaient jamais eu d'étudiante du nom d'Alexandra Greene.

Avait-elle menti sur toute la ligne ?

J'avais beaucoup menti moi aussi, mais pas sur mon nom.

Allais-je un jour la retrouver ou avoir de ses nouvelles ? Existait-elle vraiment ? J'essayais de me persuader que je m'en fichais, mais je pensais à elle tous les jours, et rêvais d'elle la plupart des nuits. Je me demandais si elle pensait parfois à moi, si elle avait eu des sentiments pour moi.

Quand ma mère m'appela pour m'inviter à lui rendre visite, j'acceptai, principalement par culpabilité – ça faisait six mois que je ne l'avais pas vue. Je pris le bus de Port Authority, et j'emportai mon ordinateur pour essayer de travailler sur mes cours, mais je pensais à tellement de choses que je n'y arrivai pas.

La 6e Rue Ouest de Bayonne n'avait pas changé, et le temps couvert n'aidait pas : ciel gris, maisons grises, arbres gris dépourvus de feuilles, revêtement gris de ma vieille maison qui avait besoin d'être rénovée. Je prévoyais déjà mon évasion avant même d'avoir atteint la porte d'entrée.

À l'intérieur, la maison paraissait plus petite que dans mes souvenirs, le plafond bas, les nombreux meubles couverts de plastique, les fausses fleurs sur la table à manger en stratifié, l'air empestant la mélancolie. Ma mère avait préparé le dîner, et c'était plutôt bon. Elle avait même fait les petits pains au four que j'aimais tant quand j'étais enfant, et que j'aimais toujours. Elle avait arrêté de boire il y avait quelques années et se sentait beaucoup mieux, mais elle paraissait toujours dix ans de plus que ses cinquante-huit ans, et ça me rendait triste. Mon père, qui avait le même âge, semblait en avoir quatre-vingts, et pas le plus frais des octogénaires : les poches de chair sous ses yeux rouges, les taches roses sur les joues et le nez. Il se montra distant au dîner, durant lequel il but un pack de six, puis il s'effondra devant la lumière bleue de la télé.

Ma mère et moi restâmes à la table de la cuisine pour discuter, ce qui était rare. La femme taciturne que j'avais connue toute ma vie s'avéra étrangement loquace, et pour la première fois, je la vis comme une personne à part entière, pas juste ma mère, et je dus admettre qu'elle devait se sentir seule. À un moment, elle me dit qu'elle était fière de moi et de tout ce que j'avais accompli, et elle sortit un album dans lequel elle conservait des photos de mes remises de diplômes, les articles à mon sujet, des photos d'expositions, des critiques, quelques interviews, le tout plastifié ; une surprise totale. Je me sentis coupable de ne jamais venir la voir, et quand elle me demanda de rester pour qu'on puisse prendre le petit déjeuner ensemble, j'acceptai.

Mon ancienne chambre avait été conservée en l'état, comme un musée ; un musée dédié à quoi ? Bonne question. Il n'y avait pas de bannières sportives ou de trophées, comme chez les « bons » garçons du lycée. Moi, j'avais accroché un poster de l'album *Painkiller* de

Judas Priest, un autre d'Iron Maiden, et le prospectus de la dernière performance de GG Allin avec les Murder Junkies que j'avais encadré. La lampe magma que je trouvais si cool à treize ans se trouvait toujours sur la table de chevet, ainsi que trois livres : *Les Artistes européens*, *Fight Club* et *Les Universités des États-Unis*. Je parcourus le catalogue des universités, repérai les pages que j'avais cornées et les endroits que j'avais entourés vingt ans plus tôt ; que des écoles d'art.

Je feuilletai *Les Artistes européens* pendant un moment, puis je lus mes courriels. J'essayai de dormir, mais n'y arrivai pas. Mon vieux lit était trop étroit et trop mou. Je regardai une vidéo sur YouTube à propos de l'inauguration d'une collection de Vinci dans le cadre d'un projet de réalité virtuelle au Louvre : une visite de sept minutes à l'intérieur de *La Joconde* durant laquelle les spectateurs assisteraient à un cours d'histoire de l'art comprenant les méthodes de Léonard, la vie de Lisa del Giocondo et un tour virtuel sur une des machines volantes de l'artiste, comme si elle avait vraiment été construite, le spectateur volant dans le paysage idyllique du tableau.

Une partie de moi voulait essayer cette attraction – principalement pour voir si j'arriverais à apercevoir les initiales de Chaudron, mais si elles existaient, le Louvre ne les révélerait sûrement pas au public. J'étais sûr que l'expérience devait être amusante et paisible : s'asseoir, ne rien faire, être diverti. Aucun mal là-dedans. Si ? Les gens avaient-ils vraiment besoin d'un vol imaginaire à l'intérieur d'un tableau ? Ne pouvaient-ils pas se contenter d'admirer l'œuvre ? N'était-ce pas suffisant ? Ce qui m'intriguait, c'était qu'on n'avait pas besoin de se rendre au musée, il suffisait de se connecter à une plate-forme de réalité virtuelle, *et voilà* ! La seule chose qui manquait, c'était le véritable tableau.

Je coupai la vidéo en me disant *On n'arrête pas le progrès*, mais l'idée m'agaçait. Ou bien était-ce que je voyais la chose comme une menace – une menace envers la conception vieux jeu de la peinture ? *Vieux jeu.* Voilà ce que j'étais devenu ? J'entendais Vincent ricaner à propos des cubistes, je le voyais fuir l'atelier de Picasso, fuir le futur vers le confort du passé. Je détestais le fait d'être conservateur ou nostalgique, ce à quoi tous les artistes devaient faire face ; quelle part du passé voulons-nous préserver tout en allant de l'avant ?

Il était tard et j'essayai à nouveau de dormir, mais je n'arrêtais pas de penser, mon esprit coincé dans le passé, dans la tête de Vincent, et je me sentais en colère, en danger, vulnérable. Ce qui devait arriver arrivait : plus personne n'avait besoin de voir les œuvres véritables, et l'art et les artistes devenaient obsolètes.

Mais je savais que certaines personnes étaient prêtes à tuer pour obtenir de vrais tableaux, et notamment *La Joconde*, même contrefaite.

Le mal était fait. Je me levai. Je n'arriverais plus à me rendormir.

Le grenier semblait pire que dans mon souvenir. Les moutons de poussière, les toiles d'araignées tels des ponts suspendus. J'imaginais que la dernière personne à être venue pour nettoyer n'était autre que moi, à l'âge de quatorze ans, et je n'avais pas vraiment fait du bon boulot à l'époque. La malle était toujours là, recouverte de nouvelles couches de poussière depuis sa dernière ouverture. Je la rouvris. Encore de la poussière, et une odeur de renfermé. Je m'attendais à trouver le fusil, mais je me rappelais que je l'avais vendu pour trente dollars à un salon des armes à feu anciennes après l'avoir montré à mes camarades du Kill Van Kull.

Je n'avais jamais fouillé la malle en entier – avoir trouvé le fusil et la photo de Vincent me suffisait –, et je m'y attelai. Elle contenait des chemises et des pantalons rongés aux mites, une paire de bottes marron, au cuir tout desséché et craquelé, ainsi qu'une boîte en bois. Elle était doublée de velours, mais le bijou qu'elle devait contenir autrefois avait disparu. Il y avait également deux cartons froissés, l'un contenant des caleçons longs à l'ancienne, l'autre, deux paires de jolis gants pour dame et une petite photo sépia d'un homme et d'une femme bien habillés. Mon grand-père et sa femme ? La doublure de la malle était déchirée et pendait d'un côté, et quelque chose dépassait du trou – une enveloppe, non timbrée, avec seulement un nom écrit d'une main désormais familière : *Simon Peruggia*. Dedans, je trouvai des pages pliées, le papier fin et jauni mais encore en bon état. Je commençai à lire, mais la lumière était mauvaise et l'air du grenier suffocant.

Ma chambre était plus adaptée, dépourvue de toiles d'araignées, malgré l'inconfort de mon lit étroit. Je finis allongé par terre, la tête contre le matelas.

Cher Simon,

J'avais tenu un journal dans lequel je parlais de mon crime. Pourquoi je l'avais commis. Et comment. Ce carnet a été perdu il y a bien longtemps.

Je vais réécrire une partie de son contenu ici parce que je veux que tu saches ce qui s'est passé. Je veux que tu connaisses la vérité à propos de ton père.

Il y avait une douzaine de pages. Les premières contenaient des informations que j'avais déjà lues – la mort de Simone, la rencontre avec Valfierno, le vol de *La Joconde*, les copies de Chaudron, et Fournier, le président de la banque. Après ça, Vincent racontait ses projets de partir dans le sud de la France, ce que je savais déjà également, donc je relus ce passage en vitesse. Mais en entamant les pages restantes, je me mis à ralentir le rythme de ma lecture.

81

J'avais marché depuis la ville de Lacoste, déterminé à trouver Valfierno et Chaudron. Et je les ai trouvés. La maison aux volets bleus sise sur une petite pente entourée de conifères. Exactement comme Brigitte, la serveuse, me l'avait décrite. Une Lorraine-Dietrich était garée devant. Une belle voiture, probablement achetée avec l'argent des copies. J'ai avancé vers la maison en traversant les buissons et les arbres. Je restais bien accroupi. Je me suis doucement approché d'une fenêtre, et j'ai risqué un coup d'œil à l'intérieur. Une large palette se trouvait sur une table en bois. Il y avait des tubes de peinture et des pinceaux. Des tableaux aux murs. L'atelier de Chaudron ! Deux chevalets étaient installés côte à côte. Sur ceux-ci reposaient deux copies de La Joconde *! L'une était parfaitement réalisée et terminée. L'autre, à moitié achevée. Ils m'avaient dit que toutes les copies avaient été faites et vendues, mais ils en produisaient davantage !*

Je me suis faufilé le long de la maison jusqu'à une autre fenêtre. J'ai jeté un œil dans une pièce richement meublée. Des canapés en velours. Des miroirs dorés.

Un tapis persan sur le sol. C'était là le fruit des transactions malhonnêtes du duo. J'entendais le fredonnement d'un phonographe. J'ai vu Valfierno et Chaudron assis à table à un bout de la pièce. Chacun avec un verre de vin. Valfierno fumait son cigare comme un potentat sud-américain. Chaudron portait une blouse tachée de peinture et semblait chanter par-dessus la musique.

J'ai extrait le couteau de ma poche. J'ai fait sortir la lame. Je laissais la rage monter en moi. Alors, j'ai couru jusqu'à la porte. Je l'ai ouverte brutalement ! J'ai foncé dans la pièce ! J'ai donné un coup de pied dans la chaise de Chaudron et je l'ai vu tomber au sol ! J'ai passé le bras autour de Valfierno. J'ai mis mon couteau contre sa gorge. Chaudron a essayé de se relever mais j'ai posé ma botte sur son ventre.

Valfierno m'a appelé MON GARÇON. *Il a affirmé qu'il avait eu l'intention de me contacter.*

Je l'ai traité de menteur. Évidemment qu'il mentait. Il se montrait calme, mais je sentais son cœur battre à tout rompre. Il a continué son petit jeu. MON GARÇON *par ci,* MON GARÇON *par là. Il m'a dit qu'ils avaient de l'argent à me remettre et a demandé à Chaudron d'aller le chercher.*

Je l'ai suivi dans la chambre. Je tenais Valfierno près de moi, le couteau sous la gorge.

Chaudron a commencé à ouvrir un grand coffre de bois. Je l'ai poussé hors de mon chemin et je me suis approché pour essayer de voir ce qu'il y avait à l'intérieur.

Valfierno m'a dit que tout était dedans. Caché sous les couvertures.

Je me suis penché sur le coffre. Chaudron m'a lancé un coup de pied. J'ai titubé, et Valfierno a rassemblé tout ce qui restait en lui du garçon sud-américain des bidonvilles qu'il était autrefois. Il m'a donné un coup de coude et s'est libéré. Chaudron a tenté de me saisir les bras, que j'agitais dans tous les sens, pendant que Valfierno fouillait dans la malle pour en extraire un pistolet. Il le pointa sur moi et me dit qu'il n'y avait pas d'argent.

J'ai crié que j'allais le tuer. Les tuer tous les deux.

Valfierno a ri. Il m'a appelé MON GARÇON *une nouvelle fois. Il a gardé l'arme braquée sur moi tandis que Chaudron m'enlevait mon couteau.*

J'ai crié qu'ils m'avaient tout volé. Qu'ils me devaient réparation. Mais c'était inutile.

Chaudron m'a attaché les bras derrière le dos avec une corde. Je me suis débattu, mais Valfierno a collé le pistolet contre ma tempe. Il voulait me tuer, mais Chaudron lui a dit qu'il valait mieux attendre pour me régler mon compte derrière la maison, à la nuit tombée, et Valfierno en est convenu. Il m'a nargué. Il a ri de moi. M'a traité d'étranger et de voleur. Il a dit que je ne manquerais à personne.

Ils m'ont fouillé et ont trouvé mon second couteau. Ils ont retiré le carnet de ma ceinture. Chaudron en a feuilleté quelques pages. Il l'a tendu à Valfierno, qui a fait de même. Ils ont lu ce que j'avais écrit à leur sujet. Ils en étaient choqués et amusés. Ils ont dit qu'ils le garderaient pour le lire plus tard, et Chaudron l'a glissé dans la poche de sa veste.

Ils m'ont forcé à m'asseoir sur une chaise, à laquelle ils ont attaché mes poignets et mes chevilles.

Je leur ai dit que je savais qu'ils m'avaient remis une contrefaçon. Je leur ai demandé si La Joconde *qui se trouvait dans l'atelier de Chaudron était l'originale, mais ils n'ont pas voulu me répondre.*

Valfierno a passé ses longs doigts sur ma joue et je lui ai craché dessus.

Chaudron a attaché un morceau de chiffon à peinture autour de ma tête et l'a enfoncé dans ma bouche.

Puis ils se sont mis à boire du vin et à fumer des cigares. Ils ont osé trinquer à ma santé, et ont éclaté de rire.

Je les regardais. Bâillonné, ligoté. Une rage impuissante brûlait dans mes tripes comme de l'acide.

J'essayais de penser de façon lucide. Mes couteaux se trouvaient sur la table à côté du pistolet de Valfierno. Pouvais-je approcher ma chaise ? Mais je n'avais aucun moyen de les attraper les mains liées.

Les deux compères étaient de plus en plus soûls. Chaudron a passé un disque sur le phonographe. Il a fait une petite danse avinée pendant que Valfierno l'applaudissait.

Derrière les fenêtres, il commençait à faire sombre. Ils allaient me faire sortir pour me tuer.

À ce moment-là, la porte s'est ouverte d'un grand coup et Georges Fournier est apparu, armé d'un pistolet.

Chaudron a tendu la main vers celui qui se trouvait sur la table. Fournier l'a fait tomber par terre. Il a pointé son arme vers les deux hommes et leur a ordonné de me détacher.

J'ai toussé et juré tandis qu'on ôtait le bâillon de ma bouche.

Le président de la banque a exigé que Valfierno et Chaudron lui rendent son argent. Valfierno jouait les innocents. Il a demandé à Fournier s'il n'était pas satisfait de son achat.

Celui-ci lui a répondu qu'il savait que c'était une copie.

Valfierno a nié. Il a dit que c'était le chef-d'œuvre de Léonard.

J'ai hurlé qu'il mentait, mais Fournier le savait déjà. Il en avait vu la preuve. Il a porté un coup de crosse au visage de Valfierno, et celui-ci s'est effondré en titubant. Chaudron a pressé une serviette de table sur la lèvre ensanglantée de son ami, puis il s'est levé d'un bond. Quel animal ! Il s'est jeté sur Fournier. Il a fait tomber le pistolet de sa main. L'arme a glissé sur le sol. J'ai foncé pour l'attraper mais Valfierno est arrivé avant moi. Il a agité le pistolet en l'air et nous a ordonné de reculer, mais trop tard, j'étais déjà en mouvement et nous nous sommes rentrés dedans.

Le coup de feu a résonné dans toute la maison.

Chaudron est tombé.

Valfierno s'est jeté à quatre pattes sur son ami. Chaudron a baissé les yeux sur sa blouse ensanglantée. Valfierno a mis un moment à voir la plaie. Il lui a assuré qu'il n'était touché qu'à l'épaule et qu'il n'avait rien de grave.

Je me suis précipité pour récupérer l'arme. Fournier aussi. Puis Valfierno. Nous avons lutté tous les trois pour en prendre le contrôle. Un second coup est parti.

Fournier a reculé. Il a porté les mains à son cou. Le sang coulait, et il a vacillé. J'ai arraché l'ourlet de ma chemise et je lui ai pansé le cou. Le sang a bien vite pénétré le tissu. Fournier a passé un bras autour de moi et m'a attiré vers lui. Il m'a murmuré que personne ne devait apprendre ce qui s'était passé ici. Puis son bras est tombé et son corps s'est relâché.

C'est à ce moment-là que j'ai réalisé que Valfierno et Chaudron s'étaient enfuis. J'ai vu les traces de sang qui menaient à la porte d'entrée. Je leur ai couru après, mais c'était trop tard. La Lorraine-Dietrich disparaissait déjà au bout de la route.

Je suis revenu dans la maison et j'ai regardé le corps sans vie de Fournier. Je n'avais jamais voulu ça. Jamais souhaité ça. Mais il était trop tard pour les regrets.

Je me suis rendu derrière la maison. J'ai trouvé une pelle. J'ai commencé à creuser. J'étais soulagé que le ciel soit couvert. Pas de lune ni d'étoiles pour éclairer ma sombre besogne. J'ai creusé, creusé. Pour ne pas abandonner, je pensais à mon fils. Une fois le trou assez large, je me suis servi du tapis persan pour traîner le corps de Fournier à l'extérieur. J'ai fouillé ses poches. Il y avait plus de cent francs dans son portefeuille.

Ensuite, j'ai poussé son cadavre dans la tombe. Je l'ai recouvert du tapis et j'ai pelleté la terre pardessus. J'ai ramassé des cailloux, des pierres et des branches mortes et je les ai répartis en une nouvelle couche jusqu'à ce que tout soit recouvert.

Je suis retourné dans la maison. J'ai essuyé le sang par terre et sur les murs. Je me suis lavé les mains et j'ai nettoyé l'évier. Puis j'ai fouillé la maison pour trouver l'argent. Je ne pensais pas qu'ils avaient eu le temps de l'emporter. J'ai exploré tous les tiroirs du coffre en bois et de la commode de la chambre. Fouillé les placards et sous le lit. J'ai éventré le matelas. Mis à sac les placards de la cuisine. Fait tomber les verres et la belle porcelaine par terre. Décollé le poêle à bois et la glacière du mur. Piétiné les lattes. Mais aucune n'a cédé.

Je suis ressorti. Je me suis dit qu'ils avaient peut-être enterré l'argent. J'ai ramassé la pelle. Mais par où commencer ? Je n'en avais aucune idée. Je me suis effondré sur la terre fraîche et j'ai couvert mon visage de mes mains. Mon corps était vidé, épuisé. Simone est apparue dans mon esprit. Je l'ai entendue appeler mon nom. Mais c'était plus désolant qu'apaisant.

J'ai retourné l'atelier de Chaudron. Cherché dans le tiroir sous la table de peinture. Dans le minuscule placard. Là aussi, j'ai testé le plancher : rien.

J'ai examiné ses contrefaçons. Une nature morte hollandaise. Un paysage anglais. Une Madone à l'enfant médiévale. Chaudron avait brillamment vieilli et craquelé la peinture. N'importe où ailleurs, j'aurais juré que c'étaient des vrais. J'ai soulevé La Joconde *achevée de son chevalet. J'ai observé le paysage éthéré. La subtile coloration de la peau. Les mains de Lisa del Giocondo si bien détaillées. J'ai cherché les initiales : il n'y en avait pas. Chaudron ne les avait pas encore peintes. À moins que ce ne soit l'original !*

J'ai retourné le tableau. Remarqué les taches, les marques et le sceau du Louvre. Mais j'avais déjà vu Chaudron reproduire ces éléments, ils ne prouvaient rien. J'ai reniflé la surface, mais l'atelier empestait l'huile et la térébenthine, ce qui noyait toutes les autres odeurs. J'aurais pu tester d'effacer la peinture avec de la térébenthine, mais je me fichais à présent de savoir si c'était l'original ou non. Une idée avait germé dans mon esprit. Un plan. Un homme cultivé comme Fournier s'était laissé berner par une contrefaçon. Il y en aurait d'autres. Peut-être était-ce la vraie Monna Lisa, *peut-être était-ce une copie de Chaudron : ça n'avait plus d'importance à mes yeux.*

J'ai emballé le tableau dans un tissu et je l'ai ficelé. Je répétais mon histoire dans ma tête. Je leur dirais que j'avais rendu une contrefaçon au Louvre. C'était la vérité ! J'avais caché l'original jusqu'à ma sortie de prison. Et maintenant, je voulais le vendre.

Cela semblait plausible. Peut-être même vrai. Je savais que je pouvais mener ce plan à exécution. J'avais suivi les coursiers depuis l'atelier de Chaudron jusque chez les collectionneurs et les marchands d'art. J'irais voir ces acheteurs. Je leur dirais que les œuvres qu'ils avaient achetées étaient des fausses. Que la mienne était l'originale. Peut-être était-ce la vérité. J'avais déjà accompli la tâche impossible de voler le tableau le plus célèbre du monde, dans le musée le plus célèbre du monde. Le vendre ne devrait pas poser de problème.

Je me suis déshabillé. J'ai trouvé des habits dans le placard de la chambre qui m'allaient suffisamment bien. J'ai cherché mon carnet, puis je me suis souvenu que Valfierno et Chaudron l'avaient emporté.

J'ai brûlé mes vêtements tachés de sang et répandu les cendres. Je me suis préparé à partir, mais les contrefaçons de Chaudron me hantaient. Elles me tordaient les tripes. Je voulais débarrasser le monde de ces copies. Ces abominations. Ces beautés contrefaites !

J'ai attrapé La Joconde *à moitié achevée sur le chevalet et j'ai passé mon pied à travers ! J'ai saisi la nature morte hollandaise et j'ai fait de même. J'ai arraché le paysage anglais du mur et étudié la main de maître du faussaire pendant un moment avant de me saisir d'un couteau à palette pour déchirer la toile jusqu'à ce qu'elle pendouille de son châssis en de multiples endroits. J'ai jeté la Madone à l'enfant par terre et je l'ai piétinée. Le bois s'est brisé sous mes pieds. J'ai reculé pour mieux constater les dégâts. J'ai sorti la boîte de La Paz de ma poche et roulé une cigarette. Je l'ai allumée. J'ai secoué l'allumette. Je l'ai laissée tomber par terre, et je me suis retourné pour partir.*

C'est là que j'ai remarqué une petite lueur rouge. Mon allumette. Encore vive. Sur une pile de chiffons huileux. Je l'ai écrasée avec mes grosses bottes, mais les étincelles se sont éparpillées. Les flammes ont dansé en direction de la table de peinture de Chaudron. Vers les bouteilles d'huile. Un flacon de térébenthine ouvert. J'ai essayé d'éteindre les flammes à la main. Je me suis roussi les paumes. J'ai trébuché en arrière. J'ai vu les flammes onduler et tournoyer. Hypnotisé. Comme il aurait été facile de m'allonger et les laisser m'emporter. Rejoindre Simone. J'ai inhalé la fumée. Je l'ai sentie dans mes poumons bloquer ma respiration.

Puis une image de mon fils Simon nouveau-né m'est apparue, plus brillante que le feu. Je savais qu'il fallait que je survive. Je me suis précipité hors de l'atelier. J'ai passé la porte d'entrée et inspiré à grandes bouffées l'air frais et nocturne.

J'avais l'argent que j'avais récupéré dans la poche de Fournier. J'ai mis le tableau à l'arrière de la Berliet du président de la banque. J'étais prêt à partir.

Les mains tremblantes, j'ai démarré la voiture. Je n'avais que très peu conduit dans ma vie, mais j'avais un don pour les véhicules motorisés et la conduite m'est venue naturellement. J'ai manœuvré la Berliet sur la route principale. Dans le rétroviseur se reflétaient les flammes rouges qui se tortillaient. Le craquement du bois qui brûlait rivalisait avec le grondement du moteur. Mais je n'ai pas regardé en arrière.

Je gardais les yeux sur la route. J'ai pris la direction de Paris, au nord. Je ne pensais qu'à vendre le tableau et te récupérer. À rien d'autre.

Il m'a fallu plusieurs semaines avant d'y arriver : j'ai fini par vendre le tableau !

Je n'ai jamais précisé qu'il s'agissait de la vraie Joconde. *Je n'en ai pas eu besoin. Le simple fait que j'étais le voleur qui l'avait dérobée au grand musée du Louvre avait suffi.*

La vente s'est faite par l'intermédiaire d'un receleur. Je n'ai jamais rencontré les acheteurs. Ils avaient accepté le prix de cinq cent mille francs que je demandais, et c'était tout ce qui m'intéressait.

J'ai conduit à nouveau la Berliet sur des chemins de terre. Ta grand-mère vivait à présent dans sa petite maison à Toulouse. Un endroit que j'avais visité une fois avec Simone, ta mère. Il m'a fallu deux jours depuis Paris pour atteindre les environs de la ville, et il était tard quand je suis arrivé. J'ai trouvé une chambre dans une auberge. J'y ai mangé et bu seul. Je n'ai parlé à personne.

Cette nuit-là, j'ai rêvé que Simone et moi vivions dans un grand appartement avec toi, notre fils bien-aimé. Nous étions deux artistes reconnus. Acclamés par la critique.

Je me suis réveillé avec les larmes aux yeux. Mais j'étais heureux. Je croyais que ce rêve était le signe que j'allais te récupérer.

Dans la matinée, j'ai pris mon temps pour me préparer. Je me suis lavé le visage. Je me suis rasé de près. J'ai taillé ma moustache. J'ai coiffé mes cheveux avec de la brillantine. J'ai enfilé des chaussures et des habits neufs que j'avais achetés à Paris. Il fallait que je me mette en valeur. Il fallait que j'aie l'air riche. J'ai déchiré la doublure de mon vieux manteau, où j'avais caché les francs. Je les ai soigneusement glissés dans une sacoche, que j'ai attachée autour de ma taille. Je l'ai recouverte d'un gros gilet de laine que j'ai boutonné jusqu'au col.

J'ai quitté l'auberge pour emprunter les routes de campagne étroites. Je pensais à Simone. À notre visite ici des années plus tôt. Un beau jour d'été. Simone était radieuse dans sa robe blanche, avec ses cheveux blonds défaits autour de son visage.

La maison était comme dans mes souvenirs. Une petite bâtisse de pierre aux volets jaunes patinés. J'ai arrêté la Berliet.

Ta grand-mère est sortie sur le perron. Un enfant se trouvait dans ses bras, enroulé dans une couverture. Elle semblait ne pas me reconnaître. Peut-être était-elle aveuglée par le soleil d'hiver, par ma voiture très chère ou par mes nouveaux habits élégants. Enfin, elle m'a reconnu. Son visage s'est fermé. Elle m'a demandé ce que je voulais. Je lui ai dit que je souhaitais simplement discuter. Entrer dans la maison. Je faisais attention à garder une voix posée et douce.

Elle m'a dévisagé pendant un long moment. La voiture de luxe. Les vêtements onéreux. Il m'a semblé qu'une éternité s'était écoulée avant qu'elle accepte.

La maison était en désordre, pleine à craquer. Le berceau prenait la moitié du salon. Des couches humides séchaient sur le dossier des chaises.

J'ai demandé si je pouvais te regarder.

Marguerite a hésité, puis elle a baissé la couverture pour révéler tes beaux cheveux blonds et les longs sourcils entourant tes yeux de la même couleur que ceux de ta mère. Mon cœur a enflé dans ma poitrine devant tant d'amour et de tristesse.

J'ai dit à ta grand-mère que j'avais gagné beaucoup d'argent. Elle n'a rien répondu, mais j'ai vu son visage s'adoucir légèrement et j'y ai lu une pointe de curiosité.

Je lui ai demandé si je pouvais te prendre dans mes bras.

Elle a hésité une nouvelle fois, puis elle t'a tendu vers moi. Tu as posé ta tête dans le creux de mon cou. Je n'avais jamais ressenti une joie pareille. Les larmes me sont montées aux yeux.

Marguerite s'est assise sur une chaise près de la table de la cuisine. Elle semblait vieille et fatiguée.

Je lui ai demandé si elle t'avait donné un nom. Elle m'a répondu : Simon, et je l'ai murmuré encore et encore, les lèvres près de tes joues. Simon, Simon.

J'ai demandé à Marguerite si elle me haïssait encore. Elle m'a dit qu'elle était trop vieille pour la haine. Trop fatiguée, aussi.

On s'est assis à la table de la cuisine et on a discuté en buvant un café. Je lui ai dit que j'avais beaucoup de succès à Paris avec mes tableaux. Mes propres tableaux. Je n'étais pas sûr qu'elle ait cru à ce mensonge. Mais elle n'a rien dit. Je voyais qu'elle avait besoin de mon aide. Elle voulait me croire.

Je l'ai aidée à se redresser. J'ai remis des bûches dans le feu. Marguerite a préparé des petits pois qu'elle a écrasés, et je t'ai donné à manger. Tu t'es mis à pleurer, et je t'ai porté dans mes bras en marchant jusqu'à ce que tu t'endormes, puis je t'ai déposé dans ton berceau.

Je suis revenu à table, où Marguerite m'attendait. Elle m'a demandé combien d'argent j'avais. Je lui ai répondu beaucoup. Assez pour nous tous. Le tout gagné en vendant mes œuvres. Elle m'a dit que la provenance de l'argent n'avait aucune importance. Elle était seule, fatiguée, et plus toute jeune. Elle avait du mal avec le bébé. Mais elle ne voulait pas le perdre. Il était tout ce qui lui restait de sa fille.

Je l'ai regardée dans les yeux. J'ai dit qu'il était tout ce qui me restait de Simone, à moi aussi.

Elle m'a parlé d'une maison à vendre au bout de la rue. Une simple maison de pierre. Solide. Deux fois plus grande que la sienne.

J'ai dit que je l'achèterais si on pouvait y vivre tous les trois. Elle a accepté et elle s'est mise à pleurer.

82

Je me réveillai par terre, roulé en boule, courbaturé, le soleil matinal perçant à travers la fenêtre de ma chambre à Bayonne. Ma première pensée fut : *Il faut que j'appelle Smith, je dois lui raconter ce qui est arrivé à Peruggia.* Puis la réalité me revint ; je dis cependant à voix haute : « On l'a trouvée, Smith, la fin de l'histoire. »

Mon père dormait encore, sans doute du fait de sa gueule de bois, et je pris le petit déjeuner avec ma mère. Elle me demanda si j'avais bien dormi, et je lui répondis que oui, ce qui était un mensonge, mais une part de moi se sentait bien, satisfaite d'une façon que je n'avais plus ressentie depuis que j'étais rentré, heureux de savoir que Vincent avait retrouvé son fils. Ma mère prépara des œufs brouillés et des pancakes aux fraises, et je dévorai le tout accompagné d'une demi-bouteille de sirop de maïs pendant qu'elle m'interrogeait sur mon boulot d'enseignant (« Ça se passe très bien ») et ma carrière artistique (« Ça se passe très bien »), mais aussi sur son sujet favori : si je voyais quelqu'un (« Personne en particulier ») ; un autre mensonge, mais pas vraiment, car je ne voyais plus Alex.

De retour en ville, j'appelai l'inspectrice Cabenal et lui posai des questions sur son répondeur : avaient-ils retrouvé l'agresseur de Smith, et quelqu'un cherchait-il toujours les contrefaçons de Chaudron ? Je doutais fort de recevoir une réponse de sa part, et je n'en reçus pas. Je me demandai comment ils pouvaient abandonner, ne pas poursuivre la piste du Louvre ni reprendre la liste des collectionneurs douteux de Smith. Cette idée me poussa à fouiller dans mes papiers, mais je ne remis pas la main sur cette liste. Puis je me souvins que Smith me l'avait envoyée par courriel. Je la retrouvai dans ma boîte et l'imprimai.

Quatre des noms disposaient d'une adresse à Manhattan. Je les étudiai, en me demandant pourquoi j'avais imprimé le document et ce que je pourrais bien en faire. Les appeler et dire : *Hé, vous ne me connaissez pas, mais est-ce que par hasard vous possédez des œuvres volées ? Une copie de* La Joconde*, peut-être ? Voire l'originale ?*

Une idée ridicule.

Puis je pensai à Smith. J'avais l'impression de lui devoir bien ça, que peut-être je pourrais au moins rétablir sa réputation au sein d'Interpol, mais ce n'était pas qu'une question de devoir ou d'obligation. Il s'agissait de quelque chose de bien moins noble : la vengeance. Une image de moi me revint : paquet de Marlboro glissé dans l'ourlet de ma manche au-dessus de mon tatouage, avec mon gang, en chasse, pour prendre notre revanche sur quelqu'un qui nous avait fait du tort, selon nous. Nous n'avions pas toujours raison, mais ça ne nous arrêtait pas. C'était amusant de voir tout le chemin que j'avais parcouru. Mais laissait-on jamais vraiment derrière nous les personnes que nous étions auparavant ?

Je ne passai pas beaucoup de temps à me pencher sur cette question philosophique. Au lieu de ça, je regardai le premier nom sur la liste de Smith, Jonathan Teivel, je notai l'œuvre inscrite à côté de son nom et j'élaborai un plan en vitesse. Je dis à sa secrétaire que j'étais un historien de l'art qui écrivait un article sur l'artiste en question, le Titien, et je me demandais si M. Teivel disposait d'un tableau de cet artiste, et si oui, s'il accepterait de me le montrer. J'inventai toute cette histoire sur le moment, avant que toute pensée logique et rationnelle ne m'arrête.

La secrétaire, zélée mais sympathique, me dit que son patron était en réunion mais qu'elle lui transmettrait le message. Je raccrochai, à la fois déçu et soulagé, ce qui ne m'empêcha pas de passer un autre appel. Une autre secrétaire. La même histoire au sujet d'un article à écrire. Cette fois, le patron était en déplacement et ne serait pas de retour avant un mois. J'inscrivis un point d'interrogation à côté de son nom et, profitant de la petite dose d'adrénaline restante, j'appelai le suivant sur la liste. Celui-ci était un avocat qui, d'après son assistant juridique, avait une affaire à Los Angeles et ne reviendrait pas avant plusieurs semaines. Un nouveau point d'interrogation. Plus qu'un nom à contacter.

« Rembrandt ? » L'assistante personnelle, bavarde et amicale, répéta le nom de l'artiste que je venais de lui donner. « M. Baine collectionne les œuvres d'art, et certaines sont dans nos bureaux, mais il n'a pas de Rembrandt à ma connaissance. Peut-être dans l'une de ses résidences, mais je n'en suis pas certaine.

M. Baine n'est pas là, mais je lui transmettrai votre message. »

J'avais réussi. J'avais passé les appels. C'était suffisant. Smith serait fier de moi. Maintenant, j'attendais de voir s'ils allaient donner quelque chose, mais j'en doutais fort.

83

À deux heures du matin, tout est fermé dans le quartier des finances, et tout est calme.

Le Russe tire une bouffée de sa cigarette et se dirige vers Water Street au point de rendez-vous convenu.

L'intermédiaire a demandé à le voir. Pourquoi, après deux missions durant lesquelles ils ne s'étaient jamais vus ? *Un piège ? Probablement.* Il avait fait son boulot et ils en avaient fini avec lui. Il a déjà été confronté à ce type de personnes auparavant et il se tient prêt, mais il veut voir ce qu'il peut tirer de l'intermédiaire d'abord, comme le nom de celui pour qui il travaille, des envies de vengeance bourdonnant dans sa tête comme une ruche d'abeilles tueuses.

Le quartier est presque désert à cette heure de la nuit, mais le Russe détecte tout de même le bruit grinçant d'un camion poubelles, une sirène dans le lointain, et une corne de brume sur le fleuve. Il jette des coups d'œil furtifs d'un côté et de l'autre en jouant avec le couteau dans sa poche.

Arrivé à Broad Street, il prend vers l'est en direction du fleuve.

Il y a un bar, le Street Angel, ouvert toute la nuit, tu ne peux pas le manquer.

Et le voici, l'enseigne lumineuse clignotant comme un avertissement dans l'obscurité.

Le Russe arrive presque à hauteur du bar lorsque deux hommes sortent de nulle part, un devant lui, un derrière, et l'entraînent dans une ruelle. Il est prêt à se battre, mais pas à recevoir un choc électrique dans la nuque. Tout son corps est parcouru de spasmes, mais il arrive à arracher le taser des mains du type. Il voit que l'autre a un pistolet. Les muscles pris de convulsions, il attrape le long canon du silencieux, mais l'homme tire et la balle frôle le contour charnu de la paume du Russe. Il ne lâche pas pour autant, sort le couteau de sa poche et le plante dans le ventre du type. L'autre, celui qui avait le taser, est déjà sur pied. Le Russe lui envoie un coup de poing, puis il le charge de ses cent dix kilos et le couche au sol. Il atterrit sur son assaillant, se saisit de l'arme à feu et la plaque contre sa tempe en disant : « Alors… c'est… toi… le type… qui me donnait… les instructions. »

L'homme en dessous de lui grogne :

« Nooon… C'est lui qui m'a engagé… » Il pointe le menton vers l'autre type, au sol, qui s'est fait poignarder. « Je ne sais rien ! Je ne suis personne !

— On est d'accord », dit le Russe avant de lui tirer une balle dans la tête. Il roule sur le côté, se relève, et malgré les tressautements dans ses muscles, pointe l'arme sur l'homme à terre qui essaye d'empêcher la plaie dans son ventre de saigner. « Pour qui tu travailles ? Qui t'a envoyé pour me tuer ?

— Je… fais juste ce qu'on me dit… comme toi. J'obéis aux ordres. »

Le Russe sourit, découvrant ses petites dents décolorées. « Tu as le choix, mon ami. Dans cinq secondes, je commence à te tirer dans les doigts et les orteils, ou alors tu me dis ce que je veux entendre et je m'en vais. »

L'homme lève la tête, clignant des yeux comme une ampoule sur le point de lâcher.

« Qu'est-ce… qu'est-ce que tu veux ?

— Ton patron. Son nom.

— Je… ne sais pas. Je n'ai jamais su. Je ne l'ai jamais rencontré. Tu sais comment ça marche. »

Ses mains sont pressées contre son ventre, le sang coule entre ses doigts.

« Son numéro de téléphone, alors.

— Il me fera tuer. »

Le Russe se penche et sort un téléphone de la poche de l'intermédiaire. « Ne t'inquiète pas, dit-il en armant le pistolet. Il n'aura pas besoin de le faire. » Il tire deux fois sur le type, juste pour être sûr, puis il récupère son chapeau par terre, retourne son manteau pour cacher d'éventuelles traces de sang et sort de la ruelle.

Il fouille dans le téléphone de l'intermédiaire tandis qu'il descend la rue déserte avec une seule idée en tête : retrouver l'homme qui a ordonné son exécution et le tuer.

84

Le lendemain, je reçus un appel de la secrétaire de Jonathan Teivel pour me dire que son patron voulait bien me recevoir. J'étais surpris. J'envisageai de ne pas y aller, mais finalement je me rendis au rendez-vous.

La cinquantaine, les cheveux plaqués en arrière sur un front dégarni, Teivel glissa les pouces derrière ses bretelles à rayures.

« Rappelez-moi pourquoi vous pensez que je possède un tableau du Titien ?

— Un ami conservateur en Europe m'a donné une liste de tableaux et de collectionneurs qui possédaient des Titien, selon lui.

— Votre ami fait erreur. Je possède quelques œuvres, mais pas de tableau du Titien. » Teivel jeta un œil vers la baie vitrée qui emplissait son bureau de lumière matinale, avec vue sur l'Hudson, la statue de la Liberté et la côte du New Jersey. « Votre ami travaille dans quel musée, déjà ? »

Je ne lui avais pas encore dit.

« Le Louvre.

— *Vraiment ?* Comment s'appelle-t-il ?

— Gingembre. »

Je doutais qu'il aille vérifier l'information auprès du musée s'il était mouillé dans le trafic d'œuvres d'art.

« Je crains que votre ami ne vous ait fait perdre votre temps. »

Si oui, je ne pouvais m'empêcher de me demander pourquoi Teivel avait pris la peine de me recevoir. Je lui dis que ce n'était pas grave, que j'avais le temps.

Il me fit un sourire carnassier.

« Ma secrétaire dit que vous êtes historien de l'art et que vous écrivez quelque chose sur le Titien.

— Sur la Renaissance en général.

— Je vois. Pour quelle revue, vous m'avez dit ? »

Je ne le lui avais pas dit, encore une fois.

« Un journal universitaire. Si vous n'avez pas de Titien, qui collectionnez-vous ?

— Un peu de tout. De la Renaissance et du contemporain.

— Quels artistes de la Renaissance ?

— Raphaël et Giorgione. Seulement les croquis, bien sûr. J'ai peur que les tableaux ne soient pas à ma portée. »

Je jetai un œil dans son grand bureau d'angle, à la vue impressionnante. J'avais effectué quelques recherches et je savais que Teivel était l'un des associés fondateurs de sa société d'investissement, l'une des plus grandes et des plus prestigieuses de la ville. Je doutais du fait qu'il existe beaucoup de choses hors de sa portée. Le soleil vint frapper l'or à son poignet.

« Je vois que vous admirez ma montre. Vacheron Constantin… Traditionnelle… Quantième perpétuel… Mécanisme apparent. » Il énonça chaque mot et releva sa manchette pour la montrer. On aurait dit un cadran solaire, ou plutôt quatre cadrans miniatures, chacun des petits mécanismes bien visible.

« Monture en or rose, verre saphir, dit-il en la portant à mon visage. Deux cent soixante-seize éléments. Trente-six joyaux. Les jours de la semaine, un calendrier sur quarante-huit mois, y compris les années bissextiles, et bien entendu les phases de la lune.

— Bien entendu, dis-je en percevant l'effluve de son eau de Cologne citronnée.

— Je serais perdu sans elle. Vous devriez vous en acheter une.

— Bien sûr, dis-je, conscient qu'il se moquait de moi. Je l'échangerai contre ma Swatch. »

Il rit bien trop fort.

Je lui demandai si je pouvais voir les croquis de Raphaël et de Giorgione qu'il avait mentionnés, et il me répondit : « Ils sont dans mes différentes demeures – Park Avenue, Palm Beach, Aspen –, pas au bureau. Vous n'êtes pas un voleur d'œuvres d'art, au moins ? » Un autre rire bien trop sonore.

Je ris aussi.

« Non. Juste un professeur associé d'histoire de l'art.

— Et où exercez-vous votre poste d'associé ? Dans un institut de technologie ? »

J'étais trop heureux de lui balancer le nom de mon université renommée, d'où j'allais peut-être me faire virer, mais j'avais l'impression que Teivel savait déjà où j'enseignais, qu'il savait tout de moi.

« Tant mieux pour vous, dit-il. Vous vivez en ville ?

— Sur la Bowery.

— La *Bowery* ? Vraiment ? Difficile d'imaginer qu'une rue pareille, autrefois au cœur des bas-fonds, soit un emplacement recherché, mais apparemment les choses ont changé. Vous vous y sentez en sécurité ? »

Je lui répondis que le quartier était parfaitement sûr, de nos jours.

« Je vous crois, dit Teivel. Mais on ne sait jamais, n'est-ce pas ? Je veux dire : il peut arriver n'importe quoi n'importe où. »

Était-il en train de me menacer ?

« C'est pour ça que j'ai plusieurs verrous sur ma porte.

— Pas de barreaux aux fenêtres ?

— Je vis en étage élevé. Alors à moins que ce soit Spider-Man…

— Mon superhéros favori, dit Teivel.

— Vraiment ? J'aurais plutôt dit Wolverine. »

Teivel laissa échapper un rire très wolverinien. « Vous me flattez. »

Certainement pas. Nous discutâmes quelques minutes encore de sa collection d'art contemporain – Warhol, Basquiat, Koons –, mais Teivel semblait s'ennuyer de plus en plus. Peut-être avait-il eu ce qu'il voulait et ne me trouvait pas assez menaçant. Il me reconduisit à la porte de son bureau et me tendit la main.

« Si j'étais vous, je mettrais des barreaux à mes fenêtres sur la Bowery, dit-il en me serrant très fort la main. On ne sait jamais quand Spider-Man peut se pointer. » Il émit un autre rire canin.

« Non, dis-je en serrant sa main en retour. Je n'ai pas peur du petit Peter Parker.

— Et de Wolverine ? »

Il me lâcha la main, me fit sortir et claqua la porte derrière moi.

85

Une fois chez moi, je sortis la carte de l'inspectrice Cabenal. Je savais qu'elle ne serait pas ravie d'avoir de mes nouvelles, mais je voulais lui parler de Teivel, lui donner son nom pour voir s'il lui disait quelque chose.

Je fus surpris lorsqu'elle décrocha, mais j'avais raison : elle n'était pas ravie de m'entendre. Je lui parlai de Jonathan Teivel. Le nom ne lui rappelait rien.

« Il était sur la liste de collectionneurs de Smith, ceux sur lesquels il comptait enquêter.

— Et vous avez rencontré cet homme ? »

Je lui dis que oui.

Il y eut une pause, puis ses mots résonnèrent comme des coups de feu.

« Monsieur Perrone ! Si vous continuez à enquêter sur le sujet, je n'aurai d'autre choix que de vous dénoncer aux autorités locales et vous faire arrêter. Est-ce que… vous… comprenez ? » Je voulais lui dire d'aller se faire foutre, mais je me tus. « Vous êtes là ? Vous m'avez entendue ?

— Je suis là.

— Tout ce sur quoi l'analyste Smith enquêtait ne vous concerne plus. Ça ne le concerne plus, lui non plus, d'ailleurs. Ici, son travail est terminé. On est bien d'accord ?

— Parfaitement », dis-je avant de raccrocher.

Je commençai à nettoyer mon loft afin d'évacuer la colère. Était-ce parce que Interpol ne s'intéressait pas à ces collectionneurs malfaisants ou bien parce que tout ce sur quoi Smith avait travaillé avait été décrédibilisé, balayé ?

Tout ce sur quoi l'analyste Smith enquêtait ne vous concerne plus. Lui non plus, d'ailleurs.

Les mots de Cabenal résonnaient dans ma tête pendant que je faisais semblant de réorganiser mon bureau ; je froissais des papiers et rangeais les crayons et les stylos dans le pot.

Ici, son travail est terminé. Évidemment, puisqu'il était mort.

Je m'arrêtai un moment et regardai par la fenêtre en direction d'un bâtiment voisin, sans vraiment le voir. J'entendais encore les paroles de Cabenal, et quelque chose me paraissait étrange dans sa formulation : *Ça ne le concerne plus, lui non plus – ici, son travail est terminé.* Cela voulait-il dire qu'il n'était pas terminé ailleurs ? Venait-elle de me révéler que Smith était encore en vie ?

Je rejouai dans ma tête l'appel que j'avais passé à l'hôpital parisien.

M. Smith n'est plus en soins intensifs.

Sur le moment, j'étais parti du principe qu'il était mort, d'autant plus que Cabenal ne m'avait jamais précisé s'il avait survécu ou non, alors que nous avions un marché. Mais pourquoi aurait-elle respecté notre marché ? Elle en avait fini avec moi, ainsi qu'avec Smith – mort ou vif.

Je la rappelai, mais je tombai cette fois sur son répondeur. Je ne pris pas la peine de lui laisser un message. J'appelai l'opérateur international pour Lyon et demandai à parler à John Washington Smith. Personne de ce nom sur la liste. Mais j'avais le numéro de Smith quelque part ; j'en étais convaincu, je me souvenais qu'il m'avait laissé sa carte. Non, il ne me l'avait pas donnée, il l'avait glissée dans la poche de ma chemise. Et après ça ? J'y repensai un moment. Je lui avais téléphoné, donc je cherchai dans mon journal d'appels, mais je ne trouvai rien. D'où l'avais-je appelé ? Du taxi, après l'agression. Exact.

Je sortis mon portefeuille et le fouillai. Elle était là : la petite carte blanche coincée entre des euros et des dollars.

J'écoutai le téléphone sonner trois, quatre, cinq fois. Je commençais à me demander si je n'étais pas fou ; peut-être que Smith était bien mort. Je tombai sur son répondeur. « Laissez un message. » C'était tout, aucune identification, mais c'était clairement sa voix. Un vieux message ? Son téléphone marcherait-il encore s'il était mort ? Peut-être.

« Smith, dis-je. C'est Luke Perrone. J'ai quelque chose à vous dire. Rappelez-moi, euh, si vous êtes encore en vie… »

Je raccrochai. Quelques minutes plus tard, mon téléphone sonna.

« Perrone ?

— Merde, alors ! Vous êtes vivant !

— Comment avez-vous eu ce numéro ?

— Vous me l'avez donné, vous vous rappelez ? Bon Dieu, pendant tout ce temps j'ai cru que vous étiez mort.

— C'est tout comme.

— Ça ne vous va toujours pas de vous apitoyer sur votre sort, Smith.

— Allez vous faire foutre, Perrone.

— Vous, allez vous faire foutre. Dites-moi, vous êtes en un seul morceau ?

— J'ai plus de coutures qu'un ballon de football, mais ça va.

— Cabenal m'a dit que vous étiez mort. Enfin, pas exactement. Elle a dit qu'il n'y avait que peu de chances que vous surviviez, hémorragie interne, ce genre de chose.

— Je ne suis pas passé loin, et j'imagine que Cabenal est déçue que je ne sois pas mort – ça lui aurait évité une certaine gêne, tout comme à Interpol. J'ai perdu mon boulot et ma rate, mais apparemment ça ne sert à rien, la rate. À part ça, je suis plus ou moins en un seul morceau.

— Mon Dieu. Je vais appeler cette connasse et lui dire ce que j'en pense. »

Il me demanda de ne pas le faire car ça nous attirerait des ennuis à tous les deux.

« Elle m'a laissé croire que vous étiez mort, Smith. Vous savez ce que ça m'a fait ?

— Vous avez pleuré comme un bébé, n'est-ce pas ? »

J'entendis pour la première fois la taquinerie dans sa voix. « Pire », répondis-je, mais je n'entrai pas dans les détails. Je lui racontai que j'avais repris sa liste de collectionneurs, que j'avais passé quelques coups de fil, et lui parlai des menaces de Teivel.

« Vous êtes fou ? dit-il.

— Pas plus que vous.

— Écoutez, c'est trop tard. Je suis viré, terminé. C'est comme si je n'avais jamais existé.

— Où êtes-vous ?

— Où d'autre que dans mon appartement merdique à Lyon ? Mais je compte partir d'ici.

— Pour aller où ?

— Je ne sais pas encore. Où vont les types de quarante-sept ans sans emploi ni avenir ?

— Dans le secteur privé ?

— Quoi, je me fais embaucher comme agent de sécurité dans une banque de banlieue ?

— Imaginons que je prouve que vous aviez raison.

— De quoi parlez-vous ?

— De poursuivre la piste des collectionneurs, pour voir ce que je trouve. Quelque chose qui montre à Interpol que vous étiez sur un gros coup, un moyen de blanchir votre nom.

— Mon nom ? Bon Dieu, Perrone, vous êtes encore un grand romantique. Rien de ce que vous pourrez dire ne fera changer Interpol d'avis. Je vous l'ai dit, c'est trop tard – et trop dangereux. »

J'aurais voulu lui dire : *Vous méritez mieux, après tout ce que vous avez fait*, mais je savais qu'il avait raison. Je ne pouvais pas le sauver, et j'avais à peine réussi à me sauver moi-même.

« Arrêtez tout ce que vous faites, dit-il. Je ne vous le demande pas, je vous l'ordonne. Arrêtez. Vous m'entendez ?

— Je vous entends. »

Son soupir au bout du fil sonna comme une tempête. « Écoutez, j'apprécie le geste, mais ça ne sert à rien et vous prenez trop de risques. Vous avez vu ce qui peut arriver, non ? »

Je me souvenais très bien.

« Promettez-moi que vous allez lâcher l'affaire. »

Je le lui promis.

86

Cette nuit-là, j'eus du mal à dormir. Une fois assoupi, je fis des rêves étranges : Smith mourant dans une rue de Paris, la montre de luxe de Jonathan Teivel qui fondait comme dans un tableau de Dalí, *La Joconde* qui flottait la tête en bas. Le matin, je dus me rappeler que Smith était encore en vie, et j'étais très en colère d'avoir fait mon deuil à grands verres d'alcool. Je voulais appeler l'inspectrice Cabenal et lui hurler dessus, mais je savais que Smith avait raison, que ça n'entraînerait que des problèmes. Je pensai à Teivel, son rire canin à la Wolverine et ses menaces. Smith avait raison à ce sujet aussi : il était dangereux d'enquêter sur ces types, et il fallait que j'arrête. Que j'abandonne cette folie pour me recentrer sur moi-même, ma vie et ma carrière, trouver ce que j'allais dire au comité de titularisation et me remettre à faire de l'art.

J'ouvris mon ordinateur portable, retrouvai la liste des collectionneurs de Smith et l'effaçai. Puis je froissai la version imprimée et la jetai à la poubelle.

Ensuite, je démontai l'autel et vidai le classeur – les cartes du Louvre avec le chemin emprunté par Peruggia, ma correspondance, les essais et théories sur le vol que j'avais rassemblés depuis vingt ans : tout à la poubelle. Je ne conservai que la photo d'identité judiciaire, même si je me disais que je lui ressemblais beaucoup moins depuis que j'avais rasé ma moustache et que je m'étais coupé les cheveux plus court.

Ça me faisait du bien de tout jeter ; c'était un nouveau départ, pas simplement le début d'une nouvelle journée.

Je déballai les tableaux que j'avais laissés en plan des semaines plus tôt, les appuyai contre le mur et arrangeai mes pinceaux et mes tubes de peinture. Je pris le temps de les disposer par couleur en spectre autour de ma palette, comme je le faisais en école d'art, les tons terre près des jaunes, puis les rouges, les violets et les bleus, un tube de noir et un tube de blanc plus gros de part et d'autre. J'appréciai le fait de m'adonner à une tâche aussi méthodique après avoir autant perdu le contrôle sur ma vie.

J'observai les tableaux inachevés.

Puissants et colorés, pleins de promesses, et d'une logique intrinsèque qui aide à les élever au-dessus des abstractions ordinaires, écrivait le *New York Times* il y a quatre ans, à l'époque de ma dernière exposition. Qu'était-il arrivé à ces promesses ?

Je jetai un œil à la toile que j'avais appuyée contre le rebord de la fenêtre – la nature morte de Peruggia représentant des fruits sur un tissu rouge, le tout entouré de lignes bleu noir.

Quelques minutes plus tard, j'enfonçai des clous dans le mur pour accrocher une nouvelle toile blanche – je n'utilisais jamais de chevalet –, je versai de la peinture sur ma palette et je remplis deux pots de médium et de white spirit.

Des heures s'écoulèrent avant que je m'arrête pour regarder ce que j'avais fait.

Le tableau – inspiré d'une vue de la fenêtre de mon atelier et au-delà –, composé de grosses couches de peinture, représentait un sujet abstrait, mais l'on pouvait aussi y voir un paysage urbain si l'on regardait assez longtemps. Laid, beau, différent de tout ce que j'avais jamais créé, la peinture si épaisse qu'elle mettrait des semaines à sécher, les contours des formes découpés dans le pigment avec l'arrière de mon pinceau ou esquissés en bleu noir.

Je fixai la toile, l'évaluant comme si elle avait été peinte par quelqu'un d'autre. C'était peut-être l'œuvre la plus honnête et la plus captivante que j'eusse jamais faite, une image créée à partir d'un sentiment, du fait de vivre l'instant présent. Pour la première fois depuis des années, je voulais continuer de peindre.

D'autres clous dans le mur, une autre toile vierge. Cette fois, je dessinai directement à la peinture, laissant le pinceau faire ce qu'il voulait, guider ma main. Au bout d'une heure, j'obtins un tableau brut et encore informe mais bourdonnant de vie : un nu sans visage. J'essayai de peindre la tête plusieurs fois, effaçant chaque tentative avec un chiffon et laissant une tache de peinture au-dessus des seins et du cou, mais je savais très bien qui je cherchais à représenter – une femme que je n'avais pas réussi à capturer dans la vraie vie. Une femme que j'avais abandonnée – ou bien était-ce elle qui m'avait abandonné ?

Je trempai mes pinceaux dans le white spirit, quittai mes vêtements d'atelier, nettoyai la peinture de mes mains, tout en pensant à Alex. Une minute plus tard, j'étais sur mon portable. Spence. Dalton. Brearley. Toutes les écoles privées huppées de Manhattan. Aucune d'entre elles n'avait entendu parler d'Alexandra Greene.

Je jetai un œil vers le nu inachevé, et j'eus la sensation qu'Alex était là, quelque part, en ville. Je le sentais.

87

Il regarde d'un côté et de l'autre dans la rue, ses yeux incolores balayent les nouveaux et les anciens bâtiments, une structure en métal simplement appelée New Museum, le trottoir fourmillant de gens en mouvement. Il cherche quelqu'un d'immobile, se concentre d'abord sur un jeune homme sur son téléphone, puis un homme échevelé au coin de la rue – un SDF ou quelqu'un qui fait semblant ? D'ordinaire, il arrive à repérer les professionnels, mais c'est plus difficile à Manhattan, dans cette rue étrange et hétérogène appelée la Bowery – tant de gens différents : des personnes raffinées, des clochards, des Américains, des Asiatiques et des Européens, certains en manteau de fourrure, d'autres si peu vêtus qu'ils doivent mourir de froid car un vent glacial souffle sur la ville d'un fleuve à l'autre.

Il vérifie son appareil de pistage : le point rouge reste statique, l'Américain est dans son appartement, cinq étages au-dessus de lui. Il revoit les moments clés de leur séjour à Florence et à Paris et pense au lien étrange qui les unit. Il sait que l'Américain est connecté à l'homme qu'il cherche, l'homme qui essayait de le faire exécuter. Il imagine que cet homme veut se débarrasser de l'Américain aussi et le fait sûrement surveiller. Il jette un œil sur les messages et les appels de l'Américain, peu convaincu de leur importance, mais il les inspectera plus tard.

L'appareil portatif sonne : c'est le signal qui indique que l'Américain se déplace. Quelques minutes plus tard, le Russe lève les yeux et, sans surprise, le voit sortir de l'immeuble. Il se retourne mais garde les yeux rivés sur l'appareil, sur le point rouge qui bouge, puis il lance un coup d'œil par-dessus son épaule et voit l'Américain qui s'engouffre dans le métro.

En moins d'une minute, il a crocheté la serrure de la porte d'entrée et monte le vieil escalier en métal jusqu'au cinquième étage.

La porte de l'Américain est tout aussi facile à forcer.

Il entre, inspecte le parquet irrégulier et le plafond plaqué d'étain, les meubles en trop, un grand mur recouvert de livres, d'autres ouvrages sur une table basse en bois, dont l'un sur le dessus de la pile qui parle de cet artiste qu'il avait vu dans le musée de Florence et qu'il aimait bien : le Caravage. Il le feuillette, s'arrête sur une reproduction pleine page en couleurs de la tête de la Méduse, et la déchire. Il la roule et la fourre dans sa poche de chemise.

Il prend le couloir et arrive dans une autre pièce, plus grande, avec des toiles sur les murs, les taches de peinture au sol, l'odeur de l'huile et de la térébenthine lourde dans l'air. Il s'avance vers un tableau et le touche. Ses doigts se tachent de pigments, et il laisse de petites marques à la surface de la toile. Il attrape un pinceau et s'en sert pour effacer ses empreintes. Il essuie le manche du pinceau à l'aide d'un chiffon, se nettoie les doigts avec, le retourne et le fourre dans sa poche arrière. Il s'arrête un moment pour admirer un nu sans visage et se retient de laisser un mot à l'Américain : *J'aime bien celui-là, finis-le !*

Un ordinateur est posé sur une longue table de travail en bois, à côté d'une pile de factures, un carnet de chèques, et plusieurs notes qu'il n'arrive pas à lire car l'Américain a une écriture illisible. La toute petite corbeille près du bureau déborde, et il se penche pour en extraire un morceau de papier à moitié froissé, attiré par le symbole bleu en forme de globe. Il le déplie sur le bureau et reconnaît le logo d'Interpol, ainsi qu'une liste de noms. Il repense à la femme élégante dans la maison au dôme d'argent qui lui avait dit que les hommes venaient d'Interpol. Se pouvait-il que l'Américain travaille bel et bien pour eux ? Ou bien est-ce que ce papier appartenait à l'autre, celui qu'il avait tué ? Quoi qu'il en soit, il faut qu'il vérifie les noms sur cette liste. Il glisse le papier dans sa poche derrière la reproduction bien roulée du Caravage. Puis il passe en revue les belles piles de factures, d'enveloppes et le chéquier et les déplace à l'autre bout de la table. Ce n'est pas drôle si la proie n'a aucune idée qu'elle est traquée.

88

Je commençai par Dalton. Encore une histoire inventée. Cette fois, j'écrivais un article sur les « meilleures écoles privées » de New York. La directrice accepta de me rencontrer. J'avais effectué mes recherches et je connaissais certains de leurs anciens élèves célèbres : Claire Danes, Anderson Cooper, Chevy Chase, des noms que je pus glisser en plus de celui d'Alexandra Greene. « Elle est devenue une historienne de l'art très connue », dis-je, mais l'administratrice n'avait jamais entendu parler d'elle. Je lui montrai la photo sur mon téléphone, celle que j'avais prise d'Alex en train de dormir dans notre chambre d'hôtel, recadrée sur son visage. La directrice me dit qu'elle ne la reconnaissait pas. Je lui demandai de regarder à nouveau. Elle dit qu'elle était absolument certaine, et je la crus. Elle n'avait eu aucun tic, aucune hésitation.

Pareil à Spence.

J'étais sur le point d'abandonner jusqu'à ce que j'arrive à Brearly, l'une des meilleures écoles « haut de gamme » pour filles à Manhattan.

« Elle aurait étudié ici il y a une dizaine d'années », dis-je à la directrice, un vrai cliché avec un chignon et un air de matrone.

Elle me dit qu'elle occupait ce poste depuis près de trente ans et qu'elle ne connaissait aucune élève du nom d'Alexandra Greene, « et j'ai une excellente mémoire de toutes mes filles, même si je n'ai pas le droit de vous transmettre ce genre d'informations, de toute façon ».

Je lui montrai la photo sur mon téléphone.

« Oh », dit-elle. Puis : « Non, je ne connais pas cette personne. »

Mais j'avais bien vu qu'elle l'avait reconnue : un éclair dans le regard, la pause, le changement de ton. Je voulais insister mais je savais que ce ne serait pas utile. La directrice me disait déjà au revoir, et me souhaita bonne chance pour l'article avant de me raccompagner hors de son bureau.

De retour chez moi, je fus tout de suite pris d'un sentiment d'intrusion, la même sensation que j'avais connue dans ma chambre d'hôtel à Florence, comme si l'air avait été perturbé, imprégné de la même odeur de tabac froid. Je me rendis dans la grande pièce principale, puis dans la salle de bains, où je tirai le rideau de douche, presque prêt à me retrouver nez à nez avec Norman Bates. Dans l'atelier, je jetai un œil entre mes étagères à peinture et sous ma longue table de travail. Rien ne manquait, pourtant quelque chose me semblait bizarre. Les papiers et les enveloppes se trouvaient à gauche de mon ordinateur, et j'aurais juré les avoir laissés à droite – peut-être pas, après tout ?

Je continuai de fouiller, mais rien d'autre ne semblait avoir été déplacé. La paranoïa que j'avais ressentie ces dernières semaines faisait-elle désormais partie de moi ? Ou bien était-ce la menace à peine voilée de Jonathan Teivel : *La Bowery ? Vous vous y sentez en sécurité ?*

J'inspectai les fenêtres et en ouvris une. Des odeurs de toutes sortes flottèrent à l'intérieur : l'alcool, les poubelles, l'essence.

Après un dernier tour dans l'atelier, je haussai les épaules et mis ça sur le compte de la paranoïa. Qu'est-ce que ça aurait pu être d'autre ?

Je finis par m'asseoir devant mon ordinateur et tapai sur Google ce que j'avais l'intention de chercher depuis mon retour à l'appartement. J'écrivis *Annuaire de Brearly*, fis le calcul dans ma tête, et ajoutai *2008* et *2009*.

Je feuilletai celui de 2008, et je pris mon temps en étudiant les élèves de terminale, une page pour chaque fille. Pas d'Alex. Je fis de même pour 2009. Une fois encore, rien. J'essayai 2010, parcourant les photos classées par ordre alphabétique, et je ralentis à la lettre G. Pas de Greene. J'étais très déçu mais je continuai à tourner les pages jusqu'à ce que je m'arrête net sur une série de photos. *Alexis Verde.*

Moins d'une minute pour faire le lien : *Alexandra Greene. Alexis Verde.*

Verde en italien, *Green* en anglais : la couleur verte.

Je me rendis sur Facebook, je cherchai Alexis Verde et la trouvai. Impossible de se tromper avec la photo de profil. Pour en voir plus, il fallait que je l'ajoute en « ami », et même si je me posais la question, je savais que c'était une mauvaise idée.

En creusant un peu plus, je trouvai un résultat sur un annuaire en ligne : *Alexis Verde, New York, âge : 24-30.*

J'envisageai d'investir dans la recherche Intelius à 9,99 dollars, mais avais-je vraiment envie de la retrouver alors qu'elle ne voulait visiblement pas l'être ?

Alex/Alexis. Qui m'avait menti sur son nom et l'endroit où elle avait étudié.

Sur quoi d'autre avait-elle menti ? Et pourquoi ?

89

Richard Baine Jr, la soixantaine, les cheveux d'un blanc immaculé, faisait à peu près la même taille que moi.

Lorsque son assistante m'avait appelé pour dire qu'elle avait transmis mon message et que son patron serait ravi de me voir, je me dis : *Non, j'ai promis à Smith que je laisserais tomber.* Puis je fis une rapide recherche Google mais je ne trouvai rien sur Baine, sinon qu'il avait créé l'une des sociétés d'investissement les plus prisées de Wall Street, ce qui m'intrigua.

Tant pis pour les promesses et les bonnes résolutions.

Je me trouvais à présent dans son bureau au trente-huitième étage, les murs blancs ornés de gravures de grands maîtres, la vue sur le Chrysler, l'Empire State Building et une bonne portion de l'Hudson.

Baine se tenait derrière un burcau en marbre sur lequel n'était posé rien d'autre qu'un ordinateur. Pas le moindre papier, dossier, crayon ou stylo. Tout dans le bureau était immaculé. Le grand écran sur le mur opposé, sur lequel défilaient des informations sur la Bourse, était silencieux.

« Vous êtes un self-made man, n'est-ce pas ?

— Qu'est-ce qui vous fait dire ça ? me demanda-t-il avec un sourire affable.

— Je n'ai trouvé quasiment aucune information sur vous. C'est comme si vous étiez né à Wall Street.

— Pas tout à fait. » Baine rit, laissant apparaître des dents blanches éclatantes. « Vous avez fait des recherches ?

— Tout le monde le fait, de nos jours, non ?

— Pas moi, dit-il. Je viens d'une époque où l'on ne savait rien sur les gens avant de les rencontrer, et j'aime mieux ça. »

Je lui présentai mes excuses, mais Baine me fit comprendre que ce n'était pas grave d'un geste de la main et m'expliqua qu'il était presque à la retraite, « seulement au bureau un jour ou deux par semaine, pour embêter mes associés ».

J'admirai l'un de ses tableaux, une étude de mains minutieusement détaillée.

« C'est un Dürer ?

— Vous connaissez bien les artistes.

— J'enseigne l'histoire de l'art, du coup… » Je haussai les épaules. « Vous collectionnez les tableaux de maîtres anciens ?

— Avant, oui, mais ce n'est plus le cas. J'ai presque tout donné.

— Et vous n'avez pas envie d'en acquérir davantage ?

— Arrivé à un certain âge, on n'en ressent plus l'envie. » Il s'approcha de la gravure. « Magnifique, n'est-ce pas ? La délicatesse de ces hachures croisées. Je possède ce Dürer depuis longtemps, et quelques autres – dont le Rembrandt dont vous avez parlé à ma secrétaire. Un de mes préférés, dont je n'ai pas voulu me séparer pour des raisons sentimentales, mais mes jours de collectionneur sont derrière moi. J'ai fini par trouver que c'était une passion égoïste. »

Il me lança un regard sérieux et me demanda si j'étais moi-même collectionneur.

Je lui dis que je ne pouvais pas me le permettre, mais que j'échangeais parfois des œuvres avec des amis artistes.

« Donc vous êtes un artiste.

— Oui, en quelque sorte.

— Ne soyez pas modeste, jeune homme. Je ne suis pas arrivé là où j'en suis en étant modeste. » Il me tapa sur l'épaule. « J'adore parler d'art avec les gens qui s'y connaissent. J'ai étudié le commerce, et je ne savais rien de l'art avant d'en collectionner.

— Et ça ne vous manque pas ?

— Pas vraiment. J'ai gardé quelques œuvres, et elles me suffisent. » Il sourit à nouveau. « Donc, vous écrivez sur Rembrandt ?

— Pour un journal artistique universitaire – euh, *Apollo*. Basé à Londres, assez confidentiel. J'imagine que vous n'en avez pas entendu parler », dis-je en espérant que ce soit bien le cas.

Il répondit que non, et qu'il était surpris que j'écrive à propos de Rembrandt, que la plupart des gens ne s'intéressaient plus à lui, même si son nom était le symbole même de l'art.

« Je fais partie des gens qui pensent que Rembrandt est toujours un grand artiste, dis-je.

— Eh bien, vous devriez venir voir ma gravure. On boira un verre et vous pourrez me parler de l'article que vous écrivez… »

Il s'interrompit et s'excusa car il avait oublié qu'il partait pour Londres le surlendemain. Je lui dis qu'il n'y avait aucun problème, que je pouvais attendre son retour, mais il refusa.

« Je pars plusieurs semaines, un mois, peut-être. Venez demain soir, à six heures et demie. Je suis prêt pour mon voyage et je serai seul à la maison sans rien à faire.

— Je ne veux pas m'imposer, dis-je.

— Ne soyez pas bête », répondit-il en me tendant une carte avec son adresse.

90

L'Américain sort de l'immeuble et le Russe le suit, en retrait, caché par un groupe d'hommes et de femmes qui ont l'air si riches qu'il n'arrive pas à savoir s'il voudrait être eux ou les tuer. L'Américain est allé voir une des personnes notées sur la liste qu'il a prise dans son loft – il a cherché le numéro de téléphone sur les Pages blanches en ligne. Il a aussi effectué une recherche Google et sait que l'homme est un gros bonnet de la finance, tout comme Teivel – qu'il avait suivi jusque chez lui après le départ de l'Américain l'autre jour. Il l'avait regardé entrer dans un immeuble de Park Avenue, où plusieurs portiers l'avaient salué de la tête sur son passage.

Il sait où Teivel travaille et habite, et maintenant il connaît l'adresse du bureau de Baine. Ça ne devrait pas être compliqué de trouver où il vit.

Il regarde le point rouge bouger, laisse une belle avance à l'Américain, puis le suit dans la station de métro et dans la rame en maintenant une certaine distance et en l'observant derrière une dizaine d'usagers debout. Il ferme les yeux. Il revoit le loft de l'Américain, le grand atelier spacieux et les toiles luisantes de peinture. Une vie si différente de la sienne, même s'il a parfois du mal à imaginer que sa vie à lui est bien réelle. Une jeune femme se tient à côté de lui, une fille, plutôt, les yeux cernés de khôl, avec des mèches violettes et un anneau dans le nez. Elle lui rentre dedans chaque fois que le métro s'arrête et repart.

Elle lui rappelle sa première mission après la guerre, les jeunes filles qu'il a vendues aux trafiquants, quelque chose qu'on ne peut plus faire de nos jours avec tous les bien-pensants et les agences internationales dans tous leurs États. Qu'est-ce qu'ils y connaissent ? Ce n'est pas comme si ces filles avaient une meilleure situation à la maison. Il s'empêche de passer un doigt dans le piercing de la fille pour la mener hors du train et en faire son esclave. Il lui sourit, mais elle regarde devant elle. Ses écouteurs couvrent certainement tous les bruits extérieurs, ses yeux sont vides, elle est sans doute transportée par une chanson idiote, qui, à ses oreilles à lui, ressemble à des bruits d'insectes.

Il regarde derrière la fille à travers la foule pour s'assurer que l'Américain est toujours là. Il baisse son chapeau sur son front et passe la main sur sa poche de chemise. Il sent la page roulée qu'il a arrachée du livre. Il se représente le tableau de la *Méduse*, les serpents ondulant et la tête tranchée, tout le sang, le regard de pure terreur. À chaque mission, il découvre quelque chose. Cette fois, c'est le peintre Caravage. De toute évidence, quelqu'un qui lui ressemble.

91

Pour huit dollars, Intelius, le moteur de recherche des archives publiques en ligne, m'avait fourni une adresse sur la 32e Rue Ouest. Ce n'était pas du tout ce à quoi je m'attendais. J'avais toujours imaginé Alex dans un appartement luxueux de l'Upper East Side avec vue sur le fleuve et deux ou trois portiers, pas dans Murray Hill, un quartier qui attirait les étudiants et les jeunes gens à la recherche de loyers raisonnables.

Je vérifiai l'adresse une nouvelle fois pour être sûr, puis je me dirigeai vers le bâtiment de taille moyenne en brique rouge. Il y avait bien un portier, mais il était tout seul. Je demandai Alexis Verde, et quand il me répondit qu'elle était sortie, je pris mon téléphone et fis semblant de m'être trompé d'heure, puis je quittai l'immeuble et marchai jusqu'au coin de la rue, en partie soulagé. Je n'avais pas prévu ce que j'aurais fait si elle avait été là. Arrivé au coin, je m'arrêtai et attendis.

Dix minutes passèrent. Puis vingt. Une partie de moi voulait fuir, mais il fallait que je la voie, il fallait que je sache pourquoi elle avait menti.

Je commençai à dresser une liste dans ma tête des raisons pour lesquelles je l'aimais, ou je pensais l'aimer : son apparence, son intelligence, son esprit, sa voix, sa prestance, son toucher, la façon qu'elle avait de me comprendre. Mais tout cela n'avait peut-être été qu'un mensonge. La seule chose qui était sûre, c'était que j'étais sous le charme d'une femme que je pensais connaître, et que je ne connaissais pas.

Je fis les cent pas et répétai ce que j'allais dire, mais je n'arrivais pas à me concentrer, mes émotions partaient dans tous les sens. Je n'arrêtais pas de regarder au coin de la rue dans l'espoir de la voir arriver, et en même temps j'étais terrifié.

Une demi-heure plus tard, alors que j'essayais différentes phrases pour entamer la conversation, je la vis arriver au bout de la rue. J'attendis qu'elle ne soit plus qu'à quelques mètres, puis je sortis de l'ombre.

« Luke… » Elle prononça mon nom en un cri de surprise, se figea quelques instants, puis elle me contourna et se mit pratiquement à courir vers son immeuble. Je la suivis de près tout en lui parlant.

« Pourquoi est-ce que tu m'as menti ? J'essaye de comprendre… Je croyais… Je ne sais pas ce que je croyais… Parle-moi, je t'en supplie… Explique-moi…

— Il faut que tu partes ! dit-elle avant de foncer à l'intérieur de son immeuble.

— Je ne vais nulle part ! criai-je sur son passage. Tu me dois une explication. »

Le portier me bloqua la route ; un jeune homme latino, du nom d'Edwin, d'après son badge, les bras et les jambes serrés dans son uniforme moulant. Il posa une main sur mon torse.

« Ne m'obligez pas à appeler la police, monsieur.

— Edwin. » Je le suppliai en l'appelant par son prénom. « Vous n'avez jamais été amoureux ? »

Il m'offrit un regard compatissant et me dit de rentrer chez moi et de boire un verre. En d'autres circonstances, j'aurais ri face à tant d'ironie. Je criai le nom d'Alex une dernière fois, puis je me retournai pour partir. J'étais à quelques pas de l'entrée quand je l'ai entendue appeler mon nom d'une voix douce.

Nous montâmes côte à côte dans l'ascenseur, en silence, puis nous entrâmes chez elle. J'essayai de trouver quelque chose à dire, mais je n'y arrivai pas. L'appartement n'était pas non plus comme je l'avais imaginé – vaste et spacieux, mais avec de vieilles fenêtres à croisées, une table à manger avec des chaises dépareillées, un canapé légèrement usé, des parquets qui auraient bien mérité d'être décapés – une scène de théâtre pour deux acteurs qui n'avaient pas appris leur texte.

« Alex… Alexis… Je ne sais pas comment je dois t'appeler.

— Ce n'est pas une bonne idée, Luke.

— Laquelle ? Ma venue ici, ou tous les mensonges que tu m'as dits ?

— Et toi ? Tes mensonges ?

— J'essayais… de te protéger.

— De quoi ?

— Je ne voulais pas qu'il t'arrive du mal.

— Je ne comprends pas…, dit-elle, le visage perplexe. Moi aussi, j'essayais de te protéger.

— Me protéger ?

— Je ne voulais pas que ça se passe comme ça. Je ne pensais pas… »

Elle ferma les yeux et déglutit, des larmes sur les joues, et je l'attirai vers moi, je mis mes lèvres sur les siennes avant qu'elle puisse protester, et elle m'embrassa en retour, puis elle se dégagea et me dit que je devais partir.

« Pas avant que tu m'expliques ce qui se passe. Je te dirai tout ce que tu veux savoir sur moi, tout, si tu me racontes ce qui se passe.

— C'est trop tard.

— Pourquoi ?

— Pour ça. Pour nous. » Elle se retourna, le visage délavé par la lumière qui filtrait par la fenêtre. « C'était ma mission : trouver ce que tu faisais à Florence. »

Je n'étais pas sûr d'avoir bien entendu. Une mission ? M'avait-elle espionné ? « C'est au sujet du carnet de Peruggia ? »

Elle répondit oui, si bas que je l'entendis à peine. Je la pris par les épaules et la forçai à me regarder, je lui redemandai pourquoi, je la suppliai, furieux, la voix tremblante.

« Je ne peux pas te le dire, répondit-elle en essayant de se défaire de mon étreinte, mais je ne la laissai pas partir.

— Tu ne peux pas ou tu ne veux pas ?

— Ça n'a aucune importance. Plus maintenant. Il faut que tu oublies ce qui s'est passé. Que tu m'oublies. »

Je voulais la secouer. « Ça ne concerne pas que nous deux, Alex. Des gens sont morts. Tu comprends ? J'aimerais bien l'oublier, mais je ne peux pas. Je vais découvrir la vérité, que tu me la dises ou non. J'ai une liste de noms, des collectionneurs d'art qui… »

Alex arrêta de se débattre, le visage près du mien, prise par l'angoisse et la peur. « Des collectionneurs d'art ? Comment ça ? »

Je lui parlai de la liste de Smith, les collectionneurs d'œuvres volées que j'avais commencé à contacter.

« Tu as *quoi* ? Il faut que tu arrêtes. Tout de suite ! » Elle me suppliait, la voix vacillante. « Écoute-moi : ce carnet, et les gens à qui tu as affaire, sont très dangereux, plus dangereux que tu ne l'imagines.

— Et ces gens dangereux, tu travailles pour eux ?

— Je… Ça n'a plus aucune importance. Arrête !

— C'est trop tard. J'en ai déjà rencontré plusieurs.

— *Qui ?* Comment s'appellent-ils ? Dis-moi leurs noms.

— Jonathan Teivel et Richard Baine. Ça te dit quelque chose ? »

Elle prit une courte inspiration.

« Non…, dit-elle entre ses dents.

— Encore un mensonge, n'est-ce pas ? »

Elle se libéra de mes bras, ouvrit la porte de son appartement, la main sur mon dos. « Va-t'en ! » dit-elle, ses derniers mots avant de me pousser en avant, claquer la porte et tourner le verrou.

92

Au bout de la rue, à moitié caché sous l'auvent d'un grand immeuble, le Russe attend aussi. Il s'est acheté un manteau de la plus douce des laines et se sent comme les nombreux New-Yorkais élégants qu'il croise partout en ville. Il n'a jamais mis autant d'argent de sa vie dans un vêtement, mais le manteau, acheté moitié prix dans un déstockage d'après Noël, est si doux qu'il ne peut s'empêcher de le caresser. « Cent pour cent cachemire », lui avait dit le vendeur. Le chapeau aussi, il l'avait acheté en solde ; un fédora en feutre gris pour remplacer l'ancien, taché de sang. « Des traces de boue », avait-il dit. Il en avait profité pour prendre une nouvelle paire de lunettes de soleil, métallisées et réfléchissantes ; lui voit, mais on ne voit pas ses yeux.

De derrière ses lunettes et sous le bord de son chapeau, il observe : il a vu l'Américain et la blonde entrer dans l'immeuble en brique.

Il touche au but. Il le sent. Son instinct ne le trompe jamais. C'est très important dans son domaine. Cependant, il est fatigué. Il a besoin de vacances : la plage, l'hôtel couleur pastel.

Mais d'abord, il doit trouver l'homme qui a essayé de l'assassiner et lui rendre la pareille, en le faisant souffrir si possible.

93

Alex entendit Luke taper à la porte et appeler son nom. Les mains sur les oreilles, elle alla dans sa chambre, s'assit au bord du lit et regarda fixement le flou du ciel par la fenêtre jusqu'à ce qu'il arrête.

Elle n'en revenait pas. Il l'avait retrouvée. Comme elle l'avait espéré. Comme elle l'avait redouté. Elle avait envie de pleurer, de hurler, de courir dans tous les sens dans sa chambre, mais elle resta assise, immobile et en silence, en se demandant quoi faire.

Quand elle se rendit compte qu'elle n'avait pas le choix, qu'il l'apprendrait de toute façon, elle attrapa son téléphone et composa le numéro.

« Alexis, ma chère, dit l'homme. J'attendais ton appel. »

94

Je portais deux chemises à bout de bras, une blanche et une bleue, mais ça n'avait aucune importance. Je n'arrivais plus à me concentrer depuis que j'avais quitté Alex, et surtout pas sur la tenue que j'allais porter pour aller voir une gravure de Rembrandt dont je me fichais éperdument.

Je l'avais retrouvée. Alexandra Greene. Alexis Verde.

Et elle m'avait espionné.

Je n'en revenais pas : cette femme, à qui je ne pouvais pas arrêter de penser, dont je croyais être amoureux, même jusqu'à maintenant, avait été engagée pour me surveiller.

Je choisis la chemise bleue pour aucune raison particulière, mon esprit obnubilé par Alex – qui était-elle et me mentait-elle encore ? Bien sûr que oui, je l'avais lu sur son visage. Mais à propos de quoi, exactement ? Pourquoi n'avais-je pas repéré ses mensonges plus tôt ? Parce qu'elle m'éblouissait, elle m'aveuglait. C'était peut-être simplement ça : de l'aveuglement, pas de l'amour.

Ma tête tournait en quête d'une réponse, d'une explication. Il fallait que je sache. Je n'étais pas prêt à laisser tomber ni à l'abandonner.

Je m'habillai sans y penser, décidé à retourner la voir dans son appartement après avoir admiré le Rembrandt, quitte à rester devant l'immeuble toute la journée et toute la nuit si nécessaire. Je me fichais du temps que ça prendrait. Je devais la convaincre de tout me raconter, de me faire confiance, même si je ne pouvais pas lui faire confiance.

95

Riverview Terrace consistait en une rangée de six maisons de ville dans une impasse au bout de la 59e Rue Est, une allée privée qui s'étendait au nord de Sutton Square devant laquelle se trouvait un beau jardin rectangulaire et barrée par un portail en fer, offrant une vue spectaculaire sur l'East River et sur le Queensboro Bridge, grande sculpture dans le ciel – un quartier de la ville que je n'avais jamais vu auparavant. Il semblait sorti d'un autre siècle ; et c'était sûrement le cas. Pas la moindre circulation, ni voitures ni bus dans les environs, rien que le clapotis de l'eau et une occasionnelle corne de brume.

Le portail en fer s'ouvrit et la voix de Baine, étouffée par l'interphone, m'expliqua comment trouver sa maison en décrivant une porte en bois minutieusement sculptée.

J'imaginais qu'un domestique allait m'ouvrir, mais ce fut Baine, à la fois élégant et décontracté dans son pantalon et son pull bleu marine, chaussures bateau aux pieds.

Je pénétrai dans un vestibule lambrissé de bois sombre et au sol de marbre.

« Je ne savais même pas que ce quartier existait, dis-je.

— On peut passer devant des dizaines de fois sans savoir qu'il est là, répondit Baine. Il est complètement caché du monde, et c'est pour ça que je l'aime. »

Qui ne l'aimerait pas ? J'admirai le large escalier en colimaçon qui se trouvait devant moi, sa rampe de chêne et ses marches recouvertes d'un beau tapis.

« Vous avez une maison magnifique.

— Merci, dit-il avant de me conduire dans un couloir bordé de poteries élégamment peintes sur des piédestaux.

— C'est grec ? demandai-je.

— Vous avez l'œil. Elles datent du milieu du VIIIe siècle avant Jésus-Christ. La fin de l'époque géométrique.

— Donc vous collectionnez toujours ?

— Oh, je les ai depuis des siècles. Sans mauvais jeu de mots. » Baine sourit. « Venez. Le Rembrandt est par là. »

Il me conduisit dans un petit bureau avec encore plus de bois sombre, des fauteuils tapissés, une bibliothèque encastrée, un tapis de la couleur du sang. « Le voilà, dit-il en pointant du doigt une gravure à gros cadre posée sur un bureau antique, en équilibre contre le mur. N'hésitez pas à l'admirer pendant que je vous trouve quelque chose à boire. » Il se tourna vers une desserte recouverte de bouteilles de vin et de spiritueux, avec des verres en cristal de formes et de tailles différentes.

« Vous ne l'accrochez pas ? demandai-je en m'approchant de la gravure.

— Elle était emballée. Je l'ai sortie pour vous. »

Je lui dis qu'il n'aurait pas dû se donner la peine, et il me répondit que ce n'était rien.

« Du vin ? demanda-t-il. Ou quelque chose de plus sérieux ? J'ai un merveilleux scotch single malt.

— C'est tentant, dis-je, mais je ne bois pas.

— Vous devriez peut-être changer d'avis. » Baine leva la bouteille. « Un Macallan vingt-cinq ans d'âge. Pas de regrets ?

— J'adorerais, mais non merci. De l'eau, ce sera très bien.

— Dommage, dit Baine en se versant un scotch et un Perrier pour moi. Trinquons à l'art », dit-il en cognant son verre contre le mien, puis il attrapa une grande loupe à manche d'os sur le bureau, me la tendit, et m'invita à regarder les détails.

Je passai la loupe à la surface de la gravure, comme je l'avais fait avec *La Joconde*, et j'eus un étrange sentiment de déjà-vu. Il y avait des silhouettes cachées dans les arbres et les nuages, belles et saisissantes. Je lui dis qu'elle était encore mieux en vrai, comme si je connaissais cette œuvre.

« C'est valable pour tout, n'est-ce pas ? De nos jours, les gens pensent qu'ils connaissent quelque chose parce qu'ils l'ont vu sur leur écran d'ordinateur, mais ce n'est pas une bonne façon d'admirer l'art ou la touche d'un artiste, la texture, la peinture… Excusez-moi, je digresse. »

Je lui dis que j'appréciais écouter les gens passionnés d'art.

« Je pense que certains de mes étudiants préfèrent regarder des versions numérisées sur leur ordinateur. C'est plus facile, plus pratique – ni foule ni bruit.

— Je suis d'accord pour le monde et le bruit. J'ai arrêté d'aller au musée. Je déteste regarder par-dessus les épaules des gens, entendre l'opinion de tout le monde. Ce n'est pas une façon d'apprécier l'art », dit-il, tout près de moi. Nous étudiions tous deux le Rembrandt. « Il n'existe que trois exemplaires de cette gravure au monde, aujourd'hui, mais je ne le savais pas quand je l'ai achetée. J'admirais simplement tous les efforts que Rembrandt avait mis dedans. » Il se tourna face à moi. « Alors, parlez-moi de votre article. »

Je commençais à expliquer une théorie sur les méthodes de travail de Rembrandt – que j'avais lue sur Internet –, lorsqu'on entendit le bruit d'une porte qui se fermait.

« Ma femme », dit Baine en quittant la pièce.

Je continuais d'observer la gravure mais j'étais distrait par le son des voix. J'en distinguais deux, celle de Baine et celle d'une femme, leur conversation étouffée par la distance, les murs épais et la moquette. Ils parlèrent pendant cinq minutes, puis dix. Au bout de quinze, j'en eus assez et je sortis dans le couloir.

Leurs voix demeuraient indistinctes, mais je les entendais plus fort, et je compris qu'ils se disputaient.

« Laisse-le en dehors de tout ça, dit la femme.

— Désolé, dit Baine. Mais c'est impossible. »

Je ne voulais pas m'immiscer dans une querelle de couple, mais quelque chose dans leurs voix me poussa à m'approcher. Je fis quelques pas de plus et j'entendis la femme dire « Pitié ». Ce n'était qu'un mot, mais la façon dont elle le prononça provoqua un frisson dans tout mon corps.

96

Elle leva la tête dès que j'entrai dans la pièce, bouche bée en plein milieu de sa phrase. « Oh, mon Dieu… » Elle cligna lentement des yeux pour s'assurer que ce qu'elle voyait était bien réel.

J'essayai moi aussi d'assimiler l'irréalité de cette scène, la pièce floue au-delà des deux personnages centraux. Il me fallut un instant pour reprendre mes esprits et retrouver ma voix.

« C'est donc lui, l'homme pour qui tu travailles ?

— Tu ne comprends pas, dit Alex. Ce n'est pas du tout ce que tu crois comprendre.

— Eh bien, dit Baine, maintenant qu'on a résolu cette question, passons à une activité un peu moins agréable. »

Il ouvrit un tiroir de son bureau et en sortit un petit pistolet.

À travers le bourdonnement dans mes oreilles, j'entendis des fragments de ce qu'il disait : *Ed Brown Compact… pas de recul… tient dans la main… moins de trois mille dollars.*

Il pointa le pistolet sur moi.

« Passons aux choses sérieuses, voulez-vous ? J'ai besoin de votre aide pour quelque chose. »

J'essayais encore de comprendre ce que je ressentais, toute la scène me semblait en haut-relief : l'arme de Baine, le visage d'Alex, mon esprit changé en kaléidoscope d'images et de pensées tronquées – des pages de carnet déchirées, frère Francisco sur une civière, les libraires morts. Richard Baine était-il responsable de tout cela ?

« Pitié, dit Alex.

— Arrête de geindre, répliqua Baine. C'est indigne de toi, c'en est gênant.

— Va au diable ! dit-elle.

— Alex, intervins-je, explique-moi ce qui se passe.

— Vous aurez votre réponse quand j'aurai obtenu la mienne. »

Baine me colla le pistolet dans le dos et nous força à avancer, Alex et moi.

« Tu es fou, lui dit Alex.

— Je t'en prie. Pas la peine d'être insultante, ma chère. »

Baine nous conduisit dans le couloir puis nous fit descendre un escalier. En bas, dans un autre bureau, il m'expliqua où trouver une clé, comment pousser la bibliothèque et ouvrir la chambre forte. Une fois le passage dégagé, il nous obligea à entrer et appuya sur un interrupteur. La pièce s'emplit de lumière. Alex se tenait à côté de moi, et nous poussâmes un cri de surprise à l'unisson. Mes yeux passèrent d'une œuvre d'art à l'autre, puis aux deux *Joconde*, l'une au mur, l'autre juste en dessous.

« Mon Dieu, dit Alex. Je n'ai jamais…

— Jamais, en effet, dit Baine. Je suis le seul à pouvoir les admirer. »

Il ne me fallut qu'une seconde pour voir les initiales sur *La Joconde* posée par terre ; une copie de Chaudron.

« Rien que des œuvres volées ? demandai-je.

— Pas uniquement, dit Baine. J'en ai échangé quelques-unes, et d'autres m'ont coûté plus cher que ce que vous imaginez.

— Oh, j'imagine très bien, répondis-je en pensant à frère Francesco, à Quattrocchi et aux libraires. Dites-moi, ça vous rend heureux, tout ça ?

— Vous n'avez pas idée à quel point, dit Baine, un sourire maléfique sur le visage.

— Vous avez l'œil, en tout cas », dis-je.

Laisse-le parler et attends le bon moment.

« C'est vrai, mais assez bavardé. J'ai besoin de savoir : des deux *Joconde*, laquelle est la vraie ?

— Si j'avais la réponse à cette question, je serais un homme riche.

— Mais vous avez la réponse. Vous avez les pages du carnet de Peruggia, celles qui contiennent le secret de Chaudron.

— Non, dis-je. Vous vous trompez. Ces pages ont été déchirées, mais pas par moi. Si vous m'avez fait suivre, vous êtes déjà au courant.

— Arrêtez… de mentir ! »

Baine cracha ces mots, le pistolet pointé vers moi.

« Allez-y, tirez. Vous n'aurez jamais la réponse à votre question.

— J'attends, dit-il, les yeux plissés, l'arme tournée vers mon cœur.

— Me tuer ne changera rien », dis-je en essayant d'évaluer le bon moment.

Arriverais-je à le plaquer au sol sans me faire descendre ? Baine détourna le pistolet.

« Et si je la tuais, elle ? Ça changerait quelque chose ?

— Ne lui dis rien, fit Alex. Il ne le fera pas.

— Voyons voir à quel point il tient à toi, lui dit Baine. Prends ça comme un test : il m'aime, un peu, beaucoup… pas du tout.

— Tu es un malade, dit Alex.

— Ce n'est pas moi qui ai couché avec lui. Pour de l'argent.

— Ferme-la ! » hurla-t-elle. Puis elle me dit à voix basse : « Ce n'est pas ce qui s'est passé…

— Alors, qu'est-ce qui s'est passé ? lui demandai-je comme si nous étions seuls.

— Tu ne comprends pas, Luke. Je…

— Je vous en prie, dit Baine. Assez de cinéma pour aujourd'hui. » En un petit arc de cercle, il baissa l'arme de la tête d'Alex jusqu'à son cœur. « Il m'aime un peu, ou pas du tout ? Alors, Luke ? Je perds patience.

— Il ne m'aime pas, lança Alex à Baine, comme si elle essayait de me transmettre la réponse qu'elle voulait m'entendre dire. Tu ne m'aimes pas !

— Une beauté contre une autre, dit Baine en regardant Alex et les deux tableaux. Un échange équitable.

— Il ne le fera pas, reprit Alex. Crois-moi. Il ne le fera pas.

— On verra ça, dit Baine.

— Vas-y, alors, dit-elle. Fais-le. »

Baine approcha le pistolet plus près de sa poitrine, mais je lus quelque chose sur son visage – le doute ? la peur ? – et sa main tremblait.

Une fraction de seconde pour prendre une décision, le corps tendu, prêt à bondir.

97

« Ne bougez pas ! » Baine arma le pistolet. « Ne m'obligez pas à faire ça. »

Je me figeai sur place ; je n'avais pas le temps d'agir. Je fixai Baine, puis Alex, et je sentis quelque chose dans leur regard, une certaine tension, voire bien plus que ça.

« Vas-y, dit Alex à Baine, le buste en avant, d'un air de défi.

— Oh, Alexis, qu'est-ce que ça change ? Il y a si longtemps déjà que je t'ai perdue.

— Ça, c'est bien vrai.

— Elle m'en veut encore d'avoir divorcé de sa cinglée de mère, dit Baine. C'est absurde. Cette femme est folle à lier. »

Alex le gifla fort. Baine ne broncha pas, mais sa joue rougit.

« C'est ton père ? demandai-je.

— Les gens ont du mal à le concevoir, répondit Baine en haussant les épaules. Mais après tout, les parents et les enfants, ce n'est qu'une histoire d'amas de cellules et de gènes. N'importe quel imbécile est capable de procréer.

— Eh bien, vas-y ! dit Alex. Tire-moi dessus ! Tire-nous dessus ! » Elle hurlait presque à présent, le corps tremblant. « Si c'est ce que tu veux, que nous pourrissions tous les deux dans ta petite chambre forte avec tes artistes morts et tes œuvres mortes ! Vas-y, tire ! »

Baine soupira et secoua la tête. « Tu ne comprends pas grand-chose à la beauté et à l'immortalité, Alexis. Difficile de croire que tu es vraiment ma fille. Tu étais pourtant une enfant si mignonne, toute souriante, avec tes petites boucles blondes, et tu cherchais toujours à plaire. » Il se tourna vers moi. « De toute évidence, c'est toujours le cas. Pas à moi, dès lors qu'il ne s'agit pas d'argent, mais vous, Luke, vous l'avez constaté : son empressement à vous satisfaire, à faire tout le nécessaire. Très efficace, n'est-ce pas ? »

Alex se tourna vers moi. Les larmes coulaient sur son visage. Je plongeai en avant et essayai d'arracher le pistolet des mains de Baine, mais il me donna un grand coup avec et je reculai en titubant, une main sur la joue.

Alex hurla.

Baine cria : « Attention ! Ne mettez pas du sang sur mes tableaux ! »

Je regardai mes doigts, le rouge, le sang, et soudain je compris. C'était tout ce qui l'intéressait : ses tableaux. J'essuyai mon sang sur un paysage marin d'Édouard Manet.

« Arrêtez ! » cria Baine.

Je décrochai le tableau du mur et le jetai par terre, le pied à quelques centimètres au-dessus de la toile. « Le tableau ou Alex », dis-je pour le provoquer. *Était-il vraiment prêt à tuer sa propre fille pour une pièce remplie d'œuvres d'art ?* Il ne répondit pas, et je baissai violemment le pied pour l'écraser sur la toile. Le visage de Baine passa de la douleur à la froideur, mais il ne détourna pas l'arme du cœur d'Alex.

« Il y a bien d'autres Manet sur terre, dit-il d'un ton délibérément calme, mais je voyais sa main trembler. Assez. Je veux ma réponse, maintenant. Laquelle des deux *Joconde* est l'originale ? » Il pressa le pistolet si fort contre Alex qu'elle laissa échapper un cri.

« Attendez…, dis-je. Je vais vous répondre. » Je m'approchai rapidement des deux toiles jumelles et les observai l'une et l'autre de manière ostentatoire.

Baine attendait, impatient, le pistolet tressautant dans la main.

« Donnez-moi une minute, dis-je. Je cherche quelque chose.

— Quoi ? »

Baine s'approcha.

« Une marque que le faussaire, Yves Chaudron, a glissée dans ses copies. » Je me baissai pour étudier la toile du bas, examinant attentivement sa surface. « Oui, elle est là.

— Qu'est-ce que… Où ça ?

— Attendez… » Je levai la tête, les yeux sur la toile du dessus. « Mince. Elle est là aussi ! » Les yeux de Baine passaient d'une toile à l'autre. « Je suis désolé de vous l'apprendre, mais vous avez deux contrefaçons.

— Non ! Comment le savez-vous ? Montrez-moi.

— C'est plus facile à voir sur cette version-là », dis-je en me penchant. Je lui indiquai du doigt l'endroit juste en dessous des mains de Lisa del Giocondo. « Voyez vous-même. »

Baine garda le pistolet pointé sur Alex et se baissa pour voir ce que je lui montrais. À cet instant, je me relevai brusquement et le haut de mon crâne heurta sa mâchoire. Baine tituba en arrière et tira un coup de feu au moment même où une grande silhouette vint bloquer l'entrée de la chambre forte.

98

La silhouette de l'intrus avait pris forme : c'était l'homme qui nous avait attaqués, Smith et moi, dans le parc. « La grille était très facile à forcer, dit-il, pistolet à la main. Il faudrait prévenir vos riches voisins. »

Baine s'était relevé et se frottait la joue. L'Ed Brown Compact lui avait échappé après le coup de feu et gisait dans un coin de la chambre forte comme une petite créature qui faisait la morte.

Alex, acculée contre un mur, tenait le tableau de Manet détruit contre sa poitrine en guise de bouclier.

« Tout va bien ? » demandai-je. Elle hocha la tête, mais elle semblait pâle et chancelante.

L'intrus jeta un œil sur les deux *Joconde*, puis sur Baine.

« C'est moi qui vous ai envoyé la deuxième toile. Je travaille pour vous, ou pour votre intermédiaire, le pauvre type que vous avez envoyé pour m'assassiner.

— Je n'ai aucune idée de ce dont vous parlez », dit Baine.

L'intrus sourit, les lèvres retroussées, exposant ses petites dents tachées. « Votre intermédiaire est mort, mais j'ai son téléphone portable avec votre numéro dedans. Je pense que vous ne devriez pas jouer à ce petit jeu avec moi. »

Baine haussa les épaules avec ennui.

« Combien voulez-vous ?

— Je ne veux pas d'argent, dit-il.

— Alors quoi d'autre ? Des œuvres d'art ?

— Je suis ici pour vous ôter la vie. »

Il fit un pas en avant et envoya son arme si fort dans le ventre de Baine que celui-ci se plia en deux. À ce moment-là, je bondis sur l'Ed Brown, le récupérai et mis l'intrus en joue.

« Si tu me flingues, je flingue ce porc, dit-il, le pistolet toujours pointé sur Baine. Mais moi, j'ai l'habitude de tirer et pas toi. J'aurai le temps de tirer deux fois, et tu vas mourir aussi. »

J'armai le pistolet.

Alex cria : « Luke… non ! »

L'intrus visa.

Baine se jeta en avant et se saisit de l'arme du type, mais celui-ci tira un coup de feu, puis deux, et Baine s'effondra. Le pistolet tomba aussi, ce qui me laissa juste assez de temps pour faire feu, et je pressai la détente encore et encore, jusqu'à ce que je n'aie plus de balles.

À ce moment-là, le temps reprit son cours et je constatai ce qui venait de se passer : Baine se tenait l'épaule dans un coin, l'intrus était au sol, le sang coulait de sa tête et de sa poitrine, et Alex était adossée à un mur, les yeux fermés. Au bout de quelques instants, elle laissa tomber le tableau de Manet et chancela en avant, et je me précipitai pour la rattraper.

C'est là que je la vis. La balle qui avait traversé son pull, où s'étendait une tache brune.

« Oh, non ! Mon Dieu, non ! cria Baine en rampant vers elle.

— C'est… ta balle, dit-elle. C'est toi… qui m'as tuée, père.

— Non… non… Je n'aurais jamais fait ça… Ce n'étaient que des menaces… qu'un jeu.

— Un jeu ? » Alex rit, et une bulle de sang éclata entre ses lèvres. « Va… au diable. »

Baine se recroquevilla dans le coin, se tint l'épaule et gémit.

Je passai le bras autour d'Alex et remarquai enfin que j'avais moi aussi été touché, une manche de ma chemise bleue était tachée de sang, mais je sentais à peine la blessure et je m'en fichais. Je serrai Alex, je lui dis de ne pas parler, que tout irait bien.

Elle murmura mon nom, « Luke », et me demanda de l'enlacer, de lui parler. « Dis-moi n'importe quoi », dit-elle.

Je la serrai plus fort et commençai à parler. « Tu te souviens de la bibliothécaire qui nous faisait toujours taire, et le Duomo éclairé de nuit, si beau et… » Je m'arrêtai, la gorge serrée. Je n'arrivais pas à réfléchir.

« S'il te plaît… ne… t'arrête pas. » Elle s'agrippa à mon bras.

« Tiens bon, dis-je. Tout va bien se passer.

— S'il te plaît, dit-elle. Continue… de parler.

— D'accord. »

Je plaisantai au sujet du livre sur la peste qu'elle avait lu, et je sortis mon téléphone pour appeler les urgences.

Je leur donnai l'adresse, et une autre image me vint en tête : Vincent à l'arrière d'un taxi, serrant Simone dans ses bras et lui chantant des chansons pendant qu'elle toussait du sang et le suppliait de ne pas s'arrêter.

Le visage d'Alex avait viré au blanc, ses lèvres étaient violettes. Je continuai de parler – du bar où nous avions pris notre premier café ensemble et de l'hôtel de luxe où nous avions passé notre première nuit –, mais elle avait déjà desserré son étreinte, son corps s'était détendu dans mes bras, et je savais qu'elle ne m'entendait plus.

99

La journée était fraîche, mais déjà les premiers signes du printemps faisaient leur apparition ; les arbres qui commençaient à bourgeonner, les crocus qui sortaient de terre, le ciel bleu céruléen, le soleil vif. J'avais une heure devant moi et je voulais marcher, réfléchir. Tant de temps avait passé et je cherchais encore à comprendre la situation et ce que je ressentais. Je remontai la Bowery vers le nord au-delà de la Cooper Union, ses vieux bâtiments en net contraste avec le nouveau, plus moderne. J'y pensais souvent, ces derniers temps : au passé et au présent. Il y avait des travaux dans une rue sur deux, qui venaient s'ajouter au bruit dans ma tête tandis que je me dirigeais vers les quartiers chics. J'arrivai tout de même en avance.

L'heure du déjeuner venait de passer et le bar était à moitié vide. Je m'assis au fond sur une banquette et commandai un café, puis je passai le temps sur mon téléphone, à lire et relire des courriels, tant et si bien que, lorsque Alex me dit « Salut », je sursautai et levai les yeux vers elle.

Elle s'assit en face de moi, enleva son foulard de soie et déboutonna sa veste.

« Tu as l'air en forme », dis-je, mesurant mes propos. Je voulais lui dire *Tu as l'air magnifique*, ce qui était le cas. Mais quelque chose avait changé, une expression ouverte et complice sur son visage, comme si je voyais la vraie Alex pour la première fois.

Elle commanda une tasse de thé et attendit que la serveuse reparte.

« Tu t'es rasé, dit-elle. On voit ton visage.

— Et c'est une bonne chose ?

— Oui », répondit-elle, puis elle baissa les yeux.

Je ne l'avais pas vue depuis la nuit où elle s'était fait tirer dessus il y avait près de quatre mois, et même si j'avais appelé l'hôpital tous les jours et m'y étais rendu trois fois, elle avait toujours refusé de me voir, jusqu'à maintenant.

Je lui demandai comment elle se sentait.

« Je vais mieux, dit-elle. La balle a frôlé mon poumon, mais ça, tu le sais déjà. Ce n'était pas aussi grave que ça en avait l'air. » Elle posa sa main sur sa poitrine en parlant, puis elle la retira comme si le geste était trop intime. « Le chirurgien m'a dit que j'avais eu de la chance… » Elle marqua une pause et me remercia d'être venu à l'hôpital, me demanda comment allait mon bras, qui était totalement guéri, puis elle dit : « Je suis désolée de n'avoir pas pu te voir, mais…

— Je suis juste content que tu ailles bien », dis-je.

Elle me remercia une nouvelle fois et laissa échapper un soupir.

« Je tiens à te dire que je suis désolée, je… » Elle secoua la tête et resta silencieuse comme si elle n'avait plus les mots, ou qu'elle était en train de réévaluer ce qu'elle s'apprêtait à dire, puis elle sourit. « Assez parlé de moi. Quoi de neuf de ton côté ?

— Ah oui, c'est vrai. Tu n'es pas au courant, dis-je.

— Au courant de quoi ?

— Je l'ai rendue au Louvre – *La Joconde*.

— Quoi ? »

Elle se pencha vers moi. Je me penchai aussi. J'avais envie de toucher son visage, de l'embrasser, mais je me retins, je luttais pour contenir mes émotions, et je lui racontai ce qui s'était passé.

« Tu comprends bien que cette histoire n'est pas publique. Rien de tout ça ne doit être répété, dis-je en lui demandant sa parole.

— Oui, promis juré. »

Je décidai de lui faire confiance, car à dire vrai, je mourais d'envie de lui raconter.

« Je suis allé à Paris – au Louvre –, je leur ai tout expliqué, je leur ai montré les preuves et je leur ai remis l'original. C'est la version courte : c'était un peu plus compliqué que ça. Je suis passé par Interpol, et j'avais un analyste et un inspecteur avec moi. Je te raconterai en détail une autre fois. » Les mots *une autre fois* résonnèrent dans ma tête, car j'espérais qu'il y en aurait une. « Mon ami l'analyste, Smith, s'en est très bien tiré. Il a été réintégré et a même reçu une grosse promotion, mais c'est une autre histoire.

Tu as des amis à Interpol ? J'ai toujours su que tu étais un espion, dit-elle en riant, puis elle s'arrêta. Attends, tu es en train de me dire que tu as trouvé l'original et que tu l'as rendu au Louvre, donc depuis toutes ces années, *La Joconde* exposée au Louvre était un faux ? » Je hochai la tête. « Et l'original, il était où ? Comment tu l'as retrouvé ?

— Il était… » Je marquai une pause : je ne pus m'empêcher de faire durer le moment. « … accroché au mur dans la chambre forte de ton père.

— Quoi ? Attends… Tu lui as menti, ce jour-là ? » Je hochai la tête à nouveau. « Waouh », dit-elle. Elle resta muette un moment. « Promets-moi une chose.

— Tout ce que tu veux.

— Mon père ne doit jamais savoir qu'il avait la vraie en sa possession. Je ne veux pas lui laisser cette satisfaction.

— Il ne l'entendra pas de ma bouche.

— Ni de la mienne », dit-elle. Elle se rassit au fond de son siège et secoua la tête. « Alors tu n'auras aucune reconnaissance pour cette découverte majeure ?

— Non, dis-je. Nous avons fait une promesse au musée. Seuls le Louvre et Interpol connaissent la vérité. Tous les documents sont sous scellés. Ils ont peut-être même été détruits, je n'en sais rien.

— Waouh, répéta-t-elle. Eh bien, je n'en dirai pas un mot.

— Tu ne peux pas. Même pas au procès de ton père.

— Je le jure, dit-elle. Et il n'y aura pas de procès.

— Comment ça ? Pourquoi ?

— Il n'a pas dû passer plus d'une journée en prison. Je suis sûre que sa caution a déjà été payée, mais je n'en sais rien. Je ne lui ai pas parlé, et je n'ai pas l'intention de le faire. »

Elle prit une inspiration et expira lentement.

Je lui dis que nous n'étions pas obligés d'en parler si c'était trop difficile, et elle me répondit que ce n'était pas grave, qu'elle avait envie de parler.

« Alors, pourquoi pas de procès ? demandai-je.

— Il sera déjà loin avant que ça arrive.

— Il ne porte pas un de ces machins électroniques ?

— Oh, je suis sûre qu'il a payé quelqu'un pour le porter à sa place. Il a de l'argent planqué dans des comptes partout dans le monde. Il va simplement disparaître.

— Au moins, toutes ses œuvres volées ont été rendues.

— Oui, c'est déjà ça. »

Nous restâmes silencieux.

J'avais envie de lui dire combien je tenais à elle, de lui demander si elle avait jamais tenu à moi, mais je ne dis rien, car je craignais d'entendre sa réponse. Au lieu de ça, je lui demandai : « Comment va ta mère ? »

Alex prit un moment. « C'est pour elle que je l'ai fait… Tu comprends ? »

Je hochai la tête. Je l'avais deviné.

« Mon pè… Baine a menacé de la placer dans un horrible institut public et… » Elle inspira et retint son souffle un temps. « Ça n'excuse rien, je sais. Mais tout l'argent que Baine m'a versé, je l'ai mis sur un compte pour elle. J'ai payé le centre pour deux ans d'avance, ce qui n'est pas rien. Après ça… eh bien, j'ai le temps de trouver une solution.

— C'est super », dis-je. Elle acquiesça et passa le doigt sous la chaîne qui soutenait son médaillon, une fine ligne d'or sur sa peau crème, comme le tableau d'elle que j'avais commencé. « Mais alors, pourquoi Verde ?

— C'est le nom de jeune fille de ma mère. Mon père est parti quand j'étais enfant. Je n'avais aucune raison de prendre le sien… » Elle s'interrompit, puis reprit d'une voix douce : « Écoute, il faut que je te le dise. Je suis désolée, Luke. Pour tout. Je n'ai jamais pensé, jamais imaginé… »

J'étais désolé aussi et je le lui dis. J'avais répété ce moment des dizaines de fois, toutes les choses que je voulais lui dire, mais elles ne semblaient plus importantes, et le mot *désolé* suffisait.

Alex hocha la tête, s'égaya un peu, et me demanda ce qu'il y avait de neuf dans ma vie, et même si j'avais moins envie de parler de moi, je voulais qu'elle reste, donc je lui racontai que je m'étais remis à la peinture et que c'était très différent de ce que je faisais avant.

« J'ai même reçu quelques marchands d'art, et l'un d'entre eux est partant pour me trouver une exposition dès que j'aurai un ensemble d'œuvres, ce qui risque de prendre du temps mais…

— Tu vois, dit-elle. Je t'avais dit qu'il ne fallait pas t'inquiéter, que tu trouverais une autre galerie, tu te souviens ? »

Je dis que oui et me rappelai que, déjà à l'époque, elle avait semblé croire en moi, et ça m'avait touché.

« Je crois que je t'avais demandé si tu étais une sorcière.

— Sans commentaire », dit-elle, mais elle sourit et dit qu'elle était heureuse que je peigne à nouveau.

Je lui racontai comment j'avais eu l'impression de tenir quelque chose de nouveau et comment je voulais simplement continuer de peindre et voir où ça m'emmenait. Elle se pencha vers moi, et je voyais qu'elle écoutait attentivement. Je voulais tout lui dire au sujet de mes nouvelles peintures, parce que je voulais qu'elle me respecte, qu'elle soit fière de moi, chose que je n'avais pas connue quand j'étais jeune, pour laquelle j'avais beaucoup travaillé et que j'avais failli perdre. Je pensai à Peruggia, à la façon dont Simone avait cru en lui et en son art quand personne d'autre ne le faisait. À sa mort, elle avait emporté cette foi avec elle, et cette perte avait poussé le peintre à mentir et voler.

« Un ami m'a dit qu'on ne sait jamais ce qui nous pousse à créer à nouveau, ce qui nous nourrit. » C'étaient les mots que Smith m'avait dits, que j'avais failli oublier, et pourtant il avait raison.

« Ça fait plaisir à entendre, dit Alex. Tu as repris les cours ?

— Oui, et là aussi, il y a du mieux. »

C'était vrai. J'y prenais du plaisir, j'avais l'impression que je maîtrisais bien mon sujet et j'avais envie d'y aller.

« C'est amusant, dis-je. Je comprends maintenant la part de mystère dans l'histoire de l'art, et je crois que j'arrive à la transmettre à mes étudiants.

— Voilà un bon titre de cours : "Le mystère dans l'histoire de l'art". Ça sonne bien. »

Je souris et me tus, et elle fit de même. Il y avait tant de choses que j'aurais voulu dire que je sentais presque les mots au fond de ma gorge, mais je n'étais pas sûr qu'Alex ait envie de les entendre.

« Je suis contente que tu ailles bien, dit-elle enfin.

— Et toi, alors ?

— J'ai beaucoup de choses à mettre à plat.

— Je suis sûr que tu vas y arriver », dis-je.

Elle me remercia et commença à se lever, et je lui dis : « Reste, s'il te plaît. » Tant pis si je semblais en manque d'affection.

Elle se rassit, indécise.

« J'envisage de partir.

— Oh ? Pour combien de temps ?

— Jusqu'à ce que je sois… guérie.

— Je croyais que tu allais mieux ?

— Je ne parle pas de mes poumons. J'ai juste besoin de… plus de temps. Il faut que je sois là pour m'occuper de ma mère, donc ce ne sera pas long. »

J'étais ravi d'entendre la fin de cette phrase, mais j'avais envie de dire : *Et moi ? Et nous ?*

Alex se leva.

« Attends… » Je n'arrivais pas à contrôler l'urgence dans ma voix. « Il reste… des choses à dire. » Elle se rassit, mais au bord de sa chaise, comme prête à fuir. « Rien de grave, dis-je. Juste quelque chose qui me trotte dans la tête.

— D'accord », répondit-elle en se mordant la lèvre inférieure, comme si elle s'attendait à ce que je dise une horreur, un reproche.

Pendant un moment, mon esprit devint vide ; toutes les pensées, les phrases répétées, avaient disparu. À la place, une question se forma dans ma tête, une chose à laquelle je pensais depuis mon retour à la maison.

« Tu dirais que le passé influence le présent, ou que le présent influence le passé ? Je veux dire : ce qu'on découvre du passé, est-ce que ça influence notre présent, qui nous sommes, ou bien est-ce que c'est le contraire ?

— Très philosophique », dit-elle, et l'inquiétude sur son visage disparut. Elle se tapota le menton du doigt. « Je dirais un peu des deux, j'imagine. » Elle se tut un moment, détourna le regard, puis se retourna vers moi. « Moi aussi, je pensais à quelque chose, une question que je voulais te poser. » J'attendis. Ces quelques secondes furent parmi les plus longues de ma vie. « Est-ce qu'on peut oublier le passé ? Ce qui a été dit et fait. Est-ce qu'on peut passer outre. S'en remettre ?

— Oui », dis-je, soulagé. Et je tendis le bras pour attraper sa main. « Moi, je peux. »

Alex ne dit rien, elle laissa juste échapper un soupir, comme si elle le retenait depuis très longtemps. Puis elle glissa doucement ses doigts autour des miens.

Le sud de la France

L'été était arrivé plus tôt cette année, mi-mai, le ciel était d'un bleu brumeux, le soleil chaud et fort. Simon rampait à travers les grands iris violets et l'herbe si verte et si fraîche qu'elle semblait fausse. Vincent l'observait, le visage et les bras couverts de sueur, le dos de sa chemise trempé. Il avait fini de déplacer les bûches de la maison dans le cabanon qu'il avait construit pour que Marguerite, lui et le garçon aient plus de place. À présent, il regardait l'enfant – qui allait avoir trois ans dans trois mois – traverser le jardin d'un air concentré, puis il vit ce qui avait attiré l'attention du petit : une grenouille, qui s'éloignait en sautant chaque fois qu'il essayait de l'attraper. Il échouait chaque fois et tombait sur le flanc en rigolant comme si on le chatouillait. Vincent rit aussi.

Dieu sait comment, il avait réussi, il avait dépassé l'étape du chagrin. Il n'avait pas oublié Simone – il ne le pourrait jamais, et il n'en avait pas envie –, mais il était allé de l'avant.

Il regarda à nouveau Simon bondir vers la grenouille, rater son coup encore, trébucher et rigoler. Il fit un nouveau bond et cette fois il attrapa l'animal, qui se débattit dans sa main.

« Ooh ! » cria Simon. Et il se retourna vers Vincent, le bras tendu pour lui montrer son trophée. « Regarde !

— Belle prise », dit Vincent.

Simon roucoula. Le soleil mouchetait ses joues et faisait ressortir le blond de ses cheveux. Puis, d'un geste conscient et délibéré, il ouvrit la main et regarda la grenouille s'éloigner.

« Allez, la grenouille, dit-il. Allez ! »

Vincent hocha la tête et sourit. « Bon garçon », dit-il en pensant que tout le plaisir reposait dans le jeu, dans la chasse et la capture. Il repensa à son séjour en prison, un souvenir qui commençait à s'estomper, comme s'il était arrivé à quelqu'un d'autre. Il pensa aux promesses qu'il avait faites, surtout envers Simone, quand il lui avait dit qu'il lui apporterait le tableau, une promesse idiote qui n'avait plus d'importance. Ce qui comptait, c'était sa dernière promesse – être heureux –, qu'il avait réussi à tenir.

Il imagina Simone en train de tournoyer, sa jupe ample qui se soulevait au-dessus de ses chevilles, son sourire lumineux.

Simon prit son temps pour se relever, un peu déséquilibré, les bras tendus en l'air, et Vincent le souleva du sol et le porta. Simon le regardait avec le visage de sa mère, le visage de Simone. Puis il passa les bras autour du cou de Vincent. « Papa », dit-il, et Vincent sentit son cœur s'ouvrir si grand qu'il crut qu'il allait éclater. Il enlaça le garçon, qui se blottit dans le creux de son cou, et regarda derrière les boucles blondes de l'enfant la maison en pierre qu'il avait achetée et rénovée, les buissons et les arbustes qu'il avait plantés, et qui fleurissaient enfin. Il n'était plus l'immigré, le vagabond, l'homme sans identité. Il était chez lui maintenant : un homme avec son fils.

Note de l'auteur

Ce que vous venez de lire est tiré d'une histoire vraie.

Voici les faits :

Vincent Peruggia, employé temporaire au Louvre, a dérobé *La Joconde* le 21 août 1911. Les détails du vol sont relatés dans la première scène – comment Peruggia a passé la nuit dans un placard du musée, décroché le tableau du mur et laissé derrière lui dans un couloir le cadre et la boîte qu'il avait lui-même construite –, le tout est basé sur des rapports concernant le délit.

Les articles de journaux concernant le vol ont été tirés de vrais journaux.

Il est également vrai que Peruggia a caché le tableau dans une malle spécialement prévue à cet effet dans son appartement et qu'il a tenté de remettre l'œuvre contre rançon au gouvernement italien à la galerie des Offices, où il a été arrêté et envoyé à la prison des Murate, à Florence.

Après le vol, le musée du Louvre a fermé pendant une semaine et soixante policiers sont venus le fouiller.

Toutes les récompenses mentionnées dans le roman sont réelles : le Louvre a offert la somme de vingt-cinq mille francs, tout comme les deux journaux, *Le Matin*, qui a offert cinq mille francs, et *L'Illustration*, qui en a proposé quarante mille.

L'artiste Pablo Picasso, ainsi que le poète et critique d'art Guillaume Apollinaire ont été suspectés du crime, arrêtés pour être interrogés au sujet du vol, et même jugés, mais ils ont fini par être libérés.

Le marquis Eduardo de Valfierno et le faussaire Yves Chaudron ont existé, tous deux ont été soupçonnés d'avoir joué un rôle dans le vol, mais ça n'a jamais été prouvé. On sait peu de choses sur ce qu'il leur est arrivé.

Un vandale a vraiment jeté de l'acide sur *La Joconde*, et un autre lui a lancé une pierre ; les deux incidents se sont produits en 1956 et ont occasionné des dommages à la toile, mais rien de sérieux.

De nombreuses copies (que l'on pourrait également appeler « variations ») de *La Joconde* de Léonard de Vinci existent.

Plus d'un historien de l'art a déjà spéculé sur le fait que *La Joconde* exposée au Louvre puisse être une contrefaçon, échangée au moment du célèbre vol (voire avant, ce qui voudrait dire que Peruggia aurait volé une copie et l'aurait remplacée par une autre copie ; voir article de journal page 73). Ce sont ces doutes et ces conjectures qui ont inspiré mon histoire.

Remerciements

Je remercie Shana Drehs pour sa confiance, sa révision clairvoyante et sa quiétude, mais aussi Molly Waxman, Kirsten Wenum, le talentueux département des arts, et le reste de l'équipe extraordinaire de chez Sourcebooks Landmark. Mes amis S.J. Rozan, Janice Deaner, Tolga Ornek et Joyce Carol Oates pour leurs retours. Pour m'avoir offert un magnifique refuge quand j'en ai eu besoin, Susan Crile, Jane Rivkin et Margo Alexander. Pour m'avoir encouragé à retourner à Florence, ma fille, Doria, qui me pousse et m'inspire chaque jour. Judd Tully pour m'avoir présenté Lorenzo Pezzatini, qui s'est montré de très bonne compagnie et qui m'a fait entrer à la prison des Murate, et à Valentina Gensini, directrice du Murate Progetti Arte Contemporanea à Florence. Pour m'avoir servi d'interprète italien personnel, Vito Racanelli. Certaines sections de ce livre ont été écrites (et réécrites) dans les Writers' Rooms de New York et à Yaddo, le meilleur endroit dont un artiste puisse rêver. Tous mes remerciements et ma gratitude à mon agente et éditrice infatigable, Jane von Mehren.

Composition et mise en pages
Nord Compo à Villeneuve-d'Ascq

Imprimé en France par

MAURY IMPRIMEUR
à Malesherbes (Loiret)
en octobre 2024

#lisez! engagé
www.lisez.com
Pour plus d'information :
Imprimé sur du papier issu de forêts gérées durablement.

POCKET – 92, avenue de France, 75013 Paris

N° d imprimeur : 280362
S34387/01